# 灼夜

魅丽文化
桃天工作室

灼夜
Zhuo Ye Works
著

江苏凤凰文艺出版社
JIANGSU PHOENIX LITERATURE AND ART PUBLISHING

# 不限时心动

**图书在版编目（CIP）数据**

不限时心动 / 灼夜著．— 南京：江苏凤凰文艺出版社，2020.10
ISBN 978-7-5594-4777-7

Ⅰ．①不…　Ⅱ．①灼…　Ⅲ．①言情小说－中国－当代
Ⅳ．①I247.5

中国版本图书馆 CIP 数据核字 (2020) 第 059496 号

# 不限时心动

灼夜 著

责任编辑　李龙姣　张　倩
特约编辑　刘思月　罗李璇
封面绘制　阿　醒
装帧设计　刘芳英
出版发行　江苏凤凰文艺出版社
　　　　　南京市中央路 165 号，邮编：210009
网　　址　http://www.jswenyi.com
印　　刷　湖南关山美印有限公司
开　　本　880mm × 1230mm　1/32
印　　张　10.5
字　　数　337 千字
版　　次　2020 年 10 月第 1 版
印　　次　2020 年 10 月第 1 次印刷
书　　号　ISBN 978-7-5594-4777-7
定　　价　38.00 元

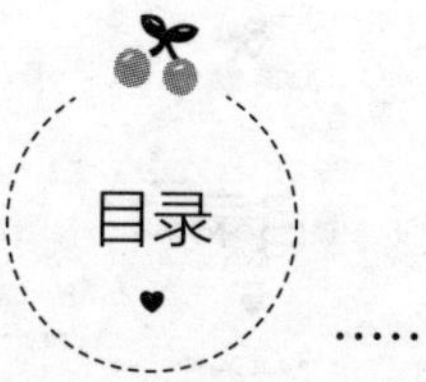

# 目录



CONTENTS

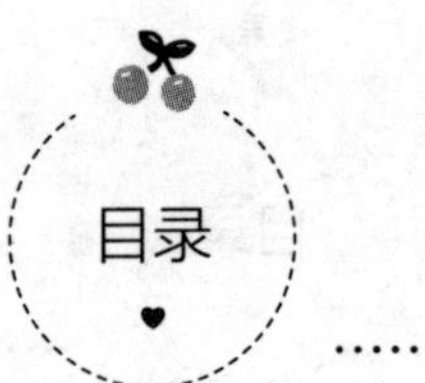

# 目录



CONTENTS

# 第一章 从再次相逢开始

【1】

盛微语下飞机的时候，正是正午太阳最毒辣的时候。

参加了几天紧张的学术交流会，又马不停蹄地独自飞回国，她现在整个人疲惫得头重脚轻。

下了飞机，她直奔市中心的商业街，给贺廷打电话："你现在在哪儿？"

电话那头有些杂音，贺廷的声音透着些许不耐烦："和师弟在实验室做实验呢，有事？"

盛微语望着不远处的一家餐厅："我有事跟你说。"

"你不是在国外吗？国际话费这么贵，有什么事回国再说呗。我实验室忙，挂了。"

没等盛微语再说话，电话就被贺廷给挂断了。

盛微语抿起唇，手中紧攥着手机，往前面一家高级餐厅走去。

这是B市最有名的高级餐厅之一，有名的另一个说法就是——贵。

光是预约订金，就能花掉普通白领大半个月的工资，能来这里消费的人，非富即贵。

靠近落地窗的一张餐桌旁，坐着一对衣着靓丽的年轻男女，郎才女貌，互相捏捏脸蛋儿，擦擦嘴，谈笑间举止亲昵。

这时候，餐桌上的手机铃声响起，男孩儿脸上的笑很快就淡了许多，眼中浮现出不耐烦的神色。

他拿起手机按下接听键，满脸的不耐烦。

在男孩儿接电话的时候，女孩儿娇滴滴地靠在男孩儿的怀里，满眼小女人的爱意。

盛微语拉着行李箱走进去，滚轮在地面上发出咕噜咕噜的声响，打破餐厅里的平静。

她举着手机放在耳畔，手机里传来的男声，与餐厅里正在接电话的男孩儿的声音渐渐吻合。

“我不是说了我实验室忙吗？你还……微、微、微语！”

因为惊愕而骤然变得尖锐的男声，经过手机的电波转换，传出来有些刺耳。

盛微语不慌不忙地挂断了电话，看向跟前大惊失色的男孩儿，讽刺地勾了勾嘴唇：“在实验室忙？”

男孩儿脸色发白，手忙脚乱地推开还黏在身上的女孩儿，慌乱得说话都有些结巴：“微、微、微语，你今天怎么就回、回……”

盛微语没搭理他，她松开行李箱，往贺廷的座位方向走了一步，目光落在他旁边的女孩儿身上，似笑非笑地说道：“和小师弟？”

贺廷坐不住了，“噌”地一下从座位上弹起来：“微语，你听我说，我……”

“听你说，你是如何趁着我出差，和其他女人卿卿我我，你一句老公，我一句老婆，却在电话里糊弄我，说你在实验室多么忙碌，多么劳苦？”盛微语打断了他的话，皮笑肉不笑地挖苦着贺廷，又蓦然冷下脸色，说道，“贺廷，你当我傻吗？”

贺廷还想为自己辩解：“微语，我……”

“分手。”

盛微语不给他任何机会，丢下这句，转过身，拉起行李箱头也不回地往外走。

“微语！”

贺廷赶紧追上去，抓住她的手。

被贺廷抓住手腕的瞬间，盛微语皱起了眉。

她侧过身，看向贺廷，一根手指一根手指地将他的手掰开。

嘴角弯弯，笑意却未达眼底。

“别拿你擦过别人嘴的手来碰我，我嫌脏。”声音低软，尾音故意拖长，配上那讽刺的表情，让人喉头一紧。

餐厅里已经有好几个人好奇地朝这边看过来了，贺廷觉得很没面子，咬了咬牙，大声说道：“分手就分手！”

“你以为你是个什么稀罕人物？整天就知道论文论文，跟个管家婆一样，我巴不得跟你分手！”

男孩儿的声音高亢尖利，言语刻薄，在安静的餐厅里显得尤为刺耳。

不少人都把视线投向这边，以一副看好戏的姿态，作壁上观。

盛微语紧紧地盯着他，弧线好看的下颌此刻绷得很紧。

贺廷的脸此刻有些扭曲，同前一刻温柔阳光的模样，判若两人。

盛微语艰难地扯出一抹笑，抓着行李箱拉杆的手，关节都泛了白道：“我以为，分手最好的方式，是让两个人都能体面。”

“体面？”贺廷说话的声音更大了一些，“你当着这么多人的面，进这家餐厅跟我说分手，你给了我体面？”

“你说，你和我都交往两个多月了，你连脸都不让我摸，你以为我和你谈柏拉图式恋爱？这都二〇一九年了，还当自己是什么贞洁烈女啊？”

盛微语咬紧了牙，眼中仿佛要喷射出一团火焰，将眼前的人燃烧殆尽。

她沉着声音警告道：“贺廷，你自重。”

安静的餐厅里，一男一女剑拔弩张地对峙着。

盛微语盯着眼前的男人，眼眶发红，抓着行李箱拉杆的胳膊微微颤抖，像是在极力隐忍着情绪。

餐厅里所有人的目光都落在他们身上，看向女人的目光中，或多或少带着些许同情，却没人上前劝阻。

不远处的餐桌旁，坐着两个男人，不动声色地看着这出戏。

两人都是肩宽腿长的“活衣架子”，偏偏脸都还生得极好，带着一种浑然天成的气质。没有刻意摆弄什么姿势，随手拍一张照片，也像是在拍画报一样。

尤其是那个穿着黑色衬衫的男人，即使始终面无表情，随意飘来的一个眼神还冷得吓人，却依然阻挡不住女人们的趋之若鹜。

就在他们入座的这十几分钟时间里，已经有不下五个女人前去搭讪。

结果都讪讪而回。

其中一个长着狐狸眼的男人，看着那对闹分手的情侣，“啧啧”说道：“又是一出浑蛋抛弃美女原配，出轨丑女的戏码。”

虽然说那女孩儿长得也挺清秀，小家碧玉一个，但比起那位赶过来捉现场的美女原配，这样的容貌，也黯然失色了。

不论颜值、身材，还是气质，没一样比得过，偏偏，浑蛋男人就喜欢这款。

这种戏码，他遇见过不少，只是没想到，在自己的餐厅里，给刚回国的老朋友接风洗尘，还能再遇见这样一出老掉牙的戏码。

林冀靠在椅背上，摇头感叹道：“现在这瞎眼的世道，漂亮的女人，放着我这样的好男人不要，偏偏要去找这种浑蛋，这浑蛋又放着那样的美女不要，去出轨丑女。”

他侧头看向同伴，故意调侃道：“易教授，你学问比我高，要不，你来给我解释一下？”

坐在林冀对面的男人冷冰冰地瞥了他一眼，声音低沉清冷：“看上你，才是真瞎了眼。”

林冀一时语塞，摸了摸鼻子，心想：我有这么差？

看着不远处还在僵持的男女，林冀又皱了皱眉。

以他这绅士风度，还真看不惯男人欺负女人。

尤其是欺负漂亮的女人。

林冀站起身，准备过去上演一场英雄救美的戏份。

这时，推着餐车的服务员恰好走过来，恭敬地说道：“林总，这是您和易先生点的餐。”

林冀“嗯”了一声，正要她摆到桌上，对面的男人却忽然开口道：“这是十二桌的客人点的。”

服务员愣了一会儿，惊讶道：“可这明明……”

“给十二桌送过去。”

服务员话还没说完，便被男人打断。

穿着黑色衬衫的男人看着她，目光冷冽，没来由地让她感觉到一股强烈的压迫感。

服务员心里一紧，都忘了去征求林冀——这家餐厅的老板意见，就连连应着“是”，推着餐车往十二桌的方向走去。

“哎……”林冀看了一眼推着餐车落荒而逃的服务员，又看向好友，嚷道，“喂，易言，你搞什么名堂！那明明是我点的餐。”

点的餐都送给别人了，他吃什么？

易言不冷不热地瞥了他一眼，口中吐出一句残忍的话：“看你的肥脸，你少吃点儿。”

林冀睁圆了眼睛，一脸惊愕道：“是吗？！”

他赶紧摸了摸脸，感觉确实是比以前更圆润了，便苦着脸说道：“不是吧？我才一个月没去健身！”

他这喝凉水都能胖的体质，好不容易瘦下来，可不能再长回去了。

再长回去，可怎么撩妹啊！

易言这句话，犹如一个炸弹，将林冀炸得魂都没了，心里头那点儿想去英雄救美的心思，也早就被抛到了脑后。

丢出炸弹的始作俑者面不改色地移开视线，将目光落在另一边。

面容姣好的女人此刻沉着一张脸，跟眼前的男人僵持着。

在她说完“自重”那句话后，贺廷反倒是不屑地笑了，语气嚣张地说道：“自重？我要是不自重，你还能拿我怎么样？”

“怎么样……”盛微语垂了垂眼帘，轻言细语地呢喃了一声。

她松开了一直握着行李箱拉杆的手，抬眼看向贺廷，忽然扬起嘴角，勾起一抹笑，语气轻柔地说道：“你觉得，我能拿你怎么样？”

她本就生得不赖，五官特别精致，眼尾天生微微上扬，笑起来的时候，那双眼睛好像能摄人魂魄，特别吸引人。

贺廷当初就是看见她这样一抹笑才心动的。

此刻她忽然这么一笑，贺廷还是不可避免地被迷得恍惚了一下。

也恰是在他走神的时候，盛微语从服务员刚推过来的餐车上，端起一盘意大利面，狠狠地扣在了贺廷脸上。

贺廷被扣了个措手不及，连连后退了两步，脚下不稳，摔倒在了地上。

盛微语居高临下地睥睨着他，漂亮的眉眼里满是冷傲：“姐姐以前修理你这样的浑蛋时，你还在穿开裆裤呢。”

说完，她转身想要离开。

这时，贺廷忽然表情扭曲地从地上爬起来，快步朝她冲了过去，大喊道：“我杀了你……”

餐厅里的人都把心提到了嗓子眼儿里。

谁都没料到，女人竟然没躲开，反而转身往前迈了两步，抓住他的双臂，右腿使劲儿一抬，膝盖狠狠地撞向他双腿之间。

贺廷吃痛地闷哼一声，本能地弓下腰，捂住被伤害的脆弱部位，额间青筋暴起，脸色涨红如猪肝。

餐厅里的人都为他倒吸了一口气。

这得……多疼啊。

盛微语后退了两步，深呼吸，缓了一口气，稍稍整理了一下自己有些凌乱的裙子。

她站在倒地的男人面前，舌尖舔了舔贝齿，扬起一抹冷笑，说道："忘了告诉你，姐姐最拿手的可不是写论文，而是这一招。"

话音落下，她转身从旁边的餐车上抽出一张纸巾，擦了擦手，将废弃的纸团一个抛物线丢进了门口的垃圾桶里。

动作干脆利落。

同她离开时孤傲的背影一样，没有一丁点儿留恋。

一直坐在不远处看完这出戏的男人，看着她离开的背影，表情冰冷的脸上，忽然勾起一抹极小的弧度。

【2】

林冀目瞪口呆地看完这出玄幻的戏，嘴巴都张成了"0"字形，一时都忘了合拢。

以前看过的戏，哪个不是原配愤愤离场，浑蛋嚣张得意？再激烈的，也不过是滚蛋被赏一个耳光，那多打几个耳光的，还算是狠的。

但比起今天……以前上演的那些，根本就是"小儿科"，只是给那些浑蛋玩意儿挠痒痒而已。

今天可是差点儿就断了那浑蛋的根啊……

他看了看女人离开的方向，又看了看倒在地上捂着胯裆呻吟的男人，忽然觉得下身一紧。

光是看着——都疼。

林冀咽了咽口水，说道："这、这女孩儿不、不错……"

天使的外表，野兽的内心，动作快准狠，丝毫不留情。

那彪悍的一招，也不知是练了多久，才练得这么纯熟……

女孩儿的背影消失在门口，易言收回目光，嘴角若有似无地勾起一抹弧度。

这弧度却丝毫没能柔和他硬朗的面部线条，和周身清冷的气质。

只让人觉得，这是一种没有什么温度的、轻视的笑。

看着那边一片狼藉，林冀忽然又想到了什么，他看向易言，眼神里充满了探究："不对啊，易教授，你今天怎么管起闲事来了？"

易言刚刚让服务员送餐过去的十二桌，正是那对浑蛋所在的那一桌。

那个漂亮女孩儿扣在那个浑蛋脸上的那盘意大利面，就是他林冀点的。

和易言认识了八年，易言什么性子他还不了解？

天塌下来眼皮子都不见得会眨一下，今天怎么忽然管起这档子闲事来了，暗中推波助澜，推了那个女孩儿一把？

林冀意味深长地看向好友，说道："易教授，你不对劲儿啊！你老实说，是不是看上那个女孩儿了？不老实交代，今天我可不请客了啊。"

易言瞥了他一眼，站起来，冷冷地开口道："今天这顿，我请了。"

说罢，长腿一迈，离开了餐厅。

离开餐厅后，盛微语拉着她的行李箱，回到家。

想起刚刚发生的事，她余怒未消，只觉恶心。

她和贺廷认识的时间其实不长。

贺廷是个富二代，在 B 大读研，是一个理工学霸。他身材高高瘦瘦，戴着一副无框眼镜，一身书生气，看起来却不文弱，性格也很阳光，很讨女孩儿欢喜。

盛微语则在 B 大攻读心理学博士，和贺廷是在一次联谊活动上认识的。

她平时不是在学校做调查报告、写论文，就是在心理咨询所忙活。

一般遇到这种学生，导师都会觉得捡到了宝。可她那位博导关注的重点，一直是自己这个得意门生迟迟空缺的感情。

于是，盛微语的导师以"了解高校大学生心理状态"为理由，让她去了联谊会。

在一众朝气蓬勃的本科生之中，盛微语这位已经在读博的"老学姐"就显得格外突兀。

佩服是有，但也免不了有人拿"女博士学历"这个梗开玩笑，她脸上附和着笑，心里直叫着苦。

这时候，一个白白净净的男孩儿站起来帮她解围，着实赢得了她不少好感。

贺廷自称也是被导师叫过来的，两人顿时就觉得同病相怜，闲聊的话题也就多了不少。

交换联系方式，微信聊天，朋友圈点赞，吐槽导师，一来二去，渐渐熟悉了起来。

发展到之后，约饭，看电影，又暧昧了两周，贺廷告白了。

盛微语当时觉得，认识不过一两个月，这感情发展，快是快了点儿，倒也还算顺理成章。

再加上贺廷确实是个不错的男孩儿，体贴细心：在路边散步的时候，会主动把她换到里侧；和她一起吃饭的时候，会留心她爱吃和不爱吃的菜。

她在咨询所附近租房住，离学校有些距离，送她打车回家的时候，贺廷会拍下车牌。

这种润物细无声的关切，让盛微语很难拒绝，毕竟她也单身了这么多年。

于是她就抱着试一试的心态，答应了，也免了导师天天在她面前念叨，害怕她变成大龄剩女。

原本以为就这样顺其自然下去，没想到的是，“远香近臭”这个词，确实是个真理。

交往之前，盛微语觉得，贺廷这个人，胜在体贴细心，人也老实。

交往之后，不会有哪个女朋友会喜欢自己男朋友是个行走的大暖炉，对所有相识或不相识的女孩儿都不合时宜地发光发热，而他老实的性格也只是一层虚假的伪装。

交往不过一个月，贺廷不下十次暗示她，想去她家待一会儿。大家都是成年人，盛微语自然知道他是什么意思。

只是她觉得这进度太快，每次都装傻充愣地糊弄了过去。

这之后，贺廷的态度明显变得冷淡了不少，虽然还是会跟她在微信上聊天，但是从不主动找她，语气也从小奶狗似的活泼可爱，变得公事公办起来。

盛微语心里不舒服，隐隐觉得对方跟自己交往的目的没她想的那么纯粹，又怕是自己多想，为此，还特意去询问了周霖霖，她同父异母的弟弟，让他帮着分析一下。

弟弟简单粗暴，直接给出了四个字——他想睡你。

盛微语自然接受不了，还差点儿和弟弟吵起来。

直到上周，盛微语跟着导师去国外参加学术交流会，收到一份文件。

文件里一堆照片，目录分组都长长一串：前女友、现女友、撸啊撸女孩儿、农药女孩儿、吃鸡女孩儿、基三女孩儿，还有学校小师妹、邻校小师妹。

每组一到十个女孩儿不等，身高、生日、喜恶、习惯等写得满满当当，比实验数据还详细。白纸黑字，纯手写，修改的痕迹明显，看得出经常对这些资料进行更新，添添补补。

盛微语没去追溯这文件是怎么来的，那熟悉的字迹就足以让她透心凉。

这要放在哪个微博上面，她吃瓜的时候，还会为这个男人竖起个大拇指："真牛！"

然而现实是，这个男人是她的男朋友。

盛微语双手竖起中指，都表达不尽自己的愤怒。

你要是做实验的时候有这心思去搜集数据资料，每次论文Deadline还用得着那么手忙脚乱？还用得着叫上她这个外行熬夜和你一起赶论文？

愤怒之余，盛微语忽然想起自己也在那个文件里，记载着她资料那页的文档还用黑体字加粗画了重点——女博士，擅长写论文，长得美，睡不到。

盛微语很无语，我真心和你谈恋爱，你却拿我当论文合成机，还是能上床的那种？

请立马圆滑地滚开好吗？

昨天学术交流会提前结束，她手机里又收到未知号码发来的消息，是贺廷与其他女人聊天记录的截图，说的是今天这个时候在这家餐厅约会。

而在她收到这些消息的前半个小时，贺廷还告诉她，今天要在实验室待一天。

盛微语气得不行，当即跟导师请了假，回国捉奸。

这场恋爱的开始、发展和结束都挺平常的，除了最后的那一扣，一顶，恋爱过程平淡得像一杯白开水。

以至于盛微语想要黯然神伤地回忆细节时，却想不起一个心动的瞬间，哪怕只有一秒。

盛微语倒没觉得有多难过，只是有些可惜。

这几个月的相处，她费了时间，也费了心思，折合下来，可以做几份调查报告，写几篇论文了。

绿灯骤然亮起，车流停下。

三五个穿着蓝白校服的高中生迎面走过来，谈笑风生，眉眼之间，神采奕奕。

他们从盛微语身边路过，个子娇小的女孩儿仰着头和旁边的高个男孩儿谈论着学校的趣事，谁没写完作业，谁又考了开学考的前几名。

高个男孩儿一脸冷漠，却也还算耐心地充当一个倾听者。

年轻稚嫩的声音清脆灵动，像夏天加了冰的柠檬水，清爽澄澈。

盛微语怔了怔，恍惚间，似乎又回到了高中时代。

靠在树下的男孩儿闭着眼睛假寐，阳光从树叶缝隙中钻过，零碎地洒在他身上。

她站在男孩儿身前，弯下腰轻轻地拨弄着他的头发，口中不停地碎碎念。

手腕忽然被人扣住，冷不丁对上他冷冰冰的眼眸。

他声音微沉："安静。"

盛微语笑了笑，充满了怀念。

而后又自嘲地扬了扬嘴角。

仿佛在嘲笑自己没出息，总妄想抓住那些美好，却忘了，它们早已在时光里流逝了。

这时候，包里手机震动。

盛微语摸出手机，低头瞧了一眼，看完便皱起了眉。

是她表妹发来的消息，说是小长假去国外追偶像的演唱会，现在那边天气恶劣，航班延误，赶不回学校上课，让她帮忙代上几天课。

消息中说辞很可怜，还用了两个看起来就惹人怜爱的表情包，但盛微语看了眼角直抽搐。

当她傻到不会查当地的天气还是当她现在闲到开花？

航班延误，回不了国？不存在的。是她许幼白在国外还没玩够。

盛微语马上回了一条消息。"我拒绝。"

"我给你带水乳、香水和口红，要什么带什么！原价！"

"代几天？"

许幼白翻了翻白眼。

女人之间的交易往往都这么简单粗暴。

许幼白也在 B 大上学，还是个大一新生。

她之所以这么胆大包天敢逃几天的课，完全是因为这几天她本来就没什么课，除了几节高数。而当天下午，就有一节。

正好导师还在国外，盛微语这两天挺闲，又看在那些比国内专柜便宜了几成的化妆品的分上，就答应了下来，回家放好行李就去 B 大给她代课。

盛微语支着下巴，垂着眼，指尖有一搭没一搭地轻点桌面，百无聊赖。

她像只慵懒的猫，躲在最后排的角落，与这群青春洋溢的大学生格格不入。

教室里细细碎碎的说笑声在一瞬之间消匿。

所有人的视线不约而同地落在门口的人身上。

盛微语抬眼看过去。

教室门口，穿着黑色衬衫的男人逆光而立，手里抱着一本书。

他身材颀长，领口和袖口的纽扣都被一丝不苟地扣上，黑色衬衫穿在他身上，帅气而得体。

外面投射进来的阳光，在他细碎的头发上洒了一层金色。

可因为他寡淡的眉眼，和身上那种无端的冷艳气质，没能给他增添一分容易亲近的温度，反而多了几分禁欲的气息。

盛微语眸光一颤，搭在桌上的手就此僵住，没再有动作。

目光黏在那人身上，好似那是个幻觉，只要一眨眼，就会消失不见。

男人走上讲台，放下书，在笔盒里拿了支粉笔，转身在黑板上写下两个苍劲有力的字。

声音清冷低沉，像是刚从冰库里拿出来的冰水，带着几分冷意："易言。"

盛微语收回支着下巴的手，靠在身后的椅背上，抱着双臂，好整以暇地看着讲台上的男人。

"易言。"

这两字在她唇舌间婉转念出，好似带着点儿其他的意味。

盛微语望着讲台上的男人，目光仿若穿透了时光，流转了岁月。

仿佛又回到了穿着蓝白校服的时候，她拦在那个少年面前，霸道又无礼地索要姓名，不给就不让过路。

气质清冷的少年皱紧了眉，仿佛下一秒就要说出冷酷的拒绝话语。

可他偏偏慢慢吞吞地从嘴里吐出不符合他高冷气质的几个字："你、你有……毛病？"

【3】

盛微语第一次见到易言的时候，她上高一，易言上高三，那时候他们都还穿着丑丑的蓝白校服。

她被同学用激将法打赌，跑到高三教室，去招惹一中著名的"高岭之花"。

少年肤白腿长，背脊挺直，版型肥大的校服穿在他身上也不显松垮无力，反觉得刚刚好，干净利落。

他长睫低垂，瞳孔漆黑深邃，脸上神情平淡，即使不说一句话，也无端带了些许震慑力。

盛微语单手支撑在门框上，拦住他的去路，嬉皮笑脸地问他的名字。

对方不答，她便不动，一副不告诉她名字，就不让过去的耍赖模样。

僵持了一阵，易言蹙着眉毛，看向她的眼里多了几分不悦："你、你、有……毛病？"

不自然的停顿让盛微语讶然了片刻，她凑到他耳边，弯着眼笑嘻嘻地说道："我就要个名字，又不是要对你怎么样，你怎么就紧张成结巴了？"

说完，眼睛又抽筋般地眨了眨，朝他抛了个算不上媚眼的媚眼，说道："说吧，你叫什么名字？"

易言面无表情地看着眼前对他嬉皮笑脸的女孩儿，目光离开她明媚张扬的笑脸，落在她支撑着门框的手上。

纤细白嫩的手如同葱白，手指修长，指甲修剪得很圆润，上面点缀的红色甲油泛着透亮的光，鲜艳夺目。

易言抬起了手，隔着她的校服外套，将她支撑在门框上的手拎开，越过她，扬长而去。

盛微语也不去追赶，在他身后挥着手喊道："同学，我是高一（9）班的盛微语，很高兴认识你啊！也替你高兴认识我！"

时光如沙漏里的细沙不停流泻，当年那幅画面仿若电影中一镜到底的长镜头，骤然切回眼前。

盛微语盯着站在讲台上的男人。

男人褪去了年少的青涩，清冷的气质却没什么变化，一如以前。

他神情平静，不急不缓地解释自己来这儿授课的理由："李老师休产假，这个学期的课由我代上。"

突然来了位颜值、气质都数一数二的男神老师，班上顿时引发了一阵不小的轰动，尤其是女孩儿们，脸上难掩激动，掌声呼之欲出。

教室里的窃窃私语，都在男人的下一句话后戛然而止。

"从今天开始，旷课、迟到、早退达到三次的同学，考试以零分处理，现在开始点名。"

话音落下的瞬间，教室里一片哀号。

易言面不改色，翻开花名册点名："谭怡景。"

"到！"

"李文静。"

"到！"

……

"许幼白。"

"……"

"许幼白。"

"……"

连叫两声都没有人应，易言抬起头，望向偌大的教室，又喊了一次："许幼白。"

"到。"

一只纤细的手在后排举起。

易言抬眼望过去，只见一个女孩儿坐在后排最角落，懒懒地举着一只手，看向他这边，嘴角弯弯，笑意盈盈。

"易老师，我在这儿。"

盛微语紧盯着讲台上的男人，不放过任何一个捕捉他脸上表情的机会。

她心里不觉隐隐期待会是惊愕？抑或是欣喜？

男人的目光从她脸上掠过，停顿了片刻，却又毫不留恋地收回了目光，低下头继续去念下一个名字。

盛微语眉梢一挑，收回手。

坐在盛微语旁边的两个女孩儿低声议论，笑她故意拖时间不喊"到"，刻意让男神老师注意自己的做法太心机，又幸灾乐祸她这心机对男神老师没一点儿用。

声音不大，却只字不落地落入了盛微语的耳中。

她不动声色地往那边瞧了一眼，恰巧撞上议论她的女孩儿偷偷瞟过来的视线。

盛微语抿着嘴朝那个女孩儿笑了笑，还没等她开口，对方便先慌乱地移开了视线，满脸心虚的模样。

她扬了扬唇，扭回头，想将注意力重新放回到讲台上，桌子上却出现了一张要她联系方式的纸条。

纸条巴掌大小，边缘都不齐整，一看就是刚从书页上撕下来的。

盛微语不着痕迹扫了四周一眼，不出意外地撞上一个男孩儿的视线。

那个男孩儿就坐在她座位的侧前方。

见她看过去，男孩儿也不扭捏，咧嘴笑了笑，身体微微往后仰了仰，朝她的座位靠近了一些，偏过头低声问道："同学，瞧着眼生，你是来代课的吧？"

盛微语也不遮掩，说道："同学，有句话叫看破不说破。"

见她坦坦荡荡，男孩儿笑了笑，说道："那既然有缘被我识破，不如趁机认识一下？"

说罢便看了一眼她手中的纸条，意思不言而喻。

盛微语看了他一眼，本不打算给电话号码，她刚被浑蛋涮了一回，近期对这种像浑蛋一样擅长勾搭女孩儿的男人都没什么好感，心里正打着婉拒的腹稿，一抬眼便撞上了讲台上的男人投过来的目光。

一个平静而陌生的眼神，却让她脑子里正在思考的事物瞬间清空，化为空白。

鬼使神差的，盛微语做出的行动与方才的想法南辕北辙。

她在那张纸条上写下一串数字，慢慢悠悠的，故意卡在易言的视线再次往她这边扫视的时候，递给了男孩儿。

再与他视线相接，她也不慌不忙，向他扬起了一个弧度最美的微笑。

然而对方仿佛没看到一般，漠然地移开目光，继续讲他的课。

哪怕一点儿与课堂无关的情绪，都没有外露。

仿佛他每一次把目光从多媒体移到讲台下，都只是教师在讲课时，为了抓不听讲的学生的一个职业习惯。

对方的漠视，让盛微语嘴角的弧度滞住。

原本笃定自信的内心此刻开始动摇。

是真忘了，还是没认出来?

盛微语抿紧了唇，脸色发白。

这两者，都足以让她恼羞成怒。

前方的男孩儿如愿得到联系方式，也没立马掏出手机存下来，他自知不能给人留下好像几百年没见过美女一样的猴急印象。

收好纸条，他维持着这个别扭的姿势，继续搭讪。

已经得到了电话号码，对方自以为很能聊天地同她喋喋不休起来，周围认真听课的同学被打扰到，眼神已有不满，盛微语心里也有些无奈。

她脸上挂着敷衍的笑，给出终结话题的暗示："不如先听课？"

听出了她的暗示，男孩儿也没显现出话题强行终止的尴尬。

看见盛微语面前空空荡荡的课桌，他笑得自然："你没带书过来？不如用我的？"

说着便将自己桌上的大物教材放到盛微语面前。

恰是这个时候，讲台上一直任凭教室里讲小话、玩手机也无动于衷的男人，终于停顿了两秒。

"这个问题，谁能回答？"

易言笔直地站在讲台上，视线往同学们身上扫。

目光所及之处，一颗颗头颅纷纷垂了下去，以发量充足的头顶示人。

偏就有一个人，昂首挺胸，与他对视，仿佛就等着他，喊出她的名字。

盛微语看着易言朝着自己走过来，眸中闪过得逞之意。

她抬着头，与他对视。

然而下一秒，男人却停住了脚步。

停在了她前方的桌边。

修长的手指微屈，他敲了敲搭讪的男孩儿的桌面："你来回答。"

男孩儿得令不得不站起来，意料之中的哑口无言。

易言看了一眼他面前空空的桌面，又看向他，带着一种不怒自威的压迫感，说道："连书都不带，你是来学习的，还是来坐阵的？"

搭讪的男孩儿表情紧张，被易言看得直发怵："我、我……"

"易老师，您误会了。"女孩儿的声音突兀地插进来。

易言闻声看去，却见女孩儿弯着嘴角看着这边，眉眼盈盈，替那个男孩儿说话："他把书借给我了。"那像漂亮鸦羽一般的长睫扇了扇，目光诚挚地说道，"易老师，我下次一定记得带书。"

不知是有意无意，女孩儿刻意加重了"记得"这两个字，仿佛在强调着什么。

易言站在她侧前方，垂着眼，居高临下地看着她，眼神陌生。

不超过两秒，嘴角若有似无地往上翘。

不是嘲笑，而是一种轻视，质疑她这句话的可信度的轻视。

他轻“呵”一声，真就如同一个长者一样，“好心”提醒她这位吊儿郎当的学生：“你也要记得，认真上课，别讲小话。”

盛微语盯着他转身离开的背影，嘴角的弧度渐渐抹平。

从易言走进教室到现在，她不遗余力地暗示、提醒，甚至挑衅，换来的却是对方漠然的眼神和冷淡的态度。

这一切，就像对方搬起了一块坚硬的石头，将她骄傲的外壳狠狠砸碎，把那卑微的内心毫不留情地暴露出来，供人嘲笑。

盛微语垂下眼，长睫微颤，掩去眸中的波澜。

下了课，盛微语就打电话给表妹，拿书。

把教材拿到手，她也没在B大久留，直接回了公寓。

导师还在国外，她这两天算是半休假状态。她闲来无事，半躺在沙发上，拿着刚带回来的物理教材，翻着看。

不出所料，看了没几行字，她便哈欠连连。

盛微语打了个哈欠，心想：物理书不被纳入催眠工具的行列，真是可惜了。

“提前回来了？”

凌希从外面遛完狗回来，一开门就看见本应该在国外参加学术交流会的盛微语，以一副“北京瘫”的姿势，躺在沙发上，手里举着一本书，却一副快睡着的模样。

“看什么书呢？这么起劲儿？”

她把遛狗绳给大侠解掉，拿了个公仔，让大侠去一边玩。

走到沙发前，瞧见盛微语举到头顶的书的封面，凌希眼角一抽：“《大学物理》？又帮你男朋友做作业……”

“不对啊，”说到一半，凌希顿了顿，又接着说道，“贺廷不是研一吗？你拿本《大学物理》看什么？”

盛微语看了她一眼，把书放到一边，解释道：“帮我表妹代几节课，随便翻翻。”

“还有啊，”盛微语依旧没有要从沙发上起来的意思，她伸出手，从茶几上的果盘里摸了个苹果，“咔嚓”咬了一口，这才慢悠悠地说道，“我和贺廷分了。”

这平静的语气，仿佛在说今天天气真好。

凌希惊讶地撇了撇嘴："什么时候的事？"

"就今天。"盛微语补充道，"他劈腿，被我撞见了。"

仿佛想起了什么恶心的画面，她嫌恶地皱了一下眉，不想再去回忆。

听见"劈腿"这两个字，凌希的脸色沉了沉，还想说什么，看见盛微语这副模样，便没再多问。

正想着怎么安慰她几句，对方却从沙发上坐起，盘着腿，一脸正色道："你现在还记得你的高中同学吗？"

怕这话问得不够清楚，她又换了个说法："这么说吧，你现在对你的高中同学都还有印象吗？"

见盛微语一改吊儿郎当的散漫状态，忽然换了个人似的，变得认真严肃，凌希有些惊讶。

她想了想，说道："看情况吧。"

"看情况？"盛微语一脸困惑，"看什么情况？"

"就是分记得和不记得的情况。比方说我记得戴眼镜的寸头胖子，还欠着我五元八角钱，直到毕业都没还；记得我同桌那一米七八高的大男孩儿体重不过百；还记得……"

"打住，打住。"盛微语及时制止了凌希如数家珍般回忆那些鸡毛蒜皮的小事，"你说的这些都是同班同学，我想问的是，除了同班的，你还记不记得其他人？"

"不同班的我记那么多干吗呀？"

凌希莫名其妙地看着她，又很快想起了什么，两掌一击："对了，我还记得我们学校的校草，比我高两届。"

她脸上带着点儿花痴的小骄傲："特别帅。"

闻言，盛微语摸了摸下巴："那不应该啊……"

凌希莫名其妙："不应该什么？"

"按你的说法，盛微语同学这么漂亮，他不应该不记得啊。"

凌希抽了抽嘴角，她从未见过如此自恋之人。

尽管她的确有自恋的资本。

等等！

凌希忽然注意到"他"这个代词："你说谁忘了你？"

她眼神变得八卦起来："你遇见谁了？"

"要怎么说呢？他的身份……"

盛微语盘腿坐在沙发上，视线落在被她丢在一旁的物理书上，好似在透过这本书，看到了什么。

她勾了勾唇，幽幽地说道："一定要说的话，他算……"盛微语顿了顿，"我死去的初恋？"

## 第二章
## 当我遇见你

【4】

翌日。

盛微语再一次去了 B 大代课。

导师还没回国，她偷个闲，翘了咨询所半天的班。

同在咨询所工作的凌希见状，也是无奈，答应她睁一只眼闭一只眼。

她今天化了淡妆，唇上的口红色号，也从凌厉的正红色，换成自然的豆沙水蜜桃色，温柔感满分。

波浪卷的长发也被她扎成了简单的马尾，配上白色吊带连衣裙，比起昨日，更像是一个被象牙塔保护的学生，一点儿攻击性都没有。

只有手上的红色甲油，虽与她这身打扮格格不入，却依旧因她偏爱而保留了下来。

盛微语到教室时，时间还早。她挑了个靠近讲台的座位，戴上耳机，听歌打发时间。

她撑着下巴，半合着眼睛，像是在假寐。

离上课时间渐近，教室渐渐被填满，也渐渐变得嘈杂。

身旁的几个女孩儿，声音不大不小地在议论着八卦。

“你们听说了？咱们这个新来的易老师，是刚从美国回来的教授。”

“Oh，my god！教授？他才多大年纪啊？就评上教授了？”

“所以才说是大牛啊！智商高，又长这么帅，简直就是绝版的男神！”

“听说他之前在美国那边工作，这次是因为私人原因暂时回国。”

“不知道他有没有女朋友……”

耳机里的歌声还在悠悠地播放着，只是声音被调到最小，丝毫压不住外面嘈杂的声音。

不知怎的，嘈杂声渐渐变小。

盛微语抬起头，视线往门口的方向瞟，看见面容清冷的男人从外面走了进来。

他换了件衬衫，黑白竖纹，没打领带，衬得他的身材越发颀长。

视线相接，一眼望见那双漆黑沉静的眸子，她秀眉一扬，挺了挺腰，摘了耳机，从抽屉里拿出物理书，摆在桌面上。

纤细匀称的修长手指，微微屈着，有意无意的，在那本物理书的封面上，一点一点的。

像是在提醒着什么。

易言不动声色地瞥了她一眼，像是没看到她这赤裸裸的挑衅一般，将带来的课件打开，声音清冷："上课。"

从男人进入上课状态开始，盛微语就觉得，这辈子的困意都集中在了这节课上。

本着"既然坐在了前排就要给老师面子，困死也不能玩手机"的原则，盛微语挺了挺腰，打起精神。

三分钟后，她端正的坐姿开始变得随意。

五分钟后，她随意的坐姿换成撑着下巴。

十分钟后，撑着下巴的她眼皮开始打架。

第十一分钟后，上下眼皮和好如初，相亲相爱地拥抱在了一起。

斗志向物理屈服，灵魂都安详沉睡。

意识蒙眬之中，盛微语做了个恍惚的梦。

她极其厌恶这种模棱的梦境，如将死之人生前最后一刻的走马灯，即使藏在内心深处最隐秘的记忆，在这里也无处可遁。

梦里的她，抱着一摞习题和资料，不情不愿地站在一扇房门前。

房门被人从里面打开，清俊的男孩儿站在门口，似乎对她的如约而至有些意外，脸上却没显露出什么意外的情绪，也看不出悲喜。

他向来如此。

男孩儿侧身让开一条道，说道："进来。"

他咬字清晰，发音也意外地流畅，却只局限在两个字以内的短句。

盛微语恶狠狠地瞪了他一眼，眼里尽是不服气的暴戾，却还是抱着习题和资料听话地进了屋。

继“听话”地带着习题到他家之后，又不得不“听话”地摊开她原本一个学期都不会看两页的物理课本，看教学视频。

听着教学视频里，物理老师极具催眠特效的声音，她的意识开始混沌，头也渐渐变重，疯狂地想要亲吻桌面。

迷迷糊糊之中，面前好像站了个人，遮住了刺目的光，在她身上投下一片阴影。

她在混沌之中挣扎着，要不要睁开眼睛去一探究竟？

然而还没等她从沉沉的睡意中挣扎出来，指关节叩在桌面上的敲击声便钻入她的耳里。

紧接着，一道清冷的男声响起：“睡得好吗？”

盛微语迷迷糊糊地睁开眼睛，入眼便是一只好看的手。

手指白皙修长，皮肉匀称，指甲被修剪得整齐干净，手背的皮肤下隐约可见青色的血管。

她愣了愣神，终于反应过来，猛地抬起头，落入眼里的，是男人线条分明的脸，褪去了年少的青涩，眼神也变得十分陌生。

她的心就像被电击了一般，不知怎的，有种白驹过隙却什么都不曾留下的失落。

易言站在她桌前，微垂着眼看着她，脸上的表情是她所熟悉的，也是她所厌弃无数次的漠然。

盛微语有点儿恼。

男人漠视一切的态度，始终沉静的眼神，都是她恼火的理由。

即使对方一句话不说，一个表情也不露，但偏偏就让她觉得，自己在他眼里，是舞台上的丑角，是个滑稽可笑的跳梁小丑。

可她天生反骨，越是让她不舒服，就越诱惑着她去招惹。

十年前是这样，现在亦然。

盛微语缓了片刻，才后知后觉地发现，男人的课不知什么时候已经中止，教室里所有同学的目光，都集中到了她身上。

大家都以一副看热闹的表情看着她。

她也不觉窘迫，相反，她见多了这种看好戏的目光，脸皮早已修炼到城墙那样厚。

她不慌不忙地仰起头，嘴角扬着笑，笑意却未达眼底，眸子里闪着毫不遮掩的挑衅。

“睡得当然好，易老师不愧是教授，光是声音，就治好了学生多年的失眠症。”

她仰着头望着易言，眨巴着眼睛，做出天真的姿态，说道：“就是这物理书太硬，硌得慌。”

话音一落，安静的教室里发出了哄然的笑声。

易言冰冷的目光在教室里扫视了一圈后，哄闹的教室里又恢复了安静。

对于她这般狂妄的挑衅，易言一点儿都没被激怒，脸上依旧看不出有一丝情绪波动：“那你换本书垫，继续。”

他刻意顿了一下，目光在她脸上扫视了一圈，嘲笑似的，一侧嘴角勾了勾：“记得多准备几张纸巾，擦擦口水。”

盛微语条件反射般地往脸上一摸，却没有什么湿润的触感。意识到自己被耍了，她抬眼瞪向易言，对方却只留了个背影给她。

易言回到讲台上，继续上课。

盛微语磨了磨牙，一股怒气憋在心口。

从内而外，全身都像在燃烧。

怒气被男人轻易挑起，让她浑身燥热又兴奋，生出一种遇见劲敌的兴奋感。

她紧盯着讲台上的男人，眸中闪着渴望去征服的意念。

睡着的人，容易被吵醒。

装睡的人，却难得叫醒。

可她偏就不信，敲锣打鼓，她也要让这个装失忆的易老师，“醒”过来。

下了课，盛微语回到家，就看见表妹发来的消息，问她在国内做了什么，给自己招来“烂桃花”。

盛微语一时间还没反应过来，缓了缓，才想起来，对方口中的“烂桃花”，是昨天问她要联系方式的搭讪男。

她昨天留的是许幼白的电话。

盛微语三言两语讲了一下事情的原委，顺便表达了一下自己作为表姐，对因为沉迷追星而至今没恋爱过的母胎单身表妹的深切关怀。

许幼白回消息表示：“谢谢您嘞！”

盛微语假装没看出对方的怨气，厚着脸皮回了句：“不用客气。”

许幼白：“……”

结束和许幼白的“友好会谈”，盛微语练了一会儿瑜伽，就卸了妆去洗澡。

刚洗完澡，凌希就打电话过来，让她记得带着大侠去遛弯儿。

大侠是凌希和盛微语一起养的泰迪犬，棕褐色小卷毛，近来精力旺盛，整天就想往外跑。

别看它身型小，它发起情来，连哈士奇都敢去招惹。

要是不每天带它出去遛遛，它能把家里的公仔都给掀翻。

盛微语懒得很，能躺着就决不坐着，让她出去散步，就等于喊她去跑八百米。让她跑八百米？怎么可能？那她会当场自杀。她也就是每天在家练练瑜伽，充当最基本的运动量。

然而再懒也没办法，谁让大侠是她盛微语当初捡回来的呢。

盛微语拿了遛狗绳，准备去给大侠套上，嘴里嘟囔着：“改天抽个时间去给它做个绝育手术好了。”

正在飘窗前对一只狗形玩偶做不可描述事情的大侠，身体一滞。

盛微语和凌希合租在咨询所附近的一个小区里。

小区挺大，还配有二十四小时便利超市，绿化也做得很好，带狗遛弯，绝对属上选。

大侠一出门就跟打了兴奋剂似的，拼了命地撒欢跑，盛微语拿着遛狗绳都差点儿没牵住。

折腾了好一通，盛微语只觉自己累得半条命都没了，手酸得跟撸了几十斤的铁一样。

好在大侠也终于消停了，不再疯跑，跟着她的节奏，慢悠悠地往前走。

见它忽然变乖，盛微语也松懈了下来，不再把遛狗绳揪那么紧，腾出手去兜里摸手机，想看看时间。

然而大侠像是先知先觉一般，瞬间就撒丫子狂奔，遛狗绳也从她手里挣脱出去。

盛微语蒙了。

这狗是成精了吧！

“你跑哪儿去！”

盛微语边喊边在后面狂追。天知道她有多久没进行过跑步这种剧烈运动了，跑了没几步就开始大喘。

好在大侠还有点儿良心，没跑多远，只是冲到了前面不远处的超市门口。

那里蹲坐着一只金毛犬。

盛微语撑着大腿，弯腰喘了两口气，急急忙忙地跟了上去。

等她小跑过去，看到超市门口的画面，她……恨不得自戳双目。

不，是给大侠截肢，打断它的第五条腿。

大侠正缠在那只漂亮的金毛犬的一条后腿上，屁股耸动，做着某种少儿不宜的运动。

也不知是大侠太霸道，还是金毛犬的脾气太温顺，又或许是纯洁的金毛犬还从没经历过这种恶劣的事，体型比大侠大了几倍的金毛犬，睁着无辜的眼睛，狗脸上写满了无措。

盛微语扶额，心想：给它绝育这事儿是得赶紧提上日程了，刻不容缓！

这也太丢脸了。

她走过去，捡起遛狗绳，正要把大侠强硬拉开。

这时，超市的门被人从里面拉开。

盛微语条件反射性地抬起头往超市门口看过去，一时间愣在了原地。

【5】

这两天扰乱她情绪的男人，此刻就站在超市门口，手里还提着刚买好的东西。

男人看见盛微语，也是一顿，愣怔了片刻，却没表露出过多的惊讶情绪。

他看了一眼两只狗的“大战”现场，抿着的嘴角难以察觉地抽动了一下，目光又落回到了牵着遛狗绳的盛微语身上。

易言看着她，嘴角往上提了一抹微小的弧度，比起大多数时候的寡淡表情，冰冷的眼里多了几许嘲意。

盛微语站在原地，浑身僵硬，手无意识地握紧了遛狗绳。

男人落在她身上的目光，让她深感局促。

纵然是她，也没想到，会在这个时间，这种场合，以这样奇葩的方式，和他偶遇。

更让她局促不安的原因是——此时的她，身上穿着松垮的家居服，素面朝天。

易言与狗的奇妙邂逅，已经不是第一次了。

自从盛微语那日去拦截了他一次，之后的一个月，她几乎天天去高三（1）班报到。

尽管自己热情似火，但易言依旧不搭理她。

他生来脾性淡漠，口吃之后，更是不愿意多说话。

饶是盛微语，也不得不对这位高冷的小结巴学长，产生了“棋逢对手”的敬佩之情。

偏偏连老天爷都对她宠爱有加，她没有搞定易言，她的狗，先帮她搞定了——她遛狗的时候遇见了易言。

可爱的小泰迪很不幸地正处于寻找配偶的阶段。

可怜的小结巴更不幸地被发情期的泰迪给看上了。

于是，便有了刚才这尴尬的一幕。

易言从地上捡起遛狗绳，试图把抱着自己的腿不撒手的小狗拉到一边去，一贯没什么情绪的脸上，罕见地变了颜色。

陷入魔障想发泄欲望的小狗和紧抿着唇想要拉开泰迪的易言，仿佛是一对奇葩的喜剧搭档。

盛微语赶过来的时候，看到这样一幅画面，直接笑趴了。

易言一个眼神扫射过来，愤愤地说道：“过、过来，帮忙。”

盛微语也还算是有良心，赶紧上前帮忙抱开了泰迪，用遛狗绳牵着它，后退了几步，让它够不着易言的腿。

小泰迪不满地发出抗议，汪汪直叫。

盛微语没理会它，她看着眉头紧皱的易言，忍着笑开口道：“要不要我帮你洗裤子？”

“不用。”易言果断地拒绝，他低头看了一眼裤脚，嘴角微不可察地动了一下，眼里露出了嫌弃的神情。

他又看向盛微语，归咎责任般地责备道：“遛、遛狗……就、就把狗绳……牵、牵好。”

“不是我没牵好，”盛微语举着手里断成两截的绳子，有些无辜，“你看，是绳子断了。”

绳子是被来家里做客的熊孩子给剪坏的，断痕处被用玻璃胶给粘了起来。

易言明显不想和她在这件事上探讨太多，转身就要走。

盛微语喊道："哎，小结巴等等。"

她把狗绳往掌心绕了两圈，牵着小泰迪朝易言走了几步，说道："我家泰迪侵犯，哦不，冒犯了你，我替它向你道歉，请你喝奶茶怎么样？"

"不用。"易言拒绝得没有一丝犹豫。

"真不用？"盛微语也不觉窘迫，她眯了眯眼睛，嘴角的笑多了些许不怀好意的意味，"可我就是想请你喝奶茶。我刚刚'不小心'给你和大侠拍了张照，你要是不答应，那我可能还会更'不小心'地把那张照片发到网上去，你说，这可怎么办呀？"

话里威胁意味十足，大有他不答应，她就会立马把这件糗事广为宣传的架势。

易言的视线终于落到了她身上，盯着她看，似乎在斟酌她这句话的真实性。

女孩儿微仰着头，看着他，眼尾往上扬，狐狸眼一般的眼睛里，是毫不遮掩的狡黠。

被他这么盯着，她也不窘迫，反而俏皮地冲他眨了眨眼睛。

易言侧开脸："我、我不、不喜欢……喝、喝奶茶。"

"那你留个电话？反正我请你喝奶茶也是为了想要你的电话。"

"你不喝奶茶是不是想帮我省钱呀？小结巴，想不到你这么贴心。"

易言不说话。

盛微语牵着大侠站在一旁，看着易言蹲在金毛犬前面，给它顺毛。

如果现在有镜子，她一定能看到自己这张写满尴尬的脸。

没有哪个女人愿意在自己穿着松垮家居服，素面朝天的时候，偶遇一个颜值、身材都属上品的男神。

这个男神还是她以前的"初恋"。

尽管这个"初恋"似乎已经不记得她了。

但这并不代表她愿意这么快就与他"坦然"相对。

最最重要的是，她刚才洗澡的时候发现她的鼻子上新长了一颗痘痘！

无论多么美丽的脸蛋儿，都斗不过一颗嚣张的痘痘！

盛微语几乎把眼睛盯成了斗鸡眼，去观察自己鼻尖上的那颗痘痘。

哇，巨大！

明明刚刚在镜子里看，都还没这么明显。

盛微语飞快地瞥了易言一眼，见他还蹲在地上安抚金毛犬，似乎没注意到她。

她偷偷地抬起手，两根手指掐着这颗碍眼的痘痘，正想把它挤掉。

对方却忽然在这时候站起来，转过身，朝着她看过来。

盛微语手指一颤，刚好把痘痘掐破。

沉默。

还是沉默。

仿佛空气都在这瞬间凝固了。

“有纸巾吗？”

易言沉默着递了一包纸巾给她。

“谢谢。”

盛微语面无表情地用纸巾按住鼻子。

她不知道自己是怎么平静地说出这些话的。

场面太尴尬，她有些缓不过来，精神恍惚，好像有个什么人控制了自己。

对，站在易言面前挤痘痘的这个人，不是她，不是她……

自我催眠了半分钟，盛微语终于缓过神了。

毕竟城墙一样厚的脸皮，不只是说说而已。

隔着纸巾按了按鼻尖上的痘痘，确认小凸起已经消失了，她往易言的方向看过去，弯着唇，不慌不忙地道歉：“真是不好意思，我家大侠让你的狗受惊了，我替它向你道歉，请你……”

“不用。”没等她说完接下来的话，易言就已经出声拒绝。

一如既往地干脆利落，不留情面。

盛微语被他截话截得生生地停顿了两秒，她挑了挑眉，对男人的反应似乎有些意外，却又像是在她意料之中。

她假惺惺地笑了笑，说道：“我还没说完呢，你这么急着打断我的话做什么？”

没等易言说话，她便低下脑袋，看着蹲坐着地上的金毛犬，说道：“而且我只是想请金毛小可怜吃顿狗粮，它都还没说不好，你急着拒绝做什么？”

说完，她便蹲下身去，抬手摸了摸金毛犬的头，好像它能听懂人说话似的，笑眯眯地冲着它说道：“你说是不是呀，小可怜？”

金毛犬睁着湿漉漉的大眼睛，任凭她怎样抚摸，也没有任何反应。

盛微语仰起头，假装无辜地说道："它说是。"

易言不言语。

盛微语又轻轻地拍着金毛犬的脑袋问道："小可爱，你想不想吃姐姐家的狗粮呀？"

金毛犬被迫顺着她的手稍往下点了点头。

盛微语再度仰头，看向易言："它说想。"

易言依旧一言不发。

若换作其他人，早被她这近乎无赖似的厚脸皮的做法逗得哭笑不得，然而这个人偏偏是易言。

易言只是站在她面前，居高临下地睨着她，眼神冷然。

他忽地扬起一侧嘴角，说道："想不到你还能和狗心意相通。"

盛微语噎住了。

没想到他会来这么一句，盛微语额间青筋一跳。

她压下骤然升起的火气，说道："易教授，您有所不知，我这都是练出来的。"

她收回搭在金毛头上的手，站起身，看着易言，别有意味地笑道："当年，我追一个不喜欢说话的小结巴，和他交流全凭猜，偏偏他又脾气古怪得不得了，为了追他，可把我累得够呛。"

说着，她朝易言又迈近了一步，直接拉近了两人之间的距离。

她凑到易言的眼皮子底下，扬起一抹别有意味的笑，故作玄虚地问道："易教授，您猜，我追到他没？"

易言与她对视，黑眸沉沉，嘴角抿成一条平直的线。

仿佛藏于深渊的龙被触摸到了逆鳞，男人周身都弥漫着令人恐怖的低气压。

他冷冷地开口道："我对你的往事不感兴趣。"

被他冷酷地一噎，盛微语愣了一下，顿时如鲠在喉。

心脏仿佛被什么东西给揪住，让她难受又憋屈。

"是我啰唆了？"

盛微语垂了垂眼帘，把情绪隐藏得很好。

她重新扬起唇，举着不知何时已经解开屏锁的手机，笑眯眯地开口道："我还欠金毛小可爱一顿狗粮，既然今天不方便，不如易老师留个联系方式，我们改天再约？”

话说得客气，径直拦在易言面前的动作可是一点儿都不客气。

大有他不留下电话号码，就不给他过去的架势。

这无赖的模样，与十年前拦在他教室门口，索要他名字的时候，如出一辙。

超市门口，面容姣好的女人与气质清冷的男人相对而立，视线相接。

男人身材高大，表情冷漠，漆黑沉静的眸子带着一股天生的气场。

女人却丝毫不惧，依旧云淡风轻，笑意盈盈。

易言盯着盛微语看了几秒，最终移开目光，接过了她手中举着的手机。

盛微语嘴角一弯，心里生出一股胜利的快感，有些洋洋得意。

易言输完号码，把手机还给她，转身正要走，却又忽然想起什么，顿住脚步。

他转回身，低头冷冰冰地看着盛微语，说道：“有一件事。”

两人之间差了大半个头，他又贴得很近，盛微语不得不仰起头，问道：“什、什么事？”

男人脸上的表情冷冷的，还没开口说话，就让她莫名有一股压迫感，身子不自觉地瑟缩了一下。

仿佛下一秒他就要伸出手去打她似的。

然而他只是微垂着眼帘，抬手在她右眉眉尾轻轻地点了一下：“你这里。”

指尖微凉的触感让盛微语浑身一僵，不自觉地问道：“怎、怎么了？”

“也长了一颗痘痘。”

……

晚上十点，房间里一片静谧。

放在书桌上充电的手机屏幕骤然亮起，发出幽蓝的光。

随着屏幕重新变黑，手机右上角的呼吸灯开始有规律地闪动。

不知过了多久，一只好看的手将它从桌面上拿起，手机屏幕又重新亮了起来。

易言刚洗完澡从浴室里出来，腰间只围着一条浴巾。他的头发还是湿的，水滴从发丝滴落到肩膀上，沿着宽阔的胸肌缓缓往下淌。

他的皮肤很白，像是长年未见阳光的那种白。他的身材却极好，整齐排列的腹肌结实匀称，性感的人鱼线足以让每个女人为之惊叹。

易言拿着手机，低头盯着屏幕上的新消息看了几秒。

是一个没有备注的陌生号码发过来的："易教授，猜猜我是谁？"

修长的手指在屏幕上点了几下，易言将消息发了出去："许幼白。"

盛微语差点儿被对方发来的这三个字给噎死，气得连翻了几个白眼。

她最近翻白眼的次数直线上升。

可能之后还要呈上升趋势。

好吧，就当她是许幼白。她倒要看看，他要装失忆装到什么时候。

她又发了一条消息过去："易教授，您的记性真好，上过一次课就记住我了。"

易言："嗯。"

盛微语冷笑，你还真是不谦虚啊。

她继续发消息："易教授，把全班同学都记住了？"

"没有。"

盛微语挑眉，这意思是说，易言只记得她？

哈，她现在更不信了，他肯定还记得她！

"那为什么只对我印象深刻呢？"

发完消息，盛微语一眨不眨地盯着手机屏幕，看看对方这次能有什么理由。

像是知道她这么殷切的心情一样，对方偏偏隔了好一会儿才回，吊足了她的胃口："你上课最吵。"

盛微语："哦。"

回了她最后一条消息，易言不动声色地把手机放下。

他看着窗外高悬的圆月，嘴角勾起一抹愉悦的弧度。

今晚月色不错。

# 第三章

## 辛德瑞拉的玻璃碎片

【6】

电闪雷鸣，大雨瓢泼。

硕大的雨点砸得窗户砰砰作响，好似有个凶悍的强盗在砸窗，下一秒就要破窗而入。

身形单薄的女孩儿被拽着头发狠狠地推倒在地上，额头在地上磕出沉闷的声响。

一个中年女人在尖刻地咒骂着，声音刻薄尖锐。

而她身后的男孩儿，躲在一旁幸灾乐祸地笑着。

男孩儿落在女孩儿身上的目光，猥琐而贪婪，仿若要用那眼神，扒光她身上的衣服，明目张胆地进行猥亵。

中年女人还在喋喋不休地咒骂着：“你这个小狐狸精，自己的亲表哥你都敢勾引！”

“我儿子这么听话，你还狡辩说他动手摸你？

“有书给你读就不错了，天天给脸色谁看呢？你这个有娘生没娘养的贱种！”

跌坐在地上的女孩儿在听到最后一句话的时候，瘦小的手紧紧攥成了拳。

她扶着椅子从地上爬起来，颤颤巍巍，几乎无法站立。

她的前额蹭破了皮，肿起了高高的一块，看着都疼。

可她连眉毛都没有皱一下，而是死死地盯着眼前的女人，声音沙哑地说道：“你说谁是贱种？”

中年女人气焰嚣张地回答道：“就说你呢，没爹的贱种！”

女孩儿抓起旁边椅子的椅背，不知从哪儿来的力气，奋力朝中年女人砸过去。

她红着眼眶歇斯底里地嘶喊："你说谁是贱种！"

盛微语一夜没睡好。

昨夜，下了一夜的雨，淅淅沥沥的雨声吵得她神经衰弱。

所以她最讨厌下雨天。

今天是她最后一次帮许幼白去代课。

她从床上爬起来，看见镜子里一脸憔悴的自己，心生烦闷。

她是伴着上课铃声走进教室的，进去的时候，教室里已经坐满了人。

靠近教室门口的边角还有一个空位，因为角度问题，看不清黑板那边的板书，这个位子平时是不会有人主动去坐的。

盛微语没得选，喘了几口气，挤到这个边角，将就着坐下。

也不算将就，反正她也不是真来听课的。

凑个人头，顺便在某人面前刷一下存在感而已。

盛微语看向讲台上的男人，昨晚的暴雨导致今天的温度有点儿低，他穿了件驼色的长款风衣。

这件风衣她在微博上见过，是国外一个挺出名的品牌，许多时尚博主经常推送这个品牌的服装，但穿出来的效果，还真得看人。

矮了不行，胖了也不行。

易言身形高大，穿着这件风衣更显得他肩宽腿长。

再搭上他那一身"生人勿近"的清冷气质，莫名多了几分禁欲的气息。

让人难以自控地去想象，脱了这些衣服的男人，会是个什么模样，是不是还这么禁欲？

还是……

盛微语舔了舔嘴唇，脑子里不自觉地就被那些令人心烦意乱的事情给占据了。

撞上男人无意间飘过来的冰冷目光，她心里一紧，摸了摸鼻子，没来由地一阵心虚。

物理课的催眠大法实在太强，尤其是她昨晚本来就没睡好。

盛微语最终没能撑过十分钟就倒在课桌上，睡得天昏地暗，不省人事。

意识蒙眬间，她心里总有一种隐隐的感觉。具体是什么，她也说不上来。

就只是觉得，今天好像有什么事，但到底是什么事，她也不记得了。

似乎不是特别重要的事，但也好像不能随便忽视，到底是什么……意识蒙眬间，她已经双目紧闭，睡了过去。

盛微语是被下课铃声给吵醒的，教室里多媒体的音响就装在她座位的正上方，响起来声音刺耳，她不醒才怪。

看到旁边的同学在收拾课桌上的书本，也有同学已经离开了教室，盛微语慢半拍地反应过来——原来是下课了。

见易言还在讲台上，她把书一收，站起身想往讲台那边去，约他吃饭。

然而刚站起身，她整个人就愣在了原地。

身体的某个地方，温热的液体如洪水决堤，汹涌而出。

盛微语又突然坐了下去，椅子被她撞击出“砰”的一声。

巨大的动静惹得旁人侧目，连讲台上正在给学生答疑的易言，都朝她那儿看了一眼。

然而坐在靠门口位子上的盛微语却仿若未觉，她惨白着一张脸，看着前方，眼神却没有焦距，好似在神游。

光从这副表情就能看出她现在极为不妙。

她现在也确实是很不妙。

盛微语终于想起她今天忘了什么事了。

今天是她月事造访的日子，所以才会这么想睡觉。

而现在的她只想找个地缝钻进去。

因为在这么一个重要的日子，她什么都没准备，甚至还穿了一条白裙子。

现在正是午饭时间，教室里的人已经走得差不多了，连上台向易言请教问题的学生，都收好了书本准备离开教室。

盛微语却还是坐在座位上，一动也不敢动，整个人如同一尊坚挺的石像。

她咬着唇，脑子里飞快地运转，想着现在是该打电话给凌希，让她送件衣服来，还是……

眼前的光忽然被人挡住，投下一片黑影。

盛微语下意识地抬起头，便撞进那双深潭一般的眸子里。

她条件反射性地挺直了腰背，全身肌肉都绷得紧紧的，像是突然发现自己的领域被外人入侵的猫，浑身奓毛，一眨不眨地盯着对方，一副警戒的模样。

盛微语抬头盯着易言，想伪装成什么事都没发生，可下身不可忽视的黏腻感却让她一阵心虚：“你、你还不走？还有什么事？”

男人眼眸低垂，沉默地看着她。

片刻后，他将不知何时脱下来挂在胳膊上的风衣，放到了她旁边的课桌上。

盛微语微微一愣，朝着易言看过去，还没来得及说什么，对方却已经迈开双腿，离开了教室。

盛微语低垂着双眼，看着眼前的风衣，有一瞬的恍惚。

像是被什么东西触动了一般，即使之前再怎么回避、隐藏，此刻的回忆如汹涌的潮水，席卷而来，让她避之不及。

恍惚间，她仿佛回到了十年前，刚认识易言的时候。

那时她才从易言那“要”到电话号码没多久。

自从要到了他的电话号码后，她每天都会定时给他发送消息。

早上说早安，晚上说晚安，问他吃饭了没，问他下课了没，给他发书上抄来的好笑段子，吐槽学校，吐槽同学，吐槽老师。

易言从来不回消息，她也不知道易言到底有没有看那些消息。

老实说，她甚至都觉得自己已经被他拉进了黑名单中。

那天临近放学，她也不知道怎么回事，月事忽然造访，没一点儿征兆。

她什么都没带，连万能的校服都好巧不巧地在那天落在了家里。

盛微语平时再怎么没脸没皮，那时候也只是个刚进入青春期不久的十五岁少女。

青春期是对“性”与第二特征最为敏感的时期，渴望与人讨论的同时，又唯恐被人议论，盛微语难得一次着急了。

在无所适从之下，她给易言打了电话。

她害怕被别人知道这件事后嘲笑她，却没来由地相信易言，一个对她爱搭不理的男孩儿。

出乎意料的是，电话打通了。

男孩儿没把她拉入黑名单，也没有挂断她的电话。

打完电话后没多久，易言来到了她的教室。

这时已经离放学过去了半个小时，教室里只有他们两个人。

男孩儿站在女孩儿课桌旁边，看见女孩儿捂着肚子趴在桌上，表情有些痛苦，更多的是，前所未有的难堪。

易言没多问什么，甚至一句话都没说。

只沉默地拉下校服拉链，脱下校服，扔到她头上，转身便走。

等盛微语把他的校服外套从头上扯下来，映入她眼帘的，只是他离开教室的背影。

当时的盛微语，看着男孩儿瘦高的背影，心里有种异样的感觉。

像是有只小猫爪子在不听话地挠啊挠。

她第一次知道，原来一个人的背影，竟然也可以这么帅。

……

盛微语低头看着怀里的外套，嘴角不知不觉地往上轻扬，眉眼柔和。

凌希坐在沙发上看电视，不经意间往旁边瞥了一眼，看见盛微语对着一件外套发呆的模样，脸上写满了嫌弃。

“盛小姐，你已经盯着这件外套看了一个多小时了。请问这件外套上是有花呢，还是能被你看出花来呢？”

盛微语收回思绪，盘着她那双大长腿，懒洋洋地窝在沙发一角。

她单手支撑着下巴，微眯着眼，内心像是在盘算着什么，嘴角弯起愉悦的弧度，像极了一只晒了太阳后，满足的猫。

凌希见她这副模样，摇了摇头，嘟囔道：“这个女人，天天在我面前散发魅力，还不自知。”

得亏她的兴趣是正常的，要不然，没准哪天就犯罪了。

凌希不知自己这个室友这会儿在想什么。

盛微语正琢磨着一件事，琢磨好了，她拿出手机，给易言发消息。

“易教授，今天谢谢您了。您住哪儿呀？我把衣服干洗好后给您送过去。”

几分钟后，对方才回复：“下次上课给我。”

盛微语“啧”了一声，这男人嘴还挺严，死活都不上套，不告诉她住址。

许幼白明天就回国了，她的代课生涯就此结束，也不用再去上课了。

当然，如果易教授想让她去，她自然会给他个面子，让他多瞧一眼她美丽的容颜。

但是现在，她的目的是套出对方的住址。

盛微语转了转眼珠子，下巴搁在膝盖上，双手圈着腿，窝在沙发上打字。

“易教授，您确定要我当着全班同学的面，还您外套？”

她明知对方没有这个意思，却还是故意曲解。

当着全班同学的面将外套还给一个男人，要说这两人之间没什么事，打死都没人相信。

要真让她去学校还，她一定当着全班同学的面，“好好”说一说，易老师的这件外套是怎么到她手里的。

让她想想，是“温柔地给睡梦中的她披上外套”好呢，还是“在她家过夜之后不小心把外套落下”好呢？

盛微语一边发挥想象力一边“劝说”：“易教授，我被别人误会是没有关系的，但是您若是被别人误会了，我会很伤心的。”

易言这次很快就回复了她的消息：“C栋1603。”

盛微语眨眨眼睛，发消息过去：“易教授，我住C栋803，真巧。”

盛微语等了许久，对方都没再回消息。

她眯着眼睛想了想，嘴角愉悦地一弯，又编辑好最后一条消息，发过去。

易言把住址发出去后，就把手机丢到了一边。

夜店灯光闪烁，音乐喧嚣，扰得人心生烦躁。

他眉心一皱，看向正靠在沙发上喝酒的男人：“这就是你说的好事？”

旁边的男人宽肩窄腰，身上那件骚气的紫色衬衫，是上娱旗下的时装公司新出的限量款。

衬衫领口故意解开两颗扣子，修长的腿随意交叠，带着几分不正经的气质。

“喝酒的事，可不是一件好事？男人谈事，没有酒，还叫……”

林冀一边说着一边举着酒杯晃了晃。易言一个眼神扫过去，林冀摇晃酒杯的动作一顿，嘴边的话说到一半便没敢再往下说。

他尴尬地笑道：“哦，是是是，忘了你不喝酒，是我的错，是我的错，我自罚一杯。”

说完，就将杯中的酒，一饮而尽。

酣饮之后，他将酒杯放下，瞥了一眼易言放在桌面上的手机，挑眉道：“不过，我刚才就想问，你今晚怎么一直在看手机？怎么，我们易教授，也会在网上冲浪了？”

易言毫无情绪地看了他一眼，说道：“我不听你废话。”

林冀自讨没趣，也不再拐弯抹角：“行行行，我不说废话，我不说废话。”

他颇为无奈地摇摇头，像是在为易言不懂得珍惜而惋惜：“也就只有你，会嫌弃我话多。”

想想也是，林氏在国内，可是餐饮行业赫赫有名的品牌，就拿B市来说，能排得上名号的高档餐厅，哪个没有林氏的股份？

他林冀，作为林氏的大老板，哪个人不想多巴结着点儿？

也就只有眼前这位，从没把林大总裁的身份放在眼里过。

还一天到晚把他从头到脚都给嫌弃个遍。

也许这就是兄弟情吧？林冀自我安慰地想。

他看向自己这位好兄弟，不慌不忙地提起正事：“你这次回国，没跟你家里说？”

说来也怪，易言跟易家的人，关系不差，却似乎一直止于礼。

看得出，是易言单方面和他的家人保持着距离。

也不知道他们之间到底发生过什么，平时相处，平淡如水，看不出一丁点儿血缘联系的亲切感，让人很难相信这是一家人。

但事实上，易言确实是易家货真价实的二儿子，亲生的。

这次易言辞职回国，易家竟然没有一个人知道，还是在林冀和易家大哥聊电话的时候，无意间提及，他家人才得知。

易言脸上看不出任何表情：“说不说，他们不是都已经知道了？”

言外之意，不管他说没说，林冀这个大嘴巴，都已经说出去了。

听出他话里的意思，林冀有些不满：“喂喂，这怎么还赖上我了？我怎么知道你是一声不吭就突然辞职回来的？我还以为你和你家里都商量好了。”

提到这些，林冀又好奇了：“说起来，你到底为什么突然回国？”

在那边待得好好的，忽然一声不吭辞了职，回国当起了教书匠。

难道，他们这种高智商人类活到了一定的年纪，都要做点儿什么反常识的事？

易言抿了一口水，表情淡淡地说道：“你不需要知道。”

林冀嗔怪地“哎”了一声：“别这么说。我知道你做事一向是有目的性的，你说出来，说不定兄弟我还能帮上你的忙呢！”

说着，他又给自己斟酒。

旁边，易言的手机屏幕忽然又亮了起来。

林冀条件反射性地朝他的手机屏幕上扫了一眼，一不小心就把屏幕上的消息给看了个清楚明白。

手上力度一松，酒瓶“哐当”一声倒在桌面上，酒瓶内的液体流了一桌。

然而林冀像是没意识到这些一样，反而一脸震惊地看着易言。

商界以处事不惊而赫赫有名的林大总裁，此刻伸出手指，指着旁边脸色不佳的易言：“你、你……”

易言冷冰冰的一个眼神看过来，林冀立马收回手，捂住自己的嘴。

他避开易言的视线：“我什么都没看到。”

他什么都没看到？

可屏幕上那条消息，他一个标点符号都没有错过：“易教授，记得今晚锁好门。”

【7】

月事造访这件事，对盛微语来说，就是每月一次的磨难。

尤其是在第二天，腰就跟折了似的，使不上劲儿。小腹的垂胀感，让她总以为，是不是有人半夜偷偷剖开她的肚子，塞了一袋子石头进去。

尽管这样，她还是有操不完的心。

迷迷糊糊睡到九点多钟，许幼白忽然打来电话，噼里啪啦就是一顿疯狂吐槽。

吐槽他们新来的这位代课老师，人帅到无以复加，脾气却是古怪到了极点。

上课前点名查到就算了，还非要点名回答问题。

点名回答问题也就算了，为什么偏偏还这么“钟爱”她？

“你知道他一节课点了我几次？三次！一节课就点了我三次名！”

“第一次，他说坐最后一排右手边第一个女同学起来回答问题，是我，我认了。第二次，他又说许幼白同学回答问题，还是我，我勉强认了。”

“可是第三次，他又点我！点的是我的学号，我就不信他没看见我名字旁边的学号！我……”

许幼白只觉得自己上一次课就要被折磨疯了：“你说这位古怪的易教授是不是看上我了？”

“不是。”盛微语否定。

许幼白不信：“你为什么这么确定？”

“因为……”盛微语弯起唇，勾起一抹意味深长的笑，“他是看上我了。”

许幼白蒙了。

在家躺了两天，经期的症状不那么严重了，盛微语终于重新活了过来，去许幼白那儿拿她代课的报酬——一堆化妆品。

就像男人热衷于收藏AJ，女人对化妆品的需求，永远处于一种什么都缺的状态。

既然都到了B大，盛微语没理由不去见见易教授。

几天不见，她可是想他想到不行。

易教授天天点许幼白的名，想来也是对她这个“许幼白”想念得不行。

从许幼白那儿打听到易言上午没课，应该在办公室，盛微语少走了弯路，直接去办公室找他。

不知学校给了他多少优待，易言的办公室在主教楼，还是单独的一间。

办公室的门没关，大剌剌地敞开着。

盛微语走到门口，正想象征性地敲一下门，却瞧见办公室里不只易言一个人。

还有一个戴眼镜的年轻女孩儿，似乎是来请教问题的学生。

学生这身份是没问题的，但来请教问题……

盛微语对此持保留意见。

她站在门口，没有作声，默默地看了好一会儿。

戴眼镜的女孩儿站在易言身边，单手支撑着桌面，俯着身子，听易言讲解问题。

她穿了一件普通的T恤，看上去很清纯，可她现在这个姿势，胸前的事业线恰好若隐若现。

而她本人呢，嘴角含着娇羞的微笑，目光却有意无意地往旁边的易言脸上瞟，好像能从他脸上看出答案来似的。

盛微语的脸色臭了不止一倍。

这个易言，平日里对她那么冷，现在倒挺有耐心，对方就差贴到他身上去了，他还在讲题，面不改色，目不斜视。

好歹，好歹你也出一声，让这个女孩儿离你远一点儿啊！

盛微语把后槽牙磨得咯咯响，抬手正要敲门，身边忽然传来一道脆生生的女声：“阿姨，您站在门口干吗呀？”

盛微语闻声低头，看见一个六七岁大的小女孩站在旁边，正仰着头望着自己。

小女孩长得水灵灵的，圆圆的脸蛋儿像刚剥了壳的煮鸡蛋似的，又白又嫩。

她眨巴着水汪汪的大眼睛，问道：“阿姨，您也是来问作业的？”

盛微语眉毛一抽：“阿姨？”

这可不是一个亲切的称呼。

她蹲下去，一板一眼地纠正小女孩："在外面乱叫女孩子阿姨是不礼貌的，要叫姐姐，懂了吗？"

小女孩歪着小脑袋，似懂非懂地眨了眨眼睛。

正在讲题的易言循声看过来，他看了盛微语一眼，盛微语举着一只手，摇了摇，笑眯眯地跟他打招呼："易教授，好久不见呀。"

易言只淡漠地瞥了她一眼，没应声，而是看向旁边的小女孩："赵希光，进来。"

小女孩脆生生地应了声"好"，屁颠屁颠地跑进去，又站住，回头瞧了盛微语一眼。

她朝盛微语招手："阿姨，您怎么不进来呀？"

盛微语再次纠正她对自己的称呼："叫姐姐。"

她走进去，在旁边的沙发上坐下。

感受到戴眼镜的女孩儿不太友好的探究性目光，盛微语秀眉一挑，扬起一抹柔柔的微笑，冲易言嗲声嗲气地说道："言言，不用管我，你先忙，忙完我们再去吃午饭。"

盛微语亲昵的称呼和语气，成功地让易言的眼角抽动了一下。

戴眼镜的女孩儿也因为她对易言的称呼，脸色由白变青。

"易教授，她……"

戴眼镜的女孩儿怯怯地开口，想问这个女人是谁，却在男人抬眼看过来的瞬间，把话噎了回去。

这眼神无疑是冷漠的，冷漠之中，还带着些许不耐烦。

即使他什么都没说，只是一个眼神，就已经把警告的意味给传达了出来——守好自己的本分，她还没有过问他私人事情的资格。

戴眼镜的女孩儿咬了咬嘴唇，低声说了声"对不起"，仔细听，她的声音里带了些许弱弱的哭腔。

而挑起风波的始作俑者却浑然不觉那边的事，她慵懒地靠在沙发上，早就自顾自地玩起了手机，一副置身事外的模样。

忽然，她感觉自己的胳膊被人轻轻地戳了两下。

盛微语侧过头就看见小女孩睁着圆圆的大眼睛看着自己。

小女孩向她凑近了一点儿，一只手挡在嘴边，很小声地问道："姐姐，你是我叔叔的女朋友吗”

“叔叔？”盛微语愣了两秒，看向小女孩，“易言是你叔叔？”

小女孩点点头。

盛微语轻咳了一声，往易言那边瞥了一眼，见他还在给戴眼镜的女孩儿讲题，似乎没注意到她们这边。

她扬起一抹不怀好意的笑，朝小女孩勾了勾手指，让她再过来一点儿。

她凑到小女孩耳边，压低了声音说道：“现在还不是你叔叔的女朋友哦，但是你叔叔一直求着我当他女朋友。”

小女孩不懂这话的意思，睁大眼睛好奇地问道：“为什么要求着你当女朋友？”

“因为他实在太喜欢我了，喜欢得……”

“赵希光。”

盛微语的话还没说完，男人的声音冷不丁从身后传过来，吓得她心尖尖都颤了一下。

她转过身，抬头就撞见男人幽黑冷然的眸子。

他不知何时已经走到了她们身边，那戴眼镜的女孩儿也已经离开。

盛微语不知道他刚刚听到了多少，心里一阵发虚，但还是硬着头皮，装作很有底气的模样，说道：“你怎么走路没声响啊？想偷听我们说话？”

易言看了她一眼，冷漠地回答道：“我没听到。”

盛微语听着，松了一口大气。

然而，旁边的小女孩却响亮地说道：“叔叔，姐姐刚刚说，你可喜欢她了，求着她当你女朋友！”

盛微语一时间想去撞墙。

看着盛微语垂下头，扶着额一副生无可恋的模样，易言扬了一下嘴角，眼中闪过一丝不易察觉的笑意，在她抬起头的瞬间，又立刻抹平嘴角的弧度。

易言表情淡淡地说道：“赵希光还小，不要对小孩子说谎。”

盛微语噎住了。

赵希光懵懵懂懂地在旁边进行无意识的补刀：“叔叔，姐姐说什么谎了”

盛微语恨不能原地消失。

易言没回她的话，而是跳过这个话题，和蔼地对着小女孩说道：“把你的书包背好，我们去吃饭。”

“好。”赵希光很容易就被带过这个话题，乖巧地应了一声，跳下沙发，去旁边拿她的小书包。

易言又看向盛微语，问道：“你来有事？”

盛微语很快就从刚才的尴尬中缓过来，重新扬起笑脸，回道：“来找你一起吃饭呀。”

没等易言说什么，她又接着说道：“你前几天帮了我，我请你吃顿饭，不算逾越吧？”

这时，赵希光已经背着小书包走到了易言身边，仰着头看着两个大人说话。

盛微语低头看向她，挂上一副老阿姨诱拐小朋友的“和蔼笑容”，说道：“小美女，姐……阿姨请你吃大餐，还有喝奶茶，去不去呀？”

听到“大餐”两个字，赵希光亮起星星眼，开心地说道：“去！”

盛微语牵起她的手，往办公室外面走。

一大一小两个人，走到门口，转过身看向还站在原地的易言。

盛微语故意催促道：“易教授，快跟上呀，去晚了奶茶就没了。”

赵希光学着附和：“叔叔，去晚了奶茶就没啦。”

易言面无表情地看着这一唱一和的两个人，冷声警告道：“不准喝奶茶。”

【8】

儿童主题餐厅。

一对男女带着个小女孩坐在靠窗的位置，女人撑着下巴，同小女孩言笑晏晏。

而坐在她们对面的男人，表情冷冰冰的，不多言语，让人害怕与他对视。

这样一个高冷的男人，却也耐心地坐在这里，当个安静的倾听者。

偶尔，目光在女人身上停留，却又在女人看过去的时候很快移开目光，不动声色。

男人俊朗，女人貌美，小女孩秀气可爱，颜值很高的三个人，让餐厅里不少人的目光都情不自禁地往这边瞟，心中艳羡被上天眷顾的这“一家子”。

事实上，他们并不是真的一家三口。

“我妈妈姓赵，所以我也姓赵。”小女孩的声音甜甜的，像是从蜜里滚过的软糖，奶声奶气地解释着自己名字的由来，“爸爸说，妈妈生我的时候好辛苦，所以要我跟着妈妈姓，爸爸还说，希望我能在阳光下长大。”

她说这话时，语气里带着点儿难以掩饰的小骄傲——她有着世界上最好的爸爸和妈妈。

盛微语撑着下巴，耐心地听着她讲各种事情，也像是被感染到了，笑着说道："那你爸爸一定很爱很爱你妈妈。"

赵希光重重地点头："爸爸好爱好爱妈妈的，他们每天都要亲亲。"

说完又捂着脸："呀，羞羞。"

盛微语被她逗乐了，"扑哧"笑出声，轻轻捏了一下她肉嘟嘟的脸，说道："人小鬼大。"

和没心计的小孩子相处，听着像软糖一样可爱的童言，她难得这么轻松愉悦。

盛微语长长地舒了一口气，说道："小美女，我可真羡慕你呀。"

能有这么美好的童年，就如同"希光"这个名字一样，带着父母的期望，在阳光下成长。

不像她……

生来就处在见不得人的黑暗之中，在本该享受阳光的时候，却只能在阴暗的阳光背面，感受不到一点儿阳光所带来的温暖。

唯一抓住的一丝光亮，又在瞬间从指缝间溜走，让她再次孤身陷入冰冷的黑暗之中。

盛微语由衷感叹的语气，让易言不自觉地把目光落到了她身上。

她含笑看着旁边的小女孩，眸光闪烁。

澄澈的眼眸里，不是平日里刻意伪装出来的笑意，也没有耍小聪明时的狡黠，而是流露出真真切切的羡慕与向往，却又好似深藏着无奈与落寞。

明明只有二十多岁，却像是经历了许多尘事，无端透出一种苍凉感。

易言皱了皱眉，却没说什么。

赵希光歪着脑袋，好奇地问道："阿姨，你羡慕我什么呀？"

在来餐厅的路上，盛微语又重新纠正了她的称呼，让她改口叫阿姨。

"没什么。"盛微语收回飘远的思绪，无意识地偏了偏头，恰与易言的视线撞个正着。

她愣了一下，眨了眨眼睛，映着男人身影的眼眸中多了些许调笑的意味："羡慕你有个这么帅气的叔叔，真幸福。"

易言移开视线，一向波澜不惊的脸上，有一瞬的不自然。

很明显，他还没习惯这种说来就来的调侃。

盛微语端起旁边的凉白开喝了一口，在玻璃杯后笑得像一只偷了腥的猫。

这时，赵希光忽然脆生生地开口道：“爸爸好爱好爱妈妈，所以每天和妈妈亲亲，叔叔喜欢阿姨喜欢得不得了，是不是每天也要和阿姨亲亲呀？”

盛微语一口水差点儿没把自己给呛死，她猛烈地咳嗽着，咳得耳根子都红了。

她一边咳嗽一边偷偷瞥了一眼易言，易言没她这么大的反应，只是皱着眉，看向自己的小侄女，说道：“赵希光，以后离你爸妈远点儿。”

盛微语窘了一下。

什么叫让小姑娘离她爸妈远点儿？

易言说话的语气一直如此，对谁都冷冰冰的，在小孩子眼里却显得有点儿凶，特别是当他说出些教训意味的话的时候。

赵希光撇了撇嘴，委屈巴巴的。

她在心里头默默记住这一笔债——要回去告诉她爸爸妈妈，叔叔为了漂亮阿姨训她。

吃完饭，易言本来要送赵希光回家，小姑娘却眼尖地看见主题餐厅旁边的游戏厅，吵着闹着要去玩。

易言当白脸不答应，偏偏盛微语就当了那红脸，二话不说，牵着小姑娘就去了游戏厅，陪着她闹。

等从游戏厅出来的时候，已经是下午四点了。

易言要送赵希光回家。

今天是赵希光爸妈的结婚纪念日，把赵希光给易言带半天，两人甜甜蜜蜜约会去了。

盛微语在赵希光那儿听了缘由，得出结论——确定是亲爸妈。

盛微语准备自己回家，因为和他们不顺路。

走出主题餐厅的时候，外面风云突变，这是暴雨的前奏。

盛微语正想说自己先打车走，易言什么都没说，把赵希光留在她身边，独自去车库开车了。

很明显是想要送她。

盛微语也没推托，只是有些意外对方如此贴心，与平时待她的冷漠态度很不相符合。

赵希光坐在后座，奶声奶气地哼着歌。

小姑娘心情一好，就喜欢唱歌。

易言觉得吵，皱了一下眉，说道："赵希光，安静。"

赵希光不满地瞪了他一眼，却还是听话地没有再唱了，转而专注地玩着从主题餐厅里带出来的赠品玩具。

盛微语坐在副驾驶座上，看着路边的景色后退，百无聊赖。

余光瞥见易言认真开车的侧脸，她索性偏过头，明目张胆地欣赏起来。

男人的皮肤很白，侧脸的线条硬朗，眉眼细长，鼻梁高挺，薄唇习惯性地微抿，给人一种难以接近的感觉。

可越是这样，就越诱惑人去挖掘他不为人知的另一面。

他越冷淡，就越想把他变得热情；他越克制，就越想让他脱轨失控。

盛微语的视线一直在他身上流连，易言瞥了一眼副驾驶座上的人，声音冷淡地说道："看什么？"

"看你长得好看。"被当事人抓包，盛微语一点儿也不心虚，反倒直言不讳，笑语盈盈，"言言，你真好看。"

易言面无表情地收回视线，继续专注地开车。

盛微语心想：他的适应能力一定很强，所以现在就对她给予的"爱称"产生了免疫力，竟然一点儿反应都不给。

等红灯时，车外突然下起了暴雨，雨点砸在车窗上，发出沉闷的声响。

外面一声雷鸣，震耳欲聋。

后座的赵希光惊奇地叫了一声："呀，打雷了！"

易言把雨刷打开，从内后视镜里看了她一眼，提醒道："好好坐着。"

余光无意间瞥见旁边的盛微语，目光一顿。

盛微语的脸色不是很好，后背紧紧地贴在身后的椅背上，手无意识地抓住安全带，贝齿把樱唇咬得发白，唇瓣微微发抖，似乎在压抑着什么情绪。

后面传来汽车鸣笛的声音，提醒绿灯已经亮了，催促他们赶紧走。

易言收回目光，打开车内的音响，继续开车。

车内大提琴曲调悠扬，却压不住外面哗哗的雨声。

"赵希光，"易言忽然开口道，"给阿姨唱首歌。"

盛微语回到公寓的时候，外面还在下暴雨。

暴风雨的声音被隔断在屋子外面，她才得以安心一点儿。

自从经历了那件事后，她就变得特别抗拒暴风雨和黑暗，甚至是畏惧它们。

这两者，无论在什么时候，都能打开她最想隐藏起来的潘多拉魔盒。

她自己是学心理学的，自然知道这是什么问题，却不愿意去多想。

医者不自医。

凌希发来消息，说有朋友今天过生日，会晚些回来，让她不用等她，锁好门。

盛微语回了个消息，准备泡个热水澡就戴着耳机睡觉。

外面风雨呼啸，让盛微语的心情没来由地烦躁起来，即使一边泡澡一边听歌，都安抚不了她心神不宁的情绪。

像是第六感一般，总有种即将面临着山崩地裂的不安。

泡了半个小时的泡泡浴，她才从浴缸里站起来，手刚摸到浴巾，就听到"啪"的一声，家里的灯全灭了。

视线所及之处，漆黑一片。

"不是吧……"

盛微语整个人都愣在了原地。

心跳如雷。

她颤颤巍巍地出声："凌希，是你回来了？"

"你别关灯啊……别跟我开这种玩笑……"

她努力让自己相信，这是来自室友的一个玩笑，屋里下一秒就能重新亮起灯光，可她发颤的尾音和隐隐的哭腔，泄露了她自欺欺人却欺不了心的事实。

她在害怕。

她全身的毛孔都在叫嚣着恐惧，汗毛竖立，血液都好似不再流动，浑身的皮肤都开始发冷。

仿佛有只冰凉的手，在贪婪地抚摸着她的后背。

凉意彻骨，直逼心脏。

黑暗之中，外面的风雨呼啸声和雷鸣声更加强烈。

手机的呼吸灯一闪一闪，散发出黑暗之中唯一的微弱光亮。

盛微语死咬着唇，努力让自己保持镇定，努力让发软的胳膊使出力气。她摸索着围上浴巾，再去摸手机。

借着手机手电筒的光，她艰难地抬起发软的双腿，迈开步子，走出浴室。

浴室外的世界也完全陷在黑暗里。

整个小区都停电了。

盛微语强忍着情绪，想打电话给凌希，电光忽然在这时闪进客厅，几秒之后，外面轰然一声，雷鸣贯耳。

拿着手机的盛微语整个人都惊跳了起来，手机从手里弹出，垂直地砸到地上，屏幕瞬间熄灭。

室内唯一的光亮也熄灭了，留下一室黑暗。

户外雷声阵阵，风声在怒吼。

童年的记忆如山洪暴发般，朝她涌来，席卷了她仅剩的所有理智。

她跌坐在地上，双手捂着脸，冰凉的眼泪从指缝间滑落，喉间溢出压抑的悲吟。

盛微语孤身陷在黑暗里，仿佛一只陷入沼泽的困兽，对未知和死亡感到极端恐惧，却无力自救。

忽然，门口传来一阵敲门声，沉闷而急促。

盛微语从黑暗中抬起头，好似泥潭中的人终于等来了最后一根救命稻草。

“凌希……”

欣喜之中带着哭腔叫了一声，她抹了一把泪，扶着旁边的椅子艰难地从地上爬起来，还没站稳，就摸着黑，跌跌撞撞地往门口走。

一路上磕磕碰碰，她也没管身上被磕到的钝痛，她使出最后一股劲儿，笨拙而吃力地拧开门锁，用力打开门，就再也无力站稳地往地上倒去。

门外的人长臂一伸，及时将她接住。

男人的怀抱宽阔，意外地温暖，胸腔里的心跳声，急促如擂鼓，好像进行了什么剧烈运动。

一口气跑下八楼，易言的气息有些许紊乱。

怀里的女人伏在他胸口呜咽，如同困兽，浑身发抖。他微微使力，将她搂得更紧一点儿：“盛微语，你振作一点儿。”

# 第四章 藏在过往的温柔

【9】

深夜十点。

雨还在淅淅沥沥地下，冲刷着这片土地。

漆黑的小区楼里，一间一间错落地亮起了灯，点缀着这片黑暗。

来电了。

盛微语伏在男人温暖的怀里，脸上泪痕未干，颤抖的身体渐渐恢复了平静。

易言低声询问：“你能站起来了？”

说完，他试图松开手，对方却忽然更紧地圈住他，将他衬衫的后背揪得皱起。

似乎担心只要一松手，他就会立马消失，让她再次孤身陷入冰冷的黑暗之中。

盛微语埋在他怀里，闷声开口道：“再让我抱一会儿。”嗓音低软，还带着些许鼻音，“就一会儿。”

易言没再说话，维持着这样的姿势，任由她抱着。

易言第一次见到这么脆弱的盛微语，是在他高三元旦晚会那晚。

那是他高中生涯的最后一次元旦晚会，和今晚一样，下着滂沱大雨。

易言喜静，待不惯太吵的环境，他以生病为由，请假回家。

他那天没带手机，回到家，才发现手机上十几个未接电话和未读短信。

全部来自盛微语。

以为又是对方闲着没事的骚扰，他没立即去查看。

准备睡觉时，手机又响了一声，才随手点进了一条未读消息。

还是盛微语。

深夜十一半点，她说她在学校教室。

易言赶到学校的时候，教学楼区的灯已经全熄了——学校统一控制灯光电源。

盛微语被反锁在了高一（9）班教室里。

门没上锁，只是被人从外面扣上了，里面的人打不开，一看就是有人故意为之。

易言开了门进去，借着手电筒的光，找到了蜷缩在教室角落里的人。

盛微语从臂弯里抬起头，脸上泪迹斑斑，脸色苍白，看不出一点儿血色。她的表情呆愣愣的，完全不见平日里耍小聪明时候的狡黠，更像是一只失去了灵魂的木偶娃娃，被人遗弃在布满灰尘的角落里。

易言走过去，站在她面前，问道："能、能站……起、起来？"

她缓缓地摇了摇头，动作幅度极小。

易言朝她伸出一只手，对方却没什么反应。

他抿了抿唇，以为她又在耍什么小聪明："你、你不起来，我、我就走了。"

"我……疼……"

盛微语声音沙哑，像是从喉咙里挤出这句话。

易言愣了一下，刚才没注意，现在借着手电筒的光，才发现她的右手以一种怪异的姿势，无力地垂着。

易言在她跟前蹲了下去，将她打横抱起，说道："我、我们去医院。"

"随便找家诊所吧，我没钱。"

"找、找家长。"

"是我表哥打的。"

易言脚步一顿，低头看着她，惊讶地说道："什么？"

盛微语从他怀里抬起头，挤出一抹极小的无力的笑，重复刚才的那句话："是我表哥打的。"

易言垂着的眼睫颤了一下，他抿了抿唇，没再说什么，沉默地抱着她往外走。

易言最终还是带着盛微语去了医院，市中心医院，离学校很远。

他没有去急诊，而是直接去了一个科室。

来的路上他已经给易墨发了消息。

易墨是他哥哥，在这家医院实习。

易墨顶着一头乱发迎上来，一脸没睡醒的模样，明显是刚从床上爬起来的。

“怎么回事儿？大晚上的把我吵醒，来医院做……小姑娘的手怎么了？”

易墨看着弟弟和他带过来的小姑娘，带着他们去了骨科科室，请值班的老师帮忙拍片子，打石膏，一路上絮絮叨叨，问两人发生了什么事。

然而没人搭理他。

易言欲言又止地看向易墨，易墨终于识趣，默默地退出了病房。

盛微语全程都沉默着，接骨、打石膏的时候，一声疼都没喊过，只皱着眉，把自己的唇咬得发白。

易言走到她身前，给她剥了一颗糖，递到她嘴边。

这是前几日，她强行塞进他校服口袋里的，一直没拿出来。

盛微语抬头看了他一眼，微微倾身过去，叼走了那颗糖。

唇瓣贴近他的指尖时，易言的手指轻颤了一下。

太凉了。

盛微语垂了垂眼帘，轻声开口，声音还微微发涩：“今晚的晚会，好玩吗？”

易言愣了一下，撒了个小谎：“好玩。”

盛微语虚弱地笑着问道：“你们班表演的是什么节目？”

“合唱。”易言顿了顿，头一次在答话的时候，耐心去补充更详细的答案，“合、合唱……盛、盛夏的歌。”

下一秒，他却看到，盛微语忽然不稳地晃了一下身子。

似乎是受了什么巨大的刺激，脸上那抹虚弱的笑也没了，脸色更加苍白。

盛微语垂着眼帘，视线渐渐模糊。

糖在口中慢慢融化，甜到发涩。

室内的空调太冷了，冷得她浑身冰凉。

右手也一阵一阵地疼，疼得她的心口直抽。

“易言，”她听到自己涩涩地出声，声音沙哑到了极点，甚至带上了她最讨厌的糯软哭腔，“可以抱我一会儿吗？有点儿冷……”

易言没有应答。

她垂着头，自知这请求有些无理。

眼里的泪水却不听话地聚集起来，积在眼眶里，又溢出来，“啪嗒，啪嗒”地掉在她自己的手上。

温热的触感持续不到一秒，立刻变得冰凉。

片刻之后，带着余温的外套披在了她的身上。

易言俯下身，小心翼翼地避开她的右手，轻轻地环着她，耳畔是自他的胸腔传来的强有力的心跳：还有他温吞而别扭的低语：“就、就抱……一、一会儿。”

易言拍了拍怀里的人，没有反应。

盛微语睡着了。

……

长时间的紧张与恐惧让她身心俱惫，稍一放松，就不小心睡过去了。

易言的心中多了些许无奈，却也没把她叫醒，环住她的肩，将她打横抱起。

他四下环顾了几眼，朝开了门的那间卧室走去。

他将盛微语放在床上，替她盖上薄被。

她的脸色很差，即使是睡着，也皱紧了眉，似乎没一刻是松懈下来的。

易言站在床边看了一会儿，指尖在空中停留了几秒，轻轻按在她的眉心上，抚平其间的皱痕。

等她的眉心终于舒展，他直起身，正想离开，床上的人忽然睁开了眼睛。

黑沉沉的眸子，还没来得及聚焦，看起来有些空洞。

她什么话也不说，就这么失神地看着他，表情呆愣，像是一具没有灵魂的躯壳。

易言皱了皱眉，抬手在她眼前晃了晃，轻轻地唤了一声：“盛微语？”

低沉的男声，尾音带着微微上扬的疑问语气，少了几分平时的冷漠。

盛微语呆呆地望着他，愣了几秒，忽然就笑出了声。

她的脸色依旧苍白，望着易言的眼神却难掩欣喜。

她从被窝里抽出手来，猛然抓住易言的手，不让他收回去。看着他的眼里终于有了几分生气，她欣喜地问道：“你叫我什么？”

易言胳膊一滞，没有说话，只垂眸看着她。

薄唇微微抿着，泄露出他此刻的心情，没那么愉悦。

被人耍了，谁都不会愉悦。

察觉到易言的手有挣脱的意思，盛微语抓得更紧了。

她另一只手撑着床，凑到易言正前方，仰着头望着他笑，嘴角的弧度从刚才那一刻开始就没有下降过。

她就知道，他没有忘。

没那么容易忘的。

易言皱了皱眉，微微侧过头，移开视线："盛微语。"

盛微语笑意更深。

她喜欢易言喊自己的名字。

盛微语，无论什么时候，这三个字从他口中出来，都是让她心情愉悦的良药。

见他移开视线，一直面无表情的脸上似乎有一丝不自在，以为他是因为主动喊出她的名字，暴露了他还记得自己的事，而因此觉得窘迫，盛微语愉悦地弯了弯眼睛，正要开口……

"你没穿衣服。"男人忽然出声，冷冰冰的语气里，难得透出一丝不自然。

盛微语一愣，缓缓地低下头，视线落到自己身上。

刚才忽然停电，由于过于紧张，她只在身上裹了一条浴巾，手法还很粗糙，这般折腾，浴巾的结早已松开，松松垮垮地围在她身上。

此刻，她又支撑着身子往前倾，这般姿势，露出胸前大好春光。

卧室里，安静得诡异。

盛微语脸上一阵燥热，头皮都有些发麻。

盛微语沉默地扯了扯被子，捂住胸口。斟酌了许久，她才开口道："易……"

"微语，我回来了！"

客厅忽然传来凌希欢快的声音，脚步声离卧室渐近："我带了蛋糕，你……"

凌希的话没说完，先打了一个嗝。

在她室友的卧室里，盛微语坐在床上，不着寸缕，只单手扯着被子捂住胸口。

一个面容俊朗的男人站在一侧，冷漠地朝她看过来，眼神不善。

凌希在门口踉跄了一下，抓着门把手，踮着脚后退了两步，讪讪地挤出一抹笑，说道："打扰了。"

说罢，便“嘭”的一声关上了门。

【10】

盛微语做了一个梦。

一个违背了她二十五年的常识，且异常羞耻的梦。

梦里的易言，对她温柔至极。

他温柔地抱着她，温柔地亲吻她，温柔地抚摸她，温柔地脱去她的衣服，就要温柔地进行下一步动作的时候，周霖霖忽然开着警车过来，给她戴上了手铐。

周霖霖是她同父异母的恶魔弟弟，在她找对象这件事上总能持各种花式反对意见。

比如这时候，穿着警服的周霖霖恶狠狠地教训她：“竟然敢做这种梦，我要把你关起来，让你好好反思一下。”

盛微语使劲儿挣扎，挣扎的时候手机狠狠地摔在了地上，摔成了三部分，她大喊：“为什么要抓我？明明是易言主动的！易言，救……”

在看到易言的瞬间，她止住了话。

不复刚才云雨时那副温柔模样，易言面无表情地站在那儿，手里攥着手机，冷冰冰地看着她，冷冷地质问道：“为什么不回我消息？”

盛微语如鲠在喉，委屈得都要哭了：“我不知道，我……”

她还没说完，就被周霖霖强行塞进警车里，将她带走了。

刺耳的警笛声吵得她头都大了，一直在车上挣扎翻滚，混乱之中，竟然冲开了车门，滚下了警车！

“砰——”重物落地，发出沉闷的声响。

盛微语号叫了一声，捂着被磕疼的脑袋，从床下爬起来。

长这么大，睡觉还能滚下床，也就只有她了。

盛微语揉了揉额头，放在床头的手机还在响着急促的警笛声。

同梦里那刺耳的警笛声如出一辙，一样让她头大。

她爬回床上，摸到手机，接听电话。

“怎么现在才接电话？”电话那边的男声略带着些不耐烦。

这是他常有的语气。

盛微语重新躺回床上，打着哈欠，骂道：“周霖霖，你有病？”

打电话过来的是周霖霖，她同父异母的弟弟，也是她独有的手机铃声的唯一对象。

二十二岁的男孩儿，长着一张萌到流鼻血的娃娃脸，却整天一副冷冰冰的面瘫模样，脾气也古怪，也不知是遗传了谁的。

周霖霖在电话那边冷冷地说道："听说你小区昨晚停电？"

盛微语的哈欠打到一半，就被他惊了一下："这你都知道？你是不是在我的屋子里装了监控？"

一边说着一边在房间里四下查看，又故作夸张地说道："周霖霖，你这可是犯法的，别以为你长得嫩就能受《未成年人保护法》庇护了，警察叔叔抓人可是要看身份证的，你……"

"闭嘴。"周霖霖不耐烦地打断她的话。

他刚刚看新闻得知B市昨晚经历了一整夜的暴风雨，导致一整片区域停电。

他查了一下，发现盛微语住的小区也刚好在停电范围内。

知道盛微语的老毛病，他心里担心，马上打电话过去，准备慰问一下，谁知道对方第一句话就是："你有病？"

一片好心被当成驴肝肺，说的就是他。

周霖霖虽然气，但听她说话还算正常，也放了心。

想起之前某件事，他想了想，状似无意地问道："最近过得怎么样？"

盛微语把手机开成免提，起床去洗漱，回答道："重新恢复单身，继续散发仙女的香气，还行。"

周霖霖："哦。"

盛微语挑了挑眉，挤牙膏的动作一顿："我分手了，你都不惊讶一下？"

当初对她谈恋爱这事儿担忧得比管家婆还厉害些，听到她分手了，他的正常反应，应该是欢呼雀跃才是啊。

也不对，应该是面瘫着脸对她说一句："恭喜。"

盛微语沉默地继续往牙刷上挤牙膏。

她就知道。

周霖霖幸灾乐祸的本事，比谁都强。

她漫不经心地问道："那堆资料的事，是你干的？"

前段日子，她手机里忽然收到一堆贺廷收集的几十个女孩儿的资料，还有学术交流会结束那天，匿名号码发过来的贺廷跟小情人之一在约会前夕的对话截图。

除了周霖霖，她想不到还有谁能有这么大的本事，以及，会这么无聊地“见义勇为”。

周霖霖倒是直言不讳：“是我干的。”

语气中甚至还带有一丝丝小骄傲。

不用想，盛微语也知道他用的是什么手段，无非就是用钱收买贺廷身边的人。

她“啧啧”摇头，感叹道：“有钱能使鬼推磨。”

周霖霖在电话中教训她：“以后看人看准点儿，别瞎指望着我帮你找男人。”

盛微语小声嘟囔：“我也没让你帮我。”

“什么？”

“没什么，”盛微语不敢惹这位大少爷生气，赶紧转移话题，“你姐姐我太能干，别人一听是女博士就跑没影了，我上哪儿去找男人？”

周霖霖不屑道：“那些人也配不上你。”

盛微语闻言沉默了几秒后，忽然变得正经起来：“周少爷，问你一件事。”

“什么事？”

周霖霖也跟着严肃起来，他深知她这个姐姐的小习惯。

盛微语一变正经，就喜欢喊他周少爷。

果然，对方沉默了两秒，语气认真地问道：“你是姐控吧？

举着手机的周霖霖额间冒出青筋，咬牙切齿地开口道：“你是不是有受虐倾向？一定要说出虐死你的话？”

“不了，不了！打扰了，周少爷。”

盛微语讪笑，心里暗自抱怨。

周少爷的脾气，还是一如既往地臭，一点儿都不像他的名字和长相那么可爱。

提起他这臭脾气，盛微语不由得想起了一个人。

一个让她心甘情愿受虐的人。

她幽幽地叹了一口气，似是在自言自语：“我可能真有受虐倾向，就喜欢热脸去贴别人的冷屁股。”

周霖霖一愣：“你又搞什么名堂？”

盛微语眯着眼睛笑了笑，说道：“帮你找新姐夫的名堂。”

沉默了许久，周霖霖忽然开口道：“我过段时间就回国。”

盛微语挑眉：“这么快？你上次不是还说要年底才能回来？难道一听我在给你找姐夫，你又着急了？周霖霖，你果然是姐控吧？你……”

嘟嘟嘟——

话还没说完，电话已经被周霖霖给挂断了。

盛微语一副很无奈的模样，摇头叹气道：“唉，弟弟太爱我了怎么办……”

盛微语使劲儿玩的日子到头了——她的导师回国了。

盛微语的导师是个五十多岁的小老头，专业上的大牛，人很有能力，就是脾气古怪了一点儿，跟老顽童似的，让人捉摸不透。

唯一让盛微语摸透的一点，就是他很唠叨。

盛微语一度怀疑，可能是因为他姓唐—— 一千五百年前和圣僧是一家，所以天生会念紧箍咒。

这位“唐圣僧”除了是专业上的佼佼者，还一直致力于发展他的月老事业。

对他的得意弟子，尤为热衷。

比如他回国后，得知盛微语恢复了单身，就一直忧天愁地。

两周之后，开始念叨盛微语去相亲。

盛微语除了无语还是无语。

凌希幸灾乐祸地在一旁哈哈大笑。

架不住导师天天在她眼皮子底下抹鼻涕抹眼泪，在她耳根子边碎碎念：“老师也是怕你和老师一样四十多岁才找到对象……”无奈之下，盛微语拿着他给的地址，去相亲。

可她连相亲对象的资料都没看。

她也没打算看，兵来将挡，水来土掩。

穿上黑色格子衬衫，中规中矩地把扣子扣到最上面，又换上洗得发白的牛仔裤，把头发扎成两条粗壮的麻花辫，头上还夹个闪闪发光的老土发夹，又戴上一副黑框眼镜——盛微语同学就穿着这么一身“华服”去赴约了。

相亲地点定在一家她熟悉的西餐厅——上次捉奸的地方。

穿着这一身，盛微语进去的时候，身上聚满了周围向她投来的目光。

她早已习惯了各种各样的目光，把脸皮修炼得城墙那般厚，找到约定的七号桌，坐下，冲坐在桌旁等候的一个男人大方一笑：“你好，我是盛微语。”

在她坐下的时候，男人明显愣住了，似乎是被她的突然出现吓到了。

盛微语更愿意相信他是被自己这身打扮吓到的。

被他这样明晃晃地打量，盛微语也不自觉地有些拘谨了起来。

在对方打量她的时候，她也不动声色地打量着对方。

男人的长相倒是让她惊艳了一瞬。眉眼很干净，眼角微微上扬，看着人的时候，总有一种别样的风流。

他嘴唇动了动，似乎想问什么，却又一直迟疑着没开口。

盛微语想着快刀斩乱麻，没工夫跟他各种客套，便开门见山道："我是被导师介绍来相亲的，现在我来说说我的情况。"

她双手交叉合握，搭在餐桌上，挺直了脊背，上身微微前倾。

一副标准的谈判姿势。

她看着男人，缓缓开口道："老实说，我读完这个博士之后，还想出国进修，所以我现在对结婚没什么打算，所以三十岁之前我不考虑结婚，三十五岁之前不考虑生小孩，这些你能接受吗？"

对方不说话。

见男人沉默，盛微语满意地扬了扬嘴角，又故作遗憾地说道："很遗憾，我刚刚说的，都是我的底线条件，既然李先生不能接受，我们……"

"我觉得还行。"男人忽然开口，盛微语一愣。

男人笑了笑，身体微仰，靠在身后的沙发上，双手环胸看着盛微语，整个人都散发出慵懒风流的气质，跟刚才愣愣的模样判若两人。

那双微微上挑的桃花眼，看什么都像是在留情。

他不急不缓地开口道："我们的底线都差不多，我也是三十岁前不考虑结婚，至于小孩，我更愿意丁克，当然……"

他顿了顿，又发出了爽朗的笑声："如果盛小姐想要小孩，我也可以提供某些特定条件。"

盛微语觉得自己这次可能遇见对手了。

沉默了几秒，她看向男人，继续以退为进："李先生，其实我……"

"对了，有必要纠正一下。"

她那句"我还有一千八百多度，会遗传给小孩的重度近视"还没来得及说出口，男人忽然出声打断了她的话。

他唇畔带着笑，说道："鄙人姓林，林冀。"

盛微语愣了好一会儿。她虽然没看相亲对象的资料，但“唐圣僧”在她耳边念了很多次“李先生”，她确定自己没有记错。唯一的可能就是……

对面的男人又笑语盈盈地开口，证实了她的猜想：“虽然我和盛小姐相谈甚欢，但很遗憾，我只是来等朋友的。”

而他下一句话，更直接加速了她的“死亡”。

林冀朝她身后招手：“易大教授，这里。”

盛微语觉得自己得找个地缝钻进去了，如果这个世界真这么小的话。

【11】

盛微语没敢回头，她愣在原地，动也不敢动。

能被对面这个年轻男人称为朋友，一定年龄也是跟他相仿。

年轻的教授真不多见，姓易的年轻教授更不多见。

尽管不敢去确认事实，但她心里早已不受控制地笃定了事实。

身后传来熟悉的清冷声音：“林冀，你又在搞什么名堂？”

男人的声线偏低，不带情绪，像是冬天的雨，夹杂着凉意。

盛微语觉得自己已经是无地自容了。

林冀饶有趣味地看着对面女人过于紧张的反应。

相比较刚刚提醒她认错人时的尴尬，听到易言的说话声后，她似乎表现得更为紧张。

是易言的熟人？

他与易言相识多年，交际圈重叠大半，易言在国内的朋友，没有他不认识的。

眼前这位，虽然略感眼熟，但确实是他不认识的。

像是想起了什么似的，林冀做了一个猜想。

下一秒，他看见对面的女人忽然动了一下。

她摘了那副碍眼的黑框眼镜，将全部扎进裤腰里的衬衫抽出来，只留了一边的衣角扎进去，松开领口和袖口的扣子，将衣袖稍稍往上挽了挽，露出半截纤细白皙的胳膊。

同样是这身衣服，比起刚才的古板土气，这样穿着，不说特别时尚，却也大大拯救了这身丑衣服的硬伤，多了几分慵懒随意的气质。

她又抬起手，将绑着的两条麻花辫解开，以指为梳，顺了顺头发，秀丽的波浪卷发如瀑布般散开，柔顺得令人赞叹，被她随意这样拨弄几下，竟也让人觉得特别好看。

林冀挑了挑眉，眼前这位认错相亲对象的盛小姐，似乎比他想象中更有趣。

盛微语稍稍整理了一下头发，深呼地吸了一口气，转过身，假装若无其事地跟易言打招呼：“易教授，真巧。”

她脸上的笑恰到好处，如果不是此刻胸腔里的心脏跳得比打鼓还快，任谁都会觉得，她只是普普通通地再跟他打招呼。

易言平静地看着她，脸上没一点儿惊讶的情绪，似乎一点儿都不意外她此刻会出现在这里。

又或许，他早已认出了她。

这让盛微语没来由地生出一种不太妙的预感。

下一秒，男人勾起了下唇，浅薄的弧度里竟然带着几分恶趣味。

“是挺巧，巧到相亲都能相到我朋友身上。”

盛微语身形不稳地晃了晃。

哪壶不开提哪壶，明摆着要让她羞耻至死。

盛微语扯着嘴角笑了笑，给自己辩解：“我只是认错了人。”顿了顿她又补充道，“是我导师给安排的，不敢拂了他老人家的意。”

言外之意，她只是逼不得已，不得不来。

她还没到非要相亲的地步。

然而对方似乎并不在意。

易言表情不变，只轻轻地点了一下头：“嗯。”

“嗯”是什么意思？

我已知道？

盛微语被他这冷漠的态度气得牙痒痒。

原以为他承认还记得她之后，对她的态度会有所改变，结果却还和以前一样。

不冷不热，平静冷淡地看着她，就像是看一个耍猴戏的跳梁小丑。

盛微语深深地吸了一口气，舒缓了一下情绪。

她拿起包，皮笑肉不笑地说道：“那就不打扰易教授和朋友吃饭了。”

说罢，便要走，却被身后的男人叫住：“盛小姐。”

一直没出声的林冀忽然叫住她。

这一声话音落下，盛微语和易言同时看向他，一左一右，两个人的眼神都不怎么友好。

一个是暴躁的火气还没降下来。

一个是……难以估摸的不明原因。

林冀心里抽搐了一下，忽然觉得自己成了砧板上的肉，左右都会被人剁碎。

好在他在商场上混了这么多年，怎么说也是经历过风浪的人。

林冀笑了笑，看向盛微语："虽然盛小姐认错了人，但我和盛小姐聊得很愉快，相逢即是有缘，不如我们交个朋友，加个微信吧？"

忽视来自右前方的冰冷视线，林冀肯定了心里的猜想，嘴角的笑容更大了些："说不定我们志趣相投，盛小姐以后也不用被逼着去相亲了。"

说着，递出了自己的手机，屏幕上是微信页面的二维码。

盛微语挑了挑眉，男人毫不遮掩脸上不怀好意的笑意，一看就不是单纯地索要联系方式。

余光瞥了身边的易言一眼，对方似乎也刚好在看她，眼神冷冰冰的，好像谁欠了他几百万元似的。

盛微语弯了弯唇，故意抬起手，撩了一下耳畔的长发，笑得风情万种："好啊。"

## 第五章

## 她是烈火

【12】

易大教授这几天的气压很低。

最直观的表现是，他上课点名频率直线上升。

这可就害惨了勤勤恳恳来上课的学生们，要在无形的冰冷光波中，提心吊胆两个小时。

盛微语听到许幼白再一次的抱怨时，那双漂亮的眼睛都笑得眯成了月牙。

许幼白对此表示十分不满：“看我每天生活在水深火热之中，对你来说是一件这么值得开心的事？”

果然，高冷冷不过B大易教授，心狠狠不过她这远房表姐。

盛微语跟许幼白的亲戚关系隔了挺远。说来也奇妙，两人是先相识于B大的一次老乡会，混熟之后，才知道两人之间还有这层关系。关系隔得太远，两人都对彼此的家庭和其他亲戚不熟悉，没了上一代人的交际束缚，反倒比近亲的兄弟姐妹还玩得要好些。

面对许幼白不满的抗议，盛微语弯了弯眉眼，意味深长地说道：“放心，你们易教授，明天就能升温。”

许幼白不信，偏要与她打赌。

盛微语顺着她的意，跟她赌了一顿火锅。

无论谁请客，火锅总归都是要吃的。

于是，两个女孩儿开始讨论吃什么火锅的话题，仿佛已经忘了她们打赌的初衷。

另一边，易言下了课，被易墨喊回去家庭聚餐。

自从得知他回国后，易墨每天准时一条消息，问他什么时候能回家看看。

到了家，一边是易墨在耳边的碎碎念，一边是林冀在微信里一条又一条的消息轰炸。

“微语同学让我给你带一句话，你想不想知道？”他也不说到底是什么话，就一直重复着发这一句。

易言忍无可忍，一个电话直接打过去：“你闲出病了吗？”

被他骂了一句，林冀也不气，反而在电话那边得意地说道：“我就知道你会沉不住气。”

还没等易言开口，他又笑着说道：“要是以前，我发第三条信息的时候你就把我拉黑了。”

可是现在，他竟然能“猖狂”到现在。

易言沉默了几秒，冷声开口道：“如果你想，我现在也能拉黑你。”

“易教授手下留情。”

林冀不再逗他，他深知，为了弱点而隐忍的狮子，一而再被刺激到骄傲的自尊，最终也还是会爆发的，后果更难以挽回。

好不容易看见古板的易言终于有了这样的一面，林冀逗也逗了，见好就收。

他慢悠悠地开口道：“微语同学跟我要你的微信号呢。”

易言面无表情地听着，除了冷“呵”了一声，没给任何反应，也不知他在冷笑什么。

见他没回应，林冀继续开口道：“微语同学还让我跟你说，只要你加了她微信，她就能让你死了一样的心，给她跳《极乐净土》。”

林冀这话说得有点儿糙，他也不是什么文化人，也没他们文化人那么文艺。

同样是说中文，同一句话，别人说出了花，从他嘴里说出来，就变成了插花的泥巴。

盛微语不直接给易言发消息，让他这个糙人带话，无非是带了一层故意挑衅的意味。

至于想挑衅什么，那他就不敢多说了。

他怕说了被易大教授给拉黑。

听他说完后，易言再次沉默。

良久，他问道：“你的话带完了没有？”

林冀挑眉：“带完……”

林冀话还没说完，电话就被易言给挂断了。

林冀再打过去，不出所料，对方已把他给拉黑了。

真是一点儿情面都不留。

趁他们的兄弟情还热乎着，林冀又用微信发了两条消息过去。

一条《极乐净土》的舞蹈视频链接。

一条盛微语带给易言的原话。

很不幸，在发第二条的时候，他们的兄弟情也彻底凉了——易言把他的微信也拉黑了。

啧，真记仇！

才把林冀拉黑，易言的微信里就来了个好友申请，即使申请里没有什么打招呼的话，他也知道这人是谁。

手指悬在手机屏幕上方良久，迟迟没有点下同意。

没隔两分钟，对方再次发了个申请，颇有些急不可耐的意味。

易言嘴角一扬，索性退出了微信页面。

不知是不是因为把吵人的林冀拉黑后，耳根子清静了，易言冷了一天的脸色逐渐变暖。

他垂了垂眼帘，忽然回忆起高中时代。

那时候，自从盛微语第一次找过他，之后的几个月，她的身影一直都在他身边萦绕。

连大课间的跑操，她都能混到高三的队伍中来，若无其事地跟他搭话。

即使他从没搭理过她，她的热情也从未消减过。

某次大课间下起了雨，学校取消了跑操，广播员给大家播放了几首励志的流行歌曲，当作是放松一下情绪。

易言在教室里做试卷，广播里忽然传来一阵噪音。

随之，少女熟悉的低软声音在广播中响起。

“这里是来自高一某位漂亮可爱的同学，送给高三（1）班的易言同学的一首歌——《将冰山劈开》。”

易言的笔一滑，纸上多了一笔多余的墨迹。

班上的人立马起哄，纷纷将目光落到他身上。

“下面是点歌的同学送给易言同学的一句话。”

广播里的女孩儿轻轻地笑了一声，声音清脆，动听得戳人心窝。

“鲁迅曾经说过，就算你是潭死水，我搬块石头砸进去，总能掀起浪。”

“胡说，鲁迅说他没说过这句话！”

“鲁迅明明说的是，早恋救不了中国人！”

教室有调皮的男孩儿哄笑着反驳这句话。

周围的起哄声一阵接着一阵，被点名的男孩儿坐在座位上一声不吭，手里还捏着笔。

他垂着头，让人看不清他脸上的表情。

大家起哄归起哄，却也没人敢贸然上去调笑他。尽管易言平日里并不像不良少年一样，用打架树立威信，反而他家教很好，待人礼貌，只是性格太冷淡，气场太强。自习课上有人吵闹，他光是站在那儿随便瞥一眼，都比纪律委员扯着嗓子嘶吼“安静”强。他们都不敢随便招惹这座冰山。

直到上课铃声响起，广播才被人关了，老师也走进了教室，训斥一群瞎起哄的学生。

谁都没有注意到，一直垂着头的男孩儿，嘴角忽然扬起了一抹弧度。

极其微小，却无法被忽视。

“易言，我有事出去一下，你帮我带……”

易墨牵着赵希光走过来，想着让易言帮忙带会儿小孩。

看到易言一个人坐在那儿，垂着头看手机，唇畔带笑，易墨话说了一半就再没说下去。

看到易言笑，他脑子里一片空白，就什么都给忘了！

易言闻声抬起头，看见易墨睁大了眼睛看着自己，一副惊讶的表情。

嘴角的弧度重新抹平，易言面无表情地看着他，问道：“有事？”

易墨终于从巨大的冲击中缓过来，目光在易言手机上徘徊了一圈，他张了张嘴，说出口的话都变了音：“女、女、女朋友？”

易言皱起眉，似乎没听懂他在说什么。

这困惑的表情落在易墨眼中，被解读成了警告，警告他少管闲事，不要八卦。他弟弟，易言，一个冷漠了十几年的人，今天竟然为了一个女人警告他？

易墨从他的表情中脑补了一出地下恋情的大戏，却一句多余的话都不敢问，想起正事，他连忙说道：“哦，对了，我去接爸妈过来，你帮我带一会儿小光。”

他的话才说完，赵希光就松开父亲的手，朝易言跑过去，扑到他怀里，甜甜地喊道：“叔叔。”

赵希光这举动，无疑是在老虎嘴边摸胡须，易墨原本提了一口气，见易言竟然没表现出什么不满，这口气才松了下去。

他深知自己这个弟弟的脾性——冷，冷到死的那种。

他小时候虽然性格寡淡了一些，但也还是个温柔的孩子，直到那次绑架事件之后，就变了一个人，变得十分冷漠，不再与人亲近。

现在看来，他对小孩子倒还算有耐心。

如此看来，他本质里，还是个温柔的人，只是被那件事给……

想起那些久远却又不堪的往事，易墨不禁叹了一口气，转身准备出门去接父母。

身后，赵希光软糯地开口问道：“叔叔，你为什么不带上次那个漂亮阿姨过来呀？”

漂亮阿姨？

易墨脚步一顿，竖起耳朵偷听。

然而他站在原地听了半天，也没听到易言答话。

他忍不住转过身去，一转身就撞上易言冷冰冰的目光。

易墨心虚地讪笑道：“我、我好像忘记拿车钥匙了。”

赵希光一脸天真地开口道：“爸爸，钥匙不就在你手上吗？”

易墨嘴角抽了抽，最终还是顶不住易言投过来的冷然目光，转身离开了。

赵希光目送着父亲离开，小脸上写满了与她这个年纪不相符合的无奈，叹道：“哎呀，爸爸什么时候才能像我一样稳重一点儿？”

说完，她又想起什么似的，眼巴巴地望着易言：“叔叔，漂亮阿姨怎么没来呀？”

“她忙。”

“那她下次不忙的时候，叔叔可以和她一起来吗？”

“嗯。”

【13】

第二天，盛微语还是去了B大。

于她而言，易言的“不要”，就是“要”，易言的“要”，还是“要”。

只要狠得下心扔掉脸皮，就不怕套不住易教授这条狼。

盛微语早从许幼白那儿打听到了易言的课表——他下午有一堂另外一个大班的课。

盛微语下班时间早，一下班，她就收拾东西去了B大。

赶到易言上课的阶梯教室时，离下课还有十几分钟。

盛微语也不急，在阶梯教室外安安分分地等着，抽空还补了个妆。

才补完口红，忽然有人喊了她一声。

盛微语抬头一看，下意识便皱起了眉。

是贺廷。

贺廷在B大读研，平日里基本在实验室活动。

这栋教学楼基本是本科生上课专用，研究生很少来这儿。

却偏偏让她给遇见了。

还真是冤家路窄。

盛微语没理他。一个好的前任，应该和死人一样，而对前任最好的态度，就是对死人的态度。

但很明显，贺廷并不这么认为。

贺廷走过来，语气很是不友好："你怎么在这儿？"

盛微语瞥了他一眼，没有搭理他。

贺廷又自言自语道："你不会是又参加了联谊，勾搭上了哪个学弟吧？"

欠揍的语气，让人有挥拳的冲动。

盛微语把口红和气垫收回包里，不冷不热地瞥了他一眼。

只是没有任何情绪的一眼，却让贺廷莫名觉得心里一紧。

下一秒，盛微语扭了扭脖子，双手交握，活动了两下腕关节，如索命修罗一般，从红唇里吐出让他浑身一凉的话语："是我盛微语抬不动脚了，还是你贺廷活腻了，又开始飘起来了？"

贺廷想起上次那一脚的恐惧，贺廷吞了一口唾沫，不自觉地后退了一步。

退缩之后，又觉得这样自己太没面子了。

怕女人的男人，那还是男人？

这样想着，贺廷反倒又上前走了一步，指着盛微语的鼻子，厉声道："盛微语，你不要太嚣张！"

"嚣张？"盛微语讽刺地"呵"了一声，冷冷地盯着他，"姐姐我还能更嚣张。”

就在这时，下课铃声响起。

阶梯教室里一阵骚动，学生们下课了。

陆陆续续从里面走出来的学生，或好奇或八卦地把目光投在他们俩身上。

贺廷觉得很没面子，有辱他在学校的暖男形象，连忙把手放下。

他走到盛微语面前，收敛了脸上的戾气，语气刻意放温柔了些许：“微语，你别这样，虽然我们分手了，但我们还能做朋友，不是？”

盛微语差点儿翻了个白眼。

上辈子是学川剧的吧？变脸变这么快！

贺廷靠得近，她只要一抬膝，就能再让他嗷嗷再叫一次。

但她不能。

因为这么一来，在周围人的眼中，她就成了一名无理取闹的前任，而他贺廷反倒是一个宽容随和的谦谦君子。

盛微语忽然笑了笑，装好人，比柔弱，她称第二，没人敢称第一，谁还不是个“戏精”了？

女人眼里的轻蔑，让贺廷心里生出一种不好的预感。

下一秒，女人秀气的鼻子一皱，嘴角往下一耷，只用一秒的时间，瞬间变成了一个受气小媳妇模样。

她委屈巴巴地开口道：“贺廷，你背着我在外面勾搭那么多女人，现在分手了又念着我的好，借着要和我重新做朋友的名义，对我死缠烂打，求复合……可是你怎么不想想，分手那天，你是怎么骂我的……你不仅骂我，还、还想打我，你觉得我还能原谅你？”

她说得凄凄切切，说完还抬手在眼角边抹眼泪，任谁看了都觉得可怜。

贺廷愣是没想到她比自己还能演，听到周围人对自己的指指点点，他立马慌了神，赶紧说道：“我、我可没打你啊，你别瞎说。”

盛微语嘴巴一撇：“你是没打我，你是想打我。你那天可是对我冲过来，说要杀了我……”

说着，她侧过头去，假装抹眼泪。

侧过头的同时，余光瞥见一处，假装抹眼泪的动作一顿。

易言拿着书，站在阶梯教室的门口，面无表情地看着他们。

撞上她的目光，易言没有被抓包的慌张。

对于她这边闹出的动静，他也没表现出一点儿惊讶的神色，甚至连眼皮子都没动一下。

也不知是因为他性格如此，还是因为早已见识过而习以为常。

他就不声不响地站在那儿，没有一点儿想要上来帮忙的意思。

还真能装。

盛微语心里生出这么个想法，忽然扬唇一笑。

她索性将目光落在了易言身上，热情得像看到了披着圣光的救命使者一样。

“易叔叔！”盛微语故作惊喜地叫了一声，跑到易言身边，抓住他的胳膊。

男人的胳膊在被她抓住的那一瞬间，蓦然滞住，微不可察地颤了一下。

盛微语沉浸在自己的“大戏”里，没注意到易言的动作，她像是受了气小媳妇一样，摇了摇易言的手，向他告状：“叔叔，你答应替我爸爸照顾我的，现在有人欺负我，你可要给我做主啊。”

易言面无表情地瞥了她一眼，也不知是她抓得太紧还是其他什么原因，他竟然没甩开她的手。

“叔、叔叔……”

贺廷完全愣了，目瞪口呆地看着这玄幻的走向。

事实上，他今天来这儿，就是来找易言的。

易言是他们学院新来的老师，海归教授。他早听说过易言的大名，对方的资历和专业上的成果让他极为敬佩。

这位教授以前在美国那边的实验室工作，听说这次是因为私人原因回国。

贺廷一直想出国，苦于没有推荐信。这次，他是看准了机会，想在这位新来的教授面前混个好形象，得到他的推荐信。

可是万万没想到，他的前女友，竟然是易教授的侄女？！

虽然说中国人的辈分确实有点儿乱，这种年龄差的叔侄关系也不是没有，可这也太巧了吧？！

不管巧不巧，他得先稳住自己的形象。

贺廷硬着头皮走过去，挂上他在学校标准好学生形象的笑容，假装若无其事地跟易言打招呼：“易教授，您好，我……”

他还想着自我介绍一下，再解释这一出的缘由，然而对方的视线扫过来，他就不自觉就住了嘴。

男人不怒自威的眼神看得他心里直发毛，明明对方一句话都没说，可他就好像从他眼神里，读到了两个字——闭嘴。

易言淡淡地瞥了贺廷一眼，又偏过头，把目光落在旁边看好戏的盛微语身上，声音清冷："你来做什么？"

盛微语今天穿着平底鞋，比易言矮了一个头。

她仰着头，无辜地眨着眼睛："叔叔，你忘了，我们说好今天一起去吃火锅的。"

易言一言不发地看着她，眼里看不出什么情绪。

老实说，盛微语也是有一些心虚的。

她怕极了易言开启六亲不认的嘲讽模式，反问她"谁是你叔叔"，来拆她的台。

所以，没等易言再说什么，她就挽着易言的手，半拉半拽地拉着他走，嘴里还不忘把这出"叔侄情深"的戏码给补全："叔叔，我订的位子快到时间了，去晚了就没了，我们快走吧。"

一边说着一边把易言给拽走，留下贺廷站在那儿一脸蒙。

走了几十米远，一直任她拉拽的易言终于停下脚步。

任她怎么拉也拉不动，她还因为他突然停下带来的惯性，踉跄了两步。

盛微语疑惑地看向他："怎么不走了？"

易言瞥了她一眼，表情淡淡地说道："松手。"

盛微语一愣，才反应过来他说的是自己挽着他的手。

她撇了撇嘴，把手松开，说道："现在可以走了吧？"

"去哪儿？"

"去吃火锅啊。"盛微语皱着眉，气势汹汹地看着他，"我都订好位子了。"

在易言冷冷的目光下，她说着说着，声音跟着气势一起慢慢变小。

她飞快地瞧了他一眼，又别开头，别扭地开口道："上次带着你的小侄女，去的是儿童餐厅，今天我想正式请你吃一顿饭。"

"如果是因为外套的事，就不必了。"易言毫无表情地说道。

盛微语巧言应对："那就算是刚刚你帮我解了围。"

然而易言依旧不领情，轻"呵"了一声，说道："替你解围的人是你自己。"

明晃晃地嘲讽她刚刚自导自演了一出戏。

盛微语深吸了一口气，不断在心里告诉自己不要和冰山谈风情。

她缓了缓情绪，呼出一口气，抬起头望着易言，眼神认真："那如果是我以个人的名义，不为任何理由，请易教授吃顿饭呢？"

她几乎是一句一顿地说完，易言垂眸望着她。

不知是不是背着光的原因，他那双漆黑透亮的眸子里，似乎少了一层薄冰，看上去好像没那么疏远、冰冷了。

半晌，他勾起一侧的嘴角。

低缓磁性的声音像是一片轻盈的羽毛，极轻极轻地落在盛微语的心尖上，似是不着痕迹，却让她心尖发痒："可以。"

# 第六章
## 阳光男孩

【14】

盛微语预约的是B市一家挺有名的火锅店，不是什么连锁品牌，但口味对爱吃火锅的人来说，确实是没得挑。

据说是老板娘祖传的火锅底料秘方，再加上这里的装修独特复古，连许多明星都对这家火锅店十分喜爱，常有人在这里偶遇明星。

盛微语不经常来，毕竟她比较懒。

知道易言不吃辣，她点的是鸳鸯锅。自然，在点完之后，她还不忘邀功，提醒易言，她是如何地贴心。

盛微语单手支着下巴，笑盈盈地看着对面的人，说道："我可没忘，当年你死要面子活受罪，结果被辣哭的事。"

那是她高一第一个学期快结束的时候，她好不容易约到了易言，跟他一同去吃火锅。

经过元旦晚会那晚的事后，他俩的关系，似乎有了那么一点儿改变。

他们默契地不去提及那晚的事，却因为怀揣着只有两个人才知道的秘密，每一秒的对视，都似乎多了一分暧昧的意味。

盛微语不知道易言的口味，点餐之前询问他，得到了两个字——随便。

于是她便按照自己的口味——点了口味最重的爆辣锅底。

然后，盛微语竟然忘了吃，只顾着看对面的易言。

气质清冷的少年，寡淡的表情终于有了变化，变得隐忍，却更像是在赌气。

尽管额间已经冒出一层细细的汗，颜色浅淡的薄唇也被辣得殷红，却还拧着眉坚持去夹火锅里的菜。

只因为盛微语在上菜之前，半开玩笑地说了声“待会儿你可别胆怯了啊”。

盛微语坐在易言的对面，隔着袅袅的雾气，一时竟然看得有些发痴。

她也不知道为什么，只是单纯地觉得，对面的人长得真好看。好看到，无论他做什么，都像是一幅画，一幅让她的心跳莫名其妙就乱了节拍的画。

如今过去了十年，少年长成，肩膀更宽阔，面部线条更硬朗了。

盛微语的指尖一下一下地轻点着脸颊，看着坐在对面的易言，眉眼弯弯。

她曾无数次祈求，那一束光重新照进她的世界，却又一次次被打回冰冷的现实。

时间长了，那祈求渐渐成为奢望，不敢肖想，就连她自己都以为，她已经重新习惯了孤独，老天却偏与她开了个玩笑。

就算是玩笑，这一次，她也不想再放手了。

她要紧紧抓住，决不放手。

女人的目光毫不遮掩地在自己身上流连，易言抬眼看过去，问道：“有事？”

“……没事。”

一腔热血，在对上男人视线的时候，立刻就凉了大半。

盛微语不自然地移开视线，低下头吃火锅。

她喜欢吃辣，但又不是特别能吃辣。

她享受的不是辣的味道，而是被辣到刺激的痛觉。

这也算是周霖霖一直说她是受虐体质的原因之一。

吃了几口，似乎是不小心吃到了花椒，舌尖又辣又麻。

盛微语被辣得口里直冒火，猛喝了一杯凉水都没用，逼得她不得不用手在嘴边使劲儿扇着风，试图缓解一点儿麻辣感。

偏偏这时候，又来了件倒霉悲催的事——她的眼睛里掉进了一根眼睫毛。

她用手撑开眼皮，不敢用手去揉，只能使劲儿眨着眼睛，但还是难受。

盛微语难受得直想哭。

正手足无措时，对面的易言忽然站起身，坐到她旁边，一手扶住她的肩膀，一手扣住她的下巴，声音微沉：“别乱动。”

盛微语下意识乖乖听话，一动不动，只是浑身都僵硬着。

易言松开扶住她肩膀的手，轻轻地按住她右眼的上眼睑，防止她再胡乱眨眼。

因为异物的刺激，盛微语的眼里蒙了一层水雾，湿漉漉的，看起来比任何时候都要纯良。

她似乎有些紧张，轻咬着唇，因为刚吃过辣，唇色殷红，泛着晶莹的水光。

易言眸光颤了颤，喉结滚动，移开视线，凑过去替她吹了吹眼睛，又迅速地拉开距离。

凉风拂过右眼，带来短暂的舒适。

盛微语用力眨了两下眼睛，发现眼里已经没有了异物，欣喜地看向易言，想要道谢，对方却已经起身，坐回了他的座位上。

易言面无表情地看了她一眼，说道："你的行为让我对你的学历持怀疑态度。"

这是在暗讽她的智商？

盛微语很是不服气，撇了撇嘴，正想反驳他，忽然目光一顿——对面的男人眉头微皱，脸上的表情是一贯的漠然。可即使两人之间隔着一层腾腾的雾气，也遮不住他微红的耳根。

粉嫩嫩的颜色，跟他板着的脸很是不搭。

盛微语极慢地眨了眨眼睛，仿佛在确认眼前的场景是否真实。

愣了好一会儿，她忽然笑了，眉眼里盛满了愉悦，连周围的空气似乎都开始愉悦了起来。

自上次导师把相亲地点记错，阴差阳错地让盛微语放了相亲对象一次鸽子，这件事，顺理成章成了他落在盛微语手里的话柄。

但凡他一提起相亲的事，盛微语就会假装不经意提到上次被放鸽子的相亲对象回去后是怎么发消息说她的。

唐教授的脸皮子没盛微语这般厚，自然禁不起她反复的提醒，终于消停——才怪。

道高一尺，魔高一丈。

唐教授索性丢给她一个新课题，说反正也不用花时间谈恋爱，闲着也是闲着，不如努力工作。

盛微语虽然无奈，但师命难违。

在咨询所值班的时候，趁着预约人还没到，她打开唐老头发来的课题相关文件。

"根据疾病预防与控制中心的研究表明，五分之一的人在儿童时期被性骚扰，四分之一的人被父母殴打后身上留有伤痕，四分之一的人和有酗酒问题的亲戚相处，八分之一的人被离异的父母抛弃……”

笔记本电脑的屏幕被她猛地合上，发出“啪”的一声响。

盛微语的脸色发白，背上已经渗出一层冷汗。

她靠在身后的椅背上，嘴里似叹息般喃喃：“PTSD……”

创伤后应激障碍，这次的课题，选自 PTSD 的一个切入点——因为少年时期的某种经历而产生的心理创伤要如何治疗。

盛微语扶了扶额，嘴角扯出一抹苦笑。

果然，越是想要隐藏遗忘的东西，越是能通过各种巧合重现，让人避之不及。

门忽然被人敲响，盛微语缓了缓情绪，开口道：“请进。”

话音落下，办公室的门被人从外面推开。

盛微语下意识地看过去，瞧见来人，愣了愣。

来人一身便服，黑色棒球帽、墨镜、口罩、样样俱全。

也就只能从外形和体格上，分辨出这是个男性。

可这一身打扮，十个人看了，九个人会把他当成犯罪嫌疑人，剩下的那个直接被吓跑了。

盛微语不觉挺直了身体，潜意识里已经把这个人当成了一个入室抢劫的歹徒，只要他再上前一步，她就……

正当她戒备时，那人肩膀一垮，似乎长长地松了一口气。

他把墨镜、口罩摘下，露出一张白净的娃娃脸，弯着眼睛朝盛微语微笑，两侧的脸颊各陷进一个深深的酒窝。

“姐姐是盛医生？”

男孩儿的声音清越明澈，很温柔，有着少年人独有的活泼，就像是夏日凉风，冬日暖阳，囊括了一切美好。

盛微语缓了缓神，点点头，说道：“你是今天预约的牧先生？”

男孩儿走过去，隔着办公桌，在她对面坐下，露出的两个酒窝让他的笑容格外甜：“姐姐叫我牧星就好。”

看着他笑的模样，盛微语又愣了一下。

第一眼看见预约人名字的时候，盛微语就觉得眼熟，听着从他嘴里说出来的名字，盛微语更觉得耳熟。

男孩儿的样貌，也给她一种很强烈的熟悉感，一种见过很多次的熟悉感。

但她偏偏就想不起来，以前在哪儿见过。

就像考试的时候，遇见一个曾经做过的题目一样，分明记得自己曾做过这个题目，却偏偏在这时候大脑短路，怎么想都想不起答案来。

这时，男孩儿把棒球帽也摘下来，抬手随意地拨弄了两下微卷的头发，双手搭在桌面上，身子稍稍往前倾，撑着脸，笑眯眯地看着盛微语，说道："姐姐愿意和我一起吃顿饭吗？"

盛微语一愣

看着他可爱又狡黠的笑脸，盛微语从愣怔中回过神来，不禁笑了笑，说道："我们还是先开始咨询吧。"

她翻了一下记录，问道："最近总是失眠，头晕，焦虑，出现幻觉？"

牧星立马苦下脸，娃娃脸皱成了包子脸，戚戚地说道："我其实没病，都是老光逼着我来的。"

闻言，盛微语挑了挑眉。

许多患者也都像他这样，对心理疾病这块特别敏感，极力抗拒承认自己有什么心理疾病，甚至对自己进行心理暗示，自己才是正常的，别人的任何想法都是强加在他身上的。

盛微语见过许多例子，也没有马上去反驳他，而是拐了个弯，先安抚他的情绪，说道："那我们今天就不聊这些了，聊点儿其他的事情吧。"

牧星的表情瞬间明朗，笑出一口大白牙："好呀，姐姐要跟我聊什么？"

盛微语想了想，打算先从他的近况切入："你还在读书？"

在她问完这话后，牧星明显怔愣了一下，似乎对她提出的这个问题感到惊讶。

不过很快，他又回过神来，笑着否认："我已经工作很久了哦。"

他扳着手指头数了数，比出一个数："我已经出……工作五年了。"

这下轮到盛微语惊讶了，他看起来不过二十岁上下，工作经历却比她还长。

虽然有些惊讶，但她也没打算在这方面深究，而是进一步去了解他焦虑的来源："工作很累吧？"

牧星点点头，略带着稚气的娃娃脸上染上了跟他这身少年气质很不搭的忧愁："很累，天天跟着老光跑来跑去，总是提心吊胆害怕出错。还要被老光管着，不准做这个，不准做那个，一点儿自由都没有。”

盛微语注意到他话里反复提到的一个人：“老光？”

牧星跟她解释：“老光是我的经……嗯，上司，这次就是他逼着我来这里咨询的。”

像是想到了什么气愤的事，他语气变得有些不满：“简直就是把我当犯人一样押过来的，现在他还在外面守着呢，好像只要他守着我，待会儿我就遛不走一样。他也不想想，他哪回看住了我？”

盛微语忽然不知道，自己该同情这位被管着的“下属”，还是那位看不住下属的“上司”。

之后的半个小时，盛微语又从其他方面，间接寻找他失眠、焦虑的原因。

牧星似乎没设什么心防，问什么，答什么，虽然有时候说的话让她似懂非懂，但也还算套出了一些值得关注的线索。

咨询时间快结束时，牧星一边用手机发短信，一边跟她解说他打算用买饮料的借口，支开老光，准备开溜的计划。

那狡黠又调皮的模样，让盛微语哭笑不得。

短信发送完毕，牧星准备走，刚起身，他忽然又顿住了。

盛微语见他又不走了，半开着玩笑调侃道：“好不容易支开了老光，还不赶紧溜？他买完饮料回来了怎么办？”

牧星笑了笑，说道：“这事儿不急。我突然想到，刚刚都是姐姐在问我问题，我可不可以也问姐姐一个问题？”

盛微语秀眉一挑：“你问。”

男孩儿摸了摸头顶翘起的一小撮头发，茶棕色的眸子澄澈明亮。

他扬起唇，露出两个可爱的酒窝，语气轻快：“姐姐有没有男朋友？”

【15】

男孩儿问完这话之后，眼睛一眨不眨地盯着盛微语，目光隐隐期待，脸上酒窝浅浅。

盛微语笑了笑，说道：“这可是我的私人问题。”

牧星眨了眨眼睛：“那姐姐愿意回答我这个私人问题吗？”

盛微语无奈地笑着答道：“如果下次咨询你能更真诚地和我交流的话，我就告诉你。”

她早看出来了，每当她问到关于他工作的事，他就一直在和她打迂回战，回答得模棱两可。

第一次咨询，主要是建立双方之间的信任感。如果医患之间连这点儿最基本的信任都没有，那根本无法进行更深入、更隐私的交流，更别说后期的治疗了。

似乎是没想到她会用这么一个说辞，牧星满脸失落。

他垮着肩膀，一副受委屈的小媳妇模样："那好吧，那姐姐愿意把微信号给我吗？我想在微信上跟你交流。"

"可以。"盛微语答应得很爽快。

这又让牧星眼中亮起了希望。

然而等他加完微信后，盛微语忽然开口问道："是不是觉得这个微信号很容易就要到了？"

牧星疑惑地看着她。

盛微语笑了笑，说道："因为你是我的患者。"

言外之意，给他微信，是为了方便平日里的咨询，并没有其他含义——划清正常交流与暧昧的界限。

牧星眼里闪过些许失落，没过几秒，他又重新扬起唇："没关系，等我不用再咨询了，姐姐就删掉我。"

盛微语讶然。

他晃了晃手机，笑得眉眼弯弯："我再以朋友的名义，加回来。"

咨询所下班后，盛微语和凌希一起回家。

在公寓大厅里，她俩一边等电梯，一边聊天。

聊着聊着，她忽然感慨道："现在的小男孩，真是一个比一个会撩。"

凌希一见有情况，眼神立马变得八卦起来："你又被小弟弟要微信了？"

"你怎么知道？"

"你这都第多少次了，我十根手指都数不过来，还猜不出来？"

"……也是。"

盛微语眼角抽了抽，又叹了一口气，说道："要是我家易教授有小男孩一半主动，我做梦都能笑醒。"

凌希"嘁"了一声："得了吧，你就喜欢干些热脸贴冷屁股的事。要是易教授突然转性变热情，我猜你肯定不会有这么喜欢他。"

盛微语一脸疑惑地看着她，问道："你怎么这么了解我？"

她捂着嘴，慢慢睁大眼睛，做出一副惊愕的模样，问道：“你、你不会暗恋我吧？”

凌希扭过头想做呕吐状，冷不丁看见身后还有一个人，吓得一口气堵在嗓子眼儿里，差点儿出不来。

盛微语没注意到她的异样，她盯着电梯上缓慢变化的楼层数字，幽幽地开口道：“你说得好像也没错，要是易言忽然对我热情似火……算了，那画面太美，我想象不出来。”

凌希飞快地瞥了一眼后面的男人，又立马转回身，用手肘轻轻地碰了一下盛微语，暗示她别再说下去。

然而盛微语已经完全沉浸在自己的思绪里，无法自拔。

她单手叉着腰，看着电梯楼层一点儿一点儿往下降，又缓缓地说道：“易言这个人吧，真的是块难啃的大骨头，脑子里全是他的条条框框，一点儿都不解风情。”

“以前上高中的时候，我有一次特意为了他，想打扮得好看一点儿，涂了红色的指甲油。自己整那些玩意儿真是麻烦得要命，总是不小心挨到这儿，蹭到那儿，糊一指甲。你能想象得到吗？我涂十个手指甲花了一个大上午！”

那时候，她打着小算盘和易言打赌，输了的人要无条件答应对方一个要求。

她的小算盘打得噼里啪啦响，可千算万算，没算到输的人是她自己。

结果就是，每个周末，她都必须去易言那里补课。补课就是两个人一起自习，换一种说法，这也算是独处或约会了。

于是盛微语又起了其他的小心思。

她想把自己打扮得好看点儿。

可她那时又没有化妆品，一时也没那么多钱去买，于是临时去买了一瓶指甲油，想着怎么着也算是打扮了。

第一次涂指甲油，总是一不小心就蹭花了，折腾了一个大上午，好不容易折腾得能入眼。

然而她抱着书去易言家补课时，对方根本就没注意到她的变化。

尽管她三番五次地故意把手伸到易言面前，亮出那一手鲜艳的红色美甲，对方却依然无动于衷，别说夸她，就连一个眼神都不给她，根本就是把她当空气。

盛微语终于坐不住了，两只手伸到了易言眼皮子底下，像梅超风耍九阴白骨爪一样，亮出她的“爪子”，冲易言嚷嚷道：“我都涂上了这么明显的红色，你是真没发现，还是假装没看到？”

面容清冷的男孩儿在她的手指上瞥了一眼，又将目光落回试卷的题目上，语气淡淡地说道：“看、看到了。”

盛微语两眼一亮，期待地看着他：“好看吗？好看吗？”

虽然第一次涂指甲油折腾了很久，但她自我感觉这个成果还是很不错的。

她的手本就生得好看，再加上红色的甲油点缀在指甲上，更显得皮肤白皙。

自我感觉良好是不够的，她最在意的，当然是易言的想法。

然而易言只是瞥了一眼，就移开了视线，没有一点儿要与她一起欣赏的意思。

在她这么明显地去讨要夸奖的时候，他什么都没说，而是拿起一旁的化学书，翻到某一页，在一段话前面画了个勾，递到盛微语面前。

“要给我看什么？”盛微语一脸不解地凑过去。

看到书上那一句“指甲油和染发剂也被列入致癌物质”时，盛微语终于沉默了。

房间里死一般地沉寂。

想起愤懑的旧事，盛微语的语气就变得激动起来：“可是你知道吗？他不但没说好看，还让我别涂这些花花绿绿的东西，说致癌！这就跟那些中老年妇女死活不护肤，最后皮肤变成褶皱纸，还要指责那些肤白貌美的小女孩，说护肤品堵塞皮肤一样。什么致癌！”

感觉到身后的冷气嗖嗖地往上冒，凌希一边瑟瑟发抖，一边无力扶额。

她惜命，她惜命啊！

凌希觉得，她再在这儿待下去，肯定会在这大热天里被冻死。

这时，电梯“叮咚”一声，到了一楼，门缓缓打开。

等电梯里的人全出来了，盛微语走进去，转过身，视线触到电梯外站在凌希身后的易言时，整个人都僵化在了原地。

盛微语捂着胸口，生无可恋地“咯”了一声，只有呼出去的气，没有吸进去的气。

易言终于不再是平时那副冷冰冰的模样，然而他现在这副似笑非笑的模样，比平时的杀伤力还要强数十倍。

尤其是在这种“特殊”情况下。

他的嘴角扬起一个浅薄的弧度，说道：“真巧。”

【16】

盛微语站在电梯里，出去不是，在里面待着也不是，整个人像是被定身术定住了一般，愣在了那儿。

易言落在她身上的目光，就是那定身术。

易言不紧不慢地走进电梯，却没再说一句话。

盛微语在他进来的时候，下意识地往另外一边挪了挪。

与其说是下意识，不如说是，来自人的一种本能——求生欲。

还站在电梯外面的凌希，也同样拥有着强大的求生欲。

于是她丢下一句：“我突然觉得我最近没做什么锻炼，刚好爬爬楼梯锻炼一下。”说完她就飞快地跑了。

她飞一般的速度，比逃命的兔子还快，仿佛当年跑八百米不及格的人不是她。

盛微语心想：求生欲够强大的啊。

盛微语眼睁睁地看着电梯门一点儿一点儿合上，同时合上的，还有她通往未来的生命之门。

想跑也跑不了了，索性，她眼观鼻，鼻观心，假装什么事都没发生。

她表面从容自若，内心却在疯狂祈祷：不要说话，不要说话，拜托易言不要说话。

然而，就在这时候，站在她旁边的人忽然动了一下。

盛微语心里一紧，余光瞥见易言朝她这边靠近了一步，又靠近了一步。盛微语的心随着他脚步的移动，一点儿一点儿提到了嗓子眼儿里。

忽然，他抬起手。

盛微语条件反射性地后退了两步，一直后退到后背紧贴着电梯厢壁，已无处可退。

她捂着胸口，一脸惊恐：“你、你、你要干什么？！”

易言抬起的手一顿，停在空中。

他皮笑肉不笑地看着她，嘴角扬起嘲讽的弧度，轻“呵”了一声，说道：“你觉得我要干什么？”

家暴！谋杀！

盛微语戳了一下自己的头，摒除脑子里越来越不和谐的东西。

也不知是不是人越到生死关头，胆子就越大的原因，她索性挺直了腰杆，指着易言后上方的“电子眼”，声音响亮地说道：“我、我告诉你啊，这电梯里，可是有监控的，你做任何事、都能被监控拍到。”

末了，气势十足地补充道：“三百六十度无死角！”

易言瞥了她一眼，抬起的手往盛微语的方向移动。

盛微语一脸紧张却又莫名期待地盯着那只手离自己越来越近，越来越近，最后……按下她身侧第十六楼的楼层键。

就这样？

仅此而已？

盛微语眼睁睁地看着易言按下楼层键后就收回了手，心里油然生出一股莫名其妙的失落感。

恰在易言按下楼层键收回手后，电梯“叮咚”一声，停在了盛微语住的八楼。

盛微语还在那儿发着愣，内心还不甘心他就这样收回了手。她竟然没注意到电梯已停在了八楼，且门已经开了。

直到易言出声，拉回她的思绪：“不出去？”

盛微语不明所以地看了他一眼，好半天才反应过来，正要走出电梯，可就在这时，电梯门开始合上。

突然，她的肩膀被身后的男人给扣住了往他身边带。

脚下因为突然的力度而没有站稳，跟着后退了两步，撞在了男人的胸口上。

此时电梯门已全部合上，来不及再按开门键，电梯就又缓缓地往上升。

盛微语的后背贴在易言胸口上，几乎是半靠在他怀里。

她浑身都僵硬着。

男人身上的体温隔着薄薄的两层布料传到了她身上，炙热的温度，仿佛在她心里燃了一簇火，火势一路蔓延，蹿上她的脸颊。

“小心一点儿。”易言声音微沉，一副告诫的语气。

“哦。”盛微语低低地回应，没有转身，也没有回头，甚至一动都没有动，只是垂着头，让人看不见她的表情。

意外的是，身后的人也没有动。

两人就这样保持着胸背相贴的姿势，随着电梯缓缓上升。

她在心里默默祈祷着电梯上升得慢一点儿，再慢一点儿。

然而，偏偏不能如她所愿，电梯很快就到了十六楼。

她感觉从未坐过这么快的电梯。

电梯门缓缓打开。

易言松开手，拉开了两人之间的距离。

盛微语看着他走出电梯，两人之间的距离越来越远。

就在电梯门又要合上之时，盛微语忽然伸出手去，按住开门键，她急促地说道："等等。"

易言站在电梯外，看着她，没有说话，仿佛知道她会先开口说话一样。

盛微语纠结了一会儿，咬了咬牙，说道："我刚刚在楼下说的话，有一半是假的。"

"哦？"易言挑起眉，这个动作让他的面容不再那么冷峻。

盛微语深吸了一口气，直了直腰，挂上平日里她最引以为傲的从容微笑："易教授想知道？"

易言还是没搭话，显然是在等她的下文。

她弯着唇，讪讪地看着他："上次你的外套我一直没有还给你，不如我先回家把外套拿上来，再慢慢告诉易教授，哪一半的话是假的？我们再好好谈谈，以前真真假假的所有事。"

易言静静地听她说完话，却一直没开口。

没答应，也没拒绝。

只是站在电梯外，垂着眼，眼神意味不明地看着她。

身后的阳光照在他背上，像是给他镀了一层金边，柔和了他的清冷气场。

就在盛微语几乎以为她等不到一个肯定的回答时，他忽然扯开嘴角，说道："好。"

盛微语一回到家，就把包扔到一边，大力拉开衣柜门，换衣服。

红色吊带裙，太艳，扔。

米色碎花裙，太素，丢。

……

衣柜渐渐变得空荡，床上的衣服却越堆越多。

盛微语叉着腰盯着堆在床上的衣服，作沉思状。

果然，又到了该买新衣服的时候了—— 缺衣服，前所未有“缺衣服”。

换上了勉强满意的一条及膝小黑裙。

为了搭配这条裙子，她还特意重新化了妆。

走到客厅时，坐在沙发上看剧的凌希被她吓了一跳，赶忙问道：“姐们儿，你……要去参加宴会？”

盛微语撩了一下头发，故作妩媚地冲她笑了笑，说道：“去参加1603住户的晚宴。”

凌希抽了抽嘴角：“你就使劲儿嘚瑟吧。”

盛微语冲她抛了个媚眼，慢悠悠地离开。

一分钟后，门被人从外面打开。

凌希扭头看过去，见盛微语扶着墙，趿拉上拖鞋，又飞快地往自己的卧室走，嘴上说道：“忘记喷香水了。”

凌希无语地看着她。

盛微语再次离开后，没隔两分钟，门又被人从外面打开。

凌希咬了口苹果，转过头看过去，盛微语边脱高跟鞋边解释：“忘记带上他的外套了。”

凌希不说话。

凌希手里的苹果还没吃完，玄关处又传来了开门声。

凌希扭头看过去，还没等盛微语说什么，她就一脸冷漠地说道：“姐们儿，你再这样，我锁门了。”

盛微语换鞋的动作一顿，默默地又穿上鞋，关上门离开。

反正……反正她也忘了自己这次是忘拿什么了。

提着装着外套的纸袋子，在电梯门口等着电梯，说不出是什么原因，盛微语头一次有了一种紧迫感。

电梯到了八楼，她刚走进电梯，手机就响起了短信提示铃。

盛微语低头看了一眼，脸色顿时变得惨白。

她抿紧了唇，飞快地把那条消息删掉。

她平复了一会儿情绪，按下十六楼的键，随着电梯缓缓上升。

短信铃声一个紧接着一个响起。

电梯停在十六楼，门向两侧慢慢拉开，却迟迟不见有人踏出去。

盛微语站在电梯里，看着手机里的短信，牙关紧闭，下颌线绷得紧紧的。

电梯的门缓缓合上，将她与外面的空间隔断，分割成两个世界。

纤长的手指抬在半空中，微微颤抖着，最终按下了一楼的键。

她深吸了一口气，紧闭着眼睛，隐忍着胸腔的怒火。

该来的，还是来了。

## 第七章 破碎的水晶鞋

【17】

盛微语不知道自己有多久没去回忆那个家的事了。

那个家，就是她内心深处最腐烂的淤泥，不管何时，都是丑陋的，不堪的，恶臭的。

淤泥之中，永远不会开出洁白的花。

只会深陷黑暗，被恶心的臭虫包围。

自出生开始，盛微语就被寄养在姥姥家，和舅舅一家人生活。

她从没见过自己的父母。

严格来说，她见过，甚至每天都能看见——从各大经济新闻头条和娱乐新闻头条中都能见到。

他们外表光鲜，名声显赫，各自在自己的领域发展，在阳光下都觉耀眼，让人艳羡。

而她，是被遗弃在阳光背后的弃子——一个商业富豪和荧屏影后偷情的产物，一个私生女，永远见不得光，甚至户口都上在了舅舅名下。

盛微语在姥姥家生活了十年，十岁的时候，姥姥去世，房产证上换了名字，监护人也换了名字，姥姥家变成了舅舅家。

舅舅酗酒，舅妈打牌，家里没人有正经工作，唯一的经济来源，是来自盛微语生母每个月的汇款。

舅舅一家都待她不好，姥姥还在世的时候，有姥姥护着，日子过得还算太平。

十岁那年，姥姥去世，就没人再护着她了。

她每天都要挨骂。

他们每天都会找各种理由来骂她。

起床做早饭做得迟了，会挨骂，骂她懒。

吃饭吃得慢了点儿，会挨骂，骂她磨磨蹭蹭；吃得快了些，也会挨骂，骂她比猪吃得还多。

舅舅喝醉了酒，会骂她“烦人精”；舅妈打牌输了钱，会骂她“晦气鬼”。

比她大一个月的表哥，也学着舅舅舅妈骂她。

盛微语不知道自己做错了什么，她咬着牙努力把每一件事情都做好，都做得无可挑剔，可依旧逃不脱被骂的厄运。

一年，两年，三年，她在咒骂声中长大，这才渐渐地知道了——不是她做错了什么，是她的出生，根本就是一个错误。

可偏偏，她遗传了那两个人的基因，且明显地继承了他们的优点。

上初中的时候，盛微语渐渐地长成了一个美人胚子，被学校里的男孩儿偷偷评为校花。

但这对她来说，并不是一件好事——她长得越来越像盛夏。

盛夏是她的生母，是十七岁就获得百花奖影后称誉的天才演员，娱乐圈当红的女神。

无论走到哪儿，都有人开盛微语的玩笑，说她像极了盛夏，是不是盛夏的私生女。

说者无意，却偏偏正中事实。

那段时间，盛微语成了一只暴躁的小狮子，怒火的源头，就是“盛夏”这两个字。

她开始逃课，开始打架，她的成绩一落千丈，而这次，舅舅舅妈没有骂她。

他们从不在这种事上管她，甚至乐意见到她堕落——处于深渊的人，总能不遗余力地去把别人也拉入深渊。

可偏偏盛微语没让他们如愿，在初中混了三年，她还是考上了重点高中。

而他们的儿子盛强，他们花了重金，才将他勉强塞进了一所高中。

盛强是盛微语的另一个噩梦，也是她厌恶自己漂亮的长相的原因之一。

盛强喜欢她。

所有男孩儿都喜欢漂亮女孩儿，青春期的男孩儿，都有一两个性幻想对象。说难听一点儿，就是他们可以把所有中意的女孩儿，当作他们的性幻想对象。

而盛强，就是这样。

起初只是目光骚扰，看她的眼神就透出那种龌龊的心思。

后来，他越来越变本加厉，语言侮辱，甚至总想趁没人的时候，对她动手动脚。

在一个下大雨的夜晚，盛微语去客厅倒水喝，被盛强拦住。

盛强只穿着一条裤衩，拦在她面前，脸上露出不怀好意的笑："微语，我一想到你就浑身难受，你帮帮我吧。"

盛微语下意识地后退了两步，厌恶地看着盛强："你疯了？"

盛强朝她走了两步："今晚我妈还在外面打牌，我爸喝醉了酒，正好没人来打扰我们，微语，你……"

"你闭嘴！"盛微语气得浑身发抖，死死地盯着盛强，"你敢再对我说一句那种恶心的话，信不信我让你去死！"

闻言，盛强轻蔑地笑了笑，露出猥琐的神情，说道："你装什么纯呢？"

"你胸这么大，不就是给男人摸的？"

"天天在我面前晃来晃去，你不就是在勾引我？"

"你妈就是个狐狸精，你……"

"啪——"

还没等盛强说完话，盛微语就扬手甩了他一巴掌。

盛微语咬牙瞪着他，眼眶泛红。

盛强被这一巴掌打得脸都歪了，一时间他被激怒，嘴里骂着"臭婊子"，冲上去就想打她。

盛微语和他扭打成一团，盛强的手总试图去触摸她的身体，她恶心得都快哭了，红着眼一边拼命地抵抗，一边喊着救命。

可是没人来救她。

屋外的雨声沉闷而压抑，没人能听见她的呼救。

她几近绝望。

这时，玄关处响起开门的声音。

随后，一道女人尖锐的声音响起："你们在干什么！"

是打牌的舅妈回来了。舅妈拉开了扭打在一起的表兄妹两人。

终于得救了。盛微语才松了一口气，后怕又向她袭来，从地上爬起来的时候，四肢都开始打战了。

她吃力地扶着椅子站好，还没等她说话，就听到盛强向他妈妈告状。

“是微语勾引我的，故意让我摸她。”

“我说这样不好，她还当着我的面想脱衣服。”

盛微语难以置信地看着他，愤怒地说道：“你在胡说八道什么？！”

她又求助地看向舅妈：“舅妈，是他先摸我，他性骚……”

她的话还没说完，就被舅妈的一个巴掌给打断。

牙齿磕破了嘴唇，立马渗出血来。

舅妈拽着她的头发将她推倒在地上，更为尖刻地咒骂道：“你看你把我儿子打成什么样了！”

“我儿子那么老实，还会跟我说谎不成？！”

盛微语倒在地上，如坠冰窖。

舅妈越来越恶毒的骂声，切断了她绷紧的最后一根弦，她疯了一般地举起椅子砸过去，却敌不过他们两个人的力量，被舅妈狠狠地揍了一顿，然后关在了家门外。

盛微语蜷缩在屋檐下，浑身是伤，手机也在混乱中被摔得稀烂，开不了机。

沉闷的雨声混着雷声传进她的耳朵里，压抑着她的心脏。

这一次，无论她怎样祈祷，都没有人会来帮她。

唯一会帮她的那个少年，也即将出国，再也不会回来帮她了。

自那以后，她再也不会祈祷了。

压抑的回忆让盛微语胸口发闷，像是被压了一块巨石，怎样都喘不过气来。

她攥了攥拳，走出电梯，离开了公寓大楼。

外面的天变成了晦暗的灰色，乌云沉沉。

又是暴雨的前奏。

盛强在一家破旧的小饭馆等她，弓着背缩在一处角落里，眼睛时不时地往四周瞟。

盛微语走过去，居高临下地看着他，面无表情。

盛强抬起头，上下打量了她一眼，像是见到猎物的狼，眼里散发着绿光。

他咧开嘴，谄媚地笑着说道：“微语，行啊，你现在在B市混得可以啊！瞧瞧这身打扮，真是越来越漂亮……”

他一边说着一边伸出手，想要抓住盛微语的胳膊。

盛微语一侧身，躲过他的触碰。

她嫌恶地看着他，冷冷地开口道："你找我有什么事？"

盛强的手一顿，讪讪地缩回手，又盯着她，笑得猥琐："怎么，几年没见，这么见外呢？哥哥在牢里，可是天天都想着见你呢。好不容易出来了，想跟你这个好妹妹借点儿钱吃饭。"

盛强没考上大学，高中毕业后就没再读书，他继承了他父母的所有缺点，又喝酒又赌博。

前几年，他喝醉了酒闹事，打架伤了人，被关进了监狱，这阵子才被放了出来。

没想到，他一出来就找上了盛微语。

盛微语被他的笑恶心得直反胃，垂在身侧的手紧攥成拳。

她沉着声音说道："怎么，你嫌牢底还没坐穿，又想着敲诈勒索，再进去一次？"

盛强脸上的笑呆滞了，表情瞬间狰狞起来，让人以为，他下一秒就要动手打人。

然而，他忽然笑出声，那笑容里带着几分咬牙切齿，又有几分洋洋得意："微语，好歹我也是你表哥，你还在我家户口本上待了十几年，不要这么绝情吧？"

他侧过身，背靠在墙上，从兜里掏出一根烟叼在嘴里："表哥也知道你是个重情重义的人，你看你在周家住了这么多年了，还冠着咱老盛家的姓，你这么顾及咱老盛家，肯定也不会看着表哥不管的，对吧？"

盛微语冷眼看着他："你到底想说什么？"

盛强嘴里叼着烟看着她，故意以一种熟稔亲切的语气跟她说话："微语，你看你，都读到博士研究生了，这么聪明，还猜不出我要说什么？"

他又故作惋惜地叹了一口气："算了，算了，既然你不想借钱给我，那我就只好去找别人借了。姑妈当大明星，肯定挣了很多钱，随便拿点儿零头给我也够了。或者我随便爆点儿料给狗仔，也能挣些钱过日子，你说是不是？"

他话里有话，故意拐弯抹角。

盛微语已然知道了他的意思。

他在威胁她，威胁她要是不给他钱，他就去找狗仔，爆出她是盛夏私生女的事。

他知道她最忌讳自己的身世。

盛微语死死地盯着他，眼眶气得泛红，牙关咬得死紧，垂在身侧的拳头不可抑制地打着战，指甲使劲儿地掐着掌心。

最终，她深深地吸了一口气，松开拳头，愤愤地问道：“你想要多少？”

易言罕见地打了餐厅的订餐电话。

他一个人生活惯了，平日里都是自己做饭，几乎不吃外卖。他对吃这一方面要求不高，一切从简。

他扫了一眼冰箱，里面摆放着各种肉和蔬菜，瓶瓶罐罐都码得十分整齐，都是最贴合他口味的食材。

但是今天，这些食材似乎并不适合摆上桌。

回国至今，他第一次打了餐厅的电话，订餐送到家。

没几分钟，林冀就打来电话“问候”：“易教授，在家做什么呢？出来玩啊。”

易言语气淡淡地说道：“你又闲了？”

“是啊。”林冀在电话那边故作忧愁地感叹，“长夜漫漫，我连个共进晚餐的漂亮女孩儿都找不到，真是寂寞空虚冷啊。”

听着他阴阳怪气的语气，易言反应过来他话里的意思。

刚刚订餐的餐厅，正是林冀公司旗下的。

他薄唇一抿：“你们公司的客户隐私保护有待加强。”

林冀一点儿都没有被抓包的尴尬，面不改色地耍嘴皮子：“哪里，哪里，碰巧而已。你打电话过来的时候，我刚好在视察。”

其实是他吩咐下去的，让员工上报易言的订餐情况。

他并不是想监视易言平日里吃的是什么，他吩咐的是：只要易言一订双人餐，就打电话通知他。

双人餐嘛，顾名思义是两个人一起吃的。除了他自己，他还没见过易言和其他什么人单独吃过饭，他也想不到还有谁能和易言一起吃饭。

当然，今时不同往日，不食人间烟火的冰山易教授，竟然也有能一起共进晚餐的人了。

那个幸运的人到底是谁呢？想必他已经见过了。

林冀仰靠在办公椅上，跷着二郎腿，一副吊儿郎当的模样：“就点几个菜，那得多没劲儿啊！哥们儿这里有几瓶好酒，过会儿我让人给你送过去。”

像是怕对方拒绝一样，他又笑嘻嘻地说道：“可别说你不喝酒啊，我这可不是送给你喝的。”他笑得不怀好意，“我这是送给微语同学的见面……”

还没等他说完话，对方就挂断了电话。

林冀“哎”了一声，心想：他好不容易从易大教授的黑名单里出来，不会又要被拉进去了吧？

想是这么想，他脸上却没有一点儿恼怒或担忧的意思，反而拿起座机电话，吩咐秘书给易教授送上两瓶好酒，后劲儿越大越好的那种。

易言挂了电话，就把手机扔到了一边，没再去管。

余光瞥到餐台，目光顿了顿，他走过去，把杯架上的几个杯子都拿到洗碗台，一一重新洗净，又擦干。

点的餐很快就到了，一起送来的，还有两瓶威士忌和一束玫瑰。

易言面无表情地看着送餐小哥把东西摆上桌，又拿出蜡烛点上，想要把玫瑰花也摆上桌，他出声阻止：“这些收回去。”

送餐小哥知道这位先生是林总裁的朋友，一时有些为难：“易先生，这是林总吩咐的。”

他来之前，林总可是特别吩咐了他，不管这位易教授说什么，一定要把用餐环境给布置好，关键时刻，就搬出这一句话。

顶着易言压迫的目光，送餐小哥咽了一口口水，壮着胆子说道：“林总说，这是他为易先生您的女朋友准备的。”

虽然他不明白，为什么准备这些的不是易先生，而是林总。而且，林总为什么要给易先生的女朋友准备玫瑰花……这不是明摆着要挑衅易先生正牌男友的权威？

说这话的工夫，送餐小哥已经脑补完一出两男争一女的大戏了。

他说完这句话后，客厅里明显沉寂了片刻。

室内的温度似乎突然下降了好几摄氏度，让人脊背发凉。

送餐小哥提心吊胆地站在那儿，动也不是，不动也不是。

他忽然明白自己来之前，林总说要给他加班费的原因了。林总给的怕不是加班费，而是精神损失费。

一直面无表情的易言沉默了一会儿，嘴角扯开一抹没有温度的弧线：“回去告诉你们林总，送礼这件事，最好投其所好，这种过敏源，没人愿意收。”

说完，他就将那束玫瑰花扔进送餐的箱子里，顺手抽了两张纸巾将桌面擦拭了一遍。

送餐小哥战战兢兢地应下，也不敢再坚持要摆鲜花了，利落地收拾干净，很快就带着东西离开了。

易言看了一眼墙上的挂钟，傍晚六点。

玄关处还没一点儿动静，他回到书房，准备看一会儿书，却不知怎的看不下去，又开始整理书架。

书架其实不乱，他有用完东西就整理的习惯，以至于连书桌都非常干净整洁，好像从来没人用过一样。

可他还是整理了，将每本书的书角都码得整整齐齐。

晚上七点，手机闹铃响起。

易言给金毛犬倒了些狗粮，顺手又把宠物屋里的玩具给收拾了一遍。

八点半，赵希光在微信上给他发送来视频电话邀请，想跟他聊天。

易言回了句“晚上有事”就把视频给挂断了，退出聊天页面，看到联系人列表中“盛微语”那三个字，犹豫了一会儿，点进她的聊天页面，却又退了出来。

十点半，屋里依旧只有他一个人，金毛犬趴在他脚边，安静乖巧地陪着他。

易言打开手机联系人页面，给盛微语打电话，得到的语音应答却是对方的手机已关机。

他放下手机，余光瞥见餐桌上火光摇曳的蜡烛。蜡烛已快燃烧殆尽，烛泪在烛台里层层堆积，完全没有它刚点燃时的好看和风光，看起来还有些可笑。

易言在餐桌边站了好一会儿，自嘲地勾起嘴角，极轻极轻地“呵”了一声。

一隔十年，又是这样。

他去厨房拿了个厨余垃圾袋，将桌上的东西都收拾进去，即将燃烧殆尽的蜡烛也吹灭扔了进去。

他提着满满当当的一个垃圾袋，准备去扔垃圾，一打开门，脚步却瞬间顿住了。

一个女人蹲在门口，抱着膝盖，头埋在双臂间，努力把自己蜷缩成一团。仔细听，沉闷的呼吸声里，带着些刚哭过的鼻音。

听到开门的动静，女人抬起头，眼眶泛红，眼神迷离了好一会儿才终于有了焦距。

她极缓极缓地眨了两下眼睛，像是反应了好长一段时间才缓过来，拖着尾音“哎”了一声，说道：“你是谁？你怎么在我家？”

易言垂眼看着她：“你又在搞什么？”

盛微语扶着门框摇摇晃晃地站起身，一会儿往前倾，一会儿往后仰，身形不稳的模样，让人觉得她下一秒就要倒下去。

闻到一股酒气，易言轻皱了皱眉，扶住她的胳膊将她晃晃悠悠的身子给稳住：“我送你回去吧。”

盛微语使劲儿地将他的手甩开，愤愤地说道：“滚，这就是我的家！”

易言一脸冷漠地看着她大摇大摆地进了屋，把高跟鞋甩到了几米远，又摇摇晃晃地往里走。

他把她落在门外的纸袋子提进屋，关上门，沉默着去捡回被她甩远了的两只鞋，放回门口，又跟在她身后，在她差点儿把自己晃得往后仰倒时，伸出手去扶了她一下。

盛微语却像是被惹急了的猫一样，把他的手拍开，瞪着易言，恶狠狠地警告道：“臭男人，不要碰我，我狠起来连自己都……”

她一边说着一边晃动着身体，眼看着就要往旁边倒去，易言眉心一皱，上前抓住她的一只胳膊，将她扶稳。

盛微语这次倒没甩开他，醉酒的人一会儿一个念头是常事。她向易言倾身倒过去，趴在他的怀里，将一只胳膊搭在他的肩膀上。

咫尺距离，呼吸缠绵。

盛微语仰头望着他，像只反应迟钝的猫，缓慢地眨了眨眼睛，弯起眼睛朝他傻乎乎地笑着说道：“言言，你真好看。”

易言垂眼看着她，眸光微沉，喉结滚动。

几秒后，他移开视线，松开扶着她的手，声音微哑着说道：“你自己站稳。”

盛微语却将另一只胳膊也搭在了易言的肩膀上，与他贴得更近，环住他的脖子，埋在他的颈间，闷闷地笑着说道：“我浑身没劲儿，站不起来。”

温热的呼吸喷在易言脖颈处的皮肤上，炙热烫人。他的脖颈处立马染上了一层粉色，一路蔓延开来，直至耳根。

易言的身体僵硬，下颌的线条紧绷，像是在隐忍着什么。

终于，在盛微语伸出软绵绵的舌尖，轻舔了一下他后，那根绷紧的弦瞬间就断了。

易言拉下盛微语的手，迫使她不能继续靠在他的肩膀上，下一秒，又伸出一只手箍住她的腰，让她一下也动弹不得，只能与他紧紧相贴。

盛微语茫然地抬起头去看他，下巴却被男人的手指捏住。

男人眸光深沉，情绪在眸子里翻涌。

“盛微语。”他低低地唤了她一声，声音暗哑，染上了几分危险的气息。

醉酒的人却不自知自己刚刚惹了什么事，现在又处在一个怎样危险的环境中。

她眨了眨眼睛，眼神迷离，低软地应了一声。

还打了个酒嗝。

扑面而来的酒气让易言条件反射性地后退了两步，瞬间拉开了两人之间的距离。

盛微语却好像发现了什么新大陆一般，惊奇地说道：“原来你怕这个啊？”

说着，她又故意凑到易言面前，冲他打了一个更大的嗝。

易言后退一步，她就往前走一步，两个回合后，在她又想故意打嗝熏他的时候，易言伸出手捂住她的嘴，冷冷地说道：“你够了。”

盛微语一个嗝被堵在嘴里，生生地咽了回去。

被易言训了一句，她忽然觉得委屈，呜咽了一声，眼泪说来就来，眼皮子都没眨一下，泪珠子就滚落下来，滴落在他手上。

滚烫的温度让易言愣了一会儿，无意识地松开了手。

她含着泪，委屈巴巴地抽抽噎噎道：“你凶我。”

易言看着她沉默了一会儿，稍稍偏过头，移开视线：“……没。”

“你就凶我了！”盛微语的语气忽然变得有些激动，一边哭一边控诉道，“你总是这样凶我，天天对我板着一张脸，天天凶我！你再凶我，我就……”

她的话说到一半，忽然就抓住易言还没完全收回去的手，送到嘴边，用力咬了下去。

“盛微语！”手上传来的疼痛感清晰剧烈，易言加重了语气喊了一声，警告意味十足。

盛微语咬着他的手，望着他，似乎是看出了他的脸色很差，她警觉地松了口，看到他手上的牙印，终于意识到自己做了错事，心疼地问道："很疼？"

看着她小心翼翼地去抚摸那处牙印，一副做错事的可怜模样，不知怎的，易言心里一软，刚才的怒气一扫而空。

他缓和了脸色，看起来没那么冷漠了，正想安慰她说"不疼"，然而，还没等他开口，盛微语脸上的表情瞬间就发生了变化。她指着他手上的那处牙印，耀武扬威道："疼死你最好！你再敢凶我，我就再咬你！"

易言额角的青筋头一次跳得这么欢快，室内的温度唰唰地往下降，趴在沙发旁边的金毛犬敏感地嗅到了危险的气息，悄无声息地把自己藏到了不显眼的角落。

而始作俑者对这一切毫无知觉，她大摇大摆地往沙发那边走过去，一边走，两只手还一边伸到背后，隔着外衣一挤，又把手伸进自己衣领里，似乎在掏什么东西。

易言不知她要做什么，见她颤颤巍巍走路的模样好似下一秒就要摔倒，正要跟过去扶着她，却见她从衣服里掏出了什么东西，往他这边一扔。

易言几乎是条件反射性地抬手接住——女人的裹胸稳稳当当地被他抓在了手上。

黑色，蕾丝。

客厅里，死一般寂静。

男人的脸色以肉眼可见的速度发青，不知是隐忍着多大的情绪，下颌的线条才显得那么紧绷。刚从角落里探出头的金毛犬又立马缩了回去，重新窝在隐蔽的一角，努力降低自己的存在感。

而黑色蕾丝的主人此刻意识模糊，她晃晃悠悠地走到沙发前，往上面一倒，就像是被抽光了骨头一样，瘫倒在沙发上。

她真的是醉了，连自己穿着极易走光的短裙这件事都忘了，大大咧咧地躺在那儿，露出两条笔直的长腿，绝大多数男人看了都会觉得口干舌燥。

易言却是那极少数的男人之一，他沉着脸走过去，将她带过来的那件风衣外套从纸袋子里拿出来，扔到她身上，遮住她随时都可能外泄的春光。

那件黑色蕾丝裹胸则被他扔进了装风衣的纸袋子里。

她睡得很不安宁，眉心紧皱，似乎梦见了什么烦心的事。

易言坐在她旁边，静静地望着她的睡颜，眉眼里不见刚才的冷漠。他伸出手，替她撩开粘在唇边的碎发，指尖触碰到她脸颊时，她低声梦呓："小结巴……”

易言动作一顿，修长的手指停在了半空中。

她又闭着眼嘟囔了一声：“我的指甲……”

含糊不清的呢喃，让人听不出她到底想说什么。

易言却是心中明了，低头望向她身侧的手，茭白般的纤细手指，指甲上染着明艳的红色，惹人注目。

向来波澜不惊的眸子里多了几分笑意与无奈，他覆上那只手，拇指指腹轻抚她光滑的指尖，回答道：“嗯，好看。”

男人的声音压得很低，似乎是怕扰了佳人清梦。

唇畔一抹浅浅的笑意，将往日里的冷漠化成了一汪春水，令整个客厅的灯光都黯然失色。

一直缩在角落里的金毛犬探出头来，眼神茫然地在客厅的男女身上打量了几圈，似乎很是不懂为何室内的温度瞬间往上蹿了好几摄氏度。

盛微语睡得很不老实，在易言面前，她似乎一刻都没有老实过，就连睡觉，都像个混世魔王。

才消停一会儿，她又开始折腾，皱着眉，在狭小的沙发上动来动去，似乎在找一个适合自己的姿势，却又没见她最后换成什么更舒适的睡姿，反倒是盖在身上的风衣被她折腾得滑落到了地上，两条修长的腿又露了出来。

易言把风衣捡起来，重新盖在她身上，没几秒，又被她踢落到地上，裙摆也被蹭得往上移了些许。

重复几个回合，易言眼中的无奈更甚，却不像刚才她醒着时那样生气与不耐烦。他抿着嘴角，重新拾起风衣罩在她身上，俯下身，环住她的腰，微微抬起，将大衣的两只袖子从她腰下穿过，打了个结。

知道她没穿内衣，他做这动作时，始终偏着头，没去看她。

打完结，正要起身，手却忽然被她抓住，他下意识地低下头，撞见女人湿漉漉的眸子。

盛微语望着他，张了张嘴，声音低柔软糯：“言言。”

易言一怔，抿紧的嘴角松动。这么一声低软的叫唤，竟然轻而易举地将他心中的防线攻破。他语气和缓地问道：“我吵醒你了？”

盛微语摇了摇头，又一脸羞涩地看着他，娇滴滴地说道：“你是不是想趁我睡着了非礼我？”

对方忽然的调戏，让易言重新抿起了唇。他试图扒开她的手，对方却抓得更紧。

“松手。”

“不要。”

易言皱着眉警告：“再耍酒疯，我就不管你了。”

这句话不知是触到了盛微语的哪根神经，她整个人僵了一瞬。

她连忙松开手，跪坐在沙发上，像个认罪的犯人一样，低头朝易言认错，语气是前所未有的慌张：“我、我不……我错了……不要不管我……”

话说到一半，便已有了哭腔，却不似刚才耍酒疯，故意唱戏般假装委屈，声线都不可抑制地在颤抖，仿佛在恐惧着什么。

“我以后不吵你了。”

“你说的话我都听，我再也不涂指甲油了。

“再也不到课堂上去堵你了。

“也不发消息骚扰你。”

她抬起头，泪眼婆娑地望着易言，低声下气地哀求道：“小结巴，你别出国好不好？”

易言喉头一紧，再也说不出什么训斥的话了。

心头的火气霎时无影无踪，里头像是有什么东西煮开了一般，翻滚着冒泡，令他觉得酸涩又难受。

盛微语伸出手，似乎想去抓住他的衣袖，却又停在半空中，畏惧地收回。小心翼翼，仿佛多做一个动作，都怕惹他生气。

易言垂眼看着她，心里的那股酸涩感仿佛要从身体的各个地方溢出来。

他伸出手去，勾住她缩回去的手指，牵住，紧握在手中，声音发涩：“起来吧。”

盛微语以为他还是要赶她走，慌乱地想抽回手，眼泪跟着就啪嗒啪嗒掉了下来：“小结巴，我……”

“去房里睡。”

易言扶着她的手臂，想让她站起来。

盛微语愣在原地，好半天才反应过来。她欣喜地笑着，眼睛里还泛着泪，这一会儿哭一会儿又笑的，看起来有些滑稽。

她仰头望着易言，似乎是斟酌了很久，才小心翼翼地问道：“那你以后还会管我？”她咬了咬唇，小声地补充道，“其实我喜欢你管着我，我想你多看我几眼。”

都说越是心高气傲的人，越不可能向人示弱，即使受了伤也只会躲着所有人，独自倔强地舔舐着伤口。

她这般卑微的模样，让易言心里发堵。他屈着食指，用指节抹去她脸上的眼泪，压低了声音应她：“嗯，你听话。”

盛微语醒过来的时候，已经是第二天上午的十点了。

外面阳光正好，从落地窗透射进来，将整个房间笼罩在光明之中。

盛微语被光线刺得眯起了眼睛，她懒洋洋地翻了个身，想再睡会儿回笼觉。

几秒后，她呼吸一窒。

不对。

味道不对。

盛微语闭着双眼嗅了嗅，被窝里的清爽气息和她的被窝不是同一个香味。

她猛地睁开眼睛，果然，入眼的不是她熟悉的卧室，而是……

盛微语几乎是从床上弹起来的，昨晚的事如同走马灯一样在她脑子里回放了一遍，她差点儿没羞耻得重新钻进被窝里。

她连滚带爬地下了床，赤着脚跑到门口，耳朵贴在门上听外面的动静，又小心翼翼地打开一条门缝往外瞧，确定外面没人后，她立马开了门往玄关处跑。

刚跑到门口，忽然察觉到胸前似乎空空荡荡的，伸手一摸——哦，竟然没穿内衣！

凭着昨晚模糊的记忆，盛微语跑回客厅找了一通，在客厅里找了个遍，连内衣的一根线头都没看见。

“会丢在哪儿呢？”

盛微语欲哭无泪，又极其害怕易言下一秒就会从外面回来，慌乱之中，她跑回卧室，拿起床上那件风衣披上，又跑到玄关处，穿上鞋就急急忙忙地开门跑了。

与此同时——

宠物屋里，金毛犬叼着一件黑色的蕾丝裹胸在地上拖来拖去，最后塞进了自己的狗窝里。

盛微语顶着一头乱发，不敢去坐电梯，直接裹着风衣从楼梯跑到了八楼。

跑到自己家门口，才发现，她走得太急，连包和手机都忘了拿，更别说钥匙。

易言家的门关上就锁了，她再回去也进不去，盛微语被自己蠢得想撞墙，干脆死马当活马医，按门铃试试，看凌希还在不在家。

老天像是听到了她的祈祷一样，终于肯眷顾她一次了。

盛微语竖着耳朵听到屋子里似乎有动静，很快，从屋子里传来开锁的声音。

盛微语欣喜极了，门一打开，她就要给凌希一个大大的拥抱："凌——霖霖？"

看到屋内的男孩儿，她傻眼愣在了原地。

周霖霖环臂抱胸，上下打量了她一番，轻"呵"一声，终年面瘫的脸上扯开一抹令人恐怖的冷笑。

"盛小姐，够浪的啊？"

## 第八章

## 致少年的你

【18】

盛微语和周霖霖虽然是同父异母的姐弟，也没有从小就生活在一起，但两人的脾气和小习惯，却是说不出来地相似。

就拿称呼对方来说吧，他们很少把姐姐弟弟这种称呼挂在嘴边，平日里都是直呼姓名，唯独正正经经或真生气的时候，就会十分客气地称呼对方——少爷或是小姐，越生气，语气就越客气。

比如说现在，盛微语已经从这句客客气气的“盛小姐”中，判断出了周霖霖此刻的怒气值。

常年面瘫的娃娃脸男孩儿此刻似笑非笑地盯着门口的盛微语。

盛微语头发凌乱，披着一件男士风衣外套，微弓着背，表情狼狈又慌张，一看就是刚从哪个男人的床上爬下来的。

从昨晚到今天早上，打电话给她都显示关机，也不见她回个消息，到她的公寓又不见她的人，碰见她的室友，室友还支支吾吾地帮她掩饰，让他在家里等着。

他说呢，一个好端端的人怎么会突然失联？原来是失联到别的男人床上去了。

周霖霖环着双臂冷笑道：“怎么，还能下得来床？看来我这姐夫，技术还有待加强。”

周霖霖说话向来直接，从来不顾及别人的感受，饶是盛微语早就知道他这一点，也没抵挡得住他这一句毒舌。

盛微语翻了个白眼，但奈何现在是她理亏，只能觍着笑去讨好这位正在气头上的大少爷：“小周总，让我先去刷个牙，洗把脸，咱再慢慢聊，行不？”

说着，她一边朝他走近一步，一边说道：“你闻闻我这一身味儿……”

没等她说完，周霖霖就面无表情地侧开身，给她让出一条道。

这是在不动声色地表示嫌弃她。

盛微语像只猫一样，飞快地蹿进了屋，卧室的门被她大力打开又关上，发出沉闷的声响。

紧接着，卧室里就传来一声惨叫。

“我这是什么模样！我的妆！”

周霖霖面不改色地坐在客厅里，对这般高亢的惨叫仿若未闻。

不怕生的大侠不知从哪儿冒了出来，慢慢地往周霖霖脚的方向移动，小爪子刚伸出去触了触他脚上名贵的鞋，他的眼神一凛，散发出不符合他可爱外表的凌厉杀气：“你的狗头不想要了，是吗？”

“大侠”被吓得一哆嗦，呜咽一声，夹着尾巴撒丫子落荒而逃。

周霖霖这次回国，可以说是给了盛微语一个猝不及防。

即使周霖霖前不久就说过，过段时间回国，可她哪能想到，“过段时间”的这段时间竟然会这么短？还好巧不巧，就卡在她在易言家过夜这一天。

盛微语磨磨蹭蹭地洗完澡换了衣服出来，周大少爷还坐在客厅的沙发上，面无表情地看着电视。

电视里正在播放着一个音乐类选秀节目——《新声》，由国内几大知名娱乐公司联合制作，在素人中选出艺人进行培养。

盛微语平时不看电视，更不关注娱乐圈的事，对这种时兴的综艺节目一无所知。不过现在，能搬出一个话题就算一个话题。

她走过去，讪讪地开口，企图用新话题打破这屋内沉寂的气氛：“这档综艺最近很火啊，你也喜欢看？”

周霖霖瞥了她一眼，压根儿没给她拐弯抹角的机会，他开门见山地说道：“那个男人，是做什么的？”

盛微语没回答，她知道周霖霖不是排斥她和男人交往，而是在质疑，像之前质疑贺廷一样质疑易言。他在商业上有着惊人的天赋和敏感度，这敏锐的直觉也带到了他的生活中。以他的圆滑和戒备，他不允许有任何威胁周家利益的人或事存在。

但盛微语不喜欢他用看待商界的目光去评判易言，这是一种不尊重，或者说是亵渎。

见她不肯回答，周霖霖也没恼。他靠在沙发上，目光还盯着电视屏幕，徐徐分析道："你刚才穿的那件男式外套，是法国 Y&U 的春季限定款，品牌虽小众，但胜在质感和设计，盲目跟风的人不会选择这种牌子，说明那人品味不错，注重内涵。

"你平日社交不多，局限在 B 大和咨询所，除了在这两个场合偶遇，就是被身边的人牵线。而你们咨询所最近没有新人进来，你个人排斥被别人牵红线，你的职业道德不允许你跟患者产生其他感情，排除新同事、朋友介绍和患者，他应该常在 B 大出入。

"你平时很注意形象，但刚才这么蓬头垢面地回家，说明他家离你这儿不远，再精准点儿，百分之八十的概率就在这幢楼里，能在这个小区买得起房的人，说明他经济条件不错。这里离 B 大不近，学生不会把暂住房址选在这里，他应该不是在 B 大读书，而是在 B 大工作。"

他把这些分析一条条罗列出来，又思考了片刻，最后看向盛微语："他是 B 大的老师？"

盛微语哑口无言。

她忽然觉得，周霖霖管理一个公司实在是太屈才了，他应该去当专破奇案的刑警。

盛微语扯出一抹僵硬的笑，生硬地转移话题："你不会真是因为我才回国的吧？"

周霖霖瞥了她一眼，说道："自作多情。"

明明是面瘫，却偏让人觉得他这眼神满满的都是鄙夷。

自作多情的盛微语抽了抽嘴角，心里腹诽：不是因为她回国，那一回国就来她公寓做什么？还在这儿瞎叨叨这么多，给她当恋爱指导？

周霖霖又接着说道："你放心，你和谁谈恋爱都与我没关系，我不会去干涉，只是希望你没忘了上次的教训。"

这时，一个电话打进来，他看了一眼来电，一边接听电话，一边站起身就要走，临走前像是想起什么似的，又顿住脚步："盛强有没有来找过你？"

听到那个名字，盛微语呼吸一窒，似乎想到了什么，她连忙压下情绪："没，没有。"

周霖霖的心思在接听电话那边去了，没注意到她的异样：“他提前出狱了，你最近注意点儿。”

说罢，转身就走了。

盛微语目送着他出了门，总算松了一口气。

想起盛强，她又咬紧了牙，眸光渐沉，染了几分厌恶与憎恨。

她不会让这摊污泥再爬上岸的。

决不会。

双休日，盛微语上午翘了班，原以为下午去上班的时候，免不了一顿训，还得扣工资，却很意外什么都没发生。原来是凌希早有先见之明，帮她请了半天假。

请了假，也还是没躲过徐思的一顿冷嘲热讽。徐思最喜欢找新人女同事的碴儿，在鸡蛋里挑骨头是常有的事，尤其是对盛微语。

徐思针对她的原因，盛微语其实是知道的。

在盛微语和贺廷交往之前，其实还有个小插曲——徐思对贺廷有过好感。

抛开贺廷隐藏起来的浑蛋属性，贺廷长相好，待人随和，确实有让人一见钟情的资本。再加上他家境不错，是中型企业的富家少爷，还是一个高才生，以后就算不搞科研，也能回家继承产业，嫁给他，也算是后半辈子生活无忧。在这个物质大于一切的时代，贺廷这种条件，可不就是许多女人向往的完美对象？

贺廷来咨询所等盛微语下班的那几次，碰见过徐思，也就是见了那几次，徐思对贺廷有了好感。只是那时贺廷在追求盛微语，没把她放在眼里，徐思气不过，自然就把气撒在了盛微语身上。

这就是女人的嫉妒。上次，徐思不知从哪里听说，盛微语被浑蛋甩了，分手了，还特地跑过来明里暗里幸灾乐祸了一番，顺便炫耀她新交到的富二代男朋友。

她觉得扬眉吐气了，却不知道，盛微语压根儿不在乎这些。

用凌希的话来说，比起徐思在暗地里的各种攀比，盛微语就像是个看破红尘的坐禅老僧，任徐思像个跳梁小丑一样在她面前手舞足蹈，继续做她手中的事，眉眼都不会动一下。

然而，坐禅老僧并非天生就能看破红尘。她沉如死水的心再怎么平静，遇到那个能丢进石子的人，也一样能溅出水花，激起一圈圈波澜，久久不能停歇。

下班之后，盛微语直奔1603房。她的手机、钥匙，还有钱包，全落在了易言家，除了易言家，她哪儿都去不了。

说实话，她虽然脸皮厚，但总归还是要脸的，昨晚撒酒疯闹得那么难堪，饶是她，也有那么一点儿不好意思再见到易言。

她懊悔极了。一是懊悔在易言面前撒了这么个酒疯，形象都没了。二是她都把形象给丢了，却没能讨到一点儿便宜，实在是不值。不说能来个法式热吻，摸摸腹肌也是能讨回本的，可她昨晚太矜持，太矜持了！

盛微语一边惋惜，一边按下易言家的门铃。

门铃按了五六次，却久久没有人来开门。

难道是还没回来？

盛微语正疑惑着，门终于被人从里面打开了。

打开门的一瞬间，盛微语看得眼睛都直了。

她刚才还懊恼没占到一点儿便宜的男人，此刻正赤裸着上身站在门口，腰间只围着一条浴巾。

水滴从他线条硬朗的下颌滴下，顺着紧实的胸肌缓缓往下淌，渗进白色的浴巾中。

盛微语看得眼睛都忘了眨，耳畔仿佛有万千烟花齐齐冲天炸开。

脑子一热，身体就不再是大脑的傀儡。

她鬼使神差地伸出手，按在男人紧绷的腹肌上。

哇，真结实！

【19】

昨晚，易言照顾了她一宿。

醉酒的盛微语睡着之后，如同一个混世魔王，掀被子，踹被子，手脚就没老实过。也不知她梦见了什么，时不时就梦呓。

易言几乎一晚没合眼，夜里气温低，没有防备地受了凉，第二天又是一天满课，一大早就赶去B大上课，傍晚回来之后，状态就有些不对劲儿。

易言没有一生病就去医院的习惯，也鲜少依赖药物。吃药算是他为数不多的排斥的事。

于是他一回家就洗了个澡，正准备换上睡衣休息，却听见有人疯狂地按门铃。

起初他以为是林冀便不想搭理，看到沙发上落下的女士包和手机，迟疑了两秒，还是去开了门。

果然，是盛微语。

盛微语直愣愣地盯着他，伸出手按在他的腹肌上。

空气似乎在这一瞬间凝固。

男人身上炙热的温度传到盛微语掌心的皮肤上，好半天，她才反应过来自己做了什么，脸上轰然炸开一片红云。她连忙收回手，匆匆地道了一声歉，难得露出手足无措的怯弱模样："我、我是来拿东西的。"

易言没应声，只侧开身，让出一条道，让她进屋。

盛微语在沙发上找到了包和手机，手机已经电量不足自动关机，也难怪会错过周霖霖的电话和短信。包和手机是拿到了，可还有一样不知落在了哪处。

她今早怎么找都没找到的裹胸，还落在易言家。

这种东西，不管是现在问易言，还是以后易言找到再还给她，都免不了尴尬。

盛微语站在原地纠结，斟酌着要怎么开口问，才显得不那么丢人。

易言回屋里换了身衣服，见她还站在客厅没走，便问道："怎么，在我家住上瘾了？"

他这句话让盛微语瞬间想到昨晚的糗事，她脸上一臊，下意识地反驳道："谁想住你家啊？我昨晚只是醉糊涂了才走错门的。"

易言抬手摸了摸额头，似乎很疲倦，没有把她怼回去，只是说道："以后少喝酒。"

盛微语见他神态不对，细细打量了他两眼，关切地问道："你不舒服？"

易言含糊地应了一声："你回去吧。"

他丢下这句，就转身回了房，头发都还没干就躺下了。

盛微语自然是不会听他的话。她跟着他进了卧室，见他眉心紧皱，便用手背贴在他额头上，发现他的额头烫得吓人。

盛微语轻轻叫了他一声："你吃了药吗？"

易言缓缓地睁开眼睛，没有应声，盯着她看了两秒，又疲惫地合上了眼睛。

见他这副模样，盛微语大概也猜到了，帮他把被子盖好，起身离开卧室，从他外套口袋里拿了钥匙，又带上钱包，下楼去买感冒药了。

买的感冒药是冲剂类，烧了开水泡好后，她端着药送去卧室。

易言还在睡，过高的体温让他睡得很不安稳。他脸色微红，呼出的气息都是烫的。

盛微语轻轻地拍了拍他的手，关切地说道："起来喝了药再睡吧。"

易言眉心紧了紧，似乎有些不满，缓缓睁开的眼睛黑沉沉的，却因为眸光涣散了些，比往日少了些许杀伤力。

盛微语扶着他起来，把药端到他唇边。

几乎是药递到他唇边的第一时间，易言就偏了偏头，躲避杯中散发出来的古怪药味。

盛微语看在眼里，不免失笑，半是调侃半是激他："易教授，你都是当教授的人了，喝药耍赖这种小孩子才会做的事，你不会现在也还在做吧？"

读高中的时候，易言也生过一次病，那时，她给他买了感冒胶囊。一向清冷沉稳的少年却在这时候耍起了执拗的脾气，任盛微语百般劝说，他都不愿意吃药，更不愿意去医院。

直到第二天病情加重，烧得更厉害了，盛微语发了好大一通脾气，又耐着性子哄他，易言才终于松了口，答应吃药。

却没想到，两颗胶囊，易言喝了三大杯水，才咽下去。

盛微语笑得不成样子，从此知道了他讨厌吃药和不会吃胶囊的毛病。

现在，她特意买了感冒冲剂，没想到他依旧与感冒药这么"不共戴天"。

听出盛微语话中的调侃，易言抬头看了她一眼，不声不响地接过杯子，将味道古怪的药汁一口喝下。拿开杯子时，眉心却已经皱得不成样子，仿佛刚刚喝下的，不是感冒冲剂，而是致命的毒药。

他喝了药就要躺下继续睡，却又被盛微语拦住。

"等等。"盛微语拉住他的胳膊，"你的头发都还没吹干，就这样睡，明天会更加头疼的。吹风机在哪儿？我帮你把头发吹干。"

易言抬手指了指柜子。

盛微语把杯子放下，把吹风机拿出来，坐在他身后给他吹头发。

他的头发不长，很快，后面的头发就干了。

盛微语把身子挪到他身前，抬手去拨动他额前的头发："靠过来一点儿。"

易言看着她，目光沉沉，好似神游天外一般，没有任何动作。

盛微语以为他是觉得自己想趁机占他便宜，不由得无奈地解释道："你离得太远了，我的手举得酸。"

易言依旧没有动作，盛微语又好气又好笑，都什么时候了，她哪里还有别的心思，至于这么防着她？

正当她觉得委屈时，身前的男人忽然朝她凑近，低头靠在她的肩上。

盛微语的身体瞬间僵硬，讪讪地说道："也、也不用靠这么近……"

腰被男人伸手环住，他声音微哑，语气却比平时柔软了不知道多少倍："微语……"

吹风机还在嗡嗡地发出噪音，却没压住那声轻柔的呼唤。

盛微语僵在原地，躺在胸腔里的心脏不可抑制地在发抖。

易言收紧了环着她纤腰的手，与她靠得更近了些。他埋在她颈间，声音低哑，从未有过的脆弱语气听着让人心口发涩："我出国治好了，不再口吃了。"

手中的吹风机掉落在柔软的床上，扯松了连接插座的插头，卧室瞬间安静，几乎可以听到如擂鼓般躁动的心跳声。

暖光灯下的卧室，无端给人一种回到了十年前的错觉。

生病的少年坐在床头，不悦地盯着眼前笑得花枝乱颤的少女。

盛微语还在为他喝了三杯水才咽下两颗胶囊的事发笑，使劲儿调侃他。

易言臭着一张脸，语气满满的都是威胁："你、你再笑，以、以后就……别、别来找我。"

警告意味十足的话，因为他的口吃，威胁度下降了好几个层次。

盛微语哪里会怕，继续调笑道："你要是一口气说完这句话，对我还是有那么一点点儿的威慑力的。可惜啊，小结巴，你这样只会让我觉得你傲娇。"

见少年的脸更黑了，盛微语终于不再逗他了。她忽然想起什么，"哎"了一声："要不我们试一试把你的口吃治好吧？"

易言一愣，偏过头去："治、治不好。"

自那件事后，有整整一年的时间，他拒绝开口说话，再度开口，却落下了这口吃的毛病。

盛微语不知内情，她在做某件不确定的事前，从来不会先去想不好的结果。她开口哄他道："就试一试嘛，不管成不成，对你来说也没什么坏处呀。"

易言抬头看向她，盛微语满含期待的眸子竟让他说不出任何拒绝的话，甚至心里也生出一种莫名的希望——能治好口吃的希望。

“怎、怎么试？”

盛微语想了想，分析道：“我们慢慢加长句子，放慢语速说，既然你是超过两个字就口吃，那我们就先从三个字说起。”

她撑在床上，弯着眼睛笑了笑：“你先跟我一起放慢语速念，盛、微、语。”

易言盯着她看了几秒，说道：“以、以权……谋私。”

“我怎么就以权谋私了？”盛微语故意做出委屈的模样，又理直气壮地说道，“一时想不起来什么短句，临时用名字来代替嘛。你的名字只有两个字，我这么大方把名字借给你练习，你还赖我以权谋私？”

她振振有词，易言无力反驳，皱着眉答应：“我念。”

盛微语满意地笑着，眼里满是打对小算盘的狡黠：“这就对了嘛，快念给我听听，记得刚开始语速别太快了。”

易言几乎一字一顿：“盛——微——语。”

“你这又停顿得太久了，重新来。”

“盛、微、语。”

“还不错，再念一次。”

“盛、盛微语。”

“前面又结巴了，重新来，重新来。”

短短三个字，易言反复念了上百遍，练了大半个小时。

盛微语喝了一口水，最后点评道：“进步很大，接下来，我们再试试四个字的。”

易言看着她，虽然没有说话，但那眼神，明显是在问：哪四个字？

盛微语快速地眨了眨眼睛，嘻嘻一笑，语速极慢地念出四个字：“我、喜、欢、你。”

易言沉默了几秒，抬手指了指门口，面无表情地说道：“我、我要休息，你、你去……做、做作业。”

听到他赶自己去做作业，盛微语立马挽回局面：“别啊，你不想说这四个字，咱们换四个字也可以啊。我中意你，我想念你，我心随你，都……”

“再、再说一句，今、今天的……物、物理试卷，加、加一套。”

易言毫不留情地打断她的话。

盛微语万般不满，却还是听话地站了起来。她知道易言是个说到做到的人，总有法子让她咬牙切齿也不得不言听计从。

她不情不愿地走到卧室门口，开了门准备去客厅，离开之前，语速飞快地丢下一句："你现在不练，要是以后对我表白的时候也结结巴巴，我可不会答应你。"

这话说得，好像她以后一定就能收到易言的告白似的。她没给易言反驳的机会，说完就关上了门，害怕得要命地跑开了。

坐在床上的易言盯着紧闭的门，许久，他才移开视线。

客厅里，盛微语丧着脸埋头苦做物理试卷，做着做着，眼皮子就开始打架，最终趴在了桌上，口水流了一整张试卷。

卧室里，坐在床上的易言继续一字一顿地练习三个字的连续发音，将盛微语的名字念了一遍又一遍。

他忽然停顿下来，过了好一会儿，压低了声音念："我、我喜、喜……"

这句话的停顿实在太多，仿佛比任何一个长句都难以表达，最终，还是没能完整地说出口。

易言低着头，虚攥成拳的手紧了又松，唇边逸出一声若有似无的轻叹。

看着易言睡下了，盛微语才回了家，洗完澡躺在床上，想到刚刚那一幕，脸上又不自觉地升温。

他刚刚那句话，是什么意思？

他说他不口吃了，是在告诉她，他当年出国，只是为了治口吃？

可他分明是不告而别，也从未和她提起过出国的事。如果是为了出国治疗，为什么要瞒着她？他是觉得不需要跟她告别吗？

当年，她无意间在教师办公室外听到易言要出国的消息，不只一次明里暗里地向他提起，想确认他是不是真的要出国留学。他却一再避开这个话题，甚至有一次还发了一通脾气，矢口否认，说不会出国。可是到后来，他还是出国了，而且是不告而别。

当年的事情无论什么时候想起，都让她觉得心口发闷。

盛微语不想再去细想，她拍了拍脸，拉回思绪，打开小夜灯，准备睡觉。这时，手机忽然振动了一下。

是许幼白。

大半夜不睡觉，给她疯狂地发了好几条消息，打字手速惊人。

“许幼白赠送您柠檬视频会员，只有三个名额，赶紧来抢吧！”

“姐们儿，求领会员帮我投票！”

“求Pick我顾曲男神这队！”

“《新声》投票入口。”

盛微语眼角抽了抽，对她这种行为已习以为常了。

许幼白是个狂热的追星女孩，她的朋友圈和微博基本都是关于偶像的内容。而且这个女孩儿特别花心，她狂热追星，却不专一，只维持几个月的热度，没过多久就爬墙新的一家。从欧美圈爬到日圈，从日圈爬到韩圈，这次又从韩圈爬回国了。

《新声》这档音乐选秀综艺节目，近来很火，饶是盛微语这个一点儿都不关注娱乐圈的人，都听说过它，凌希在家休息时也经常在客厅看这档综艺，盛微语闲来无事时也会跟着瞅几眼。

许幼白还在用消息轰炸，让她投票，盛微语无奈，领了个会员，点进《新声》的投票入口。

链接跳到一个网页，是关于《新声》的节目介绍，盛微语懒得细看，直接滑到最下面的投票处，给顾曲那一队投了一票。

正要退出页面，忽然在顾曲那队的下方看见一个眼熟的名字。

牧星。

盛微语手指一顿，停在了那个页面上。

她往上滑回去，在节目介绍和导师介绍那里，果然看见了牧星的脸。

醍醐灌顶一般，盛微语恍然明白了昨天看见牧星时的那种熟悉感是由何而来的了。

牧星，一个出道即爆红的偶像，以其白纸一般纯粹的少年气质出名，被称为“国民弟弟”，微博粉丝近千万，她能不眼熟？

想到她的微信联系人里还留有牧星的微信，再想到牧星那群庞大的姐姐粉、妈妈粉、女友粉，盛微语忽然觉得自己的人身安全岌岌可危。

特别是一周后，牧星再一次光临咨询所时，盛微语整个人都不好了。

虽然长着一张人畜无害的初恋脸，但好歹是在鱼龙混杂的娱乐圈混了四五年，察言观色对牧星来说不是难事。

尽管穿着白大褂的女人已经很好地掩饰住情绪，但牧星还是能感觉到，对方对他的态度，比他上一次来时，拘谨了几分。

不必多想，他也知道是为什么。

他不惊讶，有太多人因为他的身份而对他表现出各种各样的态度，拘谨有之，谄媚有之，巴结有之，他已经很久没有享受过被当成普通人看待的感觉了。

牧星托着下巴，撑在桌面上，无奈地看着盛微语，说道："姐姐，你不用这么紧张的，我也是个普通人，不会吃了你的。"

被他看出自己的局促，盛微语有些尴尬，虽然尴尬，却出于职业习惯，细心地捕捉到牧星脸上一闪而过的失落。

盛微语微微一怔，细想两秒，忽然有点儿明白牧星来咨询所疏导压力的缘由了。

他的压力，大概不仅仅是来源于繁重的工作，更是来源于他的工作性质所带来的交际问题。

越是独特，就越向往平凡。他想要的，或许只是一个平等的对待。

她很好地掩饰住情绪，冲他笑了笑："抱歉，我这个心理医生果然还是太年轻，心态不稳，见到少女们心中的男神，一时难忍激动。"

她用自黑给了一个台阶让自己下来，牧星顺着她的话，玩笑般地说道："在姐姐眼里，我就只是少女们心中的男神？"

说罢，他做出失落委屈的模样，惹人心疼得很。

盛微语只觉得他这小孩子一样的性格实在可爱，也难怪那么多比他年纪小的女孩儿都追着他喊牧星弟弟。她笑着说道："当然也是我们这些老阿姨心中的男神。"

"姐姐怎么会是老阿姨？明明一点儿也不老。"

牧星嘴甜，哄人的话张嘴就来。

要是别人这么说，多少会有点儿恭维的意思。可他那张纯真无害的脸，配上那双澄澈的茶棕色眸子，只让人觉得，他就算是对着个六十岁的老太太说这种话，也定然是真诚无比的。

盛微语也免不了被这种甜言蜜语哄得心里舒坦，三两句下来，她也没再介意牧星上次故意向她隐瞒身份的事。

知道牧星忌讳，她没再把他当成一个高高在上的偶像，而是跟他自然地交流。

在盛微语的引导下，牧星也渐渐放开，徐徐倾诉他所遇到的让他不舒服的种种。

咨询时间很快就过去了，直到经纪人来敲门，两个人才结束交谈。

盛微语从抽屉里拿出一个盒子，说道："这是安神的薰香，平时我失眠的时候，也会用到这个。你这种情况，还没到要进行药物治疗的程度，如果再失眠的话，可以试试这个。"

牧星没有立刻接过去，而是笑着问道："姐姐是以什么身份送我这个礼物的呢？"

盛微语刚想说只是一个辅助治疗工具，却又听牧星说道："要是以盛医生的身份，那我是不是还要支付药费呀？"

盛微语这才听出他的言外之意，她不免得有些好笑，却故意不去顺他的意："真是怕了你了。你就当我这个阿姨粉，送大明星一个礼物，请牧星男神收下它好不好啊？"

果然，牧星失望地垮下肩，眼神幽怨道："你就不能说是以朋友的身份吗？"

盛微语失笑道："成为朋友的前提，是你不需要再来这里找我。"

"好吧。"牧星委屈巴巴地应下，又像是突然想起了什么，对盛微语说道："既然姐姐送了我礼物，那我也要回个礼才行。"

他从兜里摸出两张票："这是《脱轨》首映会的门票，到时候会有很多主演过去，姐姐可以和朋友一起去看哦。"

牧星出道也有五年了，他自己也早就有从偶像明星转型为实力演员的打算，《脱轨》正是他进军银屏的首部作品，尽管不是主演，但只要能有一点儿展现自己的机会，他也是不会轻易放过的。

"谢谢。"盛微语也没扭捏，大方地接过。她对娱乐圈的事向来不闻不问，甚至有意避开，再加上她个人不喜欢看电影，也不会主动去关注电影行业的事，于是好奇地问道，"这次主演都有谁啊？"

问这问题的出发点，是她更关注男主演是谁。好不容易见一次明星，总要见个帅哥饱饱眼福吧。

这问题倒是把牧星问得愣住了。他觉得电影的宣传方面还是做得不错的，因为各大主演的知名度，再加上他这个顶级流量王，还没正式上映，就已经有不少人在微博上表示这是近来最期待上映的一部电影。可他没想到竟然还有人对这部电影一无所知。

联想到上次见面时，对方都没有认出自己来，牧星又释怀了。释怀之后又觉得新奇——现在这种新媒体大数据时代，竟然还有对娱乐圈一点儿都不关注的人。

“主演是江遇之前辈和盛夏前辈。”牧星笑道，“说起来，从第一次见到姐姐，我就觉得姐姐很有明星相，现在才发现，原来是像盛夏前辈。”

特别是笑起来的时候，简直有七分神似。

闻言，盛微语嘴角的弧度僵住。

经纪人在外面催了，牧星没注意到她的异样，向她告别后便匆匆离开了。

门被轻轻合上，办公室里只留下盛微语一个人。

盛微语眼中的笑意渐渐散去，只剩下一汪冰凉。她垂了垂眼帘，用手指轻抚在自己的脸上，指甲在脸上掐出两个月牙印，嘴角的弧度微小却极具讽刺。

“这张脸，果然还是恶心人。”

【20】

下班时，盛微语又接到周霖霖的电话，提醒她回周家参加晚宴——周霖霖下周日二十三岁生日。盛微语原想婉拒，却被对方一句话噎回——她要是不去，他就把盛小姐在某个男人家过夜的消息告诉家里二老，到时候，不但是她要回去，还有那个“周家的女婿”，也要回去。

盛微语深知，周霖霖是绝对能干出这种事来的人，只能无奈答应。

其实，盛微语本人，对她和周霖霖的关系能这么和谐，初始也觉得很神奇。在她从年少时看过的豪门狗血小说里得到的认知，同父异母的儿女们必须是针锋相对的，私生女必将在家里受到百般刁难。

现实却与小说大相径庭。自十年前她被周远松发现，还有她这么一个女儿，并把她接回周家抚养后，周太太非但没有针对她，反而意外地对她很好，甚至在她初来乍到，被正值叛逆期的周霖霖欺负时，周太太还会出手帮忙。这位温柔贤淑的大家闺秀，有着旁人难以企及的大度。

再后来，周霖霖也没再欺负她，这位常年面瘫着脸，故作老成的少年，不知是吃了什么药，突然改变了对她的态度。

至于周远松，他一直对自己这个女儿心怀愧疚。在盛微语十五岁之前，他没尽到一点儿做父亲的责任，甚至不知道有这个骨肉的存在。所以把盛微语接回家后，他对盛微语的亲切里，都透着一股小心翼翼。

周家与盛微语想象中的模样完全不同，出乎意料地温暖。盛微语觉得，自己从那种地方出来，却没有长歪，周家这十年对她的呵护和培养功不可没。

只是有些创伤，已经在心里形成了丑陋的疤痕，成为一种再怎么挽救也放不下的芥蒂。

她几乎不参加家里的宴会。

在这个圈子里，没有什么绝对的秘密，桃色绯闻遍地都是。一对在外恩爱的夫妻，实际上是貌合神离的缘尽鸳鸯，这种事情大家早就司空见惯。因此，即使周远松没有对外宣布盛微语的身份，大家也都了然于心。

但是，盛微语无疑是在意的。她永远记得，刚被接进周家那年，她出席的第一次宴会上，那些人望向她的目光，似乎在提醒着她，她只是一个私生女。

无论周家的人再怎么对她好，也改变不了她是个异类的事实。

她不是“周大小姐”，而是永远上不了台面的“盛小姐”。

她内心所忌讳、所逃避的，周霖霖了如指掌。他这次不惜用威胁的手段，逼她去参加宴会，无疑是想逼着她面对事实，放下心结。

周霖霖是周家唯一一个能逼得动她的人。

想到这儿，盛微语叹了一口气。

公交车缓缓行驶过来，停在了站台边。

盛微语收回思绪，上了车，坐在公交车的最后一排。

和她一起上车的，是一群穿着校服的高中生，三三两两分散在公交车里，叽叽喳喳地聊着各种趣事。

两个高中女孩儿急急忙忙地坐在盛微语前排的座位上，手里的手机还在播放着视频，似乎在观看什么，还一边喋喋不休地讨论着。

视频的播放和女孩儿讨论的声音给公交车里又添了几分嘈杂。

盛微语单手搭在玻璃窗边，支着下巴，准备神游放松一会儿，前排女孩儿的讨论声杂乱地钻进了她的耳中。

“哇，盛夏女神真的好温柔啊，明明对花粉过敏，还假装没事，接受小不点儿的花。”

“虽然我是冲着 ××× 看这个带娃综艺的，但真的要被盛夏女神圈粉了。”

“我看这段都感动得哭了，呜呜呜，好希望盛夏女神能当常驻嘉宾，可惜她只是客串。”

“真可惜她至今未婚，不然她一定是个温柔的母亲。”

“盛夏又漂亮又有实力，性格还出了名的好，这么完美的女神，能娶她的男人，上辈子肯定是拯救了地球！”

前排女孩儿的话题已经渐渐转移到盛夏为什么至今不结婚上面了，而后排的盛微语，却因为她们说的话，久久不能平静。

温柔的母亲？

盛微语讽刺地弯了弯嘴唇，一个抛弃孩子二十几年的女人，居然能成为大众眼里温柔的母亲，呵，真不愧是影后。

公交车到站，盛微语起身准备下车。

路过前排的两个女孩儿身边时，她停住步子，居高临下地俯视着两个人，愤愤地说道：“小妹妹，以后在公众场合看视频，还是戴上耳机安安静静地看比较好，不是所有人都愿意听这些扰人的噪音。”

两个女孩儿被她说得莫名其妙：“我们看我们的，关你什么事？”

盛微语没与她们争执，说完便往车门处走。

那两个女孩儿还在那里不服气地嘟囔道：“啧，看她长得和盛夏还挺像，性格怎么这么差？果然是人不可貌相。”

盛微语下车的脚步一顿，不带感情地扯了扯嘴角。

是呢，人不可貌相。

她下了车，绷紧了脸往公寓的方向走，却在大厅电梯前遇见了易言。

心里的躁气在看见男人平静脸色的瞬间，莫名其妙地降下来了一点儿。

盛微语敛去眼里的情绪，站在易言旁边，侧过头，冲他扬唇笑道：“易教授，巧啊。”

这一笑，连她自己都要被自己蒙骗过去了，仿佛又是那个没脸没皮、没心没肺的盛微语了。

易言低低地“嗯”了一声，偏了偏头，目光落在她脸上时，微不可察地顿了顿。

很快，他又回过头，目不斜视，似乎什么都没发生一样，只是眉头几不可察地皱了皱。

盛微语正想问他感冒好点儿了没有，电梯却在这时到了一楼，电梯门缓缓打开。

等里面的人全部出来后，易言抬手按住了开门的键。

盛微语挑了挑眉，先行进了电梯，按下了八楼和十六楼的楼层键。

易言随后才跟着进了电梯，看见楼层键上亮起的两个红灯，冲盛微语微微点了点头，说道："谢谢。"

"易教授客气了。"

盛微语不甚在意地笑了笑，一边想着要不要问他感冒好点儿了没有，一边抬手随意地将脸边的头发撩到耳后，目光无意间扫过电梯的金属门，看见上面自己模糊的影像，脸色霎时一沉。

各种各样的声音开始在她耳畔回荡，经久不息。

"咱班那个盛微语，和盛夏长得好像啊。"

"你和你妈那个狐狸精一模一样的脸，你也是个小贱人。"

"姐姐……原来是像盛夏前辈。"

"看她长得和盛夏还挺像，性格怎么这么差？"

盛微语盯着前方自己模糊扭曲的脸，牙关越咬越紧，抚在脸上的手指，指甲不自觉地就掐进了肉里，留下深深的月牙印。

手腕忽然被人抓住，强硬地带离她的脸庞。

盛微语下意识地看过去，侧头就看见男人沉着脸，眉间深陷一个"川"字。

易言声音微沉："你想毁容？"

盛微语偏过头，不去看他："顶着一张和她这么相像的脸活着……"

她垂着眼帘，压抑的声音像是一只困兽在痛苦呜咽："我宁愿毁容。"

易言微微一怔，抓着她手腕的手却没有要放开的意思。

电梯里只有他们两个人，两个人都不再说话后，电梯里陷入死一般沉寂。

"叮咚"一声，电梯到了八楼。

盛微语恢复了一点儿理智，努力压下内心烦闷的情绪，脸上挂着笑，说道："易教授，你再不松手，我可就当你这是在邀请我再一次去你家做客了。"

易言的手松了松，她如愿收回手。

盛微语正要走，刚迈出一步，身后的男人忽然说道："你是你。"

盛微语脚步一顿，回头看向他，似乎是没听明白他话中的意思，问道："你说什么？"

易言垂眼看着她，眸光透澈，让人找不出一点儿杂质："你是你，不像任何一个人。"

“还有，”他上前一步，手指点在盛微语微僵的嘴角上，轻轻往下压，抹平她嘴角的弧度，“不想笑的时候，不用勉强自己。”

盛微语愣愣地看着他。

## 第九章

## 逃不掉的晚宴

【21】

“你是你，不像任何一个人。”

男人的声音一直在盛微语耳边回荡，仿佛开了循环播放安抚着她的内心，牵起她的嘴角。

“微语？盛微语？”

“啊……啊？”

盛微语的思绪被女人的声音拉回现实中，她抬头看向门口的凌希：“你刚刚说什么？”

凌希无奈，但还是耐心地重复了一遍：“我说，老板请大家聚餐，待会儿下班一起走。”

盛微语看了看时间，确实快到下班的时间了，她起身收拾东西，拒绝道：“今天恐怕不行，周霖霖过生日，我得回周家一趟，你待会儿帮我跟老板请个假吧。”

凌希虽然不知道盛微语家里具体的事，但毕竟两个人一起住了这么久，她也知道，盛微语是难得回一次周家的，听到盛微语说要回周家，凌希秀眉一挑：“难得见你回家。”

盛微语收拾好东西，朝门口走过去，百般无奈：“都是被周大少爷给逼的。”

她清楚地知道，她爸和林阿姨如果知道她曾在一个男人家过夜，以他们对她的关心程度，肯定让她马上把那个男人的所有信息给交代出来。

不，压根儿用不着她交代，什么都缺，唯独不缺钱的二老，肯定会用钱搞定一切，弄清易言的长相、身高、体重，甚至躺下来的高度。

思及此，盛微语不禁磨牙，周霖霖简直就是她命里的克星！

说曹操，曹操就到。她刚才在心里腹诽周霖霖，手机就响起了来电铃声。

正是周霖霖。

盛微语接通电话，还没等她说话，对方就先开了口："我到咨询所门口了，出来，一起回去。"

完全是押解犯人去天牢里的语气。

盛微语很不优雅地翻了个白眼，故意为难他："我还没下班。"

"现在是五点三十五分，你已经下班五分钟了。"

盛微语无话可说了。

有钱真是万事通啊。

盛微语饶是不情愿，也还是应了声"好"，挂断电话，锁了办公室的门，正要往外走，却忽然听见有人喊了一声自己的名字。

盛微语回过身，眼里闪过些许不耐烦。

是徐思。

徐思今天穿了一条黑色的小短裙，头发也做了个造型，隆重得不像是来上班的人。

此刻，她抱着一束玫瑰花走过来，笑盈盈地说道："微语，你下班了啊？"

盛微语在她走过来时就往后退了两步，防止自己因为花粉过敏而打喷嚏："有事？"

"我想来想去，还是得跟你说声对不起。"徐思柔柔一笑，仿佛收敛了她身上所有的刺。

盛微语略一皱眉，以为她又重提上次把工作和责任推脱给自己的事，正要开口说话，却被身后传来的男声打断。

"思思，在干什么呢？"

盛微语下意识地转身望过去，便看见一个长相帅气的男人往这边走过来。

男人瞧见她时，略一愣怔，眼里闪过惊艳。他走过来，冲盛微语笑了笑，问道："这位是？"

虽然是问徐思，目光却一直落在盛微语身上。

徐思挽住他的手，开口道："这是我的同事盛微语，上次我工作上的事，给微语惹了大麻烦，我在向她道歉呢。唉，毅然，都是我太笨，总给别人添麻烦，惹得微语都讨厌我了。”

她语气柔柔的，又带着几分自责，任谁听了，都觉楚楚可怜。

高毅然心疼她，拍了拍她的手以示安慰，语气里带着满满的宠溺：“你啊你，就是个小迷糊。”

盛微语沉默地在旁边看着，脸上没什么表情，心里却是白眼儿翻上了天。

没人愿意看你俩在这儿腻歪好吧？

注意到盛微语的脸色，高毅然以为她是在因为徐思而生气，他冲着盛微语说道：“盛小姐，不好意思，思思给你添了不少麻烦吧？若是不嫌弃，我们请盛小姐吃顿饭……”

“毅然，咱们今晚还要去参加宴会呢。”

他的话还没说完，就被徐思打断了。

说这话时，她瞥了盛微语一眼，眼神不无炫耀之意：“你不是说，今晚是周家的生日宴，非同小可，去迟了非常不礼貌吗？我瞧着这时间也不早了，咱们得赶紧去才行呀。”

高毅然一被她提醒，有些恍然：“瞧我这记性，”他又看向盛微语，笑道，“那我们改日再请盛小姐吃……”

这时，盛微语的手机铃声打断了他的话。

盛微语瞧了瞧来电显示上的“少爷”两字，便知道对方打电话来的用意了。她没接听，就拿着响个不停的手机，对着高毅然和徐思说道：“不好意思，我还有事，急着要走，就不打扰两位了，请吃饭的事就不用了。”

她顿了一下，瞥了一眼高毅然不着痕迹打量她的眼神，又看向满眼炫耀之意的徐思，盛微语也学着徐思刚才的语气，柔柔地笑道：“我家易教授要是知道这活儿被别人揽了去，会吃醋的。”

徐思自然知道她和贺廷分手的事，故意拦住她，也不过是为了在她面前显摆：自己新交的这个富二代男朋友，不比贺廷差。

盛微语说她家易教授，虽然没明说是男朋友，但旁人听了，哪会不知道她指的是男朋友？况且，她还刻意说出对方的职业——教授，年纪轻轻就评上了教授，肯定是有过人之处。

果然，听她说完后，徐思不禁眼神一变。

她还没来得及说什么，盛微语就转身走了，完全没给她反击的机会。

盛微语出了办公楼的大门就看见周霖霖那辆骚气又显眼的跑车。

她走过去，上了车。

“怎么这么慢？”

周大少爷语气里尽是等人等得太久的不耐烦。

“被人拦着……阿嚏——”

盛微语的话说到一半，就打了个小喷嚏，刚才虽然离那束玫瑰花有两步距离，却还是让她觉得呼吸道都被堵住了一样，十分不舒服。

她吸了吸鼻子，继续把话说完：“被人拦住强行塞了把难吃的狗粮。”

周霖霖更加嫌弃了：“就为了这事儿让我多等了十分钟？你不知道转身就走？”

盛微语无言以对，只能在心里默默腹诽，希望周大少爷以后的女朋友是个极其注意形象的人，让他尝尝每次约会都要等上两个小时的滋味。

生日宴设在周家的别墅，临时搭的台子上，是特意请的年轻钢琴家在演奏乐曲，琴声悠扬婉转，给整个晚宴增添了不少情趣。偌大的泳池粼光闪闪，四周是成双成对的俊男美女，觥筹交错，相谈甚欢。

周霖霖作为这场生日宴的主角，自然是众人瞩目的，不断有人上前与他攀谈。

盛微语深知这一点，所以一开始就试图离他远远的，想着最好做个隐形人，熬过这场晚宴。

然而周霖霖好像吃透了她的心思一般，用威胁她来宴会的同一个理由，继续威胁她，把她绑在身边，把她看得紧紧的。

盛微语向来低调，加上这些年，几乎从未参加过这种晚宴，很多人对她这张脸的印象少之又少。从宴会开始到现在，已经有不下五个人把她误认为是周霖霖的女朋友了。

盛微语无奈得很，跟周霖霖打感情牌：“你看这么多人都误会了，你就不怕我挡了你的桃花？”

周霖霖瞥了她一眼，没有说话。

可就是这一眼，盛微语瞬间顿悟过来：“等等，周霖霖，你的女伴呢？”

参加这样的宴会，一般来说，都是成双成对入场。就算没有对象，也会邀请一个异性朋友，免得自己入场后孤身一人，显得尴尬。

她是被周霖霖逼着来的，打算混一会儿就遁走，自然是没想过要找男伴。但周霖霖就不一样了，他是今晚的寿星，这场宴会的主角，必须从头到尾都待在这儿，怎么可能不找女伴？可是宴会开始到现在，她连个他女伴的影子都没看见。

果然，周霖霖一副看白痴一样的眼神看着她，说道：“你不就是？”

噢，原来周大少爷逼着她来，就是拿她来挡“桃花”的。

简直就是以权谋私！

盛微语深吸了一口气，看着周霖霖，像小时候她被周霖霖惹急了之后，风暴发作前那样无比平静。

以前她会温柔地拍拍他的头，如今在身高上占下风，她只能抬手拍了拍他的肩，微笑道：“我们周大少爷，真是越来越会算计了。”

连姐姐都不放过，真是好，很好。

周霖霖被她突然的温柔激起一个莫名的寒战，总觉得大事不妙。

而让他觉得大事不妙的盛微语这时顿了顿动作，忽然也觉得背后一凉。

她收回手，皱了皱眉，怎么感觉……有种不太友好的目光落在她身上？

泳池对面，林冀抿了口香槟，瞧见对面那对举止亲密的男女，不由得惊讶了一下，冲身旁的人说道：“那不是微语同学？她旁边那个是……周霖霖？哇，周霖霖那个大冰碴子也找到女朋……”

林冀说到一半就没再继续说下去。

他忽然觉得哪里不对。

周霖霖和盛微语成一对了，那……

林冀瞥了一眼身边面容清冷的男人，觉得自己仿佛瞬间穿越到了南极，不禁冷得打了个寒战。他及时地闭上了嘴，不动声色地挪步，珍爱生命，远离修罗场。

易言看着对面，虽不言语，但周身的气压低得让人不敢靠近。

对面的女人好似察觉到了一般，目光四下扫视了一圈，终于撞上了他的视线。

【22】

看到泳池对面的易言，盛微语浑身一僵。

他怎么来了？

注意到对方的目光一直落到自己身上，盛微语沿着他的视线看向自己，发现自己的手还搭在周霖霖肩上，她猛地将手收回来，无端生出一种女朋友在外勾三搭四被男朋友当场抓现行的感觉。

周霖霖注意到她的异样，问道：“怎么了？”

一边问，一边顺着她的目光看过去，与对面孤身站着的男人视线相碰，对方不太友好的眼神让他略一皱眉。

易言瞥了周霖霖一眼，便面不改色地收回了目光。

他并没有转身就走，仿佛刚才只是和陌生人在不经意间对视了一眼，仍若无其事地继续站在那儿。只是在侍应生端着香槟走过来询问时，素来不饮酒的他破天荒地接过了一杯香槟。

易言移开视线，举着高脚杯，想去抿一口，酒杯刚放到嘴边，一股清香的酒味便扑鼻而来，他猛然反应过来，又将酒杯从唇边移开。

盛微语在第一时间就想要过去，可刚迈开第一步，又硬生生地收回了步子。

如果是平时，她可以若无其事地过去，笑嘻嘻地跟他打招呼，状似无意地解释自己与身边男人的关系。

可是现在不行。

现在是在周家的晚宴上，身边的这个男人是周霖霖。

她可以对易言解释，她和周霖霖并不是男女朋友关系，但她解释不了，她和周霖霖具体是什么关系，她为什么会出现在周家的晚宴上，她……是以何种身份出现在这里的。

在喜欢的人面前，任何一个微不足道的缺点，都会被自己无限放大，产生自我怀疑，成为永无止境的自卑源泉。

她忌讳自己的身世，更忌讳在易言面前提起这段不堪的过往。

比起在易言面前承认自己是周家的私生女，她宁愿让他误会自己和周霖霖的关系。

盛微语深吸了一口气，在原地挣扎了许久，最终还是没迈开那一步。

她所有的纠结，都落在了周霖霖的眼里。

周霖霖看了一眼对面的易言，问道：“那晚的男人，就是他？”

盛微语意外地坦诚：“嗯，是他。”

“你不去打个招呼？”

“不去了。”

“他似乎误会我们的关系了，你也不去解释一下？”

“不去……这都是因为谁？”盛微语颓然的语气陡然一变，恶狠狠地瞪着周霖霖，说道，“你都多大人了，还拉着你姐当女伴，你不嫌臊得慌？”

“不嫌。”周霖霖若无其事地回答道，“既然你不过去，那我过去了。”

盛微语紧张地问道：“你过去做什么？”

“跟他解释清楚。”周霖霖抿了一口香槟，淡淡地瞥了盛微语一眼，“如果他连这种事都不能接受，他也不配喜欢你。”

撂下这句话，他长腿一迈，就往泳池那边走去。

盛微语没想到他看出了自己的顾虑，愣在原地，等反应过来的时候，周霖霖已经走到了易言那边。她在这边看着，过去也不是，不过去也不是。

泳池对面，周霖霖不紧不慢走到易言面前，毫不掩饰地上下打量了他两眼，冲他伸出手去想跟他握手：“周霖霖。”

易言抬起头，毫无表情地看了他一眼，并没有伸出手去与周霖霖握手，只说了自己的名字，又不冷不热地对他说了句生日贺喜。

一句道贺的话，用他那冷静平淡的语气说出来，硬是让周霖霖觉得，他不是在道贺，而是在诅咒自己早点儿消失在他眼前。

周霖霖越发觉得有趣极了，这似乎并不是一出落花有意流水无情的戏。

他不着痕迹地瞥了泳池对面的盛微语一眼，她还在那边呆站着，不敢跟过来。

周霖霖又把目光落回到易言身上，他难得笑了一声：“刚才我发现，易先生似乎一直盯着我和微语看，易先生和微语很熟？”

如果盛微语听到他这番问话，一定会被气死。因为他完全没有想跟易言解释他们之间是什么关系的意思，反而刻意亲昵地叫她的名字，将两人的关系越描越黑。

易言倒是不像周霖霖想象的那样马上变脸，而是淡漠地回道：“与她接触过几次。”

他的脸上看不出什么表情，仿佛就真的如他所说的那样，两个人只是接触过几次的关系。

周霖霖听了，脸上也没露出什么表情，心里却在冷笑。

信了你的邪。

周霖霖假装不知内情地点了点头，又继续说道：“我和微语相识十年了，熟知她没心没肺的性子。她看人先看脸，对好看的男人，更是见一个爱一个。易先生长得这么帅气，想必她也给你添了不少麻烦吧？”

他故意隐瞒盛微语跟自己的关系，把他们的关系往青梅竹马那边带，虽然确实是一句谎话都没说，但落在旁人耳里，就是满满的暧昧关系。

落在易言耳里，那就是在间接地宣布主权了。

易言再次瞥了他一眼，不明意味地低“呵”一声，说道：“确实是添了不少麻烦。”

他薄唇轻扬，意味不明地说道：“她不适合喝酒，照顾起来很麻烦。”

周霖霖心想：兄弟你很嚣张啊。

周霖霖神色古怪地盯了他几秒，易言不卑不亢地跟他对视，明明眼里没有什么多余的情绪，却还是让周霖霖觉得，对方这是在对他刚刚那句宣布主权的话进行反击。

周霖霖自是不肯认输：“看来我们家微语真的给易先生添了很多麻烦，我在这儿替她……”

他的话还没说完，看见易言忽然目不转睛地盯着泳池对面，他顺着易言的目光看过去，剩下的那半句假惺惺的话也不说了，看着泳池对面正在起争执的三个人，不禁冷下脸：“还真是一会儿不在，就给我惹麻烦。”

说完他就要过去，走之前下意识看了一眼旁边，旁边的男人早已不见了踪影，再一看，易言已经走到了泳池对面。

周霖霖呆住了。

盛微语觉得今晚真是倒霉到了家，不仅在晚宴上碰见了易言，还碰见了徐思。

早知道会这样，她还不如任凭周霖霖威胁。

周霖霖离开后，盛微语就碰见了徐思和她的男朋友高毅然。

徐思对她出现在这个晚宴上，感到大为惊讶。毕竟，周家的晚宴请的都是有头有脸的人物，不是一般人想来就能来的。她自己都是因为高毅然邀请她当女伴，才有幸来开开眼，见见世面。

看到盛微语在这儿，她自然是觉得不可思议，以为她也是作为女伴出席，便询问她是和谁来的。

盛微语本就因为周霖霖拐骗她当女伴的事而郁闷，更觉得丢脸，当然不会和徐思细说，只敷衍地回了一句，是朋友。

徐思哪会善罢甘休？她有意无意地冷嘲热讽，说她不愧长得漂亮，能交到这么多神通广大的朋友。

盛微语不是很明白，不过是来参加一个晚宴，怎么就神通广大了？但徐思那阴阳怪气的语气着实让她难以忍受，在咨询所受气便也罢了，这是在周家，她自己的地盘，凭什么要忍气吞声？

于是盛微语毫不客气地开怼。她这些日子跟着易言，别的没学到，那冷漠的语气倒是学得有模有样，直接把徐思怼得脸色发青。

原以为高毅然会帮着徐思，却没想到，高毅然反而帮她说话，让徐思不要在这种场合任性。

被盛微语怼了，徐思本来就气闷，见自己的男朋友还帮着她说话，徐思瞬间就爆发了，连小白花都装不下去，直接逼问高毅然是不是喜欢上盛微语了。

盛微语这还什么都没说呢，这对情侣就开始争执了起来，惹来了不少人的目光。

一对男女朋友在争吵，争吵的对象是旁边站着的漂亮女人，任谁看，都是一出浑蛋出墙美女，原配现场捉奸的戏码。

盛微语倒不在意这些人的目光，只是现在是在周家，闹大了，丢的不仅是她的脸，还有周家的脸。

她捏了捏眉心，打断对面两人的争执：“现在还是在晚宴上，两位如果有什么问题，请……”

“关你什么事！”徐思愤愤地打断她的话，“盛微语，你现在是不是很得意？我男朋友帮着你说话，你是不是很得意？”

盛微语对她不分场合的聒噪感到不耐烦：“不好意思，在我看来，你男朋友是帮理不帮亲。”

“呵，好一个‘帮理不帮亲’？”徐思冷笑道，“我看他是看上你了。以前是贺廷，现在是高毅然，你说你究竟是什么狐狸精转世，一个个男人都会都看上……”

“徐思！”高毅然喝斥她，他是真的动了气，抱歉地对盛微语说道，“不好意思，她喝醉了。”

“我没喝醉！”徐思一点儿都没有要顺着台阶下的意思，反而指责给她挽回尊严的高毅然，“高毅然，你别以为我不知道，你从看见盛微语的那一刻开始，就一直跟我打听她的事情，你别以为我不知道你是什么心思！你就是喜欢上这个狐狸精……”

“啪——”

一声清脆的巴掌声，打断了她愤怒的话。

周遭看热闹的人也是倒吸了一口凉气，没想到这位漂亮的女孩儿，会是个暴躁的小辣椒。

徐思被扇得头偏向一侧，捂着脸不可置信地看着盛微语：“你打我？”

盛微语冷眼看着她，说道：“这一巴掌，是制止你的疯言疯语。我平时最厌恶‘狐狸精’这个词，同样是女人，你对女人的侮辱还真是信手拈来。”

徐思气得浑身发抖，冲上去也要扇她巴掌，却被盛微语抓住手腕拦截在半空中，接着又是一声清脆的巴掌声，徐思的另外一边脸也赫然现出一个巴掌印。

盛微语比徐思的个头高，她垂眼睨着徐思，冷然道：“这一巴掌，是教训你不分场合任意撒泼，破坏我弟弟的生日宴，丢我们周家的脸。”

高毅然因为她这句话不禁愣了一下，显然是惊讶于她的身份。

然而，徐思被气得头脑发热，哪还听得进去一句话？她红着眼挣扎，想挣脱盛微语的束缚，余光瞥见盛微语身后的泳池，徐思一咬牙，暗暗把她往后推。

盛微语穿着细高跟鞋，脚下站不稳，被她推得连连后退，到了泳池边缘，脚下高跟一踩空，徐思又在这时使出全身力气挣开她的手腕，强大的推力和身体的惯性让盛微语毫无意外地落了水。

几乎在她落水的第一时间，泳池里炸开三朵水花。

盛微语正被水灌得不知东南西北，忽然落入一个坚实的胸膛，那人环着她的腰，把她往水面上带。

这时候，她还不合时宜地想着一件事——完了，易言还在，丢脸丢大发了。

【23】

“咯咯咯……”

盛微语被人从水中带到泳池边，扶着边缘就是一阵猛烈地咳嗽。

身后的人托着她的腰，让她得以借力爬上岸，她万分庆幸自己今天穿的礼服裙不容易走光。

只是如今这副落汤鸡模样，真是狼狈得很。

大庭广众，众目睽睽之下，这下脸可丢大了。

盛微语一边捂着嘴咳嗽，一边四下张望，忐忑地寻找着易言的身影，却又害怕看到他的身影。

这时，有人给她身上披了一件西装外套，还带着未曾散去的温热体温，还有一股熟悉的清爽味道。

盛微语下意识地抬起头，就撞见那双沉静的黑眸。

黑眸的主人表情不佳，浑身都湿透了，水滴还在沿着他紧绷的下颌一滴一滴地往下落。

盛微语心里一惊，不知道该意外易言就站在她身边，还是该意外易言也跟她一样，一身透湿。

跟着跳入水中却没捞到人的高毅然这时候走过来，他也是浑身都湿答答的，他神色担忧地问道："盛小姐，你没事吧？"

说着，伸手想去扶盛微语起来，然而手还没接触到盛微语的胳膊，就被另一个人半路拦截了。

易言从盛微语身后绕过，揽住她的胳膊，扶着她站了起来。

旁人只看得到他只是碰巧抢先将盛微语扶起来，高毅然却分明看到他故意将盛微语往怀里一带，巧妙地避开自己伸出去的手。

高毅然眉毛一抖，忽然想起刚才跳进泳池时，明明是他离盛微语落水的地方最近，他都快要抓住盛微语的一只胳膊了，盛微语却好像被什么拉了一下，生生地远离了他几厘米，让他伸出去的手堪堪掠过她的几缕发丝，等他浮出水面时，就看到盛微语已经被这个男人带到泳池边了。

易言扶着盛微语站起来，脸色差得吓人他看了一眼盛微语，见她没什么事，又将视线投向罪魁祸首徐思。原本就冷冰冰的眼神，此刻更像是一把冰冻的尖刀一样，寒意彻骨："这位小姐，不知道你是谁的女伴？"

徐思这时候理智回笼，早已吓得不知所措，被他这么一质问，更是惊慌不已，下意识地看向高毅然，向他求助。

高毅然虽然也很生气，但毕竟他们现在还是男女朋友，人又是他带过来的，他出声给徐思解围："不好意思，我女朋友今晚多喝了一点儿酒，有些失态了。"

徐思赶紧沿着杆子往下爬："对不起，我酒后失态了，是我把盛微语当成假想敌了，以为她又要和我抢毅然，我……"

"可笑。"这时，周霖霖也走过来了，同样是一身的水。

他站在徐思面前，面无表情地睨着她，眼神倨傲："我周家的人，想要什么东西，还用得着抢？”

他这一句话连着骂了两个人，暗讽高毅然在他眼里，只是个和物品差不多价值的“东西”，讽刺徐思把她自己和她男朋友看得太高。

高毅然的脸色不好看，但奈何现在本就是他们理亏，即使不服也只能憋着：“小周总，扰了你的宴会，抱歉。”

徐思听高毅然称呼周霖霖为小周总，知道了他就是今晚生日宴的主人公，更是惶恐了，低头站在那儿，不敢出声。可她心里又暗暗奇怪，为什么小周总说盛微语是周家的人？她忽然又想起，刚刚争执时，盛微语说了一句这是她弟弟的生日宴……难道这位小周总是盛微语的弟弟？

徐思正惊愕时，周霖霖轻“呵”了一声，还想说什么，却听到身后的盛微语说道：“我的脚崴了。”

他什么也不说了，立马转过身去看盛微语怎么样了，却刚好撞见盛微语被易言打横抱起的画面。

易言抱着盛微语离开，路过周霖霖时，顿了一下，偏过头冲他说道：“好好处理。”

周霖霖目送着易言抱着盛微语离开，又被易言吩咐下属一样使唤了一句，心头顿时直冒火。

他扭头瞪向高毅然，眼神比刚才不知道凶狠了多少倍。

易言带着盛微语回了她房间。到底是她自己家，也不用吩咐，前脚进去，后脚就有用人过来伺候她换衣服。

易言正要离开，却被盛微语拉住。

盛微语咬了咬唇，纠结了许久，才说道：“你现在就要走？”

她现在很不安，她不知道她和周家的关系易言知道了多少。

万万没想到，她千方百计想要隐瞒的事情，会以这样一种方式泄露出来。

她忐忑极了，怕易言知道她的身世后，对她会有不好的看法，就像当年她初到周家，第一次参加宴会时，那些人对她的看法一样。

“你先把湿衣服换了。”头顶的男声依旧平静沉稳，没有否认她的问题。

盛微语顿时觉得自己与他果然会因为这事隔上千万里。也是，就算现在的人再开放，对私生女这种事也依旧会心存芥蒂，因为这是背叛的象征，代表着不忠。

盛微语松开手，黯然地垂下头：“你……”

“我过会儿再来看看你的脚。”

她还没来得及把那句“你回家路上注意安全”说完，对方又出声，仿佛杀了个回马枪，这回马枪却是让盛微语又惊又喜。

她欣喜不已，甚至表现得有些无措：“那、那你也去换身衣服，我们三十分钟后见。”

易言垂眼看着她，答道：“嗯。”

易言出了她的房间，就有人带他去了一间客房，那里已经备好了几套西装，像是有人早已安排妥当一样。

他换了身衣服，吹干头发，一共也不过用了十几分钟的时间。他也不急着去找盛微语，而是在房间里坐着，似乎是在等着什么。

这时，房门被人敲响。

易言起身去开了门，门外站着一对男女，从穿着打扮能看出他们已过中年，却保养得很好，出色的外表即使是放在小一辈的年轻人中，也依旧显眼。

中年男人看易言的眼神莫名地不太友好：“你就是易言？”

另一边，盛微语因为崴了脚，又着急三十分钟很快过去，在两个用人的帮助下，手忙脚乱地换了身干爽的衣服，又火急火燎地吹头发，补妆。

其中一个帮佣是个五十多岁的阿姨，在盛微语来周家之前，就已经在周家工作了，几乎是看着周霖霖和盛微语长大的。

在周家工作久了的人都知道，周家的这对儿女虽然看上去性格截然不同，一冷一热，但有着周家人都有的共同点——沉着、自信，无论什么时候，都能挺直腰杆，胸有成竹。

然而现在，一向沉着的盛微语却慌乱得差点儿把眼线笔当成眉笔，这自然使阿姨十分惊讶。但到底也是见过一些世面的人，通晓人情世故，不用多问，她就已经默默认定，方才那位先生，恐怕是自家小姐的男朋友了。

三十分钟后，易言像是掐着时间一样，准时敲响了盛微语的房门。

彼时盛微语还在脸上涂涂抹抹，身后是帮佣阿姨在帮她吹头发，听到敲门声，阿姨关了吹风机，帮她整理好被风吹乱的头发。盛微语自己眼线也不化了，丢了眼线笔，拿了支唇釉，飞快地往唇上一抹，抿了抿唇，这才示意阿姨去开门。

她因为崴了脚，不好随意走动，只能坐在梳妆台前，看着易言进来，心里忽然跳出一个“好像梳妆打扮好的新娘在等新郎”的想法。

这个想法跳出来时，她刚好对上易言的视线。都说眼睛是心灵的窗户，她生怕这扇窗户泄露出心中的想法，赶紧移开视线，心如擂鼓，心虚不已。

易言似乎没发现什么异样，走过去，蹲在她面前，视线落在她肿了一圈的脚踝上，不由得皱起眉：“你的脚崴得很严重。”

他轻轻拿捏着她的脚踝，仔细查看伤势。

盛微语低头看着他，男人眼睫低垂，薄唇微微抿着，神情有些严肃。

他的手生得很好看，掌骨瘦削，骨节分明，皮肉匀称，手指修长，指甲修得整齐圆润，可见底部象征着健康的好看月牙。

这像是一双天生适合弹琴的手，让人不自觉联想起这双手在琴键上舞动，会是一幅怎样的美好画面。

而此刻，这双手正拿捏着她的脚踝，微凉的指尖在她的皮肤上触动，一下一下地拨动着她的心弦，弹奏出暧昧又惹人遐想的协奏曲。

脑子里乱七八糟的想法，让盛微语脸上微烫，她本能地缩了缩脚。

易言顿住手上的动作，抬起头，问道：“疼吗？”

疼是肯定疼的，但盛微语现在更觉得痒，心里痒得开始躁动。

自然，这话她不可能说出口。

她轻轻地点了点头，嘴上却说道：“还好。”

易言站起身，关切地说道：“还是去医院检查一下比较好。”

说着，就要把她从椅子上抱起来。

盛微语忽地抓住他的手：“易言。”

她第一次这么正经地喊他的名字。

易言看向她，却没有问她有什么事，等她自己开口说。

这似乎已经形成了一种默契。他从来不逼问，而是等着她自己开口，给她足够的时间去考虑，她想说什么，他便听什么。

盛微语望着他，微颤的眼睫泄露了她此时的紧张，几番挣扎，她终于开口问道：“你……知道了我和周家……”

她还是没能完全说出口。她没等易言先问她，主动提到这件事，就已经耗尽了她所有的勇气和自尊。

易言却像是知道她要说什么一样：“知道。”

盛微语咬了咬唇，轻声道：“我是十五岁那年被接回来的，就在你出国后没几天。”

事实上，在易言出国前，周远松就已经找到她了，想把她接回周家，但每次都被她拒绝了。

她对这个从出生起就没见过面又突然冒出来的生父很是抵触，不愿意和他接触，更不想跟他回周家。因为那时，易言还在，她不想离开他。只是后来，易言先离开了她。

易言抿起了唇，似乎想起了什么往事：“你那时为什么没……”

“为什么没告诉你？”盛微语以为易言想问这个，她自嘲地笑了笑，说道，“本来我想跟你说的，但觉得太丢脸了，就一直没说，后来你出国了，我……”

她顿了顿，扯着的嘴角说话有些艰难：“那时我的手机被摔坏了，想告诉你，也联系不上你。”

那天晚上，她同舅妈和表哥起了冲突，打了一架，手机在混乱中被摔坏了。她后来才知道，那天晚上，就是易言出国的前一晚。

闻言，易言低下头。

不是。

他想问的，不是这个，却也得到了答案。

盛微语抬头望着他，心想既然已经跟他说了这么多，那就干脆问他当年为什么不告而别，大家都把话说清楚。

然而她还没来得及开口问，易言就俯下身，将她拦腰抱起。

盛微语被他忽然的动作吓了一跳，本能地搂住他的脖子，却还是很惊慌：“你干什么？”

“带你去医院。”

盛微语语气有些埋怨：“那你先跟我说一声啊，突然抱起来，我怕摔……”

“那就搂紧点儿。”

“哦，哦……”

## 第十章
## 他给的依靠

【24】

“没什么大碍，不用拍片子了，这两天注意不要碰水，不要用这条腿使力。”

“谢谢医生。”

盛微语记下医生的这两条嘱咐，又抬头看向站在身侧的男人，无奈地说道：“我说了吧，就只是崴了一下而已，没那么严重，用不着来医院。”

易言淡淡地瞥了她一眼，伸出手去，手指在她肿胀的脚踝处轻压了一下。

“哎呀——疼！”盛微语惨叫了一声，恶狠狠地瞪向易言，“你干什么啊！”

“不是说不严重？我帮你试试。”

“你……”盛微语气得差点儿翻白眼，看到男人微微勾起的嘴，像是带着满满的恶趣味，她愣了愣，脱口而出，“你什么时候变得这么幼稚了？”

易言被噎了一下，难得地沉默了。

两人四目相对，气焰此消彼长，见他默不作声，盛微语就开始嚣张了。她饶有趣味地看向易言，说道：“不对呀，刚才在宴会上，我看你明明是在泳池对面，怎么这么快就跳进了水里，把我给捞上来了？”

她单手撑着身子，凑到易言眼下：“言言，你是不是一直都在关注我？”

女人姣好的面容上挂着别有深意的微笑，微微上挑的眼里盛着满满的狡黠，丝毫不掩调戏之意。此刻的她，生动得像是一张上了色的画，明艳又动人。

易言欲拉开些距离，然而才后退半步，就被盛微语拉住了手。

纤细的手指抓住他的手掌，缓慢而小心地挪动，插入他的指间，与他十指相扣。

盛微语抬头望向易言，浓密卷翘的睫毛如蝶翼般缓缓扇动，她刻意放慢语速的声音，低软又绵长：“言言，你其实是……”

“易言，听说你媳妇的脚受伤……”

气氛暧昧之时，病房的门忽然被人从外面打开，随着开门声一起传来的，还有男人幸灾乐祸的声音，不过在门打开的瞬间，男人的声音又戛然而止。

易墨看着病房里十指相扣的一对男女，没说完的话生生地噎在了喉咙里。

他脑子里忽然冒出了一个恐怖的成语——如胶似漆，恐怖的不是这个成语本身，而是这个成语是在易言身上表现出来的。

他扯着僵硬的嘴角，笑着说道：“小两口感情挺好啊，我是不是……打扰两位了？”

易言面无表情地看着他，气势压人。

盛微语被这个穿着白大褂突然闯入的男人惊吓到了，好一会儿才缓过神来，看了看他，又看向易言，问道：“这是……”

“我是易言的哥哥。”易墨抢先回答，走过来对盛微语笑得亲切极了，“你就是希光经常提起的那个漂亮阿姨，易言的女朋友吧？”

听他提起赵希光的名字，盛微语反应过来，笑道：“你是希光的爸爸呀！你好，我是盛微语。”她顿了一会儿，看了易言一眼，松开抓住他的手，又对易墨解释道，“我和易言现在还不是男女朋友关系。”

虽然易墨把她称作易言的女朋友，让她心里乐开了花，她自己在家和凌希聊天，聊到易言时，也总是将“我家言言”“我男人”挂在嘴边，但现在毕竟是当着易言的面，她得注意分寸。

不过，她说的是“现在还不是男女朋友关系”，现在还不是，不代表以后不是。

她是这么想的，所以才这么说。但这句话落在不同人的耳朵里，抓的重点大不一样。

在她额外说出这么一句话后，旁边的易言瞥了她一眼，薄唇不着痕迹地抿了抿。

而易墨则是把视线投向易言，目光充满怜爱。

原来还没追到啊，啧啧啧，真可怜。

“你来这儿有事？”

易言忽然出声，扫了易墨一眼，吓得易墨呼吸一窒，都没来得及收回他那幸灾乐祸的表情。

易墨赶紧说道："我听林冀说，你媳……你朋友受了伤，来医院了，我过来看看。"

他说完暗自庆幸自己反应迅速，没把那句"媳妇"说出口，却偏偏忘了一件更重要的事——他把林冀给卖了。

易言闻言，扯了扯嘴角，冷笑道："林冀。"

很好。

易言出门打了个电话。

在易言出门打电话的这会儿工夫，易墨赶紧压低声音对盛微语道："盛妹妹，你多磨磨他，别这么快就答应。"

盛微语疑惑："答应他什么？"

易墨更疑惑："易言不是在追你？"

盛微语愣了好一会儿，明白他话中的意思后，觉得苦涩又好笑："易大哥，你误会了，是我在追他。"

这下轮到易墨发愣了。他心想不对啊，你追的他，那你刚刚还否认和他是男女朋友关系干什么？而且你追的他，那你刚刚否认和他是男女朋友关系时，他不高兴个什么劲儿啊？

他还想问什么，但易言已经打完电话进来了："你怎么还没走？"

易墨摸了摸鼻子，心想：你哥我正在为你的终身大事操劳，你还一点儿面子都不给，活该追不到女朋友，也不对，这女孩儿说是她在追……

易墨快被他们两个人折腾晕了，懒得再去管他俩到底谁在追谁："我走，我走就是了，待会儿我还有一台手术呢，忙得很。"

"忙就快点儿走。"

"小白眼狼。"

"送"走易墨，易言侧头看向盛微语："易墨经常忘了吃药，他的话你别放在心上。"

盛微语眼角一抽，心想，易教授还真是包公一样铁面无私，对谁都那么毫不留情。

她今晚本想回公寓住的，但晚宴上闹了这么一出，她得先打个电话给周霖霖。

盛微语："你可以借手机给我一下吗？我打个电话给周霖霖。"

她的手机刚刚和她一起掉水里了，估计现在还在泳池底下躺着。

易言在跳水前把外套给脱了，手机、钱包自然幸免于难。

他把手机递给盛微语："我没有他的号码。"

"没事，我记得他的电话。"

盛微语接过手机，熟练地输入了一串数字，拨打过去。

自从那年，她因为摔坏了手机，再也联系不上易言，她对手机这东西就没什么信任感了，经常联系的几个人的电话号码，她都熟背了，以防万一。

她时常想，要是这个习惯再早一点儿养成，她和易言会不会就不是这种处境了？

只是如果终究是如果，时光无法回溯，错过了就是错过了，谁都无法挽回。

电话很快被人接听，电话那边的人似乎很是烦躁，一副很不耐烦的语气："你谁？"

"我是你姐。"

"死骗子，滚！"

嘟——电话被人挂断。

盛微语满脸尴尬，下意识地看向易言。易言偏过了头，没有看她，但嘴角那抹微小的弧度，泄露了他此时的情绪——他在忍笑。

盛微语愣了一会儿，刚刚挂断电话的人忽然又把电话打了过来。她接听电话，没等周霖霖说什么，就语速飞快地说道："我现在在医院，脚没什么事，不和你多说了。我今晚不回去了，爸和阿姨问起来，你就说骗子已经滚回公寓了。"

说完很快就挂断了电话，没给对方喘气的机会。

盛微语挂断电话后，正要把手机还给易言，手机里忽然弹出一条浏览器的推送消息。

"当红小鲜肉出入心理咨询所，疑似患上心理疾病！"文字后面还附有几张图片。

盛微语动作一顿，抬头看向易言："我可以再借一下你的手机？"

易言点头："随意。"

盛微语很快就点进那条推送消息，被爆出出入心理咨询所的人果然是牧星，上面还附有几张图片，就是她工作的那个咨询所。

她心里一沉，赶紧打电话给凌希。

对方一听到她的声音，又是激动又是着急："微语，你现在在哪儿呢？怎么一直不接电话？"

"我的手机掉了。"盛微语没时间跟她解释太多，开门见山道，"咨询所到底出什么事了？"

凌希："你上网了没？网上不是爆出牧星有心理疾病的新闻吗？他的经纪人说有事要找你，打电话给你，你又关机，所以找到我，向我问你的下落呢。"

"你把他的经纪人的电话号码给我，我打过去。"

"好！我马上发你。"凌希立马应下，又沉了沉声音，"微语，你待会儿和他通电话的时候，注意言辞。我觉得他们怀疑是你把牧星来咨询所的消息泄露给了媒体，毕竟……"

"我知道了。"

盛微语抿了抿唇，明白凌希那句未说完的话的含义。

毕竟牧星来咨询所治疗的事，只有牧星、牧星经纪人和她知道。以咨询所对患者信息的保密程度来说，即使是咨询所的医生，也不会知道其他医生收下的患者的任何信息。

这个行业对患者隐私极其看重，这次泄密，如果她真的背了这个锅，只怕是再也不能在这行待下去了。

【25】

牧星去心理咨询所行踪泄露的这件事，拖得越久，对牧星的影响越大。

事情紧迫又重大，牧星的经纪人当晚就和盛微语约了一个地点见面，一起商榷处理事宜。

说是一起商榷，其实只是去签一个协议。

在电话里，对方已经基本把事情讲明了。现在还没有找到泄露这件事的人，但知道牧星进行心理咨询的人，就这么几个，盛微语作为负责治疗牧星的心理医生，有最大的嫌疑。这件事，她脱不了干系。所以，她有责任一起承担事情的后果，帮助牧星公关这件事。

牧星的经纪人给盛微语的说法是，让盛微语去担任《新声》的心理咨询师。

《新声》是牧星近来参加的一档音乐选秀综艺节目，他在节目中担任导师。选秀节目中学员承受的压力很大，承受能力不强的学员需要做必要的心理辅导，这也无可非议。如果让盛微语去担任《新声》的心理咨询师，牧星在盛微语这里进行心理咨询的理由也就顺理成章了。

这时候，网上的营销号再推波助澜，说牧星只是因为听说节目里有个心理疏导环节，很是好奇，便先去试试。这既符合牧星平日里像小孩儿一样，见着新鲜事物就忍不住先去尝试的性格，澄清牧星有心理疾病的传闻，又能顺手给《新声》炒一波热度，一箭双雕。

对盛微语来说，却不尽然是好事。

为了这次公关的可信度，《新声》那边会加一个给学员做心理疏导的环节，拍摄学员做心理疏导的过程，加在节目里。这样一来盛微语就需要露面，也就是出现在媒体面前，这必然会对她的生活造成一定影响。

和牧星的经纪人通话时，盛微语也因为这一点而犹豫了，但对方根本没有给她拒绝的机会。如果她不愿意参与这次公关，对方会直接认定她就是泄密的人。泄露患者的隐私是这个行业的大忌，对方是在拿她之后的职业生涯威胁她必须参与这次公关。

这时候已经是晚上十点多了，为了安全和方便起见，经纪人把盛微语约在了一家酒店见面。

许是盛微语挂断电话后，神色太凝重，易言接回手机时，出声问道："遇到麻烦了？"

其实他在旁边听盛微语打电话，也听得差不多了，只是她脸色实在不好看，让他忍不住担心。

盛微语重重地叹了一口气，说道："回家之前，我还要去个地方。"

签一份和卖身契无异的协议。

她抬头望着易言，故作可怜地说道："别人在五星级酒店开了房，我一个女孩子去，很不安全的。"

真是充满着暗示。

易言没说什么，上前搀住她的手腕，想扶着她站起来，她却没有动，而是晃了晃自己崴了的右脚，委屈巴巴地看着易言，说道："我脚疼，走不了路。"

言外之意是让他像来时一样，又抱着她回去。

易言这次却没遂她的意，而是居高临下地睨着她，语气要多冷漠就有多冷漠："那我去借个轮椅。"

盛微语很是无语。

她嗫嚅了一句什么，易言没听清，但从她那愤愤的眼神中可以看出，大意是骂他的。

最终易言还是没去借轮椅，因为盛微语忽然又“不疼了”，自己乖乖地站了起来，在他的搀扶下自己走下了楼，又坐上了他的车。

对方约的是胜意酒店，房间在十七楼。好在易言还有良心，没把她送到酒店门口就走，而是扶着她到了最终目的地。

盛微语敲了敲门，隔了好一会儿，对方才从里面打开一丝缝隙，门后是牧星的经纪人老光。

老光见是她，松了一口气，开了门让她进去，这才看到盛微语旁边还有一个男人，他警惕地盯着易言：“这位……”

“陪我一起来的。”盛微语抬了抬自己的右脚，毫不忌讳地把她那又肿又丑的脚踝展现出来，“我的脚受了伤，一个人过来不太方便。”

老光这才理解，还没等他开口说话，房间里就传来一道男声：“姐姐，你受伤了？”

牧星从房间里出来，瞧见盛微语一瘸一拐地往会客厅走去，连忙跑上前：“姐姐，我抱你进去坐着吧？”

说着就伸手过来想把她抱起，也就是在这时候，他才看到盛微语旁边还站着一个男人，一只手搀扶着她的手，一只手从后背绕过，扶着她的另一只胳膊，将她护得很紧。

最重要的是，这个男人看他的眼神不太友善，不，是很不友善，冷冰冰的眼神仿佛要把他冻成冰碴子似的。

对上易言的视线，牧星却并没像常人一样惊慌，他远没有外表看上去那么天真无害。

牧星朝易言咧嘴一笑，又将目光落在盛微语身上：“姐姐，这位是你男朋友？”

他问出这句话，自然是经过考量的。他可是清楚地记得，盛微语前不久才跟他说过，她还没有男朋友。

果然，盛微语摆了摆手，就在一人沉下眼神，一人欣喜溢于言表之时，她接着说出的话却和牧星的问话毫不相干：“哎，咱们能先进去坐着说？我站着脚疼。”

“当然，当然，”牧星连忙应道，想过去搀着她的手扶她过去。

然而他连盛微语的胳膊都还没触碰到，她就被易言打横抱起，避开了他的接触。

盛微语冷不丁地被易言抱起来，下意识地去勾住他的脖子，还没来得及问什么，易言就迈开腿，三步并作两步，把她送到了会客厅的沙发上。

盛微语心想：他来时还一万个不愿意，宁愿让她坐轮椅也不抱她，怎么这会儿突然改性了，这么积极主动？是不是受到牧星的刺激，吃醋了？

然而，她还没来得及美滋滋地得意一会儿，就被易言一句话打回了原形："赶紧谈吧，我明天上午有课。"

"……哦。"

盛微语撇了撇嘴，心想：吃什么飞醋？人家还急着走呢，自作多情。

牧星被易言截了胡，脸上的神色却没什么改变，依旧扬唇笑得阳光爽朗，他跟过去，坐到盛微语对面："姐姐，我待会儿可以送你回家。"

"要你送什么送？"

"要你送什么送！"

几乎是同时，易言和经纪人不约而同说出这句话，只是语气大为不同，一个是嘲讽中带着不屑，一个是气急败坏。

易言看着他，表情淡淡地说道："你的身份，已经给她带来了很多麻烦，你忘了她是为了什么才连夜赶到这里的？"

经纪人也没好气地开口，他没易言说得那么委婉，直接道："你心理有毛病的事现在还在微博上霸榜呢，没一个小时就冲上了热搜第一啊，小祖宗！你还想着被狗仔偷拍到，抢热搜榜的皇位啊？"

牧星自知理亏，缩了缩脖子，弱弱地为自己辩解："我也是一时口快嘛……"

经纪人"哼"了一声："你是个明星，无数双眼睛都盯着你，不仅是盯着你，还盯着你接触过的每一个人，一时口快就能断了你的前程。"

盛微语脸色微微一变，因为他说这句话时，故意将目光往她这边一瞥，明晃晃地在暗示，说不定就是她平日里一时口快，将牧星去咨询所的事给泄露出去的。

她脸色微沉，正想开口说什么，旁边的易言却先说道："定罪要讲证据。"

易言面无表情地看着牧星的经纪人："我们答应签这份协议，并不代表我们是在心虚，也不代表是在为过失负责，只不过是事分轻重缓急，依次挽救罢了。你既然断定是她把这件事泄露出去的，那你就继续当她是没有职业道德，那么这份协议也就没必要签了。”

盛微语侧头看向他，眼里不无惊讶。

她从未见过易言如此有攻击性地说话，还说了这么多，最重要的，是……为维护她而说的。

牧星的经纪人也是见过不少大风大浪的人，况且他手里还拿捏着把柄，没那么容易被唬住，他冷笑着说道：“你这么做，不就是坐实了是她把这件事说出去的？以后她还能继续再从事这份工作？”

“她既然没做过，就没有坐实这一说。”易言冷冷地说道：“只要找到真正泄密的人，就能证明她的清白。”

他顿了顿，勾起嘴角，笑意却未达眼底：“我们有的是时间去查。”

经纪人被他狠狠一噎，易言这句话就像是抓住了他的命门，让他无话可说。

盛微语如果真没做过，确实是可以自己去查真正的泄密者，她有的是时间查，最坏的情况也只是暂时待业。但牧星不同，这件事拖得越久，对牧星越不利，轻则人气下跌，重则丢失代言，关乎的利益涉及千万元，这也是他连夜与盛微语联系的原因。

这时，牧星开口道：“我相信微语，她不会做这种事。”

经纪人再无辩驳之力，甚至不敢再辩驳什么，他现在完全处于下风，就算是盛微语现在改主意说不签协议了，他也无可奈何。

“签吧。”一直没出声的盛微语这时候忽然开口道，“牧星毕竟还是我负责的，没有责任，也有情谊，权当是帮忙吧。”

三个男人同时看向她，有欣喜，有感动，也有不满。

盛微语却没有立刻签字，她又接着说道：“只不过，协议里那条我需要在节目中露面的条件，我拒绝。”

“我马上删掉！我去打印一份新协议！”

她话音才落，没等其他两个人出声，经纪人就抢着开口。像是生怕她下一秒就改主意似的，他说完就跑出去了，壮硕的身子竟也能如此灵活，快得像个被人一脚踢出去的皮球。

经纪人飞奔着出去后，牧星望着盛微语，眼中满是感动：“姐姐，谢谢你。”

他又垂下头，低声道歉：“对不起，老光之前那么威胁你，也都是因为我。”

盛微语不甚在意地笑了笑，跟他开玩笑，调节气氛：“你是他的小祖宗嘛，他不维护你维护谁？”

牧星被她逗笑，抬头冲她笑道：“姐姐放心，你以后有什么需要帮忙的，我一定竭尽所能帮你，也把你当成我的小祖宗。”

他满眼笑意，酒窝深陷，乖巧得像只可爱的小奶狗，让人忍不住心生怜爱。盛微语不自觉地抬起手要去揉他的头：“哈哈哈，好……”

手抬到半空，话说到一半，她忽觉身后一凉，如芒在背，凉飕飕的冷气冻得她打了一个寒战，她微微偏了偏头，去看旁边——易言环臂靠在沙发上，正面无表情地盯着她。

盛微语嘴角僵了僵，讪讪地收回手。

【26】

盛微语签完协议后，当天晚上，牧星的工作室就发了一条公关微博，按照协议上说的那样，说盛微语是《新声》节目组请的心理咨询师，牧星只是出于好奇，试着去咨询玩玩。至于为什么大众现在才知道《新声》请了心理咨询师的事，一是由于这是《新声》最近新增加的环节，而最新一期的节目还没播出；二是为了对选手的隐私进行保护。

而牧星本人也发了一条微博。

牧星V：我只是最近有点儿失眠，又刚好听说节目组有心理咨询的解压环节，所以才去玩玩的啦。免费的不用白不用嘛，谢谢大家关心。托医生小姐姐的福，我这几天睡得很好。配图是医生小姐姐送的熏香。

他这条微博的语气和措辞明显比工作室的官方解释更招人喜爱，不过几分钟的时间，转发评论就破了万。

“我就知道，牧星弟弟这么开朗可爱，怎么会有什么心理疾病？”

“造谣出门二百码！”

“偷拍的狗仔可以圆润地狗带了。”

“嗷，牧星弟弟你要稳住，不能被医生小姐姐迷住了眼！”

“此刻魂穿医生小姐姐。”

“魂穿医生小姐姐+1。”

“魂穿医生小姐姐+2。”

“我要魂穿熏香，每晚守着牧星弟弟睡觉。”

“只有我想魂穿老光？”

……

经过牧星本人和工作室的澄清，以及多个营销号造势转发，这场风波才暂时平息下来。

而老光也查出了这次泄密的始作俑者，偷拍的人是一家娱乐杂志的狗仔，据说是碰巧看见牧星从咨询所出来，后来在那儿蹲点，蹲了两周，果然又看见牧星去咨询所，这才报道出来的。

细细回想，牧星被狗仔看见从咨询所出来的那次，大概就是牧星第一次去咨询所的时候，躲着老光偷偷溜走，一时没注意，才被狗仔认出。

牧星为此对盛微语心怀愧疚，揪出泄密人的第一时间，就给她发了消息道歉。

说起来，这还是他们加微信后，第一次在微信上交流。

因为之前要微信时，盛微语就明确地说了，是因为他是她的患者，才答应给他的。

牧星平时看起来跟小孩子一样，但骨子里也有一股傲气，或是说男人的自尊。既然对方已经强调了这是以医生的身份给的，他就不想用患者身份作为便利，近水楼台。他要堂堂正正地跟她接触。

彼时，盛微语请了病假在家养脚伤。

过了一晚上，她的脚踝肿得更高了，虽然没有之前那么痛了，但看起来确实有几分吓人。她也不硬撑，直接拍了张照发给老板请假。

说起她老板，也是个有趣的人。

其实这个老板也不是咨询所真正的老板，也是在给别人打工。她现在工作的这个“听心咨询所”，是一个企业家开设的，据说是为了他儿子才开的不过后来，因为种种原因，咨询所莫名其妙地就在行业里出了名，引来了许多有钱人光顾，其中不乏人气显赫的明星。

然而那个企业家对这家咨询所并不怎么上心，随便从总公司抓了个人来当管理者。那个人，就是盛微语的老板。

又据说，老板是那个企业家的一个亲戚，所以才能当上咨询所的老板。

盛微语不是一个会随便相信这些道听途说的人，但当她目睹了老板的经营能力后，她觉得那些“据说”，也不都是道听途说，起码比这个老板靠谱。

“听心咨询所”完全是被放出去的羊，自生自灭，能走到今天这步，真是石头缝里迸出一株草又开了一朵小花，堪称奇迹中的奇迹。

盛微语把图片发给老板后，对方很快就给她回了消息，仿佛手机一刻都不离手。

请叫我女王大人："哪里来的猪蹄子？"

盛微语："老板，我脚崴了，想请几天假。"

请叫我女王大人："准了！"

盛微语："你不问我要请几天？"

请叫我女王大人："反正我今天到了美国，你上不上班我也不知道，你想请几天就请几天。"

这么随便的？

盛微语："老板你怎么又跑到美国去了？"

如果她没记错的话，前不久，这位老板才从法国玩了一圈回来，还说在那里喝葡萄酒快喝吐了，十分想念国内的老白干——这人就是一个酒鬼，还是一个蜜汁迷恋老白干的酒鬼。

请叫我女王大人："我来美国看我小侄子！对了，我小侄子还单身，要牵线吗？"

……这还是一个致力于帮助她脱离单身的酒鬼。

盛微语婉拒了老板的牵线，才退出聊天页面，就收到了牧星发来的道歉消息。

猝不及防就证明了自己的清白，盛微语也觉得有些意外。她也算心大，对已经解决好的事不会再执着，徒留怨念。

相比她的宽容，牧星却是表现得愧疚难当，毕竟这件事是因他而起。他说什么也要请盛微语吃一顿饭表示歉意，但盛微语觉得这不妥当——他是明星，不知道什么时候会被狗仔盯上，要是再被拍到和他一起去吃饭，那真是十次公关也说不出清了。

盛微语婉言拒绝，知道牧星现在对他的明星身份特别敏感，她用了个很委婉的理由，特意避开了粉丝那边，而是说他的经纪人会不同意。

好在这个理由还算好用，消息发过去之后，对方就没了消息，想必也是被经纪人给吓退了。

另一边，1603 房。

易言一大早就迎来了两个"不速之客"。

看着门外满脸狗腿笑的男人和他牵着的小女孩，易言淡淡地开口，声音还带着刚起床的沙哑："易墨，你再把孩子丢给我带，下次干脆把赵希光的户口迁到我名下。”

言外之意是他这个父亲真是一点儿都不称职。

哪知易墨毫不犹豫地应允了：“好啊！”

“反正爸妈都认定你这辈子都得打光棍儿，这样他们就不用担心你无后了。”

易言：“……”

赵希光仰着小脑袋，一脸天真地问道：“爸爸，什么是打光棍儿啊？”

“就是找不着对象，没有女孩子要他。”

“为什么会没有女孩子要他呀？”

“因为他闷……”

易墨的话说到一半，就被易言冷冷的眼神截断了。

他干咳了一声，提起正事：“其实是赵希光想你了，这几天都吵着要来看看你。你今天不是没课吗？就抽点儿时间陪陪她吧。”

赵希光也很给力，配合父亲，眼巴巴地望着易言，说道：“叔叔，我想留在你这儿跟金花玩。”

金花就是易言家那条差点儿被泰迪调戏了的金毛犬。

易言低头看了她一眼，侧开身，给她让出一条道，让她进屋。

赵希光嘴甜地说了声“谢谢叔叔”，就跟小兔子一样蹦进了屋，迈着小短腿朝宠物屋跑过去。

见易墨还不走，易言面无表情看着他：“还有事？”

易墨挠挠头，说道：“其实我送希光来，还有个目的。”

他咳了咳，压低声音：“盛妹妹不是崴了脚？她今天肯定是上不了班，在家歇着，在家歇着没什么事做肯定就会觉得无聊啊，这么好的时机，你去上门服务……咯，”易墨忽然弯道刹车，改口道，“你带着希光去她家做客啊，给她解闷，有希光在，还不怕尴尬。”

言外之意，他是来送助攻的。

另一个言外之意，这人是有多无趣，才会需要一个六岁小女孩来当感情助攻？

易言还没说什么，屋里就忽然传来赵希光的叫声：“金花，金花你不能咬那个！”

以为她出了什么事，两个男人几乎是同时赶到宠物屋，却见金毛和小女孩在争抢一件裹胸。

金毛咬着那件裹胸的左边带子，小女孩揪着右边的带子，都各自往自己的方向扯，画面美到不忍直视。

易言皱着眉，似乎在思索这件东西为什么会出现在宠物屋，侧头就看见易墨那副一言难尽的表情。

易墨尴尬地扯着嘴角，说道："你给金花的玩具，有点儿特别哈……"

易言皱眉："这不是它的玩具。"

想到易墨神奇的脑补能力，他顿了顿，又补充道："这也不是我的。"

然而说完之后，易墨愣了片刻，忽然露出恍然大悟的表情。

这表情让易言觉得很是不妙，他太熟悉这个表情了。每次易墨展开想象后，都会是这个表情，好像他想通了什么大事，其实是他脑补了一出大戏。

果然，易墨笑得贼兮兮的："原来你们已经发展到这个地步了啊！"

易言皱眉不语。

# 第十一章

## 给你一颗糖

盛微语今天早上醒得太早，跟老板请假侃了一阵，又和牧星聊了几句，单脚跳着去刷牙洗脸，折腾了这么久，也才早上七点半。

按理说她这时候应该困得连眼皮子都睁不开了，她现在却异常精神，还莫名亢奋，就跟喝了十杯咖啡似的。

精神亢奋，身体却还“残着”，想浪也浪不了，她觉得无聊至极，一大清早的，敷上了藻泥面膜。她之前一直嫌这种敷完要洗脸的面膜太折腾，懒得弄，买来就没用过几次，今天是闲出病来了，才愿意去折腾这玩意儿。

凌希这个要上班的人起得还没她早，从房里出来的时候，看到顶着一脸绿藻泥瘫在沙发上当咸鱼的人，差点儿没被吓出高音来：“你一大早的干什么呢？”

“绿藻泥咸鱼”动了动胳膊，换了个电视频道，怕面部肌肉大动作会影响敷面膜的效果，她尽量小幅度地嚅动嘴唇，说道：“敷面膜，解闷。”

“敷面膜解闷可还行。”

凌希还要去上班，没工夫和她贫嘴，让她在家走动的时候小心点儿，别又摔着了，嘱咐了几句就出门去上班了。

盛微语瘫在沙发上，看着电视里无聊的广告，头一次觉得“上班”这个词是多么美好。

她还没感叹上一会儿，玄关处传来门铃声。

“怎么又忘记带钥匙？”盛微语蠕动着嘴唇抱怨。

凌希有个折腾人的坏毛病，就是丢三落四，尤其是总忘记带钥匙。有时候她比盛微语先回家，那也得等到盛微语回了家，她才进得了公寓的门，因为她没带钥匙。

盛微语单脚跳到玄关门口去开门，然而看到门外站着的一大一小，她傻眼了。她惊讶地问道："易言？你、你怎么来了？"

易言盯着她看了几秒，握拳掩在唇边干咳了一声，说道："来还你东西。"

难得见他脸色这么不自然，盛微语一头雾水地接过他手里的袋子，打开看了一眼。

噢，她的小蕾丝。

【27】

盛微语"噌"地一下红了脸，好在脸上的面膜完美地遮盖住了她的羞涩，却也还是难免尴尬地说道："你……怎么找到的？"

易言也难免尴尬，不知道怎么回答。这时候，赵希光很及时地帮他答话："是在金花的小窝里找到的。"

"金花？"盛微语对这个土味名字感到陌生。

"金花就是叔叔家那条大金毛！"

赵希光响亮亮地回答，又仰着脖子望着盛微语，偏了偏小脑袋，问道："阿姨，你脸上的是什么呀？"

盛微语愣了愣，一时没反应过来，伸手一摸，才恍然："我、我去洗脸！"

说着就要回屋，转身跳了一步又回过身来，冲易言和赵希光说道："你们快进来坐。"

易言让赵希光先进了屋，三两步走到正在单脚跳着回房间的盛微语旁边，扶住她的手，问道："你的房间是哪间？"

盛微语愣了一下，赶忙说道："我自已跳着回去就可以了。"

正常情况下，她巴不得把易言骗进她的"闺房"，更是恨不得把他骗上她的床，可那是在有准备的前提下。现在，她才刚起床，床上乱如狗窝，怎么可能让易言看到？

易言搀着她的一只胳膊："地上滑，你还想再把左脚也崴了？"

盛微语被噎住，迫于男人极有压迫感的眼神，她抬手指了指其中的一间房。

易言搀着她走过去，每往房间门口走近一步，盛微语心里就多了一分忐忑。

她脑子里在飞速地思考，要怎么才能不让易言看到她房间里乱糟糟的模样，而事实证明，她想多了，易言根本就没有要去她卧室的意思。

易言把她搀到门口，想伸手帮她开门，余光瞥见女人一脸纠结又有苦难言的神色，他顿了顿，似乎是想到了什么，收回了才抬起来的手，丢下一句“洗好了叫我”，就兀自转身去沙发上坐下。

看着他离开，盛微语终于松了一口气，万幸！

盛微语跳到浴室，像卸货一样卸掉了脸上毁形象的绿藻泥面膜，又跳回梳妆台前，动作麻利地开始化妆。客厅还有客人在等，她也不便化什么半个小时才能完成的妆，只用一两分钟画了个眉，又涂了一层口红提亮气色，就放下了东西，一跳一跳地跳出卧室。

她没叫易言过来扶她，自己跳到客厅，又换了个方向准备跳去厨房，却被从沙发那边走过来的易言抓住胳膊：“怎么不叫我？”

他的语气似有不满。

盛微语打哈哈道：“我一个人也可以的，不用你帮忙。你看，我这不是跳得挺好吗？就跟那个‘跳一跳’里的小人儿似的。”

她原想抖个机灵，然而对方面无表情地看着她，像是在无声地告诉她，这话没什么好笑的。

盛微语缩了缩脖子，说道：“那你扶我去厨房，我去给希光拿瓶牛奶喝。”

易言没说话，搀着她到了厨房。

盛微语打开冰箱，冷藏室里一半的空间摆满了饮料，一边是牛奶，一边是啤酒，像是在走两个极端。

她眼尖地瞥见，在打开冰箱门后，易言皱了皱眉头。不知怎的，她脱口而出：“我和凌希共用一个冰箱，啤酒都是她的。”

话音落下，易言看了她一眼，眼神似乎缓和了不少，淡淡地应了一声：“嗯。”

盛微语又觉得莫名其妙了，不对啊，她为什么要和易言解释这些？

她觉得自己今天真的很奇怪，这种感觉，像是……回到了高中时被易言管着的时候，她既情愿又不情愿地服从他。

盛微语压下心中那点儿异样感，被易言搀着回到了客厅。

赵希光正坐在沙发上逗小狗玩，用小娃娃在大侠四周晃，把大侠耍得晕头转向的，小姑娘也咯咯直笑。

盛微语把牛奶递给她，得到了一声甜甜的“谢谢”。小姑娘蜜糖一般的声音听得盛微语母爱泛滥，怜爱地揉了揉她的头发，说道："希光以后要多来找阿姨玩呀。"

赵希光咕噜咕噜地吸着牛奶应了一声，又松开吸管，说道："阿姨什么时候去我家玩呀？"

盛微语一愣，又听小姑娘软软地说道："叔叔上次跟我说，以后带阿姨……"

"赵希光。"

她的话还没说完，旁边的易言就叫了她一声，打断了她的话。

盛微语和赵希光同时侧过头看向他，一大一小，两张漂亮的脸蛋儿上都是茫然的神色。

易言移开视线，指了指正拖着一只公仔偷偷离开的大侠，说道："你的娃娃被叼走了。"

赵希光"呀"了一声，赶紧跳下沙发，去抢大侠嘴里的娃娃，大侠也像是察觉到了危险一样，在她跳下沙发的时候，立马叼着娃娃撒丫子跑。

小姑娘和小狗在客厅里追逐，上演着《汤姆和杰瑞》的大戏。

盛微语有些无奈，嘱咐道："希光，慢点儿跑，小心摔跤。"

然而小姑娘一心追着大侠跑，什把她的话抛诸脑后。

盛微语无奈地摇了摇头，不经意间瞥见易言嘴角的弧度，以为他也是被赵希光的憨态给萌到了，她挑了一下眉，说道："我还以为你会管着她，不让她这么疯玩呢。"

易言面不改色地说道："不能扼杀小孩子的天性。"

盛微语像是被他这句话逗乐了一般，扑哧一笑："这可不像是古板的易教授能说出来的话。"

"古板？"

"这可不是我评价的，"盛微语连忙为自己澄清，"是你那些可怜的学生，用这个词对你表示最崇高的……'敬意'。"

每节课都查到，课堂随机点名，迟到、早退、到课率不足，考试内定五十九分，易教授的严格程度，足以让每个学生对他恨得咬牙。可又因为他那张脸，许多不是他教的学生也慕名前来蹭课，导致每次上课，落座率都爆满。许幼白曾给她发了几个 B 大论坛关于易言的帖子，其中有个楼主说了句被顶上热门的评论——以前是花钱找人代课，现在是花钱替人代课。

易言向来云淡风轻，对这种言论不予以任何评价。

只是盛微语忽然想起了一件事，她疑惑地问道：“你昨晚不是说你今天上午有课吗？”

易言沉默了几秒，说道：“昨天我记错了。”

“哦……”盛微语没太在意，笑着说道，“想不到你还会有记忆出岔子的时候，我记得你高中的时候，连我的……”

她话说到一半，蓦地止住，没再往下说下去，可对方脸上的那丝不自然的神色，透露出他已经知道了她要说什么。

盛微语“哈哈”笑了两声，恨不得打自己一个嘴巴子，自己可真是哪壶不开提哪壶啊。

高中时，自那次她例假造访，弄脏了裤子，向易言求助了一件校服外套，那件事可以说是让两个人都陷入了一种微妙的处境。

因为这件事，盛微语整一个月没去骚扰易言，连还他的校服外套，都是避开他送到他班上的。

她是脸皮厚，不怕被人嘲笑，可毕竟还是个十几岁的青春期少女，对这种事多少会有一些敏感，这让她觉得比跟人当众打了一架还要丢脸。

她没去骚扰易言，易言也没有来找过她，两个人的生活似乎渐渐归于平静。

直到下个月中旬的时候，她的例假再次造访。

例假第二天，是痛经最厉害的时候，却好巧不巧，体育课、大扫除，什么体力活儿都堆在了那天。

高一一周两节体育课，高三缩水成一周一节，还经常是“体育老师因生病、出差等各种状况来不了”的一节课。

盛微语和易言的体育课重叠，但因为高三的体育课总是被各种正课替代，盛微语几乎没在体育课上见到过易言。

刚好那天，高三班的体育老师终于想起他这群嗷嗷待浪的孩子们了，让他们放松一节课，易言也得以在体育课上遇见了盛微语。

盛微语独自坐在阶梯上，捂着肚子，脸色白得像张纸。

易言犹豫了片刻，走过去，问道：“去、去医务室？”

盛微语正疼得厉害，脑子里嗡嗡作响，冷不丁听到男生清冷的声音，下意识地抬起头，便看见那张熟悉的脸。

她吓了一跳，问道：“你也来上体育课了？”

易言“嗯”了一声，弯腰扶她起来：“去、去医务室。”

盛微语心想让他送自己到医务室，待会儿校医老师一说她是为什么疼，那岂不是又跟上次一样尴尬？于是她拒绝道：“不用了，我只是胃疼，忍一忍就行了。”

左右都是肚子痛，她胡诌了一个借口。而且，在男生面前胃疼比痛经听起来好上很多，班上好几个看上去弱不禁风的漂亮女生，都总把胃疼挂在嘴边，就跟林妹妹似的，惹人心疼得很。

易言看了她一眼，看得盛微语心里发虚。下一秒，他淡淡地开口道：“胃、胃疼……也、也得去……医、医务室。”

盛微语无言以对，几乎是被他强硬地搀扶着往医务室走去。到了医务室门口，她几近绝望——又要丢脸了。

然而，万幸的是，医务室老师这时候没在！

盛微语被易言搀着躺到病床上，她靠在床头，一坐好，就冲易言说道：“我自己休息就行，你去上课吧。”

老实说，她是万分不情愿错过两人独处的机会的，可是，没准儿校医老师待会儿就冒出来，当着易言的面说“这位同学只是痛经而已”，那她连地洞都来不及钻，就被羞死了。

好在，易言这次没有再说什么，嘱咐了她两句就走了。

可看着他毫不留恋地转身离开，盛微语又觉得非常失落，也不知道是例假期间女生更容易多愁善感，还是其他什么原因，她忽然觉得，心里酸酸麻麻的，说不出地心酸。

她心酸没多久，小腹又开始疼了，疼得她想在床上打滚，却又没力气打滚。

疼得正厉害时，忽然传来开门的声音。

“校……”盛微语下意识地往门口一瞧，那声“校医老师”在看到门口男生的瞬间，堵在了嗓子眼儿里。

易言又回来了，手上提着一个塑料袋。他走到病床边，丢下塑料袋，说道：“药。”

盛微语尴尬地说道：“谢谢……”

这声“谢谢”说得有气无力，因为她对易言说是胃疼，易言买的药肯定也是胃药，对她是……毫无帮助。

她僵硬地低下头，打开塑料袋，看到袋子里的药盒和暖身贴，瞬间僵化。隔了半晌，她比刚才更木讷地抬起头，看向易言，耳根子像火烧一样发烫。

“我……真的是……胃疼……”她艰难地挤出一句话。

“嗯，”易言不改色地应道，“这、这是……胃药。”

那就当布洛芬是止胃疼的药吧，那就当暖身贴是用来暖胃的吧。

【28】

易言本是打算下楼把东西送还给盛微语就回去的，但赵希光这时候开始耍赖了。小动物对小女孩有种天生的吸引力，赵希光很快就和大侠玩成一片，怎么也不愿意跟着他回去。

她心知对自家叔叔撒娇不管用，就跑去盛微语那儿抱住她的大腿：“阿姨，我还想在你家玩一会儿，你别让叔叔带我走好不好？”

看见她朝着盛微语跑过去的时候，差点儿触碰到盛微语受伤的右脚，易言眉心一皱，要去拉开她，却被盛微语挡住。

盛微语以为他是想强行把赵希光拉回去，就像护小鸡崽一样护住赵希光，替她向易言说情：“小孩子爱玩，你就让她多玩一会儿吧。正好我闲在家里也无聊，看着她和大侠闹腾也挺开心的。”

赵希光赶紧附和道：“阿姨都留着我了，叔叔，你就让我再玩一会儿吧。”

似乎是怕易言还不乐意，她又补充道：“叔叔，你要是想回家，你就先回吧，我知道回家的路，可以自己回去。

易言沉默了几秒，收回了想去拉开赵希光的手，把视线落在盛微语身上，说道：“她太闹腾，你小心脚伤，别和她挨得太近。”

盛微语“哦”了一声，嘴角却止不住上扬。因为易言刚刚那句话的意思，似乎不再执着于带赵希光走了，而且他自己貌似也没打算马上就离开，这就意味着……她今天可以和他待很久。

赵希光闻言，立马松开了抱住盛微语大腿的手，小心翼翼地远离了盛微语两步，郑重其事地说道：“我一定不会碰到阿姨的脚伤的，我和大侠一定离得远远的！”

说完，就拿着小公仔飞快地往宠物屋跑去，身后跟着她撒丫子跑的是大侠。

两个闹腾的小家伙离开后，客厅瞬间陷入了寂静。

盛微语忽然觉得有些尴尬，却又说不出是什么原因。要是以前，她在易言身边，永远是找话题的那一个，话最多的就是她，叽里呱啦的，仿佛肚子里的话怎么说都说不完。

可是，自从易言得知了她在周家的身份，她在易言面前，就有一种若有似无的扭捏感。

归根结底，她仍旧在意，在意她那不堪的身世。

盛微语低头盯着自己那只快肿成猪蹄的右脚发呆，不知道该怎么打破这过于安静的气氛。

"还很疼？"易言忽然出声。

"啊？"盛微语下意识地抬起头，慢半拍地缓过神，"不，不疼了。"

对上易言的视线，她又条件反射性地说道："其实还有一点儿。"

比昨晚好点儿了，但疼痛是持续的，疼了一晚上，她竟然也有些适应了。

盛微语笑了笑，说道："这只是小伤，以前更重的伤都……"

话说到一半，她猛然顿住，脸色微微发白。她僵硬地扯着嘴角，生硬地转移话题，尽可能远离那个禁区："对了，你怎么去参加周霖霖的生日宴了？"

易言似乎知道她心中所想，竟没戳破她着急转移话题的意图，反而顺着她的话说道："家母和周太太有些交情。"

盛微语"哦"了一声，心想这圈子真小，兜来转去的，还是这么些人。只是让她惊讶的是，易言竟然也是这圈子里的人。

她记得在上高中的时候，易言独居在一个单身公寓里，条件不差，但也说不上豪华，不像是一个富家少爷会住的地方，而他素来低调沉稳，和她这些年见识到的富家少爷大相径庭。

不说路栩、汤煜这几个圈子里熟知的熊孩子代表，就连少年老成的周霖霖，骨子里也有股说不出道不明的傲气。硬要说是什么样的傲气，大概就是含着金汤匙长大，从小挥金如土养出来的，有钱人的傲气，隐隐地让她这种被贫穷限制了想象力的穷人感到身心不适。

易言身上却没有这种感觉，无论是过去，还是现在，他一如既往地低调，从不张扬。

易言回答了之后，盛微语就陷入了自己的思绪，没再开口说话。

客厅里再次陷入寂静。

易言静静地看着她，停留在她认真思考的侧脸上的目光，在不经意中褪了几分淡漠，多了几分柔和。

这时，盛微语忽然扭头过去，说道：“我们今天中午吃……”

撞见男人过于柔和的目光，盛微语当即愣住，一时间都忘记了自己刚刚想说什么话。

她愣了许久，呆滞地眨了眨眼睛：“易言，你刚刚看我的眼神……”

易言轻咳一声，微微偏过头，移开视线，故作淡定地问道：“什么眼神？”

“跟我看大侠终于安静下来的时候一模一样！”

易言心里忽然生出一股无力感，就像上课时给学生们暗示考试重点，想让他们知道，却又不想让他们知道得太多，学生们也特别“给力”地把他的暗示给理解岔了，把重点划在了另一页的无力感。

这位学生现在还对着他一脸幽怨：“前阵子装不认识我就算了，现在又把我当闹腾的宠物狗，你对我也太随意了一点儿吧。”

“没把你当宠物狗。”

盛微语“哼哼”两声，明显是不信他，也不服气。

易言看着她，说道：“你过来。”

盛微语没反应过来：“什么？”

易言伸出一只手，手心朝下，手指屈了屈，重复一遍：“你过来。”

盛微语不懂他要做什么，茫然地依言挪过去，坐到了他身边：“怎……”

想问的话被男人的动作封锁在口中。

男人抬手搭在她头上，轻轻地拍了两下，动作极尽轻柔。

盛微语只觉自己此刻仿佛置身在一个幻境之中，沐浴在她凭空想象出来的男人的温柔目光下。她连呼吸都变得缓慢而小心翼翼，怕自己一不留神，就打破了这易碎的幻境。

易言垂眼望着她，唇角轻扬：“现在才是。”

终于反应过来他刚刚反常举动的含义，盛微语怒了，“啪”地打下他搭在自己头上的手，为自己刚才的感动而感到羞耻，恼羞成怒地吼道：“易言！”

易言心情颇好，应了一声：“叫我什么事？”

他顿了顿，偏头看向盛微语，唇角带笑：“狗剩。”

“你才是狗剩！”

盛微语瞪着他，咬牙切齿地说道："不要以为伤患不会打架！"

她把牙齿磨得咯咯响，忽地脑子里灵光一闪。她二话不说，伸出手去，想去捏住易言的脸。

然而易言眼疾手快，先一步抓住了她的手腕。

盛微语哪能就这么放弃？她挣扎着要去捏他的脸，易言本能地往后退，她就越往前靠，僵持了好一会儿，她的上半身都快压在了易言身上。

等她意识到这个问题时，却抽不回手了。

手腕被男人牢牢抓住，被他带着撑在他脖子的两侧。

四目相对，空气瞬间凝固。

心里那方松软的土壤，有什么东西在缓缓地耸动，痒痒的，仿佛下一刻就要破土而出。

望着那双沉静的黑眸，盛微语有两秒的恍神，忙慌乱地移开视线，目光却又被男人高挺鼻梁下的薄唇吸引。

唇线流畅完美，浅浅的粉色恰到好处，此刻微微抿着，禁欲的气息里，却像是带了些许诱惑人的味道。

几乎是条件反射的，她舔了舔唇。

要是强吻下去，会不会被当场打死？

盛微语盯着那勾人的唇，斟酌着利弊。

她的目光太过专注，以至于忽略了身下男人渐深的眸光，和上下滑动了几下的喉结。

心里的天平渐渐往美色那边倾斜，盛微语缓缓地俯下了身……

"阿姨，可以借一下你的手机吗？"

在盛微语就要吻到易言的时候，身后忽然传来赵希光稚嫩的声音。

两个人的身子同时一僵，不约而同地在第一时间去观察对方的神色。

四目相对。

盛微语手忙脚乱地站起身，单脚支撑着地，差点儿没站稳。

易言眼疾手快，抓住她的胳膊，将她搀扶住。他皱了皱眉，说道："小心点儿。"

盛微语心不在焉地"哦"了一声，赶紧坐到旁边去，离他远了三步。

一时间，客厅的气氛尴尬到无以言表。

盛微语摸了摸鼻子，把手机解开锁，递给赵希光，又强忍着心虚，扯着嘴角干笑道：“希光，你要阿姨的手机干吗？”

赵希光接过手机，弯了弯水灵灵的大眼睛，嘻嘻一笑道：“爸爸说，看到叔叔和阿姨亲亲的话，要拍下来发给爷爷看。”

盛微语呆若木鸡。

赵希光打开手机里的相机，对准易言和盛微语，天真地开口道：“我准备好啦，阿姨再去亲叔叔吧。”

易言愣在原地。

盛微语养了两周的脚伤，这才恢复得差不多了。

销假之后，她没马上去咨询所上班，而是被牧星的经纪人叫去了《新声》节目组。

虽然找到了泄密的真正罪魁祸首，但她签的那份协议还在，这段时间，她需要担任《新声》的心理咨询师，定期给学员做心理辅导。自然，酬劳可观。

这可把咨询所里的其他人给羡慕坏了。《新声》近来人气火爆，能去那里做一段时间的心理咨询师，就相当于给自己宣扬名气。再者，《新声》的导师和特约嘉宾都是难得一见的明星，明星嘛，见一次挣一次。

咨询所有个同事群，盛微语复工那天，许多人都在群里说她是因祸得福。唯有徐思，安静如斯。要搁在以往，她早就跳出来故作白莲花般冷嘲热讽了。这次连凌希都觉得疑惑，和盛微语聊天时提了一嘴，说徐思最近好像特别安分。

盛微语自然知道是因为什么。她跌进泳池的第三天，周霖霖就打电话告诉她，帮她报仇了。他也没说是怎么报仇的，不过看徐思还能待在咨询所工作，这次周霖霖也算是仁慈了。

那晚宴会上的事她不想大肆宣扬，也就没和凌希细说，随口说了句：“大概是良心发现，突然转性了吧。”

盛微语去《新声》的事还算顺利，牧星的经纪人已经替她把一切安排妥当，她只要待在临时办公室，等着学员主动找上门就行，就跟平时在咨询所坐班一样。

按照协议里所说的那样，切掉了原定的拍摄咨询过程的环节，盛微语不用再担心自己会在荧屏上露面。

发生了之前因牧星而闹出来的“乌龙”，她也算是还没到场就打响了名号，坐班第一天，就有好几个学员排着队进来咨询。

这些学员都是经过了几轮淘汰赛才留下来的人。众所周知，《新声》的竞争相当激烈，他们的压力之大也可想而知。针对他们由于各种各样的原因，导致情绪调节上出现的问题，盛微语一一给他们做了心理疏导。

学员来咨询，导师也来凑热闹，牧星就三天两头地往她这儿跑，说是自己也想做心理疏导。

看到来“光顾”了无数次的牧星，盛微语有些无奈：“你再往这儿跑，你家老光又该怨我了。”

“不会的，不会的。”牧星连忙矢口否认，“我已经和老光说了，他说没什么问题，还能和上次的公关前呼后应。”

他得了上次的教训，这次谨慎多了，倒不是怕自己再出什么事，而是怕再连累盛微语。

盛微语笑了笑，说道：“那你说吧，你这次有什么问题呢？睡眠不好，还是食欲不振？”

牧星眨眨眼，说道：“我要是说我最近食不下咽，要人陪着才能吃下饭，姐姐你会答应和我一起吃顿饭吗？”

盛微语佯装听不懂他的邀请，拐着弯推辞：“老光会非常愿意陪你吃饭的。”

言外之意就是，老光不会轻易同意他和异性吃饭。

牧星顿时就垮下了肩膀，戚戚地说道：“这个老光，真是阴魂不散。”

盛微语哑然失笑。

“其实我这次来还有一件事。”牧星这时又接着说道，“姐姐，这个周末你可以去咨询所上个早班？有人想预约你做心理咨询。”

“嗯？”盛微语疑惑道，“谁想预约？”

咨询所双休日一般是正常休假，但因为来咨询的人身份都比较特殊，也会有人选择在双休日来咨询，不过要提前预约而且价格也比工作日贵上不少。

牧星摇了摇头，说道：“那人嘱咐我，先不能跟你说。”

盛微语挑眉道：“这么神秘？”

牧星口风挺紧，盛微语也没再追问，反正等到这个周末，她就能见到这位神秘的预约人了。

然而，当她在咨询所里看到那个人时，她似乎知道了对方为什么要煞费苦心地保持神秘。

看着门口站着的美艳女人，盛微语在心里冷笑一声。

如果她早知道来的人是盛夏，她怎样都不会过来！

# 第十二章

## 我本可以容忍黑暗，如果我不曾见过太阳

【29】

门口的女人摘下墨镜和帽子，露出令人惊艳的姣好面容。

岁月似乎对她格外仁慈，那张经常出现在荧屏上的脸，没有了镜头的美化，也依旧美艳动人。

盛微语死死地盯着走过来的女人，握着笔的手不由得攥起了拳头，力气大得指关节泛白，皮肤下的青筋都微微凸起。

很快，她垂下眼睛，敛去眼中山雨欲来的风暴，平息情绪，淡淡地吐出几个字："患者姓名。"

盛夏看着她，欲言又止："微语……"

"噢，是我不识相。"盛微语出声打断她想说的话，自嘲地勾着嘴角说道，"盛影后的名号在国内响当当，谁还不认识您啊！"

她看着盛夏，嘴上带着笑，眼里却一片冰凉："您还是叫我盛医生吧。"

盛夏眼神黯淡了一瞬。"盛医生，"她看向盛微语，目光满含希冀，"我听说心理医生都是要先跟病人聊天的，我们现在聊聊天可好？"

"很抱歉，我不能接诊您，"盛微语冷冷地拒绝，"尽管我们都不愿意承认，但我们确实存在医患以外的关系。为了避免我个人的主观情绪对咨询产生干扰，我不能接诊您。"

说罢，她拿起座机电话："既然您已经预约了，我会叫其他医生来接替我。"

"那我不看病了！"盛夏连忙说道，"我们就简单地聊一聊。"

盛微语拨座机电话的动作一顿，抬头看向盛夏，笑得十分讽刺："您想跟我怎么聊？”

顿了顿，她又问道：“在聊之前，您能否先告诉我，之前的二十五年您没想过要跟我聊，为什么偏偏现在想要跟我聊了？”

“微语，我……”

“抱歉，盛女士，”盛微语再一次纠正她对自己的称呼，“我们现在的关系，还没熟到互称对方名字的程度。”

紧接着她又沉着声音补充，声线因为太过隐忍而微微颤抖：“而且，盛微语这个名字，是我外婆给我取的，不是所有人都有资格喊这个名字，望你自知。”

“我只是想来看看你……”盛夏望着盛微语，止不住地流泪，“我知道你恨我，我也恨我自己。这十年，我一直找不到你……”

“你对我的忽视又何止十年！”盛微语的语气忽然激动起来，“过去的二十五年，你还记得我这个女儿的存在吗？我不过是你丢下的一块不想要的肉而已！”

盛夏摇头：“不是的，不是的！我一直在关注你的成长。你也要明白我的苦衷，我未婚先孕，除了我自己，没人能挣钱养活我们母女，我只有回到娱乐圈才能挣钱养你。我不能有任何的绯闻，所以才没能来看你，但我一直在给你舅舅家寄钱，每个月几万元、几万元地寄，还向你舅舅打听你的情况，他们都说你过得很好。”

“直到十年前，你突然被周家接走，我就再也找不到你了。是不是周家强行把你带回去的？他们对你……”

“你真的一直在关注我的成长？”

盛微语忽然出声，语气出奇地平静。

盛夏话语一顿，愣愣地看着她，想回答说“是”，可怎么也说不出口。看到盛微语眼底令人心寒的讽刺后，她一个字都说不出口。

她说的关注，是通过别人的口来了解盛微语的近况，这种“关注”，说出来确实讽刺得很。

盛夏如鲠在喉：“你在你舅舅家过得不好吗？”

她问出这句话的时候，盛微语紧紧抿起了唇，心里积聚起的名为愤怒的波涛，像是走错了方向一样冲上了海面，却什么都没破坏，什么都没带来，也什么都没留下，无力到让人发笑。

她曾幻想过无数次，当她见到盛夏的时候，会是一个怎样的场景，也猜测过无数次，她见到盛夏的时候，会是一种什么样的心情，会有什么样的反应，结果都只有一个——她会杀了盛夏。生而不养，将她弃之如敝屣。她这些年沉积的愤怒和悲伤，足以让她失去理智，做出任何疯狂的事。

可是现在，她的心情意外地平静，看到盛夏那副很在乎自己的模样，她甚至有些想笑。

心里那个疯狂的念头，变了。她不想杀盛夏了。

她想杀死自己。

既然盛夏表现得这么在乎她，那她杀了自己，是不是会让盛夏更难受？她想好好看看，盛夏生不如死的痛苦模样。

可是，那人是真的在乎她吗？

每个月寄钱回去，从旁人口中打听到她过得很好，就不再过问其他，对她在盛强家所受的虐待一概不知，甚至从她出生后就没再见过她一面……

这种为了自己的良心安心，而硬冠上在乎名号的“在乎”，即便她死了，对盛夏来说，也是只能持续两天的悲伤吧？

“你走吧。”盛微语哑着声音说道，“我跟你没什么好聊的。”

“微……盛医生。”

“如果盛女士您还需要进行心理咨询，我现在可以为您联系其他的医生。”

目送着盛夏离开办公室，盛微语几乎瘫在了椅子上，全身都脱了力。

她闭了闭眼睛，眼睛酸涩，却挤不出一滴泪。

早就流干了。

“夏姐，怎么这么快就出来了？”

经纪人看着盛夏上了车，看了看时间，才过去不到半小时。不是说心理咨询的时间挺长的？怎么这么快就出来了？

盛夏没回答他的问题，疲倦地靠在车后座，墨镜很好地遮住了她通红的眼睛，才没让人发现她此刻的情绪。

她闭着眼睛缓了一会儿，说道：“回去吧。”

经纪人点头，一边发动车子，一边说道：“夏姐，刚刚秦总打电话过来，下周周氏有个慈善晚宴，让您作为女伴出席。”

"告诉他，我身体不舒服，去不了。"

"好嘞。"

经纪人应下，她的拒绝完全在他的意料之中。

他跟着盛夏也有八九年了，秦总对盛夏的意思，他一个当经纪人的都看得出来。可惜郎有情，妾无意，盛夏从未给过秦总机会。

秦总也称得上是个正直的绅士了，他早年丧妻，从未有过什么花边新闻，也只对盛夏这么特别，却还是被对方频频拒绝。尽管如此，他也从未对盛夏的事业做出过什么威胁，也没做出什么出格的举动，反而一路捧她，将她捧到现在这个地位。

如果盛夏能稍微心软一点儿，怕是早就和秦总成了一段佳话，只可惜，她的心太硬了。这些年来，他跟在盛夏身边，从未见她对哪个男人动过心。她也四十三了，却根本不见有结婚生子的打算，而是继续在娱乐圈打拼，日复一日地严格要求自己。她不仅是对男人心狠，对自己也心狠。

正当经纪人心里感慨时，盛夏忽然睁开眼睛，说道："你说慈善晚宴是哪家举办的？"

经纪人被她忽然的出声吓了一跳，忙说道："周、周氏。"

"我去。"盛夏垂下眼帘。

既然是周氏，她便非去不可。

二十多年了，她现在终于可以堂堂正正地出现在那个人面前。那个抛弃了她，又抢走她女儿的男人，她决不会轻易放过。

盛微语回了家，经过这么一出，彻底没了周末休假该有的愉悦。

这个周末，家里也罕见地安静——凌希带着大侠做绝育手术去了。

盛微语独自在家待了一会儿，又下了楼，想去散散心。

走着走着，不知不觉走到了小区超市门口，她索性进去，想买点儿零嘴，用暴饮暴食来打发自己，却鬼使神差地选了一购物篮的啤酒。

正结账时，听到门口有人叫了她一声。

扭头看过去，易言正站在门口看着她。

他应该是出来遛狗的，依稀可见他身后，乖巧地蹲在门外的金毛犬。

盛微语扯了扯嘴角，说道："真巧啊，易教授。"

易言扫了一眼收银台那两排还挂着水珠的冰镇啤酒，微不可察地皱了皱眉，问道："你买这么多酒……"

"我给室友买的！"盛微语抢着开口解释。不知为何，她觉得易言如果知道她要喝这么多酒，肯定会说教她。或许连她自己都没发现，她现在几乎是习惯性地认为易言会像以前那样管着她，而她，也在不知不觉中，回到了以前那种故意躲避他管教的状态。

她脸不红心不跳地说道："上次你来我家也看到了，我室友特别喜欢喝酒，囤了半个冰箱呢。"

易言挑了一下眉，似乎在质疑她这句话的真实性。

"这位美女，你还结账吗？"

"结，结！"

收银员的催促及时给了盛微语一个台阶，盛微语赶紧付了钱，提着两袋啤酒往超市外走。路过易言时，她讪笑了一声："那我先回去了，易教授您慢慢逛。"

说完，没等易言说什么，她就提着东西出了超市。

离开了超市，她终于松了一口气，肩膀都放松地耷拉了下去。

可仔细一想，不对啊，她喝多少酒，都是她的事，为什么要这么顾忌易言的想法？现在又不是读高中的时候，易言又有什么理由来管她？

不不不，她才不是怕易言管着她，她只是怕被易言唠叨，男人唠叨起来是很可怕的。

盛微语在心里说服了自己，可她似乎忘了，"唠叨"这个词，放在任何时候都神情寡淡的易言身上，十分不相称。

盛微语踢走路上的一颗石子，自言自语地嘟囔："早知道出来买个酒都能碰上他，我就去酒吧借酒消愁了。"

"那就去吧。"

"行……啊？"

盛微语条件反射性地回应，应到一半忽然反应过来，转过身便看见易言牵着金毛犬站在她身后两步远的地方。

盛微语吓了一跳，不知是因为他突然出现在自己身后，还是因为他说的那句话。

她脑子里已经编出了无数个为自己辩解的理由，脱口而出的却是："一起去？"

意识到自己说了什么，如果不是两只手都提着啤酒，她差点儿一巴掌拍上自己的脑门儿。

邀请易言和她一起去酒吧？她在说什么西伯利亚吹过来的鬼话呢？

盛微语带着一丝企图能挽回局面的侥幸，重新开口道："算了，我……"

"去吧。"

"啊，啊？去……去哪儿？"

"酒吧。"

不顾盛微语惊讶的神情，易言走过来，接过她手中提着的两袋啤酒，淡淡地瞥了她一眼："你不是想去酒吧借酒消愁？"

盛微语却呆住了。

【30】

易言真的带盛微语去了酒吧。

他们到酒吧的时候还不到七点，这时候酒吧的人还不多。

盛微语一进门就不自觉地打量了一下这家酒吧的环境，装修偏向复古风，没有扎眼的彩光四射，取而代之的是昏黄的暖光。

这里没有吵闹的音乐喧嚣，驻唱的女歌手独自坐在台上，抱着一把吉他，不急不缓地唱着节奏很慢的情歌，沙哑的嗓音给整个空间带上了几分颓然的感觉。

盛微语要了一杯鸡尾酒，上次醉酒的教训让她不敢再当着易言的面喝太多酒。

易言却什么酒都没要，他什么也没吩咐，侍应生轻车熟路地给他端来了一杯凉白开，恭敬地称呼他为"易先生"。

盛微语微讶，看向易言的目光里带着些许探究和八卦意味，她半调侃道："看不出来，易教授还是这里的常客？"

易言倒是不遮不掩："来过几次。"

盛微语更好奇了："和谁？"

易言看了她一眼，并没有急着回答。

见他没回答，盛微语默认了他是和哪个女人过来，不想跟她说。她心里别扭了一会儿，故作不在意地说道："也是，大家都是成年人了，来这种地方都是找乐子，像我也经常来酒吧喝喝酒，去夜店跳跳舞。"

其实并不是这样。

她懒到了极致，酒吧、夜店这种劳神耗力的声色场合，她从不主动去，为数不多的几次，也都是被凌希拉着去的，又因为太吵，待不了多久就逃跑了。

每次来这种地方，即使她一句话不说，什么都不做，也总会有不少男人过来搭讪，向她要联系方式，甚至把微信号硬塞给她，令她不胜其烦。

她只是随便说说，却得到了易言一个眼神。

盛微语身体一僵。

她对易言这个眼神熟悉得很。在上高中的时候，她每次逃课被易言抓到，他都是用这样的眼神看着她，即使一句话不说，也莫名有种……教导主任在线抓人的感觉。

易言淡淡地瞥了她一眼，却没对她发表任何评价，而是提了一个毫不相关的名字：“林冀。”

盛微语一头雾水，反问道：“什么？”

“和林冀来的这儿。”

“哦，哦……”盛微语愣怔了片刻，才傻傻地应了一句。

她的脑子却还是没反应过来，易言这是……在跟她解释？

盛微语不自觉地弯了弯嘴角，无意瞥见易言身后不远处坐着的两个女人，她目光一顿，顺着那两个女人投过来的视线，看向了易言。

男人穿着长袖衬衫，扣子一丝不苟地扣着。他身材颀长瘦削，即使是坐着，也能完美地撑起这件白色衬衫，不多一丝褶皱。没有刻意地摆姿势，只是随意地坐在那儿，也像是画报里十九世纪的贵族公子，清冷的眉眼中带有几分禁欲，几分矜傲。

啧，易教授的魅力果然还是不减当年，甚至比当年更能惹人头脑犯罪。

她的目光太过直白，惹得易言抬头看过来，幽深的眸子宛如一汪墨潭，让人一不留神，就溺在其中。

盛微语眨了眨眼睛，朝他浅浅一笑，道：“言言，你这样看着我，会让我以为你在勾引我。”

易言似乎早已习惯了她口头上的调戏，毫无表情地瞥了她一眼，说道：“你不是要借酒消愁？”

盛微语笑了笑，说道：“美人在前，我还有什么忧愁？”

被称作“美人”，易言沉默了两秒。

好在盛微语没再进一步调戏他，而是低头去喝那杯鸡尾酒了。

也就在她低头喝酒的工夫，易言往她斜后方一瞥，目光凛然。一个手里攥着手机试图过来搭讪的男人对上他的目光，霎时顿住了脚步，讪讪一笑，然后乖乖地离开。

“唉。”盛微语忽然叹了一口气，脸上写满了不符合她平日里没心没肺性格的忧愁。

易言不动声色地从她身后收回目光，看向她：“怎么了？”

盛微语晃了晃酒杯：“突然想离开 B 市，再也不回来了。”

易言目光一顿，直勾勾地盯着她，问道：“为什么？”

盛微语垂眼盯着手里的酒杯：“这里有个很讨厌的人，讨厌到让我觉得，和她呼吸同一座城市的空气都觉得恶心。”

她歪了歪头，想了想，又自我反驳道：“我这么想，好像也不对，真这么钻牛角尖下去，我应该去外太空，或者直接从这个地球上消失才是？”

“盛微语。”易言忽然出声，打断她神经兮兮的言论，“你偏激了。”

盛微语苍白地笑了一声：“抱歉。”

她知道自己的情绪正在失控，不知道下一秒会做出什么出格的事，可她……控制不了。

她就像一个被人断了右臂的剑士，报仇的信念支撑着她渡过了想自我了结的难关，她苦修了多年，终于能去找那个断她右臂的人报仇，找到那人时，那人却说断她的右臂只是因为不小心。

不小心？说得多么轻松啊，却让她痛苦了这么多年，又让她的信念开始动摇，继续痛苦下去。

盛微语苦涩地笑了笑，说道：“其实，我是个懦弱、自私又胆小的人，每次遇到了什么事，我的第一反应不是解决它，而是找个谁都不认识我的地方，躲起来。”

“逃避解决不了任何问题。”易言沉默了许久才说出这句话。

盛微语点了点头，似是认同，嘴里却说出了反驳的话：“可人的本能，就是逃避吧？没有人能淡定地面对带给自己痛苦的事。”

她看向易言，像平时诱导患者说出心结时候一样，轻言细语地问道：“你就没有什么想要逃避的事？”

易言抿起了唇，盛微语的问话仿佛一阵风，吹动了蒙在他心里多年的纱，掀开记忆的一角。

男孩儿近乎疯狂的嘶哑声音，女孩儿歇斯底里的哭叫，混乱之中响起的枪声，黑白灵堂的哀乐……各种混杂的声音从四面八方朝他涌来。

对面的男人始终一言不发，似乎沉浸在回忆中，盛微语疑惑地皱了皱眉，出声叫他："易言？易……"

男人猛地抬起头看过来，眼里是来不及收回的戾气。如同地狱修罗，让人不寒而栗。

盛微语呼吸一窒，愣在了那儿。

她见过易言生气的模样，可从未见过他……这副恐怖的表情。

然而很快他就收敛了眼里的情绪，又变成了往日里那副寡淡的模样："没有。"

曾经逃避的种种，都已经不存在了。

他看着盛微语，不冷不热地开口道："不要把我当成你的患者来诱导。"

被戳穿了套话的意图，盛微语讪讪地笑了一声："喝酒，喝酒。"

说着，一口饮尽了手里端着的酒，又要了两杯。

度数不高的鸡尾酒，酒过三巡，也有些扰乱人的意识了。

盛微语跟着易言上了车，她靠在副驾驶座位上，闭着眼假寐，全程安安静静的，乖巧得都有些不像她了。

"你知道我第一次见你，是什么时候吗？"

一直闭眼假寐的盛微语忽然出声，像是在梦呓，却更像是借着梦呓在倾诉。

"我去你的教室拦住你的时候，是你第一次见到我，而我第一次见你，是在前一个周末，你当时在喂一只流浪猫。"

那个周末，她又被舅妈骂了，负气离开了家，在外面漫无目的地游荡，也不知道自己走到了哪儿。找路标的时候，她无意中看见一个男孩儿正蹲在路边，看着不远处的一只流浪猫。

流浪猫瘦瘦小小的，对人充满了警惕，即使男孩儿离得有些距离，也依旧只敢小心翼翼地靠近食物。

男孩儿蹲在不远处，耐心地等着它一点儿一点儿地朝食物靠近，他垂着眼睛，目光专注，嘴角的弧度非常温柔。

如果是平常的女孩儿，可能会沉溺在男孩儿俊朗的侧颜和温柔的目光里，可盛微语当时只剩下满满的悲哀。明明她的父母都还在世，居有定所，却活得不如一只流浪猫。流浪猫还有对它温柔相待的人，她却只能苟且地活着，每天都被辱骂，每日都是折磨。

凭什么？

凭什么她就要这么痛苦地活着？凭什么就没人这么温柔地对她？

盛微语陷入了一种执念，近乎神经质地把这种执念牵扯到了那个喂猫的男孩儿身上。

他对一只流浪猫也能这么温柔，他这么好，会不会也善心大发，分一点儿，哪怕只有一丁点儿的温柔给她？

老天终于对她仁慈了一次。那个周末过后，她中了同学的激将法，进行了一次大冒险——去高三年级向一个冷漠的学长问出他的名字。去了高三的教室门口，在同学的指点下认出那个学长时她才发现，那恰恰是她两天前遇见的喂猫的男孩儿。

盛微语当时笑得很开心，就像是久居黑暗的人，终于看到了光一样。

易言，就是她的光。

“我以前觉得，我的一切都是不幸的，这世上没有比我更不幸的人，没有让我更不幸的事。可第一次遇见你的时候，我知道了，如果我没有遇见你，我一定更不幸。我真的很感激你。”

盛微语睁开眼，侧过身望着正在开车的男人，眸中映着车外五彩斑斓的霓虹。她弯了弯唇，目光却渐渐黯淡下来：“可是你离开之后，我就不感激你了，我恨你。”

我本可以容忍黑暗，如果我不曾见过太阳。

停留的希望重新飞走，比希望不曾来过更让人绝望。

为什么要离开她？为什么要不告而别，连声招呼都不打就走？重逢后的这些天，她一直在逃避这个问题，她渴望得到答案，却也害怕得到答案。可正如他所说，逃避解决不了任何问题。

盛微语直勾勾地望着他，问道：“易言，你……有半分在乎过我吗？”

## 第十三章 恋爱的甜与酸

【31】

“你……有半分在乎过我吗？”

盛微语侧身靠在座椅上，眼睛一眨不眨地盯着他，等着他的回答，生怕错过了男人脸上哪怕一秒的表情变化。

然而，她迟迟没有得到想要的回答，驾驶座上的男人甚至都没分给她哪怕一个眼光，只目不斜视地开着车。

黑色的宾利在高速路上飞驰，与夜色融为一体。

封闭的空间里，沉默如同冰冷的海水，几乎要将人溺亡。

盛微语深呼了一口气，自嘲地勾了勾唇，说道：“我明白了，前面下高速的路口，让我下车。”

如她所愿，下了高速路后，车在路边停下。

盛微语利索地解开安全带，恨不得立刻开门下车，然而车门被死死锁住。

她红着眼，努力地控制着自己的情绪，声音却还是染上了哭腔：“易言，你什么意思！你……”

满腔的委屈，被男人尽数堵在了口中。

易言不知何时也解开了安全带，俯身越过中控台，不给她一点儿防备，封住了她的嘴唇。

唇瓣相贴，男人的气息瞬间将她包围，盛微语骤然惊住了，她睁大眼睛，心中的郁结、愤恨和委屈一时间忘得一干二净。

易言扣住她的后脑勺，在她的唇瓣上吸吮，舌尖撬开她的唇齿，近乎贪婪地掠夺她的呼吸。

车内的空间封闭而狭小，盛微语被他逼到座位角落，被动地仰着头接受男人充满侵略性的吻。

此前二十五年，盛微语是个连初吻都没送出去的人，哪怕观战无数，理论知识丰富，实践基础却为零。

她哪里能承受住这狂风骤雨般的热情，嘴里的每一分都被男人攻占品尝，男人的舌头霸道地侵略她的城池。

她忘了回应，也忘了闭眼，脑子里一片空白，只有身体不断升腾的温度，分割了现实与幻觉。

直到她的呼吸变得紊乱，胸前急促起伏，男人才终于停下动作，稍稍退后，与她拉开了些许距离。

易言一只手扣住她的肩膀，另一只手撑在车门上，将她锁在副驾驶座的角落里，低头望着她，黑沉沉的眸子里情绪翻涌，好似下一秒就能将她吞噬殆尽。

“盛微语，”他的呼吸也有些乱，低沉的嗓音此刻微微喑哑，“这三个字，我练了三年。”

他用了三年时间，终于能连贯地说出她的名字。

盛微语呆呆地望着他，眼里有一丝茫然。

忽然，一帧帧久违的画面在她脑海中闪过，往日仍旧青涩的声音在耳边回放。

“要不我们试一试把你的口吃治好吧。”

“我这么大方把名字借给你练习……快念给我听听。”

“要是以后对我表白的时候也结结巴巴，我可不会答应你。”

眼眶里打转的泪决堤一般流下，盛微语抬手紧紧地抱住他，埋在他胸口，闷声骂道：“易言，你有病啊！”

易言收手将她拥住，低低地笑了一声，胸腔微微颤动：“我的病，盛医生能治吗？”

盛微语趴在他怀里又哭又笑：“治不好了，要在我这儿治一辈子！”

话音刚落，车厢里忽然响起一阵警报声。

易言身体一僵，眼神倏地沉下，眉头紧锁，像只接收到了危险信号的大型猫科动物，对这个声音形成了条件反射。

可仔细一看，他的下颌都紧绷着，分明有些不安。

盛微语也被这突兀的铃声吓了一跳，没注意到他的异样，连忙从他怀里挣脱出来，手忙脚乱地找出手机，向他解释道：“是我的电话。”

易言紧锁的眉心舒展了一些，看向她的目光有些许无奈。

亲眼见到把来电铃声设置成警报声这种操作，任是谁都会无语吧？

盛微语接听电话，跟电话那头的人没说上两句话就挂断了。

电话是周霖霖打来的，说是下周周家有个慈善晚宴，周大少爷诚邀她作为女伴出席。

得到的回复自然是：滚。

这时候打电话过来，她没穿越过去揍他一顿，都是客气的。

这一通电话，成功地将车里暧昧的气氛搅乱。

在她接电话的这会儿工夫，易言已经坐回了驾驶座上，系上了安全带，重新发动了车子。

盛微语自知理亏，蜷缩在座位上，一动都不敢动，看上去老老实实，心里却止不住地去瞎想。

他们亲都亲了，所以现在算是什么关系？

刚刚太突然了，她都没反应过来。她要是导演就好了，还能喊“cut”重来一次。

如果她暗示一下，他会不会再亲她一次？

要是待会儿查酒驾，他是算喝了酒呢，还是没喝酒呢？

时间在盛微语的胡思乱想中飞逝，很快就到家了。

盛微语满心想的都还是接吻的事，磨磨蹭蹭地下了车，跟在易言身后进了电梯。

彼时已经是深夜十点多，电梯里空空荡荡的，只有他们两个人。

盛微语暗搓搓地希望这电梯能慢一点儿，再慢一点儿，然而楼层数字从负一楼连续不断地往上升，也不见电梯有所停留，身边的人也没有一点儿动作。

眼看着数字离八越来越近，盛微语有些着急了。她咳了一声，胡乱地说道：“现在很晚了哈？”

易言看了她一眼，不明所以。

“哈哈，”盛微语干笑道，“这么晚了，大家都睡了吧？”

说完她就想掌掴自己，她在胡说八道什么呢？

电梯在这时到了八楼，“叮咚”一声，电梯门缓缓打开。

这“叮咚”的一声就像是在盛微语脑子里松开了一个名为冲动的闸门，她眼一闭，心一横，问道：“你都不给你女朋友一个晚安吻？”

赶紧亲！赶紧亲！

盛微语号完这一嗓子就疯狂地在心里祈祷。这不是索吻成不成功的问题，如果易言亲了，那他就默认“女朋友”那三个字了！不，其实她的目的还是想要索吻！

盛微语脑子里一片混乱，胸腔里的心脏也被带偏了节奏，跳得飞快。

相比她的紧张，易言却是不动如山，他勾了勾唇，说道：“想是想……”

盛微语的喜悦提到了心口上。

“——可是这里有监控，做任何事都能被监控拍到。”

盛微语突然接不上话来。

盛微语没什么长处，就是记性很好，尤其是对自己说过的话。

比如她清楚地记得，自己在不久前，也说过这样一句话，想不到如今被当事人原原本本地还了回来。

盛微语悲愤欲绝，她走就是了！

她愤愤地扭头要离开电梯，然而才迈出腿，就被人抓住胳膊，按在了电梯的厢壁上。

她来不及惊呼，就被人含住了唇瓣，卷住了舌头，城池失守。

电梯门缓缓合上，往十六楼缓缓上升。

盛微语之前满脑子的想记住这种感觉的想法，又忘得一干二净，连身体都开始发软，依靠着腰上的手，才得以站稳脚跟。

到达的提示音再一次响起时，盛微语已经快喘不过气了，胸膛急剧地起伏，双手抵在易言的胸口，想让他悠着点儿。

易言在她唇上厮磨了好一会儿，这才不舍地松开。

他别开脸，将视线落在别处，微微喘着气，微哑的嗓音与平时都不同，像是被施了魔法一样，性感又撩人：“去我家？”

“嗯……”盛微语低低地应了一声，脸上飞起一抹极其不自然的红晕。

果然，情到深处，都难自控。

【32】

盛微语不知道自己是怎么进到易言家的，男人的吻密密地落在她的唇上，吻得她脑子浑浑噩噩的，没工夫再去思考。

门“咔嚓”一声关上，开门、关门的工夫，只相隔了几秒，盛微语就又被易言按在门上亲。

仿佛隐忍了多年的情绪，一朝终于有机会发泄。两个人口舌交缠，吻得忘乎所以。

“微语。”

易言双手撑在门上，将她圈在他和门之间，垂眼看着她，低沉的嗓音夹杂着一丝嘶哑，如同致命的春药。

盛微语抬头望着他，撞进他沉沉的黑眸之中。那一汪冷泉般沉寂的眸子，此刻翻涌着最湍急的情欲。这般模样，与平时寡淡禁欲的他，判若两人，却格外诱人。

易言性感的喉结上下滚动，引诱着她去抚摸，领口的扣子一丝不苟地扣着，诱惑着她去一颗颗解开，真是……

在这种时候，女人做出的任何一个主动的举动，都是一番迎战。

得到的回应，自然是狂风暴雨般的攻击。

易言扣住她的腰，仿佛要用他全部的力量，将她紧紧地禁锢住，把她融进自己的血肉里。

呼吸缠绵，酒气漫漫，分不清谁才是源头。

唇舌都被吻得发了麻，男人的吻渐渐变得温柔。

盛微语的双腿有些发软了，终究是不稳了，全身的重心都依赖在腰间的那双手上。

然而那双手忽然从她腰间移开，将她一提，悬空托起。出于本能的，她悬空的双腿勾住他的腰，搂住他脖子的手也无意识地收紧。

她只顾闭着眼承受男人温柔的吻，呼吸之间都是她熟悉的男人的清爽味道，让她欲罢不能。

直到她落到了柔软的床上，盛微语才微微睁开了眼睛，抬手去解开男人的衬衫纽扣。

第一次做这种事，她的手很是笨拙，只是领口的扣子，就折腾了很久才堪堪解开。

解到第二颗纽扣时，男人的手已经伸进了她的裙摆之下，她的手一颤，竟将那颗纽扣给扯了下来。

也恰是扯下纽扣的那一瞬间，屋子里又响起了手机铃声。

床上的两个人同时一僵，目光相接，相对无言。

谁都知道，这时候退出，就意味着给火苗浇冷水，两人默契地谁都没动，就等着那铃声自己消停，可打电话的人就跟杠上了似的，铃声停下又再次响起，反复几次，好似没有要停止的意思。

盛微语觉得有些不好意思了，移开跟他对视的视线：“你去接电话吧，万一有什么急事呢。”

易言眼里明显闪过失望，低头厮磨着她的唇，不愿松开。

直到盛微语双手抵在他的胸口，推了推他：“去吧。”

易言含糊地应了一声，不舍地松开手，起身之前，像是惩罚似的，在她唇上轻轻咬了一口。

男人从她身上离开，带走了他炙热而具有侵略性的气息，盛微语不知怎的就松了一口气。

她低下头，却见自己的上衣纽扣已经全被解开了纽扣，白嫩嫩的前胸只被布料少得可怜的白色胸衣包裹着，春光外泄。

盛微语条件反射性地抓住衣服捂住胸口，脑子里忽然想起一件事，今天这件事来得太突然了，什么准备都来不及做，比如她……

内衣裤没穿成套的。

盛微语羞恼地捂着脸，方才进行各种亲密的举动她都没有脸红，此刻脸上却开始升温燥热起来。

她看了一眼易言接电话的背影，纠结了两秒钟，偷偷地爬下床，赤着脚，小心翼翼地一步一步往半掩的门口挪……

“啪嗒”一声响，门合上的声音在安静的卧室里显得异常突兀。

易言正接着电话，忽然听见关门的声音，闻声扭过头，床上的人已不见了踪影。

他扶了扶额，对电话那边的人说了声“姑姑，您看着办吧”，就挂断了电话。

他起身朝门口走去，离开卧室，到了客厅，便看见放在玄关处的高跟鞋也不见了踪影。

易言捏了捏眉心，有些无奈。

真是溜得比兔子还快。

盛微语又像上次醉酒酒醒后那样，衣衫凌乱，不敢坐电梯下楼，鬼鬼祟祟地从楼梯通道回到了家，一路上还东张西望，活像个偷了什么绝世珍宝的小偷。

好在凌希这时候已经回了卧室，这才省了她的一顿八卦。

她回到卧室，把自己丢在床上，像条搁浅的死鱼一样在床上僵了几秒，想起方才的亲密行为，又开始在床上打滚儿。

庆幸自己成功溜回来的同时，又开始后悔自己临阵脱逃。

盛微语滚了一会儿，忽觉手里好像一直攥着什么东西，摊开手一看，是一枚纽扣。

脑子里又不自觉冒出刚才的画面了，唇上仿佛还残留着男人的体温，如果她没回来，现在应该……

盛微语捂住脸，越发后悔自己突然脚底抹油开溜了。而且，她突然改主意跑了，易言这会儿应该很恼火吧？

盛微语心里的懊悔又渐渐变成了恐慌，正当她担忧又纠结之时，手机忽然响起一声短信提示音。

盛微语捡起被她丢在地上的包，拿出手机，打开便看见易言发过来的短信：“晚安。”

床上的女人静默了几秒，几秒之后，又开始在床上打滚儿。

翌日。

清晨的阳光从玻璃窗透进来，洒在盛微语的脸上。略微刺眼的光亮让她不适地皱了皱眉，翻身把脸埋在被子里，蜷缩着身体继续睡。

可意识已经有一丝开始回笼，朦胧的睡意被渐渐搅乱，美梦也不再。

盛微语睁开眼睛，目光呆滞。

望着熟悉的天花板，她缓了好一会儿才反应过来，和男人的旖旎放荡只是美梦，现实中的她，是在旖旎的边缘试探了一脚后，就自己溜走了，什么都没发生。

盛微语叹了一口气，她自己要跑的，怪谁？

她从床上爬起来，正要去洗漱，却又忽然顿住脚步。脚尖一转，来到了衣柜前，从抽屉里选了一套最满意的内衣，带进了浴室。

今天是周一，盛微语要去《新声》那边坐班，上班时间也像在咨询所一样。

大清早是电梯高峰时间，电梯在每一层都要停一下，像一只走得慢还偷懒的蜗牛。

当然，比这只蜗牛更懒的人，是不会嫌弃它的速度的。

盛微语同凌希一道出门，在电梯门口候着，看着数字从十四跳到十三，又停在了十三缓步不前。

凌希对盛微语去《新声》当心理咨询师的事羡慕不已，这会儿，还在千叮咛万嘱咐，拜托她："微语，你见到顾曲，千万记得帮我向他要签名啊。"

盛微语觉得自己没那么靠谱："你希望顾曲来我这儿做心理疏导？"

她只是在办公室坐诊，不能像工作人员一样随便走动，更不可能随便去找明星，谁到办公室来，才能见到谁。要想见到顾曲，只能是他主动来办公室，而他来办公室，自然不是什么好事。

就跟医生在病人出院时永远都不会说"欢迎下次再来"一样，要见医生的事，都不是什么好事。

凌希觉得也有道理，可又觉得可惜。

盛微语见她这副惋惜的模样，忍不住说道："要不这样吧，我看看能不能托人帮你要到一个。"

近水楼台的机会，不好好利用一下确实是可惜了。

凌希闻言，两眼一亮："好啊！"

"不过你别抱太大希望啊，我在那儿也不认识什么人。"

"好好好！"

凌希就差给她一个熊抱了，这激动的模样和她工作时候的温柔医生人设，简直判若两人。

女人啊，真是见一个人换一个模样，最表里不一的生物。

盛微语嫌弃地推开要抱她的凌希："你注意一点儿形象。"

这时，电梯终于停在了八楼，电梯门缓缓打开，狭小的空间里挤着一群人。

盛微语一眼就看见站在人群里的易言，对方也明显看见了她，跟她对视。

盛微语连忙收敛了那副嫌弃的表情，抿了抿嘴唇，压住疯狂想往上翘的嘴角弧度，和凌希一前一后走了进去。

凌希也看见了易言，热络地跟他打招呼："易教授，早啊。"

易言应道："早。"

反倒是盛微语，一直没有说话，甚至目不斜视，连看都没看他一眼。

凌希觉得奇怪极了，凑到盛微语耳边悄悄地问她："你们又吵架了？"

由于盛微语经常在家里对这位大名鼎鼎的易教授各种抱怨，在凌希的眼中盛微语同易言就是针尖对麦芒的关系。

凌希虽然没和易言正面接触过几次，但和盛微语一起下班回家坐电梯的时候，也遇见过他几次。以前，盛微语见了易言，不管是正在生气，还是生完气了准备重新发起进攻，总会去打声招呼，然而今天，她连招呼都不跟易言打一声，这让凌希很是奇怪。

这两人是发生了什么“大战”吗？关系闹这么僵？

当事人却矢口否认：“没。”

凌希只当她是嘴硬逞强，安慰道：“别灰心，天涯何处无芳草，放下这棵草，还有一大片草原等着你呢。”

她的声音很小，可在安静的电梯里，就跟自习课上讲的小话一样，靠得近的人，该听的，不该听的都听到了。

易言眯了眯眼睛，表情有些危险。

感觉到身侧凉飕飕的目光，盛微语的眼角抽了抽。

这时，电梯到了一楼，人群渐渐往电梯外散开，凌希还在状况之外，一边跟着人流走，一边继续“体贴”地安慰盛微语：“上次不是还有个小弟弟问你要微信号吗？你这么受欢迎，只要你想，找个男人那是分分钟的事，到时候你……”

她说到一半，偏过头，身边却不见了盛微语的人。

凌希疑惑，下意识地往回看，电梯门已经开始合上。

而电梯门合上前，从那一条小小的缝隙中露出来的画面，就足够让她浑身跟雷劈了似的僵在原地。

壁、壁、壁咚？！

盛微语被壁咚？！

盛微语被易言壁咚？！

凌希炸了。

正在缓缓往地下车库下降的电梯里，男人双手撑在电梯厢壁上，将女人圈在他和电梯之间，周身上下都带着危险的气息。

“听说你还有一片大草原？”

盛微语蒙了一瞬。

“是打算种在我头上的？”

【33】

盛微语被男人禁锢在他与电梯之间，左右都不能动弹。

听到他的话，忍不住轻笑了一声，收到男人更凉的目光后，又立马收了笑，做出一副严肃的表情，一本正经地说道："我没有大草原……"

易言的表情缓和了些许。

"这样的话，我还是盛微语吗？"

盛微语又换下了那副严肃的表情，微微扬着下巴，秀眉轻挑，漂亮的眸子里盛满了在老虎嘴边拔须的挑衅。

易言低头看着她，微微眯起眼睛："你很得意。"

明明是问句，却让他说出了肯定的语气，根本不需要人去回答。

旁人看来，他的表情有些阴森，冷冷的眼神不怒自威，让人不敢轻易靠近。

他面前的女人却没有远离危险的自觉，盛微语抬起手，手指在男人的领带上周转："我只是在提醒易教授，作为盛小姐的男朋友，你的地位很不稳固，没准儿哪天就来了个更合盛小姐口味的新人，轻易就取代……"

男人的领带被她扯下，领口的一颗扣子也被她解开，她的手指落在第二颗纽扣上的时候，她的手忽然被男人抓住。男人突然的动作让她未说完的话戛然而止。

易言扣住她的手腕，高举过她的头顶，让她与电梯厢壁贴得更紧，像是被钉在了厢壁上一般。

易言垂眼看着她，故意问道："取代什么？"

男人极具侵略性的气息几乎要将她吞噬，仿佛下一秒，他就会化身为昨晚那样的猛兽，将她就地解决。

一想到昨晚，盛微语的心思飘了飘，心虚地偏过头，转移话题："我要上班了。"

被惹怒的狮子却不会这么轻易就放开她。易言俯下身，一只手捏住她的下巴，迫使她抬头与他对视。他嘴角轻勾："怎么不说了？"

这不是明知故问吗？她还要说什么？

盛微语气鼓鼓地瞪着他，美目圆睁，一副凶巴巴的模样，三分怒气，七分娇俏，威慑不足，妩媚有余。

易言眼神微微一暗，捏住她下巴的手指松开，拇指覆上她饱满柔软的唇瓣，指腹轻轻摩挲："包里带了口红吗？"

盛微语一头雾水："什……唔"

五十分钟后，B 市电视台附近，女人从一辆黑色的宾利车上下来，杏眸带水，步伐虚浮。她弯腰拍了拍车窗，待车窗摇下，对车内的人恶狠狠地警告道："别以为你送我来上班，我就能原谅你！"

"那今天也不用接你下班了？"

"你敢！"

……

一大早就被这么折腾了一番，盛微语脚踩棉花一般走进了电视台的大楼。

今天是选手挑战赛，学员都在后台候着，心思都在比赛上，谁也没工夫来她这里做心理疏导。盛微语正闲在办公室里用手机看直播，牧星的经纪人老光忽然来敲门，问她要不要到观众席上去看现场比赛。

盛微语受宠若惊："可以吗？"

老光笑了笑，答道："当然可以，节目组给我们几个导师的经纪人都留了一张内场座位的票，也算是工作福利，盛医生要是不介意的话，我带你去前台吧。"

"谢谢。"盛微语很真诚地道了谢，又有点儿不好意思，"上次我朋友对你态度不好，我替他向您道个歉。"

上次易言一点儿情面都不留地怼了他，现在他反而一点儿都不介意，还这么客气，倒是让她有点儿过意不去了。

老光大方地摆摆手，说道："咱们也都是为了各自的利益，谈判只为利益，不分对错。你朋友很厉害。而且，你不用谢我，是牧星那小子说想让你到现场看。"

他顿了顿，又接着说道："那小子肯定是又想显摆了，想让你看看他在现场有多嗨。"

盛微语忍不住笑了笑，说道："他不用在我面前显摆我也知道他有多厉害，不过，还是谢谢他的好意。"

老光把盛微语带到内场观众席上就离开了，他是导师的经纪人，待会儿还有他的镜头。

盛微语从不追星，更别说是看这种现场表演。这种综艺节目跟演唱会不同，节目现场没那么吵，观众都很安静。不过，舞台大屏幕上只要闪过导师的镜头，就有粉丝激动得尖叫起来。

盛微语这个座位的角度很好，离导师的位置不远，甚至能看清台上三个导师的表情。

不得不说，镜头真的是个很能埋没美貌的东西，在镜头下都能帅出新高度的人，用肉眼去看，外表更是惊为天人。

盛微语小小地感慨了一下，想起凌希对顾曲的痴迷，她拿出手机，悄悄对着导师的方向拍照。

其实她大可不必这么遮遮掩掩，能搞到内场票的人，不乏那些专门跟着明星行程跑，更新明星近照的站姐，那些人手里基本都带着专业的摄影器材。比起她们的“大排场”，盛微语一个单薄的手机，反而是不值一提。

盛微语对着顾曲拍了几张照，又调试了几下镜头焦距，对着台上的三位导师，正要按下拍摄键时，忽然，身边响起一阵尖叫，吓得她的心都跟着颤了一下。

“啊啊啊，牧星看我这边了！”

“快拍，快拍！”

“啊啊，他还往我们这边比‘V’呢！呜呜呜，牧星弟弟怎么这么可爱！”

盛微语抽了抽嘴角，只觉听力都要被这尖叫声吵得下降了几个度。她也拍了几张照，便低下头捣鼓起手机来，正要把照片发给凌希，手指忽然一顿——最新拍的一张，因为旁边突然响起的尖叫吓得她举着手机的手晃了一下，恰恰只把坐在最边上的牧星留在了镜头里。

男孩儿侧头看向这边，做了个比耶的手势。他扬着唇，脸上酒窝浅浅，微微弯起的眸子盛着舞台上闪耀的灯光，灿若星辰。

也不知是碰巧还是什么，照片里的他目光就距焦在她的镜头上，好似在与她对视一般。

盛微语愣了愣，抬头望过去，牧星已经没再往她这边看了，而是专注地盯着舞台，只是，脸上的表情似乎有些委屈。

盛微语忍不住笑了笑，原来真是跟她打招呼呢。

不过，这种场合还这么大大咧咧地跟她打招呼，他也真是胆子大。

比赛告一段落，盛微语的耳朵都快被身边疯狂的小女孩们给吵聋了。她这个位子应该是处于顾曲和牧星的粉丝阵营交界处，因为，只要大屏幕里闪过顾曲的身影，左边就一阵尖叫，只要牧星开始说话，右边就开始嘶吼，坐在中间的她……后悔没带副防噪耳塞。

比赛结束，盛微语松了一口气，从吵嚷的观众席离开，正要回办公室，走到后台时，牧星不知从哪儿冒了出来："姐姐，晚上一起吃饭好吗？"

像是怕盛微语拒绝似的，他又立马补充道："刚刚我们队拿了第一，今晚我请我们队的学员聚餐庆祝。"

言外之意是，大家都在，不用担心老光会不同意，也不用担心会传出什么绯闻。

盛微语想了想，正要说什么，牧星忽然朝她身后招手，招来一个胖胖的男孩儿："大川，你说要不要请盛医生一起去庆功？"

大川这阵子都在盛微语这儿做心理疏导。因为身材的原因，他在舞台上很不自信，面对镜头时很不自然，导致前几场的发挥都不稳定。经过盛微语给他的疏导，他明显改变了很多，刚刚在舞台上活力四射，虽然被导师当众点评时还有些拘谨，但比起以前，进步了很多。

大川对盛微语感激不尽，自然是一万个同意："盛医生，您可是我们队的大功臣，您不去，我们聚餐都没什么意思了！"

牧星"哎"了一声，说道："我就不是功臣了？我去就没意思了？"

大川挠挠头，说道："牧大，这你就不知道了。你一来，咱们队的姑娘连鸡腿都不敢吃了。"

牧星一脸茫然："为什么？"

"你太帅了呗。"

"这和吃鸡腿有什么关系？我帅到让她们吃不下鸡腿了？"

看着这两人不在同一个频道中对话，盛微语忍不住轻笑出声。

牧星看向她："姐姐你笑了，那就是同意一起去了吧？"

说完一脸希冀地看着她。

盛微语无奈又好笑："你都把话说到这份儿上了，我还能不去？"

牧星咧嘴一笑，一点儿都不遮掩自己的好心情，让盛微语先回办公室等几分钟，他先去换衣服。

盛微语回办公室收拾了一下东西，给易言发了一条消息："不用接我下班了。"

对方似乎也在闲暇时间，很快就回了一个问号过来。

"节目组今天有个聚餐，也请了我参加，估计会弄得很晚。"

盛微语发完这条消息，一直没等到对方回复，她想了想，打了个电话过去。

对方很快就接听了电话："不是要去聚餐吗？"

听出这句话里极其微妙的不爽快语气，盛微语眨了眨眼睛，故意问道："生气了？"

"没。"

盛微语笑着说道："真没生气？那我就不哄你了。"

易言沉默了好一会儿，半晌，才说道："我刚刚取消了订好的双人晚餐。"

盛微语听着愣了好半天，才解读出他这拐了十万八千个弯的言外之意——他订了双人晚餐，准备进行第一次约会，现在因为她要聚餐，约会泡汤。

再直接一点儿，他确实生气了。

再再直接一点儿，他就等着她说点儿哄人的话。

盛微语差点儿在电话这边笑出声。她以前怎么没发现易教授这么可爱？死要面子嘴还硬，简直要把他自己给别扭死吧？

盛微语忽然生出想要作弄他一下的心思，故意装作听不懂他话里有话，只惋惜地说道："这样啊，那真是对不起啊，我们下次再去吧。"

只道歉，不哄人，憋死他！

易言"嗯"了一声，又等了一会儿："没了？"

盛微语故作不解，忍住笑意，问道："你还想我说什么？"

"……没了。"

话音刚落，电话就被男人给挂断了。

盛微语终于忍不住笑出了声，嘴角都笑得发酸。

让你闷骚，让你别扭，看憋屈不死你！

电话那头，憋屈的易教授挂断电话后，抿起嘴角，伴着上课铃声重新走进了教室。

大学课程两节并作一节，中间十分钟的休息时间，他今天还剩下半节课。

男人走进教室的那一瞬间，教室里安静下来，仿佛有冷风在呼呼地吹。

讲台底下死一般地冷寂，大家一脸蒙地承受着这个年纪不该有的压力——易教授拿起了花名册。

【34】

盛微语总算是知道了，为什么牧星的粉丝都一个劲儿地喊他牧星弟弟。牧星这个人，真是一点儿架子都没有，就连和他的学员相处，明明他是导师，反而被学员们当小孩子一样宠。

餐桌上正在聊着比赛上场前的八卦，笑话着谁紧张得十分钟内去了三趟洗手间。

大川问道："今天不是牧大压轴吗？牧大上台前在后台和我聊天来着，你们知道牧大上台前都在想什么吗？"

"回忆舞蹈动作？"

"在脑子里打节拍？"

"想着待会儿要帅翻全场？"

"你们都错了。"大川故作玄虚地摆了摆手，慢悠悠地揭晓答案，"牧大跟我说，他在想是南记的火锅好吃，还是西山居的烤肉好吃。"

话音落下，全场哄笑。

"什么嘛！我以为是想什么正经事呢。"

"我也是。在后台看到牧老师上台前面无表情，我还以为他也很紧张来着。"

盛微语也忍不住笑出了声，调侃道："我今天在台下听见你那群'星星'可是一个劲儿地夸你跳舞好帅，要是她们知道你在台上一边跳舞一边琢磨吃什么……"

别人笑也没什么事，可她一笑，牧星头一次觉得脸上发热："我只是借此转移注意力而已。"

一个卷发女孩儿开口道："牧老师，你放心，我们绝对不会说出去！"

其他人也点头。这时卷发女孩儿又笑着说道："牧老师给我们表演那套撒娇动作，我们就不会说出去！"

其他人也纷纷起哄："表演一个！"

只有盛微语还没弄明白状况："什么撒娇动作？"

"盛医生你不知道？"卷发女孩儿有点儿惊讶地问，她拿出手机，点开一个视频，递到盛微语面前，解释道，"最近网上特别流行这种，牧老师在节目里做过好多次呢。"

这时，盛微语的手机忽然响了一下。盛微语冲卷发女孩儿抱歉地笑了一笑，拿出手机来看了看。

是易言发来的消息："还在聚餐？"

盛微语他们在西山居聚餐，到的时候就已经晚上七点多了，一群人点的东西又多，烤肉又挺费时间，吃到现在已经九点多了，外面天都黑了。

盛微语想了想，回了一条信息："这么快就想我了？"

"不要自作多情。"

盛微语在心里直翻白眼儿，回了一个省略号过去。

易言："少喝点儿酒。"

盛微语："烤肉这么好吃，还能和一群这么帅气的男孩子吃烤肉，不喝酒助兴，太浪费了。"

"不聊了，小哥哥叫我喝酒了。"

盛微语发完最后一条消息就把手机收进了包里，她猜易言也不会再回什么消息了。说不定易言这会儿正忙着吃闷醋，生闷气呢，哪儿还有时间回她的消息？

盛微语觉得自己越发拿捏得准易教授的"七寸"了。他不是要闷着？那她逮着机会就去激怒他，让他有苦说不出。

许是她脸上的得意太明显，抬头便见旁边的卷发女孩儿一脸八卦地看着自己。

卷发女孩儿眨眨眼，悄悄地问她道："男朋友催着回家？"

盛微语高傲地轻声哼哼："他管不着我。"

卷发女孩儿被她逗笑，又继续刚才的话题，把手机里的撒娇视频递到她面前，说道："你要不要学一下这个视频？男孩儿对这种撒娇一点儿抵抗力都没有，回头你做给你男朋友看，保准迷住他，让他做什么，他就做什么。"

盛微语盯着那段视频看了一遍，想象了一下自己做这些撒娇动作的画面，心里就跟触了电似的，那叫一个酥麻酸爽，尬到起飞。

桌上还有人在起哄让牧星做这个撒娇动作，牧星死守住节操，就是不答应。他虽然在镜头前放得开，什么偶像包袱都没有，但私底下保守得很。

盛微语见他耳朵都红了，忍不住出声给他解围，将众人的注意力转移开："时间也不早了，我要先回去了，你们好好玩吧。"

牧星像抓住了救命稻草一样，立马站起来，说道："我送你……"考虑到自己的身份，他硬是又憋出了两个字，"上车……"

盛微语知道他有心逃离现场，也没拒绝。

出了饭店，牧星先道了声谢，又接着说道："多亏你了，不然他们不知道还要怎么整我。"

说起这个，他自己也觉得无奈："他们啊，肯定是觉得我平时练习的时候对他们太严格了，所以现在一有机会，就合起伙来整我。”

盛微语笑道：“这说明你这个导师当得很成功啊，课上严肃，课下亲民，我看见他们每个人都很喜欢你。”

牧星挠了挠头发：“姐姐你这么夸我，我可就有点儿不好意思了。”

“我可没见你哪里不好意思了，别以为我不知道你心里正偷着乐。”盛微语调侃了一句，又说道，“牧星，一直影响你的，不是你万众瞩目的偶像身份，而是你自己的心态。你现在这个状态就很好，和学员打成一片，回归本心，别给自己过多的压力。”

“嗯，我记住了。”牧星笑了笑，“姐姐真是随时不忘做心理疏导呢。我还有个问题想咨询姐姐。”

“什么问题？”

牧星看着她，弯起唇：“我已经很久没去姐姐那儿咨询了，现在可以从姐姐这儿‘出院’了？”

盛微语一愣，反应过来他说的“出院”是指他不需要再做心理咨询的意思，便笑着说道：“准你出院了，以后有需要可以再来‘复查’，不过我还是希望你别再来光顾我的咨询所了。”

“不会了！”牧星笑弯了眼，终于说出自己铺垫了这么久最想说的话，“那我现在可以和姐姐从朋友开始？”

说罢，朝她伸出手：“我是牧星，不是屏幕里的牧星，就是普通人牧星，很高兴能认识你。”

盛微语微微一愣，伸出手去握住他的手，笑着说道：“我是盛微语，也很高兴认……”

话还没说完，忽然传来一阵汽车鸣笛声，将她的话给打断。

两人同时循声看过去，看见路边停了辆黑色的宾利汽车。

盛微语心里疑惑，她没在打车软件上叫车啊，可这四周好像也没有等车的人，这车不是在冲她鸣喇叭吧？

等等！

盛微语眯了眯眼睛，这车貌似有点儿眼熟。

下一秒，那辆车停止了鸣笛，驾驶座的车门被人打开，穿着黑色长风衣的男人从里面下来，一步步朝这边走过来。

“易言？”盛微语惊讶地看着来人，“你怎么来了？”

易言的目光在两人握着的手上顿了一顿，又面无表情地看向牧星：“来这边办点儿事。”

明明是在回答盛微语的问话，却从头到尾都没看她一眼，而是盯着牧星。

盛微语慢半拍地反应过来自己还在和牧星握着手，赶紧收回手。

牧星毫不畏惧地跟易言对视，笑着和他打招呼：“易先生。”

易言不冷不热地应了一声，又将目光落到盛微语身上：“他送你回去？”

易言皱了皱眉，不让他过来的原因，就是有这小子送她？

盛微语自然能听出易言语气里的不悦，连忙解释道：“没呢，牧星就是送我下楼，我刚准备打车回去，你就来接我了。”

“我只是来办事。”易言如是强调。

“好，好，就当你刚好来西山居这边办事，我又刚好从西山居聚完餐出来，你就让我坐个顺风车，载我回去呗？”盛微语很无奈地说道。

易言瞥了她一眼，转身就走了。

盛微语朝牧星抱歉地笑了笑，说道：“我先回去了，你们玩得开心。”

说完就慌忙追上去，故意在他身后喊道：“易教授，等等我呗。”

看着两人的背影，牧星眼神微微黯淡下来，他深呼吸了两下，也转身回了西山居。

盛微语跟着易言上了车，好奇地问道：“你怎么知道我在西山居？”

她记得她没跟易言说过自己在哪里聚餐。

易言目不斜视地开着车，面无表情地开口道：“碰巧遇见而已。”

盛微语眼角直抽搐，她就不信了，这么晚了，他来这边办什么事？

盛微语想了想，拿出手机，翻出两人刚刚的聊天记录。今天最上面几条，是她刚到西山居时本着放毒的目的，给易言发的几张烤肉的照片。

注意到照片里一个调味瓶子上贴着西山居的标签，盛微语霎时明白了。

她偏过头看向易言，故作夸张地开口道：“看不出来啊，我们易教授也是个‘显微镜男孩儿’啊。”

易言皱眉道：“什么意思？”

“这你都不知道？”盛微语很是嫌弃地说道，“就是……”

她正想解释，又忽然顿住，改口道：“就是你喜欢我喜欢到连我今天的指甲是什么颜色都能注意到。”

她冲易言坏笑道：“言言，你到底有多喜欢我呀？”

易言斜了她一眼，没搭理她，而是将车停在路边，下车进了一家便利店。

盛微语一脸问号地看着他消失在视线里。

没几分钟，易言提着个塑料袋回来，将它扔到盛微语怀里。

盛微语打开一看，里面是一包消毒湿纸巾。

她疑惑地看着易言，问道："什么意思？"

易言面无表情道："我在用实际行动回答你，我挺嫌弃你。"

# 第十四章 信任是第一步

【35】

盛微语觉得自己上辈子一定是拯救了地球，才能有这么宽广的胸襟，去包容一个天天在作死的边缘试探的男朋友。

她在微博上关注过几个经常发一些恋爱日常的博主，她们聊天截图里的男朋友，天天“宝宝”“宝贝”地叫，取的昵称一个比一个宠溺，还时不时冒出一句甜到发腻的情话，每天晚上雷打不动地发一句“晚安么么哒”。

然而到了她这儿，易教授对她的“爱称”是狗剩或是狗盛，易教授对她说得最多的话是“不要自作多情”，易教授每晚十二点准时查岗：“又在熬夜？”

才交往一周，盛微语就有点儿想退货。

她就想不通了，她究竟是怎么喜欢上一个这么无趣的闷瓜的？难道她真如周霖霖所说，天生就是受虐狂？

盛微语越想越不敢往下想了，她的思维太跳跃，她怕自己一不小心就跳到了什么少儿不宜的事上。

今天是周五，节目组录完了一期节目暂时休假，盛微语也闲了下来，在家里宅着。

正百无聊赖地看着《新声》的重播，手机铃声忽然响起。

盛微语一看，是周霖霖打来的。

她接通电话，对方果然是为慈善晚宴的事找她。周大少爷又要请她去当女伴了，只不过这次没有上次那些套路，而是开门见山。

盛微语一想到要去和那种挂着各种职业假笑的人商业互夸的场合，就觉得头疼得要命："周少爷，您就饶了我吧，我上次闹出的洋相还不够大？"

上次和徐思在泳池边闹了那么一出，该认识她的和不该认识她的人，都认识她了，谁还能不知道她和周霖霖的关系？

再者，上次是周霖霖的生日宴会，是年轻人的聚会，各家都是派年轻人出席，基本都是周霖霖的关系圈，场面也不算大。这次的慈善晚宴，是周阿姨每两年都要举办一次的，参加的可不只是些小年轻，各个行业的商界名流都会应邀到场，不是儿戏。

盛微语对这种场合是避之不及的："上次那么一闹，大家都知道了咱俩的关系，你再抓着我当你的女伴，不嫌丢脸啊？"

以他周霖霖的交际能力和魅力，别说女性朋友，只要他想，女朋友都能一抓一大把吧？找她不如找那些人啊。

周霖霖在电话那边说道："你以为我不找别人，拉下脸找你帮忙，是因为什么？"

盛微语想了想说道："因为你……脑子抽风？"

周霖霖在电话那边沉默不语，起伏颇大的呼吸声从电话里传来，半晌，他咬牙切齿地回答："因为爸妈就等着我这次的女伴出场。"

他平静了自己的情绪，说道："他们想看的，是我的女伴人选，想要为我牵线订婚。"

所以，更准确一点儿来说，他的女伴，不仅是女伴，而是他中意的异性，适合与周家联姻的人选。这也是他一直不愿带盛微语以外的任何异性出席宴会的原因之一，周家把他看得很紧，与他同行的异性随时有可能变成周家属意的儿媳妇。

听了他的话，盛微语愣了好一会儿才说道："订婚？你才二十二岁，而且你连恋爱都没谈过，订什么婚？！等等……"

说着，盛微语反应过来："他们不会是要给你联姻吧？"

周霖霖笑了笑，说道："你还不算太笨。"

"这时候你还有心情笑？"盛微语的语调都不自觉地提高了，"你傻啊！他们让你订婚你就订婚，他们让你联姻你就联姻，你一个二十二岁的成年人，你就不知道反抗？你瞧瞧路家那小子，溜得影儿都找不到了！实在不行，你跟着学啊。"

相比她的激动，周霖霖的语气反而更平静："我为什么要跑？"

盛微语一愣：“你……”

“我注定是要接管周氏的，和合适的人联姻对周氏有益无害，这不是一笔亏本的买卖。”

周霖霖不急不缓地说道，态度淡漠，好像说的是别人的终身大事。

盛微语被他说得哑口无言。她向来知道，她和周霖霖隔了一个血亲，也隔了一个世界。

周远松对她有愧，从来不会逼迫她做什么，就好比她自上大学后就难得回一次家，也鲜少参加周家的宴会，周远松却从不多说一句。周家对她，基本上是放养。她想怎样生活，就怎样生活，她爱走哪条路，就走哪条路，而周家，一直为她留着一条回家的后路。

但周霖霖不同。

周霖霖从一出生，就注定要从周远松手中接管周氏，担起周家的责任。他没有后路，只有周家帮他铺好的，他不得不走的一条路。

在他的女伴中挑选联姻对象，已经是周远松对他最大的宠爱——起码，能做周霖霖女伴的人，在某种程度上，也算是被周霖霖本人认可的。

盛微语陷入了沉默，周霖霖又在电话那边说道：“我不反对联姻，只是……”他难得迟疑一次，“我想再等等。”

说到底，还是不甘心。

人这种可以倔强到死的生物，谁又甘心自己的命运从一出生就被安排，从此循规蹈矩地过完一生？

所谓循规蹈矩地活着，不过是因为他肩上担着不能推卸的责任。

即使是从小就成熟得像复活玩家读档重来的周霖霖，也有颗想冲出束缚的年轻气盛的心。

盛微语微不可察地叹了一口气，最终应下了他的请求：“我去。谁让我是你姐，我不帮你，谁帮你？”

就算哪一天，他终于冲出束缚，抛下一切，逃离他现在的世界，她这个姐姐，也会毫不犹豫地成为他的后盾。

挂断电话后，盛微语觉得心里有点儿闷。

她拿着手机，想了想，给易言发了条消息。

“下课了？”

对方没有马上回复，而是到整点的时候才回了消息，那时刚好是他下课的时间。

“嗯。”

“言言，我想你了。”

易言：“？”

易言低头看着盛微语忽然发来的一条无厘头的消息，眉心一皱——她又在打什么鬼主意？

没等他细想，对方又发来一条消息，露出了她的狐狸尾巴。

“我也好想念B大的奶茶啊。”

易言几不可闻地轻嗤了一声，果然。

“不要总吃这些垃圾食品。”

收到这一条消息，盛微语就跟炸了一般，一连发了好几条消息过去。

“你竟然骂我的小奶茶是垃圾食品！绝交！”

“奶茶这么好喝，你为什么不喜欢它！”

“我的意中人是B大的易教授，有一天，他会带着B大的奶茶来见我。”

易言捏了捏眉心，有些头疼，嘴角却是忍不住上扬。

他收了课件，一边往教室外走，一边打通了盛微语的电话：“说吧，要喝什么奶茶？”

男人刚一离开教室，刚才还只有细细碎碎说话声的教室立马沸腾了一般。

“我刚刚看到了什么？冰山笑了！我没看错吧！”

“我的妈，‘魔王’刚刚打电话的语气竟然那么温柔？”

许幼白也是全程关注着这位易教授的言行，猜测道：“‘魔王’是不是谈恋爱了？”

她说完之后，教室忽然诡异地静默了一秒。

紧接着，大家不约而同地否认。

“不会的，不会的！‘魔王’不是有个侄女？应该是给他侄女打电话。”

“对对对，易教授好像有两个侄女来着。”

“不是一个吗？怎么又多了一个？”

“管他几个侄女，反正他肯定不是给女朋友打电话。”

“是啊。和易教授谈恋爱这种事，咱们光是想想就可以了，谁有这本事跟‘魔王’谈恋爱啊？”

“魔……魔鬼？”

一直在家等着的盛微语，一听到门铃声，就从沙发上跳起来，跑到门口，给她的专属外卖小哥一个热情的拥抱，嘴里欢喜地叫道："奶茶呢？奶茶呢？"

易言把手里的东西递给她，盛微语立马接过，边打开奶茶边招呼易言进屋坐。

易言扫了客厅一眼，说道："你室友不在？"

盛微语含糊地应了一声，点了点头，咽下嘴里的奶茶，才说道："凌希这周跟着唐教授去参加学术交流会了，下周才能回来。"

本来应该是她去的，但她因为节目组的事脱不开身。不过，去不去也不是什么大问题，她的导师丢给她的关于 PTSD 的课题，才是她的主要任务。

想起那个课题，盛微语才被奶茶治愈一点儿的心情，又开始低落了。

察觉到她忽然变得低落，易言问道："心情不好？"

盛微语点了点头，闷闷不乐道："今天周霖霖给我打了个电话，让我出席后天晚上的慈善晚宴。"

易言看了她一眼，说道："不想去就不去。"

盛微语摇了摇头，说道："确实是因为周霖霖请我帮忙当他的女伴，我才会去参加这种宴会，但我并不是因为要去参加这种宴会而心情不好。"

她只是觉得，每个人都活得不容易。

以前，她总觉得自己过得很苦，可是现在看来，谁又不是呢？

每个人都有着自己的小世界，幸福苦楚各有不同。她以前对这个世界充满了怨恨，因为她觉得自己受了太多的苦。她嫉妒那些看起来很幸福的人，比如周霖霖。她一直觉得，周霖霖是她的相反面，父严母慈，家庭和谐，从小就过着让她非常羡慕的生活。

但是直到今天她才知道，原来周霖霖也正羡慕着她。她所谓的苦难，心理上的障碍，在周霖霖眼里，是不值一提的，因为他也一直在承受他的苦难，跨越他面临的障碍。

谁都不该因为羡慕别人的生活，而一味地逃避自己生活中的苦楚。

周霖霖比她小三岁，却比她看得通透得多。她作为姐姐，真是很惭愧。

盛微语深呼吸了一口气，正想说什么，却听见易言忽然说道："你要出席慈善晚会？"易言皱眉看着她，"作为周霖霖的女伴？"

盛微语下意识地应了一声："是，是啊。"

易言眯了眯眼："你似乎忘了一件事。"

被他这么看着，盛微语忽然感觉到了一点儿压迫感："什、什么事？"

"非单身的人，不能随便给人当女伴。"

盛微语抽了抽嘴角，连忙解释道："可是，我只是给我弟弟帮忙。周家一直盯着他的动静呢，他这次的女伴，如果找了其他人，周家第二天就能去给他把订婚的事给办好。他才二十二岁，这么早就订婚，还是'被订婚'，也太惨了吧！你看他都这么惨了，我这个做姐姐的……"

虽然说法夸张了一点儿，但事实也确实如此。

然而易言并没有表现出同情，他瞥了盛微语一眼，凉凉地开口道："你去帮他的忙，那我怎么办？"

盛微语一脸茫然："什么怎么办？"

"我也要去参加慈善晚宴。"

盛微语仍是不解。

"顺便提一句，我今年二十八岁。"

所以呢？

【36】

盛微语以为易言只是因为不满自己去当周霖霖的女伴，才说他也要去参加慈善晚宴，然而，易言第二天就甩出了宴会请柬。

盛微语惊愕地问道："你哪儿来的请柬？"

周家的这个慈善晚宴不是什么普通的宴会，从不让媒体进入采访，也正是为了防媒体，请柬的发放可谓是慎之又慎，不可能轻易到手，可这上面分明写了"易先生"三个大字……

见她把请柬翻来覆去地看，像是在检验真假，易言勾起了唇，又在她抬头的瞬间，压下嘴角的弧度，语气淡淡地说道："周霖霖亲自派人送到我家的。"

周霖霖亲自派人送到易家的，至于究竟是送给谁，并没有写明——易家三个姓易的男性，都是易先生，谁赴约都一样。

盛微语自然不知道易言说一半留一半的诡辩，越听越困惑了。她还没搞明白，为什么周霖霖会送请柬给易言，就又听易言说道："现在，你还要去当别人的女伴？"

盛微语还没从死结里走出来，又陷入了新的纠结。

继续当周霖霖的女伴，那易言明晚就会孤身去宴会，或者是找别的女人做女伴。可现在对周霖霖反悔，那岂不是言而无信？

盛微语皱着脸，满脸纠结地说道：“我挺不想你一个人去宴会的，可我要是当了你的女伴，那我弟弟怎么办？”

见她把脸皱成一团，易言抬手按了按她的眉心，将她眉心的褶皱抚平，说道：“我会帮他找个伴。”

盛微语微愣，又觉不妥：“可咱们贸然给他找女伴，这……”

这更加会给周霖霖添乱吧？

易言看了她一眼，说道：“谁说我要给他找女伴？”

盛微语蒙了。

易言摸了摸她的头，安抚道：“放心，你弟弟肯定会很满意这个伴儿。”

她怎么觉得更不放心了？

周日晚上，周霖霖本想去盛微语的公寓接她去做造型，却被对方忽然告知她和易言在去宴会的路上，还帮他找了个新伴，会在入口等着他。

周霖霖脸都黑了，偏偏对方还一直捂着，不说给他找的新伴是谁。宴会还是要去的，到了宴会门口，周霖霖看到门口杵着的男人，心里忽然生出一股不好的预感。

林冀也看见了他，朝他招手，挂起职业假笑说道：“小周总。”

周霖霖顿时就炸了。

宴会上，盛微语还是很不放心：“你把林冀推给周霖霖做伴，周霖霖待会儿会来杀了我吧？”

“不会。”易言非常淡定，“周氏最近想拉拢林氏，但苦于一直得不到回应，今天正好可以趁这个机会去和林冀接触洽谈。”

林冀这人看上去老不正经，但在工作上非常严苛，他一直不愿意回应周氏的原因，主要是周霖霖的资历问题。尽管他的能力在同龄人中算得上是佼佼者，但毕竟只有二十二岁，资历太浅，对林冀来说，称不上是一个满意的合作对象。

就上次周霖霖的生日宴会来说，尽管周霖霖和林冀本人没一点儿私交，但还是把请柬送到了林冀手上，由此可以看得出，周霖霖一直在找机会和林冀接触，好向他证明自己的能力。这次也正好给他创造了一个机会。

至于林冀为什么会答应来当一个男人的伴……只能说，林冀之于易言，就好比青铜之于王者。

听了易言的解释，盛微语这才稍稍放心，可是她有个疑惑："你怎么知道这么多？"

隔行如隔山，虽然她知道，能收到周家的请柬，说明易言的背景不简单，但从他这番话，完全看不出他只是一个在学校教书的教书匠。

易言回答道："略有接触。"

盛微语从侍应生手里接过一杯香槟，闻言疑惑地问道："你不是搞科研的吗？"

她忽然想起网上的一个段子，开玩笑般地问道："你别告诉我，你搞科研也只是玩玩，其实以后要回去继承亿万家产。"

易言垂眼看向她："联想能力不错。"

"那是。"盛微语向来对自己的脑补能力很满意，一被夸就骄傲得尾巴翘上了天。

等等。

自个儿骄傲了好半天，盛微语才后知后觉地反应过来，易言刚刚似乎……没有否认？

"你……"

盛微语扭头要继续问他，短信铃声响了起来。

她不得不先从手包里拿出手机，打开看了一眼，看到发信人后，眼神一暗。

短信是盛强发来的，又是找她要钱。

自他上次在她这儿要了二十万元，盛微语以为他消停了，可没想到一个月都不到，他又找来了！

见盛微语脸色忽然变差，易言拍了拍她挽着自己的手，问道："怎么了？"

"没、没什么……"

盛微语收起手机，冲他笑了笑，说道："导师跟我说有资料的文献弄错了，我去给他打个电话。"

说着，她把酒杯塞给易言，拿着手机往宴会厅外走。

易言看着她的背影，皱了皱眉，略一犹豫，跟了上去。

宴会在周家的私人别墅里举办，盛微语对这里很熟悉，来到一个不怎么会有人来的偏僻地方，正要打电话给盛强，却忽然听到一阵争执声。

"周远松，你好歹毒，故意把微语从我娘家接走，不让我找到她！"

“盛夏，你这是什么话？”

“你处心积虑了这么多年，这十年里，你封锁了她所有的消息，现在微语只认你，不认我，你满意了？”

“盛夏，你错怪我了。”

“我错怪你？是你们夫妻欺人太甚！我的女儿，凭什么要认别的女人当妈？你们……”

“爸，您在这儿做什么？”

盛微语忽地出声，正在争执的男女同时转过头来，都惊住了。

周远松很快反应过来，说道：“微语，你来这儿做什么？”

盛微语走过去，笑着说道：“阿姨说拍卖会快开始了，您还不见人影，我猜您肯定在这儿抽烟，就来这儿找您了。”

周远松干笑了一声，下意识地看向盛夏。

盛夏看着盛微语，眼中带泪：“微语……”

盛微语像是没听到一样，挽着周远松的胳膊，说道：“爸，我们快走吧，别让阿姨等急了。”

周远松看了一眼盛夏，又看了看盛微语，长叹了一口气，拍了拍她的手，说道：“微语，你和她谈谈吧。”

“我和她没什么好谈的。”盛微语没有一丝犹豫地拒绝了。

她看向旁边的盛夏，语气淡淡地说道：“说再多，我们也叫不醒一个装睡的人。”

“微语，”盛夏红着眼望着她，声音哽咽，“你不认我也没关系，但你也不能被别人蒙骗了，我才是你的妈妈……”

“够了！”盛微语低斥一声，打断她的话，“什么蒙骗？盛女士，你说的话未免也太恶毒了一点儿。”

“这十年来，周家一点儿都没亏待我，周阿姨待我如亲生女儿，所以我打从心里尊敬她。”

“你……”

“怎么？”盛微语皮笑肉不笑地看着盛夏，“你到现在还想说我是一时糊涂，认贼作父？盛女士，你以为，这还是你主演的白莲花电视剧，和你作对都是反派恶人？”

她瞬间冷下脸，目光都透着凉意：“过去的事我一点儿都不想再提，谁对我真心，谁对我假意，我心里一清二楚，不需要你一个外人来多管闲事！”

盛夏呆愣在原地，像是被人抽走了魂一样：“外人？”

盛微语没再多看她一眼，她挽着周远松的手说道：“爸，我们走。”

周远松看着她，欲言又止，最终摇摇头，没有跟着她走。

盛微语气不过，一个人愤愤地离开。

盛夏还在原地站着，捂着嘴哭：“她竟这么狠心……”

周远松看着她，叹了一口气，说道：“盛夏，你如果真心想跟微语和好，就不该在她面前说谎。”

“你想在微语面前做出以前关爱过她的假象，可是你知道吗？但凡你以前对她有过一丝的关心，我找到她的时候，她也不会浑身是伤。”

盛夏呆呆地望着他：“你说什么？”

“你到现在都不知道？”周远松摇了摇头，对她大失所望，“微语是我从鬼门关捡回来的，她过去一直被你哥哥一家虐待、毒打。你口口声声说关心她、爱她，却对这些一点儿都不知情？”

“我……”

“盛夏，最心狠的人是你。”

盛微语心里说不出是生气还是悲哀，更多的大概是讽刺。

她低着头往外走，冷不丁撞到一个人。她低声说了一声“抱歉”，头也没抬就想离开，却被那人抓住胳膊。头顶传来男人熟悉的低沉嗓音：“微语。”

盛微语浑身一僵，心里的悲哀情绪在瞬间变成恐慌，就像是突然一丝不挂地暴露在阳光底下，无助感和羞耻感铺天盖地地朝她涌来。

她低着头，不知所措。

身世于她，是一种耻辱。在易言面前，脸上长了一颗痘痘，她都会觉得局促不安，陡然把她最大的耻辱暴露在他面前，更是如同凌迟。

“微语。”易言又叫了她一声。

盛微语蹲下身，捂着脸，指缝间溢出压抑的哭腔：“你可以先离开吗？”

太丢脸了，太羞耻了……他那么耀眼，那么美好，她不想被他看到这样的自己……

肩上忽然披上一件温暖的外套，盛微语下意识地抬起头，视线却被男人宽大的手掌遮盖住了。

易言抬手覆住她的眼上，遮住她的大半张脸。

男人掌心的温热传递到她冰凉的脸上，顺着细微的神经，悄无声息地蔓延，同她身上的那件带着体温的外套一起包裹住她破碎的羞耻心。

“哭吧，我不看。”

【37】

在易言怀里哭了好一会儿，盛微语的情绪渐渐平复下来，她低头擦干净眼泪，搀着易言的胳膊缓缓站起来。她的声音有点儿沙哑，还带着很重的鼻音：“我现在是不是很难看？”

易言抬手扶了扶她搭在肩上的外套：“没有。”

盛微语显然不相信，反而更委屈地说道：“你这时候对我撒什么谎？我的妆都哭花了，你还说不难看？”

说着说着，还没来得及收回去的眼泪不小心又溢了一滴出来。

“没骗你。”易言屈着食指，替她抹去眼泪，他笑了笑，在她的鼻梁上轻轻一刮，“比你一脸的假笑好看。”

听出他语气里的调侃，盛微语又想气又想笑，板起脸没坚持两秒就忍不住又翘起了嘴角，嘴上却还要佯装不满：“你就不能说点儿好听的哄哄我？”

这时，她的手机铃声忽然响了起来。

盛微语拿出手机一看，才明媚了两分的脸色又渐渐沉了下去。

察觉到易言的视线，她把手机屏幕往怀里一收，扯起嘴角笑了笑，说道：“拍卖会快开始了，你先进去吧，我……接个导师的电话。”

说完，她拿着手机往大厅的反方向走去。

易言看着她离去的背影，若有所思。

盛微语走到一个没人的地方，接听了盛强的电话。

还没来得及说什么，电话那边的人就嚣张暴躁地骂道：“盛微语，你能耐了？不回老子短信，还想不接老子电话？”

盛微语冷冷地说道：“你到底想做什么？”

“借点儿钱给我花花呗。”

“我上次给了你二十万元！”

“你那二十万元能够我花多久？你爸不是挺有钱吗？再借个三十万元对你们家来说，连指甲盖都不算吧？”

盛微语沉声开口道：“你别得寸进尺！这件事和周家一点儿关系都没有，

上次那二十万元是我所有的积蓄，我没钱了。”

“你这意思是不想给？”盛强似乎猜到了她的反应，早就准备好了下文，“不给也行，那今晚网上要是传出什么，可就不关我的事了。是你自己小气，连这点儿小钱都舍不得花。”

盛微语深吸了一口气，努力压抑着自己的怒气：“我需要时间筹钱。”

“给你三天，够了吧？”盛强立刻变了口气，“不过我要现金，我把地点发给你，你明天晚上一个人来。”

注意到他特意强调要现金，盛微语微微眯起眼睛，回答道：“好。”

三十万元对周家来说确实是不算什么，但这件事和周家没一点儿关系，她决不会因为这件事情而去麻烦周家。

现在的她，就像是站在光影的分割线上。身前阳光明媚，春暖花开；身后一片黑暗，丑陋不堪。

她有着走向光的渴望，但她更希望自己独自摆脱身后的黑暗。

这不是在帮盛夏，而是在帮她自己，她不想被任何一个人知道她的身世和经历，比起难堪，她更怕看见别人眼里的怜悯。

盛微语回了一趟自己房间，她从首饰盒子里挑一条项链，估算着能变卖多少钱。但仔细一想，又觉得不妥。这些首饰大多是周阿姨送她的，变卖出去总觉得对她不尊敬。

盛微语想了想，放弃了这个主意，忽又灵光一闪，从角落里找到了一个首饰盒。

这是周霖霖前年送给她的项链，听他说是三四十万元的价格，她嫌太贵重，一直没带。她拿出项链，估摸着二手卖出去也差不多能值三十万元吧？

盛微语拍了几张照，当场把变卖的信息挂在了二手网站，又把项链收好，离开房间，正要去拍卖会现场，出门就撞见了周霖霖。

她被吓了一跳，下意识地把盒子藏在身后：“你不在拍卖会现场，来这里做什么？”

这时候拍卖会正进行得如火如荼，所有人都应该在现场才对。

周霖霖面无表情地看着她：“你做的好事，你问我？”

盛微语一愣，这才想起周阿姨举办的这种慈善晚宴，拍卖的基本都是首饰，首饰这种东西。自然是男人给女人买，这也是周阿姨盯着周霖霖这次带来的女伴的原因之一——能让周霖霖愿意花钱的女人，自然也有理由成为他的订婚对象。

不过，因为周霖霖耍小聪明把女伴这位置留给了她，她又把这位置留给了林冀……

顶着周霖霖不太友好的目光，盛微语干笑了一声，说道："你和林总谈合作谈得怎么样？"

提到合作，周霖霖的脸色这才缓和了一些："还不错。"

注意到她一直藏在身后的手，他皱了皱眉："你手里拿着什么，东躲西藏的？"

"没什么。"

"给我看看。"

盛微语硬着头皮拿出盒子："就拿了条项链。"

她以为只是一个首饰盒，周霖霖看不出里面是什么，却万万没想到，对方竟然连送她项链的首饰盒都记得。

周霖霖挑眉道："这不是我送你的那条项链吗？"

盛微语干笑了两声，面不改色地撒谎："突然觉得这条项链很好看，想拿出来戴着。"

说着，她就从盒子里拿出项链，戴在了自己的脖子上。

周霖霖轻"哼"一声，心想，这条项链是他在公司做成第一个大项目拿到钱后，请顶尖珠宝设计师专门设计的，款式独一无二，花了三百多万元呢，能不漂亮吗？

知道她抠门的脾气，在她询问价格的时候，他特意体贴地压了压价格，然而她还是嫌太贵，不敢戴。不知道今天怎么就开窍了。

盛微语心虚得很，没有久留，很快就离开了。

她回到拍卖会现场，悄悄地走到易言旁边坐下，小声地说道："不好意思，我来晚啦。"

易言低声应了一声，又问道："和导师把资料核对好了？"

盛微语一愣，好半天才反应过来，她之前和易言撒谎说是导师打来的电话。

她僵硬地扯了扯嘴角，硬着头皮继续用新的谎言去圆谎："核对好了。"

易言侧头看了她一眼，目光在她脖子上的项链上停留了片刻，又很快收回视线，什么也没说。

见他没再问什么，盛微语松了一口气，心情却没有好转。

她今天一直在说谎，为了去圆最初的那个谎言，编了一个又一个谎言。每一次说谎，都像是在她的心上加了一把沉重的铁锁，压得她喘不过气来。

盛微语垂着眼，搭在腿上的手渐渐收紧。

很快，一切都会结束了。

周四晚七点，盛微语打了两个电话，带着三十万元现金，去了盛强说的那家网吧。

盛强在网吧后门的巷子里等她。

一段时间没见，他瘦得厉害，胡子拉碴的，两眼浑浊，沧桑得不像是个正直盛年的年轻人。他蹲在门口，裹着一件不知道多久没洗的外套，鬼鬼祟祟地张望着，像是偷了东西的贼，看见盛微语提包走过来时，两眼发直。

他站起来，正想伸手去接盛微语手里的包，却被她闪躲开。

盛微语面无表情地看着他："你要怎么保证，这是最后一次威胁我？"

盛强皮笑肉不笑地说道："我保证这是最后一次，我这次拿了钱就走。"

说着，又伸手想去抢她的包，似乎很是着急。

盛微语哪能让他这么轻易得逞？她后退了两步，不让他触碰到。

盛强急了："盛微语，你什么意思？你是不是后悔了？"

盛微语把包的拉链拉开，把包翻倒过来，里面一沓一沓的钞票掉落出来，她冷冷地说："自己捡吧。"

盛强指着她怒骂了一句"你有毛病吧"，又忙不迭地俯身去捡钱。"在监狱里的日子不好过吧？"盛微语忽然开口道。

盛强一心想着捡钱，头都没抬："废话，你去试试看？"

"那种地方，还是更适合你待着，"盛微语意味不明地说道，"你似乎很着急，是在害怕什么人吗？"

盛强捡钱的手一顿，抬头看着她："你说什么？"

盛微语居高临下地睨着他，忽然笑了笑，说道："你说是监狱适合你呢，还是戒毒所适合你？"

盛强脸色一白，上去就揪住盛微语的领子："你怎么知道我在吸毒？"

话音刚落，就隐隐听到警笛声。

盛强的脸色变得惨白："你居然敢报警！"

盛强下意识地想要逃，却被盛微语抓住外套袖子，狠狠地往地上一拽，两人一块儿摔倒在地上。

盛强一把扯开她，听到警笛声越来越近，恶向胆边生：“我今天进去了，你也别想活！”

说完，他竟从身后掏出一把水果刀。然而，水果刀才掏出来，他就被人一脚踹翻在地，他手里的水果刀也掉落到了一边。

来人扼住他的脖子，反扣住他的手，将他压在地上。

盛微语看着忽然出现的易言，惊愕地睁大了眼睛：“你……”

“呼救，让警察来这儿。”易言压着声音说道。

盛微语连忙反应过来，大声呼救。

随后，警笛声响彻整个后巷。

盛微语亲眼看着盛强被押进警车，两腿发软，恍惚如做梦。

手腕突然被人抓住，力气大得仿佛要将她的骨头捏碎，盛微语被吓了一跳，一侧头就看见易言。

他脸色惨白，额间渗出一层细汗，脸上的表情阴沉得吓人，眼里风暴欲来：“为什么不事先跟我说？”

盛微语张了张嘴，说道：“我报了警的，我……”

话未说完，易言就甩开了她的手，转身离开。

盛微语站在原地，望着他孤身走在巷子的阴影里，垂在身侧的手似乎还在发抖。

下一秒，男人在红蓝闪烁的灯光和刺耳的警笛声中跪倒在地。

“易言！”

【38】

“他没什么大碍，只是因为突然受到了巨大的刺激，精神压力过大。”

易墨走到在病房外面等候的盛微语面前，安慰道：“他已经醒了，你进去看看他吧。”

盛微语点了点头，正要进去，却又被易墨叫住。

易墨看着她，似乎想说什么，可最终只是叹了一口气，说道：“唉，你们好好聊聊吧。”

见他欲言又止的模样，盛微语心中十分疑惑，隐隐猜到他是想说关于易言的事。但他不说，她也不好问，便转身进了病房。

易言已经醒了，靠在床头，脸色阴沉得可怕。

听到门口的动静，他一眼瞥过来，冷冰冰的眼神让人不寒而栗。

盛微语走过去，坐在病床旁，主动低头认错："言言，对不起。"

听到她认错态度还算诚恳，易言的脸色缓了缓，说道："你哪儿错了？"

盛微语伸手去抓着他的手，看他的眼神都带着几分小心翼翼："我连累到你了……"

话音刚落，男人的呼吸声瞬间沉重了两分。

病房里的空气似乎都被冻得凝结了几秒。

易言讽刺地低笑了一声："盛微语，你可真是好样的。"

"我……"

易言抓住她的手腕，将她拉到自己面前，眼里卷起愤怒的风暴："到现在你还觉得，你错在连累我？你觉得你一声不吭，一个人去处理这些事情，很厉害？"

他力气很大，全然忘了克制，盛微语被他拽得手腕生疼，她咬了咬唇，忍着痛解释道："我只是觉得我能处理好，我事先调查了他的近况，发现他在接触毒品，我就报了警，我……"

"你事先知道他吸毒？"

谁知越解释越招人生气，她这句话仿佛就是一桶油，一滴不落地泼在了男人的怒火上，易言扣住她手腕的力道更大了一些。

盛微语本能地挣扎了两下，却挣脱不开："你弄疼我了……"

"疼？你还知道会疼？"

易言沉着脸看着她，胸腔里的怒火难以遏制："你不知道吸毒的人发起疯来有多可怕？"

"你有没有想过，如果我没有及时赶到，你现在会是什么下场？"

"为什么你什么都不告诉我？"

"你不想让人担心，可这样才最让人担心。"

"你一心想着不想麻烦别人，"他深吸了一口气，低着嗓音说道，"对你来说，我还是'别人'？"

易言有点儿失控。

早在慈善晚宴那晚，他就发现盛微语不对劲儿。拍卖会上他刻意试探，对方却一次次地选择隐瞒。他没戳破，这两天他一直留意她的动向，却没想到依旧会造成这样的局面。

只有他自己知道，看到盛强掏出刀的那一刻，他内心有多恐慌。

他伪装的镇定在尖锐的警笛声中无所遁形，再晚一步，那个男人就会杀了她。再晚一点点儿，那个悲剧又会再一次在他面前上演。

情绪是一点儿一点儿慢慢堆积起来的，每一个细节，都能成为压垮骆驼的最后一根稻草。

到目前为止，他所有的隐忍，全因为她的一句“连累”而破了功。

原来她的道歉只是觉得连累了他，她还在执着于将所有的事往自己身上揽，却从没想过可以同他一起承担。

男人一句又一句的质问向她砸过来，将盛微语批得不知所措，她从未见过这么生气的易言，凶得可怕。

就像是压抑许久的猛兽，一朝失控爆发，怒火足以燎原。

手腕疼得快没了知觉，她咬了咬唇，却没再挣脱，任他抓着：“对不起。”她俯身过去，抱着他，真心诚意地道歉，“我让你担心了，对不起。”

男人什么都没说，但胸膛的起伏渐渐平缓。

盛微语轻轻一挣，他适时松了手，让她轻易抽出手腕。她伸出手，圈住他的腰，埋在他怀里，闷声请求道：“别生气了，好不好？”

她抬起头，望着他，郑重地允诺：“我保证，以后我什么事都不瞒着你了。”

易言盯着她，看了半晌，依旧紧抿着唇，没有答话。

盛微语从他怀里退开，轻轻扯着他的袖子，晃了晃：“言言。”

易言没反应。

盛微语双手托腮，可怜兮兮望着他：“易老师……”

易言还是没反应。

盛微语耷拉下嘴角，扑过去，钻进他怀里，勾着他的脖子，软软地贴在他身上，故作严肃地说道：“一级警告，如果易言同学再不对盛微语同学笑一个，盛微语同学就会做出让易言同学后悔的事了。”

话音刚落，她凑过去在他脸上飞快地啄了一下：“不理我？”

又亲一下：“还不理我？”

再亲……

男人忽然转过头来，她凑过去的唇来不及闪躲，误打误撞地贴在了他的唇上。在她反应过来的那个时间差里，男人已经伸出了手，扣住了她的后脑勺，让她无路可退。

他吻得很凶，像是借着接吻狠狠地惩罚她。

盛微语自知理亏，也不抵抗，被动承受着。等这个吻渐渐温柔下来，她才小心翼翼地伸出舌头，轻轻地触碰了他一下，就马上往后躲，再去舔一下，再马上往后躲，像是在跟他玩捉迷藏，明明讨好的意味十足，却又带着几分小嚣张。

易言垂着眼，眸色渐深，在她再一次故意过来挑逗的时候，轻轻地咬了一下她的舌尖。

盛微语叫了一声，从他唇上退开，又生气又委屈地望着他，眸子里蒙着一层水雾，仿佛在无声地控诉。

易言偏过脸，移开视线，不去看她。

“不生气了？”盛微语故意凑到他面前问。

易言瞥了她一眼，说道：“下不为例。”

盛微语连连点头，谄笑道：“遵命！”

易言扫了一眼她通红的手腕，心中有些许的后悔，他抚上她的手腕，心疼地说道：“弄疼你了？”

“疼死了！”盛微语借机嗔怪他，“你也下不为例，以后不准这么粗暴地对我。”

易言替她轻揉手腕，应道：“嗯。”

盛微语满意地笑了，又像是想到了什么，忽然问道：“言言，刚刚易大哥说你是因为受刺激过大才晕倒的，你是怎么了？”

他那时候给人的感觉，分明不是因为被盛强吓到，而更像是……

“警笛声。”易言毫不遮掩地给出答案，他看向盛微语，坦白道：“我被绑架过，从那以后就对警笛声很敏感。”

听到“绑架”两个字，盛微语惊愕道：“那你以前口吃也是……”

“嗯。”易言应了一声，肯定了她的猜测。

那件事的每一分每一秒，对他来说都历历在目，是他多年噩梦的源头。与那件事相关的任何一个细节，他都避之不及。这是十几年来，他第一次提及。

每个人都有难以启齿的秘密，既然她现在愿意把她的秘密告诉他，那他也不会再刻意隐瞒自己的秘密。

他们之间需要互相信任。

盛微语望着易言，想起自己在读高中的时候，笑他说话结巴，他是经历了那种事情才患上了口吃的毛病，她每一次喊他小结巴，不就是在他的痛处踩一脚吗？

盛微语忽然湿了眼眶，轻轻地说道：“对不起。”

她垂着头，肩膀一抽一抽的：“你因为那件事这么痛苦，可我以前还总是喊你小结巴……”

尽管没有恶意，可确确实实每一声称呼，都在迫使他回忆痛苦。

“都过去了。”

对于这个称呼，易言并没有像她这么敏感。

盛微语抬起头，眼泪汪汪地看着他：“要不，你骂我一次吧？”

易言抬手替她擦去眼泪：“真的？”

“嗯！我一定受着！”

“狗剩。”

“……你耍赖！”

意识到自己中了他的套路，盛微语破涕为笑，扬手要去打他。

易言也不闪躲，理直气壮地看着她，说道：“狗剩，说话要算数。”

盛微语憋屈地撇了撇嘴：“知道了。”

“狗剩。”

“……哎。”

“声音太小了，狗剩。”

“哎！”

易言轻笑一声，摸了摸她的额头：“狗剩乖。”

男人温热的手掌搭在她头上，动作缓慢又轻柔。

盛微语一时间有点儿发愣，呆呆地望着他。

男人垂着眼，目光缱绻，他嘴角的弧度很浅，细长的眉眼里却带着笑。

盛微语听见自己乱了节奏的心跳声。

恍惚间，她仿佛看到了十年前，初遇他的场面。

阳光下，少年蹲在草丛边喂猫，眉眼温柔，画面美好。

她忽然觉得，那个时候的她，或许误解了胸腔里涌起的冲动，那不是叛逆，是年少无知的她，对一见钟情的误解。

与此同时。

B市机场。

穿着驼色风衣的女人拖着黑色行李箱，停在大厅一处，她闭着眼，深吸了一口气："祖国的空气，倍感亲切啊！"

"姑姑，等等我呀！"

一道清脆的声音在她身后响起，女人转过身看过去，很是无奈地说道："怎么走着走着你又落到后面去了？"

拉着粉色行李箱的女孩儿几乎是小跑过来的，她生得娇小，一头粉红色的卷发十分惹眼，却因为她那张精致的脸蛋，并不让人觉得突兀。

女孩儿小口喘着气，脸蛋红扑扑的，煞是可爱。她吐了吐舌头，说道："还不是姑姑你腿太长！"

被她称作姑姑的女人捏了捏她的脸蛋儿："就你嘴甜。走吧，这次跟上了。"

"我们去哪儿？"

"去易家，带你去找你的言言哥哥。"

## 第十五章
## 青梅微酸

【39】

不得不说，周霖霖真是消息灵通，盛微语把盛强送进了公安局，和易言一起去做完笔录，第二天一大早，周霖霖就找上门，问盛微语是怎么回事。

“小周总，你都不用去公司的吗？”

盛微语一大早被周霖霖敲门敲醒，看着坐在沙发上臭着脸生闷气的周大少爷，颇为无奈。

周霖霖生了一张娃娃脸，明明少年气十足，却偏偏是个“面瘫”，臭着脸生气也就是个脸色很黑的“面瘫”。他面无表情地看着盛微语，说道：“你不打算解释一下？”

盛微语下意识地想跟他打哈哈，但想到易言昨晚说的话，她几不可闻地叹了一口气，走到周霖霖跟前，说道：“我之前觉得自己能解决，不想麻烦你们，让你们担心，所以一直瞒着你们。但是昨晚之后，我才知道，我这样的做法，更让你们担心，更会给你们添麻烦，所以……”

她忽然弯腰鞠了个九十度的躬，拖着长长的音说道：“对——不——起——”

说完又直起腰，舰着笑一脸讨好地看着周霖霖：“霖霖啊，你就别生气了。”

周霖霖似乎对她这么轻易就承认错误的态度有点儿意外，皱着眉，一言不发。

他的沉默在盛微语这里就成了默认：“不说话就当你不生气了啊。”

然而周霖霖偏偏很不给面子：“谁说我不生气了？”

意思是盛微语这口头道歉不够。

盛微语被他丝毫不给面子的话噎了一下，却完全没有再去哄他的意思，冷漠地“哦”了一声：“那你继续气着吧。”

说完就去做自己的事了。

周霖霖的脸色黑了一个度。

盛微语去冰箱里拿了瓶牛奶，琢磨着又觉得不对劲儿：“不对啊，你怎么会这么快就知道我和盛强的事？”

周霖霖坐在沙发上，轻哼了一声，说道：“盛强出狱后，我托关系在公安局监视他的一举一动，只要他再有什么犯罪举动就会有人通知我。”

其实，得知盛强出狱后，他就一直派人监视他，知道他出狱没多久就染上了毒瘾。

毒品这东西，吸得越多，时间越长，越难戒掉，也越能摧残人，他故意没去揭发，放任他去吸毒。只是他那时候一直有个疑惑，盛强才出狱没多久，怎么有这么多钱去买毒品？

昨晚得知盛微语去见了盛强，他才知道，原来盛强一出狱就来找过盛微语，从盛微语这儿敲诈了二十万元。而他派人去监视盛强，是在盛强第一次找盛微语之后。那一次，他问盛微语，盛强有没有找她，她说没有，她应该是在说谎，而他也没有怀疑。

盛强很精，吸毒之后也知道自己是在违法，更加谨慎敏感，去监视他的人被他发现过两次之后，就被甩掉了。这才让盛强有了接近盛微语的机会。

说起盛强吸毒的钱，周霖霖看向盛微语，故意嘲讽道：“你平时小气得要命，房子都和别人合租，这两次倒是大方，几十万元说给就给。”

“我也很肉疼啊，”盛微语道，“但我不先假装被他威胁，他怎么落套？”

从第一次盛强来找她，她就开始筹划，一直派人打听他的近况，得知他染上了毒瘾，她就知道，盛强肯定会再来找她。

吸毒不会被关很久，但敲诈会，特别是敲诈到了一定数目，能让他把牢底坐穿，所以她才假装被他威胁，昨晚去见他之前，她先报了警。怕打草惊蛇，她在警察赶到之前，自己先去见他，然后再拖延时间。

看她那痛心疾首的模样，周霖霖冷哼了一声，说道：“你给了他多少？我补给你。”

知道盛微语一直把周家和她分得很清，他顿了顿，补充道：“我这不是在给你钱，只是在弥补我的过失。”

因为他没能监视好盛强，才让她以身犯险。

盛微语连连说不用：“我也就第一次给了他二十万元，昨晚那三十万元我提回来存着了。那三十万元本来也应该算是你的，就当你已经给我了。”

“什么叫本来应该算是我的？”周霖霖疑惑道。

意识到自己不小心说漏嘴了，盛微语心里一惊，连忙改口道：“没什么，没什么。”

周霖霖盯着她看了许久，似乎想把她看穿：“你在做贼心虚。”

明明是在问她，却又是十分肯定的语气，完全不需要她回答。

周霖霖这一句“做贼心虚”，鬼使神差地点醒了他，他扫了一眼盛微语的脖子，似乎已得到了答案。

周霖霖站起身，问道：“你是不是把我送你的项链给卖了？”

盛微语下意识地去捂住脖子，她这动作就是不打自招，只能乖乖地老实交代：“啊……”

周霖霖望天望地，深呼吸了两三次都平息不了自己的怒气——她那么多首饰不卖，偏偏卖他送的那条！

“卖了多少钱？”

盛微语小心翼翼地用手比了个三。

周霖霖总算平息了一点儿怒火，卖了三百万元还不算太亏。

然而下一秒，盛微语说出一个令他绝望的数字：“三十万元。”

周霖霖大怒道：“盛微语你是不是脑子……”

盛微语被大发雷霆的周霖霖轰炸了一通，吓得赶紧跑去上班，却被临时通知节目停录两天，她意外被放了假。

闲着没事，她查了查易言的课程安排，得知他今天下午有一节课，于是又闷声不响地跑去了B大。

巧的是，易言今天下午的课，恰恰是教许幼白所在的那个大班。

许幼白见到她惊讶地问道：“你怎么来了？”

盛微语故意逗弄她道：“很久没见了，来看看你啊。”

许幼白翻了个白眼，正想说什么，余光瞥见从门口走进来的易言，立马噤了声，转过身端正地坐好，悄声告诫盛微语：“‘魔王’来了，你别捣乱啊。”

到时候又点她起来回答问题，那她真是要折寿了。

教室在易言进来的一瞬间安静下来，犹如高中时候教导主任突击检查。

盛微语看向易言："魔王？"

许幼白小声解释道："我们给易教授的'爱称'，你去学校论坛看看就知道了。"

B大有个校园论坛，每天都有各种各样的"沙雕"帖子。盛微语本科毕业后，就基本上不去了。

盛微语和许幼白挤在后排，易言没有发现她，已经开始讲课了。她听着关于物理的东西就开始打瞌睡，就去校园论坛里逛了逛，一进去就看见一个飘红的帖子，挂着易教授的"魔王"称号。

盛微语点进去，里面都是抱怨易言上课惨无人道的点名规则，后面干脆是打卡盖楼，记录易言每次上课点了哪些同学的名字。

翻到后面，忽然看到有一楼说易言那天上半节课非常温和，出去接了个电话，下半节课就重启了"魔王"模式。下面又有一楼，说易言下课之后接了个电话，语气特别温柔，猜测是他侄女的电话。

这还不算，那楼的最后一句，还写了句用代码加粗了字体的话——请"魔王"的侄女务必每天上课打电话过来拯救世界。

盛微语看得想笑，忽然被旁边的许幼白用手肘撞了一下。

许幼白压低声音提醒她："别看手机了，'魔王'看你了！"

盛微语闻言望向讲台，抬头就撞见易言看向这边的目光。

啊，被发现了！

盛微语忍住笑，装出好学生模样，把手机收起来，直起腰坐好，张嘴做了个口型——魔王。

易言面不改色地收回视线，继续讲课。

盛微语坐在后排，离得远，没有看到，但讲台底下的同学，分明看见男人的嘴角翘了起来，虽然只有几秒，但确实是弯了弧度！

于是，今晚校园论坛的"魔王"观察帖子里又会多出一条——他嘴角闪过诡异的笑。

自然，这都是后话。

被易言发现后，盛微语没再玩手机，正襟危坐假装认真地听课，却没能装上几分钟就趴在桌上睡着了。

期间许幼白小声叫了她好几次，让她别作死，这么正大光明睡觉会被易言当场叫醒站起来的。

奈何物理课的催眠功太强，盛微语前前后后坐起来又趴下好几次，终于坚持不住了，任许幼白怎么叫都不起来。

许幼白心里那个急啊，想方设法地拿书和水杯给她挡着，就算是一叶障目也只能这样了，提心吊胆了一节课，却根本没见易言过来叫醒她。

盛微语就这么安然无事地睡了一整节课，睡得昏天暗地，连下课铃声也没能把她吵醒。易言也好像压根儿没发现这里有个睡了一整节课的同学一样，完全没有要叫醒她的意思。

许幼白感动得差点儿想去买彩票。

然而下课铃声响完没几秒，她还没来得及把盛微语叫醒，就被从讲台上走过来的易言惊吓得差点儿失了声。

还没离开教室的同学不约而同地看向这边，不是一副看好戏的表情，就是一副为盛微语默哀的表情。

许幼白结结巴巴地喊道："易、易教授。"

易言点了点头，走到盛微语桌前，低头看着趴在桌上，侧着脑袋睡得正沉的女人，修长的手指微屈，轻轻地敲了一下她的额头。

许幼白倒吸了一口凉气。

盛微语抬起头，昏昏沉沉，明显还没从梦境中缓过神来："下课了？"

她揉了揉惺忪的睡眼，这才看见站在面前的易言，眯着眼笑了笑，说道："易教授，就等你下课了。"

她都梦见今晚吃什么了，就等着他下课一起回去。

易言垂眼看着她，长指撩开黏在她唇畔的一缕头发，薄唇微勾："嗯。"

整个教室的人都倒吸了一口凉气，提到嗓子眼儿里的心才逐渐放下。

今晚的论坛，"沙雕"要狂欢。

"妈妈您看，'魔王'都找到女朋友了。"

"妈妈您看，人世间真的有魔鬼。"

"还很困？"看着盛微语还在打哈欠，易言在开车的间歇问了一句。

盛微语靠在副驾驶位上，侧过身子面向他，调整了一个舒服的姿势，又打了个哈欠。

她语气有点儿委屈："昨晚睡得太晚，今天又被周霖霖一大早就吵醒，困死了。"

易言不咸不淡地说道："他对你倒是很关心。"

盛微语眨了眨眼睛，敏锐地嗅到一丝酸酸的味道，故意问道："咦，言言，你闻到什么没？"

"什么？"

"一股……好大的醋味！"

瞧见易言想反驳又拉不下脸反驳的憋屈模样，盛微语一点儿都不客气地笑出了声："言言，你连我弟弟的醋都吃呀？"

易言瞥了她一眼，却达不到什么警告作用。

没有谁不喜欢对象为自己吃醋的，特别还是一天到晚都这么闷的对象，吃醋这种行为实在太"反差萌"了，盛微语自己乐够了，才终于消停。可提到周霖霖，她又想起一件苦恼的事："唉，今天周霖霖冲我发了顿好大的脾气，因为我把他送我的那条项链给卖了。"

她摸了摸她那空荡荡的脖子，想到周霖霖那脸黑如炭的模样，不觉有些委屈："虽然卖了他送给我的礼物，是有点儿不厚道，不过他当初跟我说那条项链是三十多万元买来的，我二手卖了三十万元，也不算亏吧？"

易言眼角抽了一下。那条项链的设计风格他见过，因为他母亲是那个珠宝设计师的常客。那个珠宝设计师在业内名气很大，光是冠上他的名气，那条项链都不止三十几万元。

盛微语哪里懂这些？她也就懂点儿大众名牌，对这种珠宝行内的东西一无所知，自然不知道自己做了多大一笔亏本买卖，才把周霖霖气成那样。她还在易言这儿寻求安慰："你觉得我亏了？也不亏吧？"

"不亏。"易言面不改色地睁眼说瞎话。

因为盛微语突然提议想在家里做火锅，两个人去超市买了些东西，才回了公寓。

又因为盛微语是和凌希合租，不方便让易言去做客，所以把做火锅的地点定在了易言家。

这会儿正是遛狗、散步的时候，电梯里的人有点儿多，盛微语站在易言身边，悄悄伸出手，小指轻轻勾住他提着的袋子。

易言瞥了她一眼，她目不斜视，假装什么都没发生一样。

盛微语的小指突然转移了目标，故意去勾他的小指，想把他小指从合着的手指中撬开。

易言压低声音说了声“别闹”，手上却松了劲儿，让她得逞地勾住了他的小指。

盛微语终于安分，嘴角却压不住得意的笑。

电梯到了十六楼，盛微语跟他手勾着手走出电梯，还没走到1603房，忽然听见一道惊喜的女声：“言言哥哥！”

【40】

言言哥哥？

盛微语眯了眯眼睛，不着痕迹地打量起迎面走过来的女孩儿。

白色娃娃领上衣，粉色短裙，一身的名牌。

但最显眼的，是她那头粉色的卷发。粉色很挑肤色，但她皮肤白皙，脸上画着精致的淡妆，配上这头粉色卷发，更是锦上添花，俏皮可爱。

易言沉吟了一声，问道：“你什么时候回国的？”

“和姑姑一起回来的。”秦馨月笑嘻嘻地看着他，“Surprise！”

她的目光落在旁边的盛微语身上，眨了眨眼睛，问道：“这位是……”

“微语，我女朋友。”易言替盛微语答了，又跟她介绍秦馨月，“这是秦馨月。”

介绍秦馨月的时候，易言只说了她的名字，后面没加任何描述，无形之中体现出两人的差距。

盛微语对这种介绍很满意，冲秦馨月笑了笑，说道：“你好。”

秦馨月似乎还没从“女朋友”那三个字中缓过来，表情有点儿尴尬，但也还算客气地回了一个微笑，只是看向盛微语的眼神中多了一分探究。

看到两人手中提着购物袋，很明显是刚从超市采购回来的，秦馨月像是想到了什么，表情僵了僵，不过又很快恢复如常，故意说道：“你们买了好多东西啊。”

“刚从超市回来。”盛微语没什么防备地回答，顺口邀约，“我和易言正打算做火锅，你要一起吗？”

“好呀，正好我也还没吃晚饭呢。”

秦馨月也没推辞，很高兴地应下了，只是心里却不像表面这样欢喜。

其实她刚刚故意说了那么一句，是想旁敲侧击，打探他们是不是已经同居了，可盛微语那样回答，听不出他们到底有没有同居。但即使没有同居，盛微语能代替易言这个主人发出邀约，明显是把易言家当成自己家了。

两人的烛光晚餐变成了三人聚餐，盛微语对此倒是没什么不满。她也不是个小气的人，和男朋友的妹妹吃个饭，也没什么好计较的。

只是这个妹妹，似乎对她有点儿热情过头了。

在易言去厨房拿东西的时候，秦馨月就拉着盛微语聊得火热："我本来还觉得，言言哥哥这辈子都要'注孤生'了，没想到才回国没多久，就找到了一个这么漂亮的女朋友。"

她眼巴巴地看着盛微语："微语姐姐，你跟我讲讲呗，你是怎么追到他的？"

女追男在某些时候是个很敏感的话题，虽然有句话叫"女追男，隔层纱"，但更多时候，人们普遍地认为女孩儿主动不会占什么优势，保守的人会觉得主动追男孩儿的女孩儿不矜持。

盛微语倒不在乎什么矜持不矜持，她的脸皮厚得很，也的确是她追的易言。但自己主动承认是追的一方，和别人一口咬定你是追的一方，有着天差地别。

换句话说，一个才和她相处了没几分钟的人，就认定她是主动追的那一方，这和间接地说她是倒贴没什么两样。

如果问这话的是个男人，盛微语只能说那人说话没什么艺术，但说这话的是秦馨月，一个把易言称之为"言言哥哥"，却没有血缘关系的妹妹，女人的直觉告诉她，对方就是故意这么问的。

盛微语抿了抿嘴唇，偏偏这时候又有了该死的自尊心，不想承认是她倒追的易言，不想去坐实秦馨月眼中的自己是个倒贴的人。

这时，易言从厨房里拿了几罐饮料过来，坐在盛微语旁边，问道："你们在聊什么？"

盛微语还没说什么，秦馨月就抢着回答道："我在问微语姐姐是怎么追到你的，正跟她讨经验呢。"

易言看了盛微语一眼，她没有否认，沉默着伸手去拿桌上的可乐。

易言比她先一步将那罐可乐拿起，开了盖，放到她面前，漫不经心地开口道："我追的她。"

话音落下，秦馨月和盛微语同时看向他。前者满脸的不敢置信，后者也是一脸惊讶。

秦馨月似乎不愿意相信，故意半开着玩笑地说道："言言哥哥，你蒙我的吧？你可是才回国没多久。"

在国外的时候，多少女人追着他跑，他一个都没理会。以他的性子，即使遇到心动的，也不会这么轻易就放下身段去追，而且他这才回国没多久，怎么可能会爱一个人爱到主动去追求的地步？

盛微语也惊讶易言会这么说。不管他是怎么想的，他这么说，刚好帮她解了围，保护了她的自尊心。

想到这儿，盛微语忍不住弯了弯嘴角。他是为了给她留面子，才故意这么说的吧？

然而这时，易言又开口道："我回国就是为了追她。"

盛微语扭头看向易言，满眼的疑问，似乎在说：你在说什么瞎话呢？

易言却好像并不打算继续说下去。

盛微语狐疑地看了他一眼，眼神中似乎还有些埋怨，怪他话说到一半又不说了，吊人胃口，嘴角却止不住上扬，暗暗欢喜他说回国是为了追她。虽然不知是真是假，可就是被他这句话哄得十分开心。

秦馨月的视线在两个人之间徘徊了两圈，脸色不是很好，不过很快又扬起笑，说道："言言哥哥，你还说呢，你突然回国，连声招呼都不跟家里打，姑姑本来是去美国看你的，结果到了美国才知道你已经回 B 市了，可把她给气死了。"

她顿了顿，又接着说道："姑姑说，要不是她一回家，就被易伯伯给留在了家里，她也会跟着过来好好地把你骂一顿。"

易言对这类似恐吓的话无动于衷："她还是先管好她自己吧。"

秦馨月笑道："我也是这么跟她说的。"

易言的姑姑其实比易言没大几岁，易老先生老来得女，在易言的父亲二十岁的时候才生下这么一个女儿，对她宠爱得不行，宠成了一个娇娇女。

其实也不能说是娇气，只能说玩世不恭，对什么事都感兴趣，又偏偏都没耐心。

她刚毕业那会儿，易言的父亲花了一笔钱，让她自己当老板。头两年，她在易言父亲的压制下才安安分分地搞经营，很快就在业内赚了些名气。易言父亲也因此对她管得松了点儿，她倒好，立刻就成了脱缰的野马，三天两头跑出去旅游，当甩手掌柜。可偏偏这甩手掌柜的事业上的名气不减反增，让易言父亲也没理由再逼着她老老实实待着。

盛微语听着秦馨月讲易言姑姑的事，越听越觉得耳熟，她看向易言，问道："你们说的姑姑……"

"言言哥哥，你这个周末回家吗？"

盛微语还没把话问完，就被秦馨月打断了。

盛微语不着痕迹地皱了皱眉，却也没说什么。

秦馨月好像是问完才发觉她刚刚也在说话，朝她抱歉地笑了笑，说道："微语姐姐，你刚才想说什么？"

"没什么。"盛微语笑了笑，将心里的异样感压下。

她总觉得秦馨月是故意的，可对方坦然地向她道了歉，她也不能说什么，只能把刚刚的事当成是自己的错觉。

易言没发现这边的异样，回答秦馨月的问题："不回。"

秦馨月觉得有点儿可惜："为什么呀？易伯伯和易伯母都很希望你多回去和他们聚一聚，他们说这个周末给我设个洗尘宴，你也回家一起来嘛，姑姑也很想见见你。"

她又看向盛微语，说道："微语姐姐，你帮我劝劝言言哥哥吧。"

"我？"

盛微语猝不及防被点了名，尚未反应过来。按道理，回家这种事，全凭易言自己的意愿。想回就回，不想回就不回，没什么好劝的，劝下来反而是多管闲事，惹人嫌弃。

可秦馨月就这样把担子撂给了她，让她没法拒绝。盛微语很是无奈，总算认清了，心里那种不舒服的疙瘩感，并不是她的错觉，秦馨月摆明了就是对她不友好。

她看向易言："要不你明天把希光接过来玩两天？"

秦馨月明知道易言不愿意回家，还让她去劝易言，招易言烦，她偏就不直接开口劝，委婉地拿赵希光当借口。

易言看了她一眼："你想她了？"

盛微语点点头，虽然赵希光只是她临时搬出来的借口，但也确实有一阵子没见那小姑娘了，挺想念她的。

易言又接着说道："那明天我们一起回去。"

这是在暗示带她去见家长？！

不可能的，去见家长是不可能的，谁交往一个月没到就去见家长啊！而且还是临时起意，这么突然。好歹也要让她提前几天知道，做点儿准备吧？

不不不，她可没想过要去见易言的父母。

这一会儿工夫，盛微语的思绪百转千回，她连连摆手道："我明天节目组……"

借口说到一半忽然意识到，易言是知道她在节目组那边也有双休的，于是连忙改口道："明天我要去趟咨询所，处理一点儿事。"

婉拒之意明显，可易言偏偏好像没听出来她话里的意思似的，说道："明天周末，咨询所会有什么事？"

盛微语抽了抽嘴角，心想：这是他故意的吧？故意装得很没眼力见，故意刨根问底。

盛微语故意慢吞吞地开口，好给自己想一个新借口："我咨询所……"

她忽然灵机一动："我老板让我明天给她汇报最近的工作。"

其实她老板现在在美国玩得正欢呢。

"我老板这人特别严谨，特别是对工作。"

其实她老板是个甩手掌柜，开咨询所就跟玩儿似的。

"在她眼里根本没有假期！"

因为在她眼里天天都是假期！

为了明天不去易言家，盛微语豁出去了，昧着良心把黑的说成白的，简直就是睁眼说瞎话。

末了，又假装很可惜地说道："不是我不想去，实在是咨询所有事走不开，以后有机会我再去拜访伯父伯母吧。"

以后，明天是以后，几个月后，几年以后都是以后，谁知道这个以后是什么时候？反正不会是明天。盛微语的算盘打得精着呢。

说这些话时，她脸不红心不跳，底气足得很，反正易言从没接触过她老板，连她老板是男是女都不知道，她无须担心会被揭穿。

而易言静静地看着她，听她说完，也如她意料之中的那样没有怀疑，也没多问什么，只是眼里带了两分意味不明的笑意。

刚才的底气渐渐流失，盛微语被他看得有些心虚，忍不住问道："你这么看着我做什么？"

易言收回视线，嘴角却依旧挂着难以捉摸的笑意：“没什么。”

盛微语莫名其妙，总觉得哪里怪怪的，可又说不出到底是哪里怪。

直到第二天，她看到她那个“眼里没有假期，对工作特别严谨”的老板，更新了一条内容为“家庭聚餐”的朋友圈。

并附加了一句感慨：“见一次侄子不容易啊！我要爆哭！”

重点是配图——易言。

盛微语简直要哭了。

【41】

易家。

面容姣好的女人正拿着手机，偷偷把镜头对着正在喝水的男人，刚刚按下快门，男人就抬眼看过来，目光冷然：“姑姑。”

易意一个激灵，连忙把手机往怀里一收，假装什么事都没发生地看向他，笑哈哈地说道：“易言啊。”

易言扫了一眼她藏起来的手机，正色道：“爸喊你过去。”

易意一听，立马苦着脸，说道：“这是家庭聚会还是批斗大会啊？一个一个的，都找我谈话，我又犯什么错了？”

她说这话时，易言的爸爸正好从楼上下来，听到她的抱怨，大嗓门就响了起来：“你还好意思说你犯什么错了？”

易言的爸爸在B市中心医院任职院长，这易院长平时也是个和蔼可亲的人，但一遇到这“混世魔王”他就想炸。不是他脾气爆，实在是这“混世魔王”太浑。

易院长一下楼就朝着她走了过来，还厉声罗列她的一桩桩“英勇事迹”：“你还好意思说你没犯错？张家、李家、赵家、秦家……你说说，你这是第几次逃了我给你张罗的相亲？”

“哥，你也不看看，你给我介绍的都是些什么人？张家那哥们儿四十多岁了都还没结婚，为什么？因为他婆婆妈妈，做人斤斤计较。李家那小子婚都离三次了，你还想上赶着让我去当老四啊？秦家，秦总他死了老婆之后这都多少年了，还没续弦，一看就是个痴情种，我还能争得过他心里那白月光？嫁过去不是给自己找气受吗？”

“你……你……”

易意说得有理有据，那散漫的态度，就差掏掏耳朵，弹弹耳屎了，把易院长气得脸都红了，指着易意，憋了半天，结果憋出一句：“那赵家呢？”

易意说道：“我不敢说。”

易院长：“你把其他三家都损到这份儿上了，还有什么不敢说的？你说！”

易意破釜沉舟：“圈子里都在传他……”

易院长气得说不出话来。

易意继续说道：“这都三十好几的人了，没见他交往过女人，也没见他和哪个异性走得近，圈里私底下都传开了，他不是那事儿不行，说起来……”

说着说着，易意忽然想起了什么，把目光投向了易言，眼里亮起莫名激动的光：“说起来，咱们易言也二十八岁了吧？女朋友找到了吗？咱不说女朋友，女性朋友有吗？”

话音刚落，易院长也跟着看向易言，目光如炬，满脸紧张。

易言哪想到话头会调转到自己的身上，一脸蒙。

这时，秦馨月牵着赵希光从外面走过来：“姑姑，你们在聊什么？这么热闹？”

“在讨论你言言哥哥的性……呸，终身大事呢！”

为了让易院长暂时把自己的相亲问题忘掉，易意“大义灭亲”，毫不犹豫地把易言拉出来挡枪：“好歹我这些年也交了几个男朋友，易言，你这都二十八岁了，你女……”

“我有。”

易言忍无可忍，打断了她的话。

易意和易院长同时一愣。

易意很快反应过来：“你蒙我的是吧？你这才回国多久？怎么可能这么快就跟女孩儿看对眼了呢？”

这要是其他人，她还能信，可这是她的小侄子易言！她打从心里想拖着一起再当几十年潇洒单身狗的易言！

易院长也全然忘了最初的矛头是对着易意的，附和着说道：“易言，你可别蒙你爸。”

易言满脸不悦，压着脾气耐心地说道：“过段时间我会带她回家。”

易意觉得还是不能信，这带回家的女朋友……是可以租的啊！

这时，赵希光歪了歪小脑袋，说道：“真的有漂亮阿姨，我还看见叔叔和漂亮阿姨亲亲了。”

说完，小手捂着眼睛，一边偷笑一边说道：“羞羞。”

客厅沉寂了片刻，弥漫着一种谜一样的尴尬。

最终，易院长的咳嗽声打破了这份尴尬：“易言，这就是你的不对了，希光才多大！你就当着她的面做这种事！下次注意影响，找个时间把那姑娘带回来给我们看看。我还有点儿事，你们年轻人聊。”

说完，转身就往厨房走，还扯着大嗓门喊道：“老婆！老婆！咱儿子找了个女朋友！”

易言真是无语了。

易意还是觉得不敢置信：“你真谈恋爱了？”

易言面无表情地看着她：“你还在怀疑我？”

“不不不，不不不！”易意赶忙否认，她深知自己这侄子的可怕程度，能挽回一点儿算一点儿，使劲儿拍马屁，“我就是好奇，能被你看上的，一定是倾国倾城、国色天香、双商过人、十全十美的人吧！”

她马屁都快拍上了天。

易言一脸冷漠地盯着她看了几秒，忽然勾唇一笑道：“说起来，我女朋友也是你熟人。”

这会儿轮到易意惊讶了，她眼睛睁得大大的，问道：“是谁？”

易言勾了勾唇，说道：“你不是偷拍了我吗，把照片发到朋友圈，看谁的反应最反常，不就知道了？”

易意还想要说什么，秦馨月这时候走过来，看向易言，咬了咬唇，说道：“言言哥哥，我可以跟你谈谈吗？”

易言看了她一眼，说道：“有什么话在这儿说吧。”

秦馨月欲言又止。

易意瞧见两人之间的气氛不对劲儿，识趣地牵着赵希光离开了。

易意和赵希光离开后，秦馨月这才开口，眼里已经积聚了一汪眼泪：“言言哥哥，为什么？”

“你不是一直都不谈恋爱吗？为什么这次这么突然？”

在她情窦初开的年纪，她就喜欢上这个男人，喜欢到把他当成信仰，从九岁到二十二岁，她喜欢了整整十三年。她努力让自己变优秀，就是为了有朝一日能配得上他。

这十三年里，他从未有过女朋友，克制到让人怀疑他的性取向，她暗自庆幸，暗暗坚守着他身边的位置。可是现在，他突然就有了女朋友，一个不知道从哪里冒出来的女人，抢了原本属于她的位置。

易言看着她说道："馨月，我们之间是不可能的。"

"为什么？"被如此不留情面地拒绝，秦馨月难以控制情绪，"言言哥哥，你告诉我，你是不是还在因为那件事恨我，因为我爸爸……"

"秦馨月，"易言面色一沉，语气严肃了下来，"那件事已经过去了，你父亲是你父亲，你是你。我没记恨过你，我母亲也一直把你当女儿，你不要再钻牛角尖。"

说完，他抬腿就走，越过秦馨月时，他顿了顿，说道："下次见到盛微语，我希望你对她能尊重点儿。"

说完，便头也不回地离开了。

秦馨月站在原地，眼泪啪嗒啪嗒地往下掉。

某个角落里，一大一小两个身影偷偷地看着这边的动静。

赵希光小声地问道："姑奶奶，秦阿姨为什么哭呀？"

易意小声地回答道："排了十三年的队想要得到的东西，被别人插队抢走了，换我，我也会哭。"

赵希光更不解了："为什么别人要插队呀？"

易意摸了摸她的头："小希光，你要记住，这世间很多事情都讲个先来后到，唯独爱情不行。所以你以后看到喜欢的男人，千万不要等！"

赵希光似懂非懂。

"易意！你又在教我们家希光什么歪理！"

易墨的声音突然从她们身后响起，杀气腾腾。

这边，易言一离开易家，就给盛微语打电话，故意问道："还在咨询所汇报工作？"

盛微语已经看到了易意发的朋友圈，听到他这么问，羞愤不已："易言！你是故意的！"

昨晚她自以为周全的各种借口，他全都看破了，却偏偏一句话也不说，静静地看着她表演，就是等今天看她笑话！

易言没承认也没否认，低笑声却出卖了他的愉悦："所以，你在哪儿？"

盛微语愤愤不已，却还是老实交代道："在福利院。"

上大学时，得到一次偶然的机会，去福利院做了志愿者。自那以后，她每隔一段时间就会去福利院做志愿工作。

"福利院？"易言看了一眼时间，"哪家福利院？"

"就东路这边的阳光福利院，"盛微语答完才反应过来，"你要来？"

"嗯。"

盛微语惊愕道："你不是家庭聚餐吗？就聚完了？"

易言沉吟了一声，答道："没吃。"

"为什么？"

易言没说话。

盛微语顿了顿，问道："你别跟我说，你是跟家里人闹了矛盾，然后甩了个冷脸耍酷跑出来了？"

易言眉毛一抽："我有这么幼稚吗？"

盛微语一本正经道："老实说，你有。"

易言沉默了几秒，说道："没跟家里人闹矛盾。"

注意到"一点儿都不幼稚"的易大教授似乎是否认了前半句，盛微语挑了挑眉，问道："所以你是真的半路跑出来了？"

她想了想，又接着问道："不是跟家里人闹矛盾，那是跟秦馨月闹矛盾了？"

易言没有回答，算是默认。

盛微语又说道："我知道她喜欢你。"

女人的直觉在某种时候是最准确的，只单单昨天一个晚上的相处，她就看得出来，秦馨月对易言有意，同时也看得出来，易言对秦馨月没有特别的感情。

盛微语说道："你和她好好谈谈也好，不过饭还是要吃的。伯父伯母好不容易盼着你回一次家，你就这么出来了，会让他们伤心的。"

易言从未和她说起过家人，上高中的时候，他也是一个人在外面租房子住，从没见过他的家人。

赵希光也跟她说过，易言在家里和在外面一样严肃，一点儿都不像是易家的人。

童言无忌，小孩子的感觉是最准的。她不知道易言和家里人有什么隔阂，但她不希望易言最后闹得跟她一样。

盛微语顿了顿，说道：“易言，回家吧。”

电话那边的男人一直沉默，久久没有说话。

## 第十六章

### 一波未平，一波又起

【42】

“微语姐姐！小一和默默打架啦！你快过来呀！”

盛微语还没和易言打完电话，一个扎两条马尾辫的小女孩就跑出来喊她，火急火燎的。

盛微语赶紧跟易言说道：“挂电话了，哄完‘大孩子’我还要去哄小孩子，‘大孩子’你可要让我省省心哦。”

说完就挂断了电话，留“大孩子”在电话那边满脸无奈。

盛微语被扎两条马尾辫的小女孩带着去了两个小孩争执的地方，却没见有谁在打架。

倒是看见两个狼狈的小男孩，都乖乖地背着手，低着头。一个高大的男孩儿背对着盛微语，蹲在两个小男孩面前。

“小小年纪就会打架，你俩都是厉害的男子汉。”

听见大男孩说的话，盛微语直皱眉，心想，这是什么歪理？她看着大男孩的背影，又觉有点儿眼熟。

紧接着，大男孩又说道：“但是打架是用来保护自己，保护家人的，不是用来解决问题的。只有没用的人才会用打架来解决问题，你们想当没用的人？”

小男孩们都摇了摇头。

“那你们就先握握手，对对方有什么不满的，和气地坐下来好好说，可以吗？”

两个小男孩你看看我，我看看你，最终各自上前一步，一个先别扭地开口道："默默，对不起，我不该打你。那本书给你吧，我不要了。"

默默摇头："还是给你吧，你喜欢这本书。"

"你俩一起看吧！"

盛微语和大男孩同时出声，两人皆是一愣。大男孩转过身来，两人看清对方的脸后，又是一愣。

"微语？"

"牧星？"

盛微语惊愕地看着眼前的大男孩，难怪她刚刚觉得他的声音和背影都很熟悉，原来真是熟人。

"你怎么在这儿？"盛微语惊讶地问道，又下意识地看了看四周，没见到他那个寸步不离的经纪人，便猜测道，"你又是偷偷跑出来的？"

牧星故作委屈："在你眼里，我就这么不听话？"

在盛微语慌忙要否认的时候，他又笑着说道："逗你的，我和老光打过招呼了。"

这算是老光会让他独自出门的为数不多的地方了，毕竟……他就是从这里出去的。

谁都不知道，仿佛天生都带着光环的牧星其实是在福利院长大的，为了不让有心人在他的身世上做文章，他进公司时，就被公司安排好了一个假背景。

为了不让媒体来扰福利院的宁静，院长也签了一份保密协议，不会把他以前在福利院长大的事暴露出去，福利院的孩子们也都听话懂事，不会乱说。

当练习生那会儿，他还有机会常来看看，后来出道，名气大增，越来越忙，一年难得来一次。

扎两条马尾辫的小女孩仰着脑袋，看了看盛微语，又看了看牧星，拖着音长长地"咦"了一声，像是发现了新大陆一样："微语姐姐和星星哥哥认识呀？"

星星哥哥？

听到小女孩这话，盛微语忽然想起，她在福利院好几次都听到有小孩子提到星星哥哥，她以为也是个和她一样，经常来这儿的志愿者，就没放在心上。

不过有一点，她印象深刻——有一次，她给孩子们拍照的时候，有个孩子无意说了一句，说这个星星哥哥从来不和他们拍照，她还腹诽这人挺神秘。

现在想来，牧星就是星星哥哥，也算说得通了。

盛微语笑着调侃道：“原来你就是那个神秘的星星哥哥！我可是听孩子们提过很多次，今天终于见到本人了。”

牧星挠了挠头，有点儿不好意思地说道：“因为工作原因，我不能太张扬。”

他来这儿之前，都得先做好十足的准备，不能让狗仔捉住，也不能让粉丝遇见，还得先和院长确定，当天不会有其他志愿者来。

这次盛微语之所以会碰见他，是因为她也是一时起意，来福利院看看，给孩子们添点儿书，没事再和院长聊聊。

盛微语自然是知道他工作的特殊性的，表示理解，也没深入地去问他怎么会来福利院做志愿工作。

这让牧星松了一口气，却也知道，她这是顾及到了他的隐私问题，所以体贴地不去探究。

盛微语带了些书过来，牧星则是买了好些玩具，为了避免再出现打架这样的事情，两个人把东西一件件给孩子们分配好，又教他们一定要懂得和别人分享，这才坐在院子里的树下休息。

“谢谢。”盛微语接过牧星递来的一瓶已经帮她拧开瓶盖的水。

牧星自己也喝了一大口水，痛快地舒了一口气，像是想到了什么，问道：“对了，你没去电影首映会？”

盛微语愣了一下，不自然地牵了牵嘴角：“不好意思啊，我把这事儿给忘了，浪费了你两张票……”

其实是因为那部电影是盛夏主演的，只要盛夏会出现在现场，她就根本没打算去。只是这理由是绝对不能和牧星说的，只能找一个“忘了”的借口。

牧星看上去有点儿受伤：“我那天可是等了你很久。”

“真的不好意思。”盛微语也觉得自己浪费了他的一片心意，实在是过意不去，“要不我请你吃顿饭？”

“不要。”没想到牧星拒绝得这么干脆。

盛微语正尴尬的时候，牧星忽然开口道：“应该是我请你。”

“啊？”盛微语有点儿蒙。

牧星笑得狡黠：“我都邀请你这么多次了，你也没答应我，这次你欠我一个人情，总该答应让我请你吃饭了吧？”

这莫名其妙又让人无法反驳的歪逻辑，让盛微语觉得有些好笑，忙说道："答应，当然答应，谁让我欠你一个人情呢？"

她顿了顿，又问道："不过，你怎么这么执着于请我吃饭？"

好像从第一次见到她，他就要请她吃饭。她原本以为，他这是撩粉丝撩习惯了，随口那么一说，可之后几次，他总找机会要请她吃饭，感觉像是有种执念。

没想到她会突然问这个，牧星顿了顿，目光落在她身上，像是想透过她看到什么。

有一秒的冲动，他想告诉她：他眼前总是闪过那天晚上，她跟那个男人离开的背影。可这种冲动，又被他及时遏制住。

遗憾是有，但没什么好抱怨的。

有些事，对他而言，是最难忘记的怦然心动的美好，但对她来说，她只不过是施舍了一个陌生少年一顿饭，一次再平常不过的善意，被她遗忘在回忆的缝隙里，不足为奇。

能再遇见她，已是何其荣幸。尽管她依偎的男人不是他，她过得很好，那便足矣。

牧星弯了弯唇，目光如和煦的春风，唇畔的笑灿若暖阳："因为想给姐姐一个谢礼。"

谢谢她在六年前，能阻止那个打架的不良少年，给他带来温暖的阳光。终于，他也能成为别人心中的光。

和牧星告别后，盛微语回了家，洗完澡，就看到易言发送的消息，问她到家没。

离他发消息的时间已经过了十几分钟，盛微语索性拨了个电话回去，一接通，没等电话那边的人说话，她就调侃他："易教授，怎么一天没见，就这么想我了？"

"你是谁？"

万万没想到，接电话的竟然是个女人。

盛微语蒙了，看了一眼手机，没打错啊！正想问她是谁，电话那边的女人忽然就尖叫了起来："啊啊啊，你是不是把我家易言勾走的小妖精！"

电话那边的女人很是激动："易言说我认识你，快报上你的大名！"

盛微语似乎知道这是谁了。

她完全不敢说话。

而电话那边的易意见她不说话，一猜就猜到她是心虚了："好啊，你不说话是吧？"

她一边说一边在心里腹诽：天杀的易言，联系人从来不打备注，这什么鬼习惯？

"让我记住你的手机号码，我回去拿我的手机一个一个对……"

"老板。"易意说到一半，电话那边的盛微语就被逼无奈地出了声。

盛微语扶额道："是我。"

易意惊住了。她说这声音怎么这么熟悉，原来是她咨询所的人。不过到底是谁？这才说这么几个字，根本辨别不出来是谁。

易意正要接着问她是谁，身后忽然响起一个凉飕飕的声音："姑姑。"

易意吓得把手机扔到了旁边的赵希光怀里："我没动你的手机啊，你自己给小希光玩的，她接的电话。"

这话显然没一点儿说服力，易言从赵希光手上拿过手机，对自家没点儿长辈模样的姑姑丢下一句"为老要尊"，就拿着手机离开了。

易意在原地缓了好一会儿，委屈得就差咬手帕了："小希光，他骂我老！"

赵希光眨巴眨巴着眼睛，喊了她一声："姑奶奶。"

哦，她已经到了当姑奶奶的年纪。

易言走到一边，接通电话，跟盛微语解释道："我刚刚去了一趟书房，手机在赵希光那儿。"

盛微语巧妙地抓住了重点："你还在你家？"

易言"嗯"了一声："今晚在这儿留宿。"

"不错呀，易同学，"盛微语表示很欣慰，像是今天夸那些福利院的小孩儿一样的语气，夸张地表扬他，"听了微语老师的话，不仅回家了，还留宿在家，表现真棒，微语老师给你摸摸头。"

易言眼角一抽："幼稚。"

盛微语"嘁"了一声："不要摸头？那算了，那微语老师的亲亲你也不要了？唉，本来还想等你回来奖励你一个亲……"

"盛微语……"

易言打断盛微语的话，却没有接着说下去。

知道他那闷骚的性子，即使心里别扭，也不会说，盛微语又笑着说道：

“那好吧，看着易言同学这么听话的分上，我就勉为其难地帮你把这个奖励暂时存着吧。”

易言不着痕迹地弯了弯嘴角，却什么也没说，达到目的后就将话题跳到了金花身上。

经他这么一提醒，盛微语也想起了易言家那只金毛小可怜。挂断电话后，她就换了身能穿出去的休闲衣服，去易言家给金花喂点儿狗粮。

一见到她进屋，金花就开始使劲儿摇尾巴，扒拉着盛微语的脚，要把她往宠物屋带，似乎知道她是来投食的。

盛微语被它逗乐了，跟着它到了宠物屋，从柜子里拿了一包狗粮，给它倒上。

金花没有它外表看起来那么乖巧，宠物屋里的玩具被它折腾得到处都是，狗窝里还能见到一只拖鞋。

它似乎格外喜欢把这些东西往它的狗窝里带。

趁着它摇着尾巴埋头吃狗粮的工夫，盛微语把宠物屋简单收拾了一下，又去收拾它的狗窝。

拖鞋、玩具、遥控器……狗窝里真是什么都有。

忽然，盛微语的目光一顿。

视线落在狗窝里的一个小相框上。

照片里，是一个笑容灿烂的女孩儿。

【43】

盛微语拿起那张照片，仔细端详着照片里的女孩儿。

女孩儿约莫十一二岁的模样，对着镜头用手指比着最常见的“V”字，笑容灿烂。即使那个年纪还没完全长开，也不难看出，这是个美人坯子，从她的穿着上看，这张照片颇有年代感。

照片右上角有一行很小的拍摄日期，也肯定了盛微语的猜想，照片里的这个女孩儿，跟她差不多大。

这张照片的拍摄日期在盛微语认识易言之前，易言将它完好地保存到现在，足以证明它的重要性。无论是谁，在这种情况下，脑子里第一个冒出的关键词，不是小青梅，就是初恋情人。

可盛微语从未听易言提起过，在他的过去，还有个这么娇俏的白月光。

恋爱中的女人，一般有个自动寻找情敌的雷达。虽说秦馨月之前对她种种不露痕迹的敌意，让她觉得心里不爽，但她并不感到焦躁，因为她笃定，秦馨月算不上威胁。

可是现在，她看到这个女孩儿的照片，心里没来由地一阵发虚，让她乱了阵脚。

盛微语撇了撇嘴，把那张照片放回了狗窝里，她可不是因为嫉妒，只是不知道这张照片原本应该放在何处，又不想让易言发现自己知道了这个女孩儿的存在，也只好委屈这张照片了。

盛微语回到家，假装什么事都没发生。老实说，说不硌硬、不在意，那是不可能的。

只是一张照片，就让易言如此珍重地保存着，如果是真人呢？盛微语不敢想象。

所以她只能假装什么都不知道，不去触及那个雷点。这是最笨却也是她能想到的最好的处理方法。

节目组那边的工作在收尾阶段，忙了一周，她终于可以回咨询所上班了。

可偏偏有人，不想让她这么顺利地结束工作。

盛微语在节目组工作的最后一天，节目组的一个特邀嘉宾，光顾了她的办公室。

盛微语看着眼前的女人，实在是摆不出什么笑脸："盛女士，我记得我说过，我……"

"我是来道歉的。"

盛夏打断了她的话，率先说明自己的来意。

盛微语抿起唇："不必了。"

"微……"盛夏望着她，张了张嘴，瞧见她陌生冷漠的表情，神色黯淡下来，改口道，"盛医生。"

她徐徐开口："周远松什么都跟我说了，我回去之后，也找人调查了，你在你舅舅家……"

她像是不忍心再说下去，顿了好久，再开口时，声音里有了一丝哽咽："我认，我什么都认。我把对周远松的恨转移到了你身上。我瞒着他生下你，又把你丢在老家，任由你寄人篱下，自生自灭。我自以为，这是对周远松最大的报复。"

"后来，你舅舅告诉我，你失踪了。我猜到是周远松知道了你的存在。

回过头想着自己这些年对你的忽视，我才悔悟，对一个无辜的孩子，我都做了些什么？我不是一个合格的母亲，不，我不配当一个母亲。”

盛夏声泪俱下。

盛微语却始终表情淡漠，好似听着别人的故事，无动于衷。

或许不是无动于衷，而是麻木了。

过去的她，想象过无数次，罪人会如何在她面前忏悔，每每想起，就激愤得胸腔颤抖，可这件事真正发生时，内心却不再有什么波动。

“不用再说了。”盛微语终于开口，语气出奇地平静，“我不会原谅你。”

即使是亲生母亲，她也做不到毫无保留地原谅。就当她是不孝吧，要她说出一句“没关系”，她做不到。

盛夏抹干净眼泪，很快整理好情绪：“我不求你原谅，我没资格得到你的原谅。”她看着盛微语，小心翼翼地说道，“我只是想……求得一个重新关心你的机会，可以吗？”

这句话比求原谅的话，更敏感地触及了盛微语的逆鳞，盛微语愤怒地盯着她，下颌紧绷着，隐忍着情绪。

她想讽刺这句话太虚伪，想说这句话太像马后炮，所有能想到的刻薄的话都集中在嗓子眼儿里，可抬头看见盛夏那如履薄冰的神情，她抿紧的嘴唇颤抖了许久，堪堪挤出一句听起来没那么尖锐的话：“不用麻烦了。”

她的拒绝在意料之中，盛夏的神色逐渐黯淡下去，可又因为她没有辱骂自己而感到惊喜，她几近卑微地说道：“以后有需要，尽管来找我，不麻烦的，不麻烦的。”

盛微语没再说话，一言不发地收拾着东西。

盛夏知道她不想再理会自己，便知趣地告别离开了。

在盛夏离开办公室的那一瞬间，屋子里的人像是卸下了千斤重担一样，瘫软在椅子上。

盛微语盯着紧闭的门，忽然觉得胸口发闷，像是被关在了一个密闭的空间很久很久，压抑得喘不过气来。她用力捶了捶胸口，想给自己顺气，可不知怎的，泪意开始汹涌。

她偏过头，泪眼模糊间，隐约看见角落里站着一个少女，望着她，表情冷冷的，眼里一片冷寂，看不到光。

渐渐地，少女眼里盈出泪光，空寂的眼里盛满了委屈。

盛微语看着她，含着泪挤出一抹笑。

少女伸手擦了擦眼泪，看着她，久违地笑了。

结束了节目组的工作，盛微语把行当都搬回了家，却见家门口站着一个人。

一个她这几天都避着的人。

易言也看见了她，走过来，很顺手地将她抱着的箱子接过去："节目组的工作结束了？"

盛微语"嗯"了一声。

"怎么不喊我去帮你搬东西？"

"你不是要上课……"盛微语很小声地说道。

易言帮她把箱子搬进屋，状似不经意地问道："你这几天很忙？"

盛微语愣了一会儿，好半天才应了一声："是，是忙。"

其实是她不知道该怎么面对易言发现了那张照片后，她心里就一直记挂着这事儿。或许换作是其他人，第一反应是找男朋友问个清楚，甚至对峙，可她没有。

她太了解易言的性格了，越是了解，越害怕知道那个女孩儿在易言心中的地位，害怕高过她。

"盛微语。"在盛微语出神的时候，易言忽然叫了她一声。

易言看着她，将她不安的表情尽数收入眼里，他皱了皱眉，说道："你在躲我。"

虽然是在问她，却并不是疑问的语气。

他不迟钝，这几天，盛微语在有意无意避着他。虽然两人每天都要工作，相处的时间不多，但也能看出，她这几天没以前那么黏他，甚至消息都不怎么跟他发了，像是……有什么事瞒着他。

他的语气太过笃定，盛微语想否定都否定不了。她看向易言，内心挣扎了许久，终于鼓起勇气说道："我前几天在你家……"

易言的手机忽然响起，打断了她好不容易下定决心想问的话。

易言看了一眼来电，第一反应不是接电话，而是看向盛微语："你的手机关机了？"

盛微语被问得莫名其妙，她低头看了一眼手机，试着开机，才发现确实是没电关机了："自动关机了。"

她边说边试着重启手机。

易言看了她一眼，接通电话："喂？"

盛微语不知道他为什么会那么问，也不知道电话那边的人说了些什么，只见他脸色越来越差。

在易言接电话的时候，她的手机也重启了，不知怎的，这才几个小时，未接电话和未查看的短信通知像是要炸锅了一样。

她才开机，手机屏幕上就跳出一个来电，是她从未见过的陌生号码。

她正要去接，却被不知什么时候走过来的易言把手机抢了过去。

易言直接挂了电话，把她的手机关了机，拉住她的手，说道："今晚先去我家。"

盛微语："啊？"

易言拉着她就要往屋外走，并解释道："周霖霖打来的电话，网上爆出你和牧星约会，牧星粉丝已经人肉出你的信息了。"

盛微语一脸蒙圈："我什么时候和牧星……"

她忽然顿住，因为她忽然想起，就在前几天，她和牧星确实一起吃了顿饭。

见她辩解了一半又不说了，易言看了她一眼，说道："小区保安能拦住记者，但不能保证这栋楼里没有牧星的粉丝。周霖霖已经给凌希安排好了酒店，你今晚先去我家避避风头，最好快点儿。"

盛微语咬了咬唇，说道："我……我把大侠带上。"

不得不说，信息时代有时候真的很恐怖。

牧星被爆出和她的绯闻，才短短两个小时，她的信息就被人人肉出来，万幸的是，她回家的时候，记者和粉丝还没来得及赶到她家。

可很难保证，现在楼下没有记者，也很难保证，这栋楼里的某处，不会有随时冒出来打爆她头的粉丝。

盛微语不得不先去易言家暂避风头。短短两个小时，她的生活好像发生了翻天覆地的变化。

大侠一进屋，就敏锐地嗅到了同类的气息，循着这气息，撒丫子狂奔去了宠物屋，都不用人带路。

它欢脱的背影消失在拐角，紧接而来的，是金毛呜呜哇哇的叫唤声。

盛微语抽了抽嘴角，余光瞥见易言不怎么友善的脸色，心里不免一阵起伏，她解释道："我没和牧星约会，只是……"

她自己有点儿心虚，低了低头，降低声音："就是前几天在福利院遇见他了，和他吃了顿饭。"

"单独吃饭？"易言声音微冷，"你知道他的身份？"

"我知道……"

"你知道你和他爆出绯闻对你会有什么影响？"

"我知道……"

"他喜欢你。"

"我知……"

盛微语答顺了嘴，答到一半，才反应过来易言说的是什么。她抬起头，茫然地看向易言："啊？"

她连忙摆手："没有的事，没有的事。可能只是我给他做了一段时间的心理咨询，他对我这个心理医生产生了依赖心理，很多患者都……"

"盛微语，"易言忽然出声，打断了她的辩解，"你是怎么看出秦馨月对我的感情的？"

这一句话，让盛微语噤了声。

她是女人，她了解女人，她一眼就能看出秦馨月对易言的心意，易言也一样。

盛微语忽然说不出话了，只能干涩地说道："对不起，我真的不知道……"

"这不是你的错，你道什么歉？"

"我……"盛微语看着易言，很是小心翼翼地问道，"你不生气？"

女朋友和别的男人闹绯闻，还闹出这么一大堆烂摊子，正常人第一反应都会很生气吧？

易言看着她，几不可闻地叹了一口气："微语。"

"嗯？"盛微语忐忑地看着他。

易言抬起手。

盛微语以为他气得要打自己，小时候的那些挨打经历让她条件反射性地闭上了眼睛。

然而只是额头上被他敲了两下，力度不轻不重。

盛微语睁开眼睛，满眼惊愕。

易言看着她，带着深深的无奈，说道："和我交往，不用这么小心翼翼。"

盛微语忽然觉得委屈，是那种见不得人的小心思被戳破了的委屈。

要是放在以前，她肯定觉得这样的自己真矫情，可现在，矫情的这个人恰恰就是最真实的她。

就像没有恋爱的人，永远理解不了，恋爱中的女人为什么会越来越作。其实不是作，只是对这份感情太过珍视，以至于失去了平日的理智。

这时候，易言出声问道："现在说吧，这几天为什么一直躲着我？"

【44】

男人的提问来得猝不及防，杀了盛微语一个措手不及。

她怎么也没想到，自己在易言面前，竟然是一点儿都伪装不了。

盛微语抿了抿唇，没着急回答他的问话，而是反问道："你就不想问我为什么会和牧星闹出那种绯闻？你明知道他喜欢我，还一点儿都不在意？"

"这种事不需要纠结。"易言没有一丝犹豫，思路通畅得像个解题高手，"既然已经闹出了烂摊子，去收拾好就可以了，没必要深究细节。"

没有必要深究细节，是过于相信她，还是真的觉得没有必要？

盛微语定定地看着他，没再说话，心里却像是被点通了一样。

或许，正是因为这样，她才会这么不安。

易言活得太通透了，像是坐禅几十年把滚滚红尘都看破了的得道高僧，在他眼里，什么都能化解，不存在纠结。

谈恋爱于他而言，不像是三观、感情的碰撞，更像是在做一场名为恋爱的实验，他沉稳耐心，细心理智，不允许出现一丁点儿的偏差。

她因为自己的身世而自卑，对身世只字不提，却依旧被他发现了她的小心思。他刚好在她需要的时候出现，给她安慰，体贴地不去过问更多，避免了让她尴尬。

她发现秦馨月对他的心意，还没来得及表现出什么，他就早一步和秦馨月摊牌，避免了她在这件事上平添醋意。

她和牧星闹出绯闻，错的人是她，却反而被他安慰，叫她不必小心翼翼。她内心愧疚忐忑，想要解释，却被他告知，没必要深究细节。

无论是十年前，还是十年后的现在，他每每都能细心地发现她的小心思，避免了一切可能发生的矛盾和冲突。他体贴入微，完美地让她避开了恋爱过程中那些看似不必要的纠结。

他将一切处理得很完美，完美得有些过分。

可谈恋爱不该是这样的，谈恋爱不需要这么完美。

像即将孵化的鸡蛋，即将破茧的蝴蝶，小鸡崽要奋力啄开蛋壳，蝴蝶要奋力挣开虫茧，虽然痛苦，却只有这样，才能继续生存。

可是现在，有人不忍心让它们痛苦，帮它们把蛋壳敲碎，帮它们把虫茧剪开。即使是动作再利落，过程再完美，真正的结果，却是弄巧成拙。

她没有机会向他诉说过去的苦痛，身世那座大山，依旧压在她心上，让她时不时觉得自卑。

她没有机会对他表现出对秦馨月的不满，因为他处理得太过迅速，她现在再吃醋，就不再是女朋友对男朋友的在意，而是小家子气。

她也没有机会去向他解释牧星的事，他越表现得不在意，越让她心里愧疚不安。

易言帮她敲碎了蛋壳，剪开了虫茧，免去了她的痛苦，却给她带来了更大的痛苦。

盛微语闭了闭眼睛："我有点儿累了。"

易言盯着她看了几秒，嘴唇动了动，最终却还是没问什么，他说道："客房没收拾好，今晚你先睡主卧，主卧有独立浴室，我去给你拿洗漱的东西。"

盛微语应了一声，乖乖地跟在易言身后。

她连换洗衣物都没有带，更别说是睡衣了。

易言给她拿了一件自己的衬衫："你先穿着，你家暂时不能回了，明天我去给你买两件新的。"

盛微语抱着一堆东西，走进浴室前，忽然想起一件事："我睡主卧，你睡哪儿？"

"我今晚要处理一些事情。"

"那也要睡觉的吧？"

"看情况。"

"很棘手？"盛微语忐忑地看着他，"你要处理的事是网上关于我的舆论吧？牧星人气那么高，骂我的人只会越来越多，肯定很棘手吧？"

易言摸了摸她的头："不用担心，我能办妥。"

盛微语垂了垂眼，比起这种安慰，她更希望他能先对自己生一阵气。

"不过……我说的看情况，不是这种情况。"

易言忽然这么说了一句。

盛微语疑惑地抬眼望向他，有点儿茫然。

男人搭在她头上的手渐渐往下移，将她脸侧垂下的一缕头发撩到她的耳后，拇指在她耳郭上轻轻摩挲，暧昧十足。

易言垂眸看着她，唇角勾着一抹意味不明的笑。

他嗓音低缓，像是酿了多年的陈酒，正经之中无端多出几分引诱的意味："是看你的情况。"

品出这句话里的隐藏含义，盛微语"唰"地一下红了脸，一把拂开他的手，说道："都这种时候了，你还耍流氓！"

说完，她立马转身进了浴室，"嘭"的一声关上了门。

易言站在门口，眼神有点儿无辜。

他不过是说了一句他能不能睡主卧，主要是看她介不介意，怎么就是耍流氓了？

难道……谈恋爱的时候，同床睡觉也算耍流氓？

易言摸了摸鼻子，想到网上去查一查谈恋爱的具体步骤。

不过现在不是做这个的时候，想起周霖霖在电话里说的关于盛微语的舆论，易言沉了沉脸色。

听周霖霖说，牧星和盛微语吃饭被偷拍的照片里，盛微语根本就没有露出正脸。然而绯闻才爆出来短短两个小时，盛微语的个人信息就被人人肉出来，不只是私人电话、工作单位、家庭住址……就算网友再怎么神通广大，也不可能有这种神速。

也就是说，泄露盛微语个人信息的人，一定是非常了解她的人。

浴室里响起哗啦啦的水声，易言看了门口一眼，转身进了书房。

在流水的喷洒下，盛微语脸上的热度渐渐降下。

想起易言刚刚那暧昧十足的话，她又忍不住捂住了脸。

什么叫今晚睡不睡觉，看她的情况？这是在变相地暗示她，今晚他指不定会做出什么事？还要持续一夜？

盛微语的思绪乱飞，越飞越偏，脸上的热度也越来越高。

她没带换洗的内衣和小裤，又不愿意穿已经穿脏的，一定要把小裤重新洗了吹干，这才愿意穿上。

内衣不同于小裤薄布料的构造，吹半天也吹不干，只能晾起来，直接套上易言的衬衫。

在浴室磨磨蹭蹭地折腾了好久，直到易言都意识到她在浴室里待得太久，过来敲门，问她是不是要帮忙，她才终于出来，满脸别扭。

易言看着她，愣了一愣。

女人穿着他的衬衫，堪堪遮住她的大腿根。她没把扣子全扣上，露出精致的锁骨。头发吹干了大半，但也还有些湿，印湿了领口的部分布料，贴在她的皮肤上。

盛微语被易言看得浑身不自在，抬手就去遮住他的眼睛："不准看！"

她可不是什么纯情小白兔，她清楚得很，这种情况，他多看一眼，"兽性"就多激发一分，再看下去，今晚真得"和谐"了。

她几乎是朝易言扑了过去，易言顺势搂住她的腰，另一只手抓住她的手腕，将她的手从自己的眼睛上移开，问道："为什么不让看？"

"你不是绅士？"

"我也是男人。"

盛微语被他一本正经的话噎了一下，支支吾吾半天，挤出来一句："可，可你不能当禽兽啊！"

易言低头看着她，危险地眯起了眼睛："盛小姐，我觉得我有必要提醒你一句。"

"什、什么？"

"我现在是你的男朋友。"

"有正当男女关系的孤男寡女共处一室，发生点儿什么事符合常理。"

"以及，你对我投怀送抱之后再说出这种话，更像是欲擒故纵。"

盛微语被他霸道却条理分明的话说得哑口无言。

流氓不可怕，就怕流氓有文化，更怕流氓一本正经说"禽话"。原来教授"禽兽"起来，还是个权威的"禽兽"，句句有理，教人找不到地方反驳。

被他这么一说，盛微语下意识地要离开他的怀抱，腰却被他紧紧地箍住。

盛微语又瞪着他："你现在是在耍流氓吧？"

"不算。"易言满脸坦然，几乎要把一身正气摆在脸上。

盛微语几欲咬牙，仰着头瞪着他，还没来得及说什么，就被他吻住。

却意外地没有深入缠绵。

易言只是吻了吻她的唇，便很快离开。

他将她滑落了的衬衫领口拉上去些许，遮住白皙的肩膀，说道："睡吧，今晚不适合耍流氓。”

【45】

盛微语是被一声惊雷炸醒的。

窗外雨声沉闷，砸在玻璃窗上，仿佛一双无形的手，抓住她的心脏，狠狠地挤压，让她喘不过气来。

冷汗浸湿了衣服，后背一阵阵发凉。

梦里的场景历历在目。

她做了一个可怕的噩梦，梦见自己被人团团围住，每人唾骂一句，诸如“贱种”“私生女”这类不堪入耳的咒骂声几乎要把她淹没。

盛微语深深地吸了一口气，下意识地去摸手机看时间，摸了半天没摸到，这才后知后觉地想起，她的手机还放在客厅的包里，因为没电至今关着机。

她从床上爬起来，借着床头灯的光，摸到了灯顶的开关，打开灯，爬下床去客厅。

途经书房时，盛微语顿住了脚步。

书房的门没关严实，里面的灯还亮着。

从门缝里看过去，她看见男人坐在电脑前，噼噼啪啪地敲着键盘，神情专注。

盛微语犹豫了两秒，还是没去打扰他，步子放得更轻，独自去了客厅。

怕惊扰到易言，她连灯都没开，就像是个鬼鬼祟祟的小偷，轻手轻脚，循着记忆摸黑找到了放在沙发上的包，从包里拿出了手机和充电器，插上充电器就给手机开了机。

她蹲在插座旁边，等着手机系统启动。

不知怎的，心跳忽然不安地加速。

直觉告诉她，这次的事件没有那么简单，引起的后果也可能比想象的更严重。

手机顺利地开了机，毫无意外地，又积满了几乎要炸锅一般的未读短信和未接来电。

盛微语点开信息。

“面相就看着很婊，勾引我们牧星弟弟，我可……”

“狐狸精！不配我们牧星弟弟！”

“离牧星远点儿！”

“老牛想吃嫩草？！”

“贱种！赶紧去死吧！”

“你在干什么？”客厅的灯骤然亮起，男人的声音打断了盛微语往下滑屏幕的动作。

盛微语抬起头，就见易言大步朝这边走过来，抢走了她手中的手机。

易言低头看了一眼屏幕，就把手机关了机，抬眼看向盛微语，眼里带了怒气：“不是让你先别管网上的事吗？”

盛微语从地上站起身，被他凶得难以自辩：“我就是有点儿不放心，想知道事情到底怎么样了……”

瞥见易言紧绷的脸色，她上前拍了拍他的胳膊，安慰道：“没事啦，我刚刚就看了几条短信，都是些没有营养的垃圾话，说我不配牧星什么的。我又不是十几岁的小女孩，而且我本来就对牧星没意思，这些辱骂影响不了我的。”

听她这么说，易言狐疑地看了她一眼，似乎在斟酌她这话的真实性：“就真的只是看了这几条？”

盛微语点点头：“就看了那几条，你就来了。”

见他似乎格外谨慎，盛微语试探着问道：“事情……很严重？”

“有人想在你身上做文章，故意买了热搜，周霖霖已经在处理热搜的事了。”易言简单地说明了一下情况，“我怀疑在网上发布你个人信息的帖子是你的熟人所为，已经在和朋友着手调查了。”

对他说的“熟人所为”，盛微语只觉惊愕不已：“如果是熟人做的，那我应该了解他的措辞习惯，让我看看那个帖子，或许能得到点儿信息。”

“不准去看。”易言忽然厉声喝止。

盛微语被他忽然的严厉吓了一跳：“易言，你怎么了？”

怎么突然对她这么凶？

“抱歉。”易言捏了捏眉心，略显疲惫，“网上那些舆论，嘴脏得很，你看了只会影响心情。这几天你就待在我家，手机我先帮你收着，不要上网，就当在休假。”

他这样子，是可以把她保护得很好，可盛微语总觉得，自己好像是被他装在套子里的人。

知道自己说什么都没有用，更别提想帮什么忙，盛微语虽然心里有点儿不乐意，但也不得不弱弱地“哦”了一声：“那我回房了，你也早点儿休息吧，明天再调查也可以的。”

易言应了一声，目送着她回房间。

等她的背影消失在房间门口，他打开盛微语的手机，上面依旧源源不断地涌入消息。

最新的一条：“有娘生没娘养的贱种！和你妈盛夏一样的圣女婊！”

易言抿紧了唇，脸色渐沉。

这件事，已经不只是和牧星闹出绯闻那么简单了。

在爆出绯闻之后，牧星那边，已经第一时间做出公关回应，说两人只是普通朋友。虽然理由很苍白，但也算是官方回应，安抚了部分粉丝。

然而，没多久，忽然有人爆出盛微语的个人信息，包括电话号码、工作单位、家庭住址。另一部分没有被官方声明安抚住的粉丝，就开始来闹事，发短信或打电话进行辱骂，甚至跑到家门口来守人。

只单单是这样，以他和周霖霖的能力，也算不上是棘手。

周霖霖已经向论坛施压，派人删除帖子，他也已经找到了爆出盛微语私人信息的人。

那人叫徐思，和盛微语在一个咨询所工作。

他已经打电话给易意，让她解雇了这个人——做心理咨询这行，本就是秉着个人隐私比天高的原则，徐思因为私心，泄露别人的个人信息，尽管那人不是她的患者，也一样有背医德。她以后在这行，很难再混下去了。

本以为事情解决了大半，可就在周霖霖在那边施压，让人删掉有关盛微语个人信息的帖子时，祸不单行，八卦论坛上忽然又冒出了一个关于盛微语身世的帖子。

一波未平，一波又起，盛微语和牧星闹绯闻的热度还没下去，盛微语的身世紧接着就被爆了出来。

盛微语和牧星闹绯闻，盛微语是盛夏与周远松的私生女，不论哪一件，都是可以连续霸榜数日的爆炸性新闻。

以牧星的人气、盛夏的名气、周远松的知名度，这一次，用不着指使的人在背后推波助澜，营销号为了蹭热度，已经在疯狂地转发了，越转发，热度也炒得越高。

两件事的矛头，都直接指向盛微语。

网上的人，像疯了似的，兴奋地谈论着这件事。

对盛夏，对周家，对盛微语，各种调侃，嘲笑，辱骂。

周霖霖刚刚又打了电话给他，想把这件事委婉地告诉盛微语，让她有点儿心理准备，但被易言否决了。

易言深知盛微语一直在意这件事，他不敢想象，她看到这种辱骂，会是什么反应。

所以，能瞒一时是一时。

周霖霖那边的帖子，怎么删都删不完，周氏的股价也受到了影响。

施压都删不完的帖子，只能靠另外的手段去控制。

人都有逆反心理，越压制，反抗得越厉害；越删掉帖子，不让他们议论，他们的好奇心越重。

现下的法子，只能暂时让他们尽情八卦，等热度消减，再慢慢控制。

周霖霖已经找了水军，在各种帖子里搅浑水，逐步控制舆论走向。

而易言这边，则是找了个黑客朋友，联手黑掉了一些带节奏的营销号，又根据最初的爆料帖子锁定了IP地址，找到了爆出这件事的罪魁祸首。

IP地址显示是盛强老家那边，不用想也知道，是盛强作的妖。他是料定了自己要坐牢，打算来个鱼死网破，联系了家人，爆出了这件事。

他倒是抓住了爆料的最好时机，同时给了盛微语、周家、盛夏三方狠狠一击。

看着网上层出不穷的讨论帖，易言沉下脸色，找了一家律师事务所。

“人肉事件”已经持续两天了，盛微语待在易言家，没有手机，不能看电视，没有网络，也不能出门，隔绝了外界的一切信息，活得像个山顶洞人。

这两天，易言似乎格外忙，明明是周末，却比工作日还早出晚归。

虽然他什么都没跟自己透露，但盛微语隐隐能感觉到，他是在为了自己的事奔波。

她越发觉得不对劲儿，如果只是被“人肉”，不该闹成现在这种局面。

这天上午，趁着易言出了门，她打开了电视，调到了娱乐频道，回看了这两天的娱乐新闻。

牧星是人气火爆的偶像，有关他的新闻，一定会在娱乐频道播出。

盛微语也确实看到了关于他和自己的绯闻，看到的还不止这些。

“影后盛夏和周氏企业董事长二十五年前系情人”——这一句大字标题狠狠地砸进了盛微语眼里。

如五雷轰顶。

盛微语呆愣在原地，寒意从脚底往头上蹿，像是有千万只虫子在她皮肤上蠕动，恍恍惚惚之中，她也终于明白过来，这几天易言对她过度到反常的保护，是因为什么。

她的噩梦，成了真。

盛微语“啪”的一声关了电视，从沙发上站起身，又猛地跌坐回去。紧抿着的嘴唇，还是忍不住地颤抖，连双腿都发软了。

缓了好一会儿，她又从沙发上起身，想去书房里上网，以便得到更多的信息，却发现易言早把网线给收起来了。

怕她再想不开去看手机里的消息和骚扰电话，易言把她手机里收到的消息都清空了，把电话卡拔了，给了她一个不能和外界联系的空壳手机。

盛微语烦躁地踢了一下书桌，心里生出一股对易言的愤恨——为什么连这种事都要瞒着她！

为什么不告诉她！为什么不让她知道！

凭什么什么事他都一个人去解决！连她自己的事，她都没有知道的权利吗？！

她不是废人！

盛微语激动得心口都有些发颤，她换了一身衣服回到客厅，准备出门。正当她换好了鞋，就要去开门的时候，屋外忽然传来一阵门铃声。

盛微语停下手中的动作，第一反应是疯狂的粉丝找上门来了，但转念一想，这个小区的安保工作做得很好，她住在易言家的事也没往外透露。

为了安全起见，她先从猫眼里看了一眼，却见一个陌生的中年女人站在门外。

盛微语愣了一愣，给她开了门。

## 第十七章

## 当我开始后退

【46】

中年女人化着精致的妆，只是站在门口，就给人一种强势又严肃的感觉。她提着超市的购物袋，看到盛微语，不着痕迹地皱了皱眉：“易言在吗？”

盛微语愣了愣，问道：“您是？”

“易言的妈妈。”

闻言，盛微语连忙侧身让开一条道路：“伯母好，易言他有事出门了，我给他打个电话……”

“不用了。”易妈妈进了屋，四下打量了一番，似乎是第一次来。

盛微语赶忙接过她手里的东西，去给她倒了一杯水：“伯母您请坐。”

说完又觉尴尬无比。她只是暂时借宿在易言家，自己都算是个客人，反而招待起易言的母亲来了，显得她好像是这屋子的女主人似的。

黎萱接过水杯后应了一声：“嗯，你也坐吧。”

盛微语坐在旁边的单人沙发上，没再说话。

客厅里陷入尴尬的沉默。

盛微语坐在一边，面对着黎萱有些局促。说实话，她不知道该如何跟女性长辈相处。可能是小时候经常被舅妈打骂，她对任何女性长辈都亲近不起来。即使是和对她温柔宽容的周阿姨相处时，她也始终有种局促感。

易言的母亲一看就不爱笑，这会儿表情更是严肃，几乎让她下意识就想起小时候和舅妈相处的场景，一样板着脸，仿佛下一秒就要骂她、打她一样。

这时，黎萱忽然说道：“你和易言在同居？”

盛微语摆了摆手，说道：“没有。只是因为这几天出了点儿特殊情况，我暂时住这儿。”

她尽量说得含糊，不希望和黎萱刚见面就被对方了解到自己的窘况。

黎萱却说道：“易言这几天忙上忙下，就是为了你的事吧？”

盛微语心里一颤。

她顿了顿，又接着说道：“网上的事我也大概清楚，我跟周远松有生意上的往来，对他的那点儿破事还是有些了解的，只是没想到会这么巧。”

没想到会这么巧，当年圈内闹得风风雨雨的男女主人公的孩子，会成为她儿子的女朋友。

黎萱和周远松有点儿私交，周远松当年和盛夏的事，她自然也知晓一点儿。

当年还是个纨绔公子哥的周远松，跟娱乐圈十几岁就拿下最年轻影后的盛夏谈恋爱的事，不知道羡煞了多少人，但终究是背景、身世不同，两个未经世事的年轻人，败在了现实面前。

周远松娶了家里给他安排好的未婚妻，盛夏失踪了一年多，重现娱乐圈时，当年的恋爱仿佛只是一段娱记乱编纂的绯闻。

却没人想得到，失踪了一年多的盛夏，竟是瞒着所有人生下了一个孩子。

连周远松都是在十年前无意中得知的。

老实说，当年的事，黎萱是知道一点儿内情的。周远松和盛夏约好私奔，却在最后关头当了懦夫，没有赴约。同为女人，她也能想象到盛夏当时的绝望与怨恨，却也不耻盛夏执意生下这个孩子，把愤恨撒在孩子身上的行为。

对这件事情，黎萱始终是抱着冷眼旁观的心态，甚至，她本人是对周远松和盛夏都不耻的。她身在世家，做事雷厉风行，最看重面子，这种事情，自然是不能装在眼里。

可她怎么也想不到，这件事情，会有和她产生交集的一天。

黎萱不着痕迹地打量了盛微语一眼，眉眼确实是和盛夏有五分相似，却又继承了周远松年轻时的优点，显得更精致些。这种面相，太吸引人了，招男人喜欢，却招女人嫉恨。

黎萱问道：“你和易言交往多久了？”

盛微语如实回答道：“不到两个月。”

“不到两个月？”黎萱有些惊讶，心想易言前些年一直在国外，回国也才几个月。

看出她的惊讶，盛微语讪讪地说道：“其实我和易言是高中同学。”

闻言，黎萱一时没缓过来。片刻之后，她忽然想起一些旧事。易言当年抗拒出国，今年又忽然一声不吭地回国，那些令人摸不着头脑的疑点立马就像是被一根线串联起来，变得明了起来。

黎萱看着面前的女人，不自觉就想起了盛夏当年的事迹。究竟是有什么样的魔力，才会让冷静自持的人都被勾了魂？

黎萱不由得抿紧了唇：“这几天周家被闹得鸡犬不宁，易言倒是聪明，把你留在这儿，外面的人也找不到你。”

盛微语敏锐地感觉到，这话里带着刺，黎萱是有点儿怪她把易言拖进了这场原本与他无关的风波里。她低下头，说道：“我给易言添麻烦了。”

黎萱也没否认，继续说道：“易言这孩子，从小就倔，什么事都喜欢一个人扛，从来不让我和他爸操心。但为人父母，谁不希望自己的孩子能少受点儿累，过安生日子？”

“出了这事儿，他也没跟家里说。他倒是心疼你，把你护在这儿，自己在外面应付。又是和男星闹绯闻，又是被‘人肉’，又是上一代的恩怨情仇曝光，他也不想想，这事儿闹得这么大，凭他一己之力，能应付得了？”

盛微语听出黎萱是在暗示，明明是她自己的事，她却在这儿当个没事人一样过日子，让易言去给她收拾烂摊子。

她也委屈，她又不是自己情愿在这儿当一朵被养在温室里的娇花，明明是易言对她只字不提，现在却变成是她当了缩头乌龟，可她又不知该怎么去解释。

她能解释什么呢？说她也是刚刚才得知事情会演变成这么严重的？

事发两天了，她才发觉到不对劲儿，黎萱不会怪易言把消息封锁得太好，只会觉得她都这么大个人了，也没一点儿担当。

她看得出来，黎萱对她有意见。在对她有意见的人面前做解释，无论怎样辩解，那人对她的意见都不会减少。

因为让黎萱不满的，是她这个人，而非只是一件事。被人不满的时候，连呼吸都是惹人厌烦的。

多说也无益，反而招人嫌，与其这样，她不如不解释。

盛微语只能把委屈往肚子里咽，再次放低姿态，说道：“这事儿由我而起，我会尽快回周家，把这事儿处理好的。”

黎萱坐了一会儿就走了，她原本是特意挑着周末过来看易言的，因为易言在上周三的时候，答应说周末再回家，周五的时候却又说要处理一点儿急事，不能回去了。

她心想着上次聚餐后，易言好像和家里亲近了一些，于是自作主张过来，还买了许多他爱吃的菜。

却没想到没见着儿子，倒是见着了儿子金屋藏的小娇娇，还是个正处在风口浪尖的小娇娇。

黎萱很快就知道易言不回家要去处理的事是什么事了。出于母性使然的护犊心理，她心里对盛微语自然是有些许不满的。

两个关系等同于陌生人的人待在一起，实在是尴尬又无趣，她连饭都没做，把东西放在这儿就走了。

临走前，盛微语要送她，却被她阻止了："别，我来的时候，还看见有不少记者守在小区门口呢，你也别出门了，别又给易言增添不必要的麻烦。"

"又给易言增添不必要的麻烦"，这几个字，字字诛心。

盛微语无话可说，站在门口目送着她离开后，就关上门回了客厅。

她努力说服自己，她只是被易言的妈妈误会了而已，用不着那么在意。她也不能没脑子地就这么冲出去，等易言回来，她好好地跟易言解释，告诉他她没他想的那么软弱，不用被关在温室里。

盛微语努力让自己看起来没那么急躁，甚至在等易言回家的时候，还拿着黎萱买来的菜，到厨房去忙活了。

这几天，她不能出门，不能去超市，东西都是易言添置的。易言早出晚归，三餐都可能不在家吃，便给一家餐厅打了订餐电话，定时送餐到门口。

餐厅会送来四五个菜，盛微语怕浪费，只炖了一个汤，炒了一个小菜，同餐厅送来的菜一起摆上桌，等着易言回来。

下午一点钟的时候，玄关处传来开门的动静，很快门就开了。

盛微语站起身，说道："回来啦？"

易言应了一声，走过来，看见桌上的菜，愣了一愣，问道："你还没吃饭？"

"等你回来啊。"盛微语笑了笑说道。

等易言坐下，她缓了缓，说道："我想回周家。"

易言动作一顿，抬眼看向她。

盛微语徐徐开口道："那些记者守在小区门口，无非就是想守到我，对我做采访，我越躲，他们的好奇心越大。这件事对周家已经产生了影响，不如我自己站出去，借周家的名义开个新闻发布会，承认也好，否认也罢，把事情都说清楚了，过段时间，那些人议论够了，也就消停了。”

易言看着她，眉心渐渐拢起：“盛微语，你看了电视？”

盛微语没有否认：“早上看的。是我太傻，以为只是和牧星的绯闻才闹出这么大动静。”她自嘲地笑了笑，说道，“没想到给你们添了这么多麻烦。”

易言面露不悦：“这又不是你的错，你没必要去承受那些辱骂，你不该去看……”

“事情已经发生了，难道我还要躲在这儿当缩头乌龟？”盛微语打断他的话，直直地盯着他，“易言，这是我的事，我有权知道，也有责任去处理，你不应该被卷进来。”

“周家因为我，股价骤跌，牧星因为我，粉丝掉了一波又一波，可是我呢，我什么都不知道。你觉得什么都不告诉我，就是为了我好。可是你有没有想过，我是一个有自尊心的人，这种时候，我不该在这儿当缩头乌龟，而是应该站出去解决问题，我不该什么事都让你一个人去解决。”

易言抿了抿唇：“你想怎么解决？上一次，你为了引盛强上套，以身犯险的教训还没受够？”

“所以说到底，你还在怪我上次没告诉你盛强的事？”盛微语有些躁了，说道，“你不也一样什么事都不跟我说？十年前是这样，现在也是这样。当初你出国的事，你对我只字不提，现在连我自己的事，你也瞒着我。这是我一个人的问题？你也有问题！”

【47】

不知道积累了多久的情绪，这会儿全部爆发出来。

说到底，十年前易言不告而别的事，在她心里，始终是个疙瘩，她一直试着去抹平。可是呢，照片上的女孩儿，易言近乎完美的过度保护，易言母亲的不满，一个又一个疙瘩冒了出来，积压在一起，成了一座大山。

无论是易言把她当成废人一样保护着，还是刚刚一直对易言母亲放低姿态，她可怜巴巴的自尊心，都一次又一次地受到了损伤。

她终于坐不住了。

盛微语站起身，微仰着下巴，看着易言，像只高傲又脆弱的孔雀：“我要回周家，现在就回。”

周霖霖来接盛微语回周家的时候，她擦着易言的肩膀离开，头也没回。

去周家的路上，周霖霖状似无意地问道："怎么，吵架了？"

突然把他叫过来接她回去，这可不是一件容易事，金蝉脱壳，可把那些记者折腾得够呛，估计回去在网上又得一顿乱编。

盛微语倚靠在副驾驶座上，口罩、帽子都还没摘，她闭着眼睛，没有答话。

这是她第一次与易言正面起冲突，但她知道，这是一次迟到了十年的爆发。

易言在上高中的时候，除了有点儿口吃，其他各方面都很优秀。许多人都心知肚明，他已经是半只脚踏入名校的人，提起保送，必然会有人想到他。

可没人知道他志在何处，连当时已经和他混得很熟的盛微语，都死活套不出他的志愿学校。

学校传统，在上高三时是要先填一个大学志愿表的，用来自勉。

盛微语早就下定了决心，易言考哪所学校，她就跟着去哪所学校。套不出他的志愿，她就去偷看他的志愿表。

然而，就在她去高三教师办公室，想去偷易言志愿表来看的时候，她偶尔听到了易言的班主任跟易言的谈话。

"易言，你妈妈打电话给我，说已经在帮你办出国手续了，你怎么没跟老师说你要转学的事？"

这句话，如同一个炸弹，炸得盛微语脑门子咣咣响。

接下来的话，她也没听了，易言的志愿表，她也没必要再看了。她浑浑噩噩地回到教室，脑子里只剩下一句话——易言要出国。

盛微语趴在桌子上，上课铃声响了，她也没有任何动作。

直到物理老师在讲台上恨铁不成钢地点了她的名："盛微语！你怎么搞的？刚刚你班主任还在办公室夸你最近老实了，你成绩进步了就开始飘了是不是？又在我的课上睡觉！盛微语，盛微语？盛微语！"

在物理老师就要冲下讲台拎起她领子的前一秒，盛微语从座位上站起来，却反常地没有顶嘴，没有插科打诨。

盛微语就像是被抽走了魂似的，麻木地站在座位上，在所有人或不解或看好戏的目光下，忽然落了泪。

眼泪啪嗒啪嗒地往下掉，惊呆了所有人。

就连刚刚还在愤怒中的物理老师也被她吓了一跳，心想是不是自己太凶了，把学生都骂哭了，嘴上却还是要树立威严：“怎么说你两句你就哭了？”

盛微语默不作声地抄起袖子抹掉眼泪：“老师。”

物理老师其实这会儿心里也紧张着呢，毕竟是他把学生给“骂”哭的：“啊，怎么了？”

盛微语抹了把眼泪，说道：“我姥姥进急救室了，我可以请假吗？”

物理老师一听，原来不是他骂哭的，第一时间，心里松了一口气，心想这是个孝顺孩子，于是想也没想就同意了：“去吧，快去吧，姥姥比物理课更重要，落下的课改天找我来补。”

他不知道的是，盛微语的姥姥，已经过世几年了。

于是，盛微语就这么光明正大地逃了课，一逃，就是三天。

易言是在盛微语小区楼下守到她的，在她遛狗的时候。

“为、为什么……不、不去……上课？”

盛微语蹲在地上逗英雄，她脸上的表情淡淡的：“没什么意思。”

她想追逐的人，要去异国他乡，要离开她的世界，只会离她越来越远，她再努力，又有什么意思？

易言皱着眉看着她，说道：“你、你不是……想、想考……B大？就……这么……把、把自己……的事，当、当儿戏？”

盛微语给英雄顺毛的手动作一顿，她站起身，看着易言，反问道：“你是不是要出国了？”

易言一愣，抿了抿唇：“没有。”

“别骗我了，我都听到了，你妈妈帮你办了出国手续，你……”

“不会。”易言打断盛微语的话，不知是因为结巴说话本就一顿一顿，还是其他什么原因，听起来语气特别坚定：“我说，不会，就，不会。”

盛微语盯着他看了几秒，像是在考量他这句话的真实性。

男孩儿从容地跟她对视，眼神认真。

最终，盛微语败下阵来，偏过头：“好吧，我信你一次。”

“回、回学校，上课。”

“知道了，啰唆。”盛微语不耐烦地抱怨了一句，嘴角却在悄悄上扬。她把遛狗绳塞到易言手上，说道，“陪我去遛一会儿英雄。”

因为被英雄“袭击”过，易言对它有些抵触情绪，却也没有拒绝，牵着英雄，跟她一起在小区里散步。

沉默的间歇，盛微语忽然开口道：“喂，小结巴，你真的不会出国吧？”

“不会。”

“如果……我是说如果，如果你真的要走，一定要先告诉我！”

男孩儿沉默了片刻，才郑重地点头：“嗯。”

“什么事都要告诉我，不准瞒着我！”

“嗯。”

“……”

“到了。”

周霖霖的声音将盛微语从回忆中拉回。

盛微语睁开眼，开门下了车。

她自嘲地扯了扯嘴角，不管多大的事，他都不会主动地告诉她，也罢，也罢……

接下来的半个月，盛微语都没再联系易言，而易言也没联系她。

以前，她还会自我安慰，易言性子寡淡，他被动点儿没关系，她主动就行。可是现在，盛微语已经对易言的沉默感到麻木了。沉默还是冷漠，抑或是他认为的“没必要”，都已经不在乎了。他一直什么都不愿跟她多说，不是吗？

盛微语抱着膝盖，窝在后花园的椅子上。

阳光正好，微风习习，却安抚不了她荒凉的内心。

离被“人肉”和身世曝光事件已经过去半个月了，她也有半个月没有离开过周家。

半个月前，盛微语主动邀约了一个最有公信力的媒体的个人访谈，将自己的“身世”尽数说出。

在她的叙述里，周远松和盛夏的确有过一段恋情，但她不是周远松和盛夏的女儿，而是盛夏的母亲捡回来的弃婴。又因为考虑到辈分和其他各种关系，盛夏的母亲并没有当她的直接抚养人，而是将她安置在盛夏的哥哥的户头下，当外孙养。

至于周远松为什么接她回家，是因为她在盛家遭受过虐待，无意中找到了周远松的联系方式，忍受不了虐待的她，骗周远松说自己是他的女儿，周远松对她的谎话心知肚明，却因为心善，将计就计把她接回了周家。

报道一放出去，大众大呼“狗血”，纷纷表示不信。

但盛微语没有给他们反驳的机会，编出这套说辞之前，她就已经做好了充足的准备在网上舆论一边倒说不相信会这么“狗血”的时候，她应了网友们“求锤得锤”的话，将她曾过户在盛强父亲名下的老户口和假的亲子鉴定甩出去。

这样一来，周远松和盛夏之间就是清清白白的了，周远松不用背负“浑蛋”的骂名，盛夏也不会被人骂私生活不检点。

尽管依旧有人嚷嚷着不相信，但无法反驳的是，网上对盛夏和周氏的恶评迅速减少，及时止了损。

与此同时，牧星那边，也一并澄清了交往绯闻，得到福利院院长的证明，盛微语和牧星都是福利院的志愿者，两人只是刚好在福利院偶遇，绯闻风波渐息。

然而，网上对盛微语的评价却没有变得多好。有人同情她幼年被虐待，也有人冷嘲热讽，在她众多“罪行”里，又加了一条“拜金”。

周霖霖气得用周氏的官微替盛微语出声，甚至都不用伪装，亲自下场对战，完全看不出平日里一脸冷漠的小周总，还有当网络喷子的潜质。

其实，在盛微语提出这个解决方法的时候，周霖霖是第一个站出来反对的。

的确，直接去面对，比一直逃避更利于解决问题。人的好奇心是强大的，越是隐瞒躲避，就会越吸引人去挖边角料。

相反，一开始就坦然说出来，再劲爆的八卦，它也只是八卦，网络上人们的热情保质期很短，人们笑够了这个，就会去找另一个八卦去作为茶余饭后的笑谈。

自然，坦然说出来的，不一定非要是真相。

让周霖霖极力反对的是，盛微语的这个解决方法，对周家有利，对盛夏有利，却对她自己弊大于利。

正如网上的人所嘲笑的，她成了众人眼里拜金的骗子。

盛微语当时只说了一句话，就让周霖霖哑口无言。

她说：“我以后的身份，终于可以不再是私生女了。”

周霖霖无法反驳。

因为他深知，盛微语对“私生女”这件事有多在意。她宁愿割断与周家的血缘关系，当一个“拜金”的养女，也要摆脱“私生女”这个身份。

这半个月来，网上对这件事的讨论热度已经所剩无几，也没有记者再去挖掘更多的边角余料。“狼人”已经将最引人眼球的关键部分自爆了，他们没必要在已经没有爆点的事件上费工夫。

盛微语神情呆滞地刷着微博，看着微博上那些对她冷嘲热讽的评价。

“微语。”

在她刷帖子的时候，白露走过来，在她旁边的椅子上坐下。

盛微语收了手机：“周阿姨，有什么事？”

白露笑了笑，说道：“你快过生日了，阿姨想问问你要什么生日礼物。”

听她这么一说，盛微语这才想起，她是快过生日了。只是这段时间风波不断，她都把这件事给忘了。

盛微语有点儿不好意思地说道：“阿姨，您不用费心的，您送什么我都喜欢。”

要说白露和周霖霖这对母子哪里相像，大概就是花钱的时候都不眨眼，每次她过生日或者其他什么节日，送给她的礼物，一个比一个贵重。他们并不是刻意显摆，而是真的因为从小就很富裕，对花钱没什么概念。

就好比现在，听了盛微语说“不用费心”后，白露还真一点儿都不费心地提出了一个礼物参考：“那阿姨送你一套公寓吧。”

盛微语的眼角不着痕迹地抽了抽：“阿姨，太……太贵重了。”

“霖霖说你现在还在和别人合租，合租多少也还是有些不方便的。反正你现在也辞了咨询所的工作，你去找份新工作，阿姨再在你新的工作地点附近买套公寓给你。”

白露自顾自地说道：“对了，你还没找到新工作吧？要不让你爸给你开个自己的咨询所？”

“不用了，阿姨。”盛微语连忙打住她的想法，她很怕再说下去，不仅工作、房子，连男朋友，白露都会给她配齐！

事实上，白露也真的想到这点儿上了：“对了，微语啊，你男朋友怎么最近好像都没来找你？”

盛微语足足愣了三秒钟，说道：“阿姨，您怎么知道我……”

白露看着她笑着说道：“上次霖霖的生日会，你掉进泳池里，不就是他把你给捞上来的？”

“那小伙子不错，看得出挺在乎你的，上次没和他多聊上几句，这次你生日把他带回家，让阿姨看看？”

闻言，盛微语垂下头，没有说话。

见她这副模样，白露出声问道："怎么，和他吵架了？"

盛微语没有否认。

她垂了垂眼睛，问道："周阿姨，您和我父亲吵过架吗？"

白露笑了笑，说道："当然吵过，不过是有了霖霖后才开始争吵的。"

她似是陷入了回忆："我十八岁就和你父亲有了婚约，却只在订婚宴上见过一面，二十二岁嫁给他，像是两个陌生人被婚约捆绑在一起过日子，我不爱他，他也不爱我。"

"结婚三年，我们在外相敬如宾，在家却是互相冷落，本以为就会继续这么各过各的，却不想一次意外同房，让我有了霖霖。有了霖霖之后，我就变得敏感暴躁，时常找机会与他争吵。"

盛微语看着她："您不爱他吧？"

"不，我爱他。"白露摇了摇头，笑道，"很奇特，我对他的感情，是从争吵后开始的。怀孕之后，我不再为了家族利益忍让，不再充当一个通情达理的大家闺秀，我开始计较每一个细节，开始照顾自己原本的情绪。"

"两个人经常吵得不可开交。当我们嘶吼着要离婚，诅咒对方家族破产，就连用人都不敢进来打扰的时候，我们会突然冷静下来，意识到，啊，原来我们对彼此的不满这么多，忍了三年，也真是不容易。"

白露看着盛微语，眉眼温和："所以啊，男女朋友之间，有争吵是很正常的，正因为那些争吵，才能互相跟对方摊牌，宣泄自己的不满，才能让感情更进一步。"

盛微语垂下眼睛，说道："他从来不跟我吵。"

过于平顺的感情，更像是易碎的水晶，稍有不慎，就碎了一地。

她和易言，大概就是这样。

她深知重逢后在一起的这段感情来之不易，所以小心再小心。而易言呢，易言比她更甚，他过于老道的处事方式让他像个没有感情的机器人，过分完美。

没有争吵，也没有感情的进步。

所以，一旦冲突爆发，就冷战了半个月之久。

好啊，既然谁都不肯让步，那就继续冷战下去，她索性破罐子破摔。

盛微语抬起头，看向白露："周阿姨，这次生日，我们一起出国旅行吧？"

白露愣了愣，说道："可以啊，你想去哪儿？"

"哪里帅哥多，就去哪儿！"

和白露说好的第二天，盛微语独自回了公寓。

因为之前爆料出的事，影响了咨询所，她因此辞了咨询所的工作。住处也被人曝光，凌希已经在周霖霖的帮助下换了住处，她这次回来，也是打算把东西搬走。

家电这些都是原本就有的，她的东西虽然多，但也只是各种零碎的小物件，所以用不着请搬家公司。

不过整理这些东西，也把她累得够呛，上上下下来回跑了几趟，盛微语就开始后悔没有叫上一个苦力了。

把第三个箱子搬进了后备厢，盛微语在负一楼上了电梯，按下八楼的楼层键，就掏出手机，给周霖霖打电话。

才打通电话，电梯就停在了一楼，门朝两侧缓缓打开，露出站在门外的身影。

盛微语看着电梯门口的男人，一时间愣在了原地。

男人穿着黑色衬衫，依旧是一丝不苟的严谨，神情却有些疲惫。

易言见到她，也是一愣，直勾勾地盯着她。

两人目光相接，却谁也没有先开口说话。

"盛微语？盛微语？"

电话那边的周霖霖把盛微语的思绪拉回来，盛微语连忙应了一声，移开跟易言对视的视线，跟电话那边的周霖霖说话："在呢，我在呢。你这么大声，把我耳朵都振聋了。"

她说话时，易言进了电梯。

她本来站在靠近门口按键的地方，在易言踏进电梯的那一刻，盛微语下意识地往另一边挪了两步，似乎是要与他拉开距离。

易言按下十六楼的键，嘴角抿成一条紧绷的直线。

盛微语还在和周霖霖说话："我的东西太多了，一个人搬不完，你今天不是在家休息？过来帮我搬点儿东西。"

周霖霖在那边骂骂咧咧，说她想得真美，让他这个好不容易休一次假的人过来当免费苦力。虽然嘴上极不情愿，但最后还是答应了。

“你要搬家？”盛微语刚挂断电话，易言就出声问。

盛微语极其别扭地应了一声：“是啊。”

电梯这时停在了八楼，一开门，盛微语就出了电梯，却听到身后传来脚步声。

她停下脚步转身一看，易言竟然也跟着出来了。

“我帮你搬。”没等她说什么，易言就先说道。

盛微语直接拒绝：“不用了，我打了电话给周霖霖，他很快会过来帮我。”

易言却像是没听到一样，走到她身旁，坚持说：“我帮你搬。”

盛微语拗不过他，心想：既然你甘愿当免费苦力，我也没意见。

“随你的便。”

说完就扭过头，兀自往前走，开门进了屋。

易言弯了一下嘴角，跟上去。

盛微语是一边收拾一边搬的，刚刚搬下去的都还只是她的衣服，化妆台上和柜子里摆满的瓶瓶罐罐，她还得一个一个去收拾。

易言搬来一个塑料箱，跟在她身后，帮她把化妆台上的各种瓶瓶罐罐收进塑料箱里。

盛微语本来不想和他多说一句话，但奈何他手里拿的都是些易碎的东西，他收拾东西的速度倒是麻利，动作却是让人提心吊胆。

最终，她还是没忍住，提醒了一句：“你小心点儿，别把我的东西摔碎了。”

语气还不是很好。

此时，易言手里正拿着她装满口红唇釉的玻璃收纳盒，听到她这样说，动作一顿，刻意把动作放慢，放进箱子里：“这样？”

盛微语觉得他那小心翼翼的模样很滑稽，有点儿想笑，但又忍住了，别扭地开口道：“总之这些都是我的宝贝，你动作小心点儿。”

易言很是听话地应了一声，又状似不经意地说道：“你见过我妈了？”

半个月前，盛微语突然离开他家后，他才看到冰箱里多了很多新鲜的菜。按道理，盛微语不可能独自出门去超市，而且那些菜一看就是按照他平时的喜好买的，他觉得疑惑，于是打电话回家问了，果然，他母亲那天来过他家。

盛微语也没否认：“见过。”

即使她不说，易言也大概猜到了，那应该不是一次愉快的见面。他把手里的东西放进塑料箱，封住盖子，看向盛微语：“你是因为我妈，才对我发火吗？”

盛微语抿了抿唇，没有说话。

“如果她说了什么冒犯你的话，我代她向你道歉。恋爱是我们两个人的事，不管……”

“你错了，易言。”盛微语打断他的话，“感情可以是两个人的事，但恋爱是两个家庭的事。”

“你母亲不喜欢我是事实，我也知道她为什么不喜欢我，很遗憾，我改变不了我的身世，没办法让她不介怀。”

“她为什么要介怀你的身世？”易言蹙起眉，“上一辈是上一辈，你是你，他们的恩怨不关你的事，别人在意是别人的事，你没必要因为这个……”

“没必要，又是没必要！”盛微语不耐烦地打断了易言的话，语气很是粗暴，“为什么没必要？在你心里，什么事情都是没必要的？”

“也对，”盛微语自嘲地笑了笑，说道，“在你心里，这些事都是琐事而已。可是……”

她看着易言：“我很介意，易言，你觉得没必要纠结的事，我都很在意。我是有血有肉的人，我会因我的身世自卑，也会因此而吃别的女人的醋，和牧星闹出绯闻，我也会很难过。”

“这些事情，不是没必要的。我们需要一个磨合的过程，而不是被你独自安排得妥妥当当，却又不让我知道你心里的真正想法。”

她真的很忧虑，甚至害怕，一心一意去信任一个人实在太难了。

就像十年前，她坚信易言会和他所承诺的一样，有什么事，一定会告诉她，可是最后，他连个口信都不给她，就忽然离开，从此杳无音讯。

现如今，他依旧是把什么事都藏在心里，连情绪都能被他完好地藏起来。这让她感到和十年前一样的恐慌，她害怕突然有一天，他藏匿起来的事情和情绪，会让他一朝爆发，再次一声不吭地离开她。

盛微语说着说着就哽咽了：“我很害怕，易言，你什么都不跟我说。”

易言静静地看着她，听着她将积压起来的不满抱怨出来，看着她的情绪从激动到渐渐平静。

他一言不发地看着她，不知过了多久，他声音有些发涩地说道：“我不知道你会这么想。”

盛微语侧过头，擦去因为太激动而氤氲出来的眼泪。

一时间，房间里只剩下两个人的呼吸声。

就在这时，客厅里传来声响。

“盛微语？”是周霖霖来了，他在客厅里喊道，“人呢？”

盛微语连忙整理好情绪，应了一声，又对易言说道：“周霖霖来帮我了，不用麻烦你了。”

说着，就要搬起他跟前的塑料箱，却被易言按住手。

易言垂眼看着她：“我是你男朋友，我帮你做事，不叫麻烦。”

盛微语抿了抿唇，放开了手，却没有说话。

三个人干活比一个人快多了，很快，盛微语的东西就收拾好了，都搬到了车上。

三个人，有两个本来就话少，有一个人心里有心事，搬东西全程都没说过话。

一直到离开的时候，易言站在车边，看着盛微语，说道：“微语，你还有东西留在我家。”

“改天我再来拿。”

盛微语听出了易言想把她留下来的言外之意，却鬼使神差般拒绝了。或许在她的潜意识里，也一直在逃避面对问题。

易言望着她，什么话也没再说，却不知怎的，给她一种不该出现在他身边的落寞感。

盛微语忽然有点儿后悔拒绝他了，她张了张嘴，想说点儿什么，易言的手机却在这时响起。

易言看了一眼手机，便皱起了眉，接通了电话：“馨月。”

盛微语一听他念出的名字，便抿平了唇，丢下一句“我先走了”，就上了车，跟周霖霖一道离开。

## 第十八章
### 难言之隐

【48】

易言赶到医院的时候，秦馨月的情绪已经平静了一点儿，没有电话里那么歇斯底里了。

穿着病号服的秦馨月坐在病床上，皮肤是病态的苍白，脸色憔悴。她左手手腕处，绑着一圈纱布，手指无力地垂着。那头粉色卷发，没有一点儿光泽，病恹恹地耷拉在肩上。

听到门口开门的动静，她抬起头看过来，见到易言，又开始坐在床上哭："言言哥哥，你去哪儿了？"

易言走过去，将在路上买的一块牛奶慕斯放在旁边的柜子上："给你买的蛋糕。"

秦馨月总算露出了一抹微笑，欣然说道："我还以为你不要我了。"她仰着头望着他，"言言哥哥，以后离开的时候，先跟我说一声好吗？"

易言神色淡淡："我平时有课，要上班。"

"可是我醒过来看不见你，就会害怕。"秦馨月抓住他的手，眼泪说来就来，"你是不是想去找盛微语？你不准去！"

易言轻轻推开她的手，说道："馨月，不要任性。"

"我没任性！我没有！"

"馨月，又怎么啦！"易意在这时候进了病房，看到床上又开始发作的秦馨月，连忙走过去安抚道，"是不是易言又欺负你了？别哭，姑姑帮你教训他！"

秦馨月抽抽噎噎地哭诉道："姑姑，言言哥哥是不是不要我了？"

易意摸了摸她的头，说道："怎么会呢？你乖一点儿，易言就会要你了。"说着，她看向易言，朝他暗示。

易言却没有应答。

易意瞪了他一眼，又赶紧安抚秦馨月的情绪，解释道："馨月，易言这几天都是满课，学校、医院两头跑，累得很，你也要体谅体谅他，让他回家休息一会儿。"

秦馨月看向易言，确实见他眉眼里都透出几分疲态，勉强点了点头。

"这才乖嘛。"易意像哄小孩子一样，轻轻拍了拍她的背，瞥见旁边的牛奶慕斯，又说道，"这是易言刚刚给你买的吧？来，姑姑帮你打开。"

她帮秦馨月搭起病床上的桌子，在秦馨月吃蛋糕的时候，冲易言说道："易言，姑姑有件事跟你说。"

说着便离开了病房。

易言也赶紧跟了上去。

易意一直带着易言走到了离秦馨月病房很远的楼道口，才苦口婆心地说道："易言，你今天怎么回事啊？不是跟你说了吗？馨月现在的情绪很不稳定，你就不能顺着她一点儿？"

"我不能顺着她一辈子。"易言声音冷淡。

易意也很无奈："这我也知道，可你也看到了，她现在就像个炸弹一样，一点就炸，你再刺激她，她保不准会自杀第二次、第三次。"

易意早知道秦馨月对易言的依赖程度，毕竟那次绑架事件中，是易言一直护着她，小姑娘产生依赖心理也是情有可原。她也知道，秦馨月对易言是有意的，但她这个小侄子，从小性子就冷淡，谁都看不出他的喜恶。

可能也正是因为如此，秦馨月即使被他拒绝了几次，也没有多伤心。因为在她心里，易言就在这儿，谁也抢不走，即使她得不到，别人也一样得不到。

可这次回国，易言凭空出现的一个女友给了她最致命的一击。

易意本来对他们年轻人的爱恨纠葛不感兴趣，看得透但不去点透，让他们自己搅和，但他们谁都没想到，秦馨月会像她父亲一样，这么极端。

这次被拒绝，她并没有像以前那样，黯然神伤几天，又重新振作。

易意早在两周前就发现秦馨月的状态不大对，事实证明，她这个前心理医生的职业感觉没出错，秦馨月竟然跑去酒店闹自杀——割腕！

如果不是她感觉到秦馨月不对劲儿，及时赶到的话……

易意不忍再去回想秦馨月昏迷在全是血水的浴缸中的场景，她看向易言，低声说道："馨月现在这样，肯定是心理状态出了问题，你先稳住她的情绪，等她出院，我给她安排最好的心理医生。"

易言捏了捏眉心，说道："我尽量。"

见他心情似乎不是很好的模样，又想起秦馨月刚刚提到的名字，易意试探着问道："你和微语闹矛盾了？是因为这件事？"

"我没告诉她。"

"确实是在闹矛盾。"他顿了顿，又说道，"她在生我的气。"

前阵子网上闹得沸沸扬扬的事，易意也知道："女孩子生气说明她很在意你，你得去哄。"

"怎么哄？"

"这就是一门技术活了。"易意拿她作为过来人的经验侃侃而谈，"首先你得搞清楚她是因为什么生气，一个错一个错地去认，而且态度得端正，兵不厌诈，苦肉计能用就用。像你这么端着就不行，你得服软。"

"她说要冷静，你千万别天真地以为她是真的要冷静。她越是和你冷战，你就越要黏上去哄，千万别跟她倔。不要她不联系你，你就也不联系她。真这样，你们就百分之百拜拜了。"

易言认真地听着，听到最后，他忽然问道："有没有具体时限？"

易意愣了愣，惊讶地问道："什么？"

"冷战期最长时限。"

易意终于反应过来他要问的是，冷战了多久会说拜拜，她想了想，说道："如果是我的话，超过一周，默认分手。"

说完她又问道："你和微语冷战了？难怪最近没看见你抱着手机傻笑，你们冷战多久了？"

"两周。"

易意沉默了几秒她拍了拍自家倒霉侄子的肩："节哀。"

另一边，盛微语和周霖霖刚把东西运回家。

周霖霖忽然问道："心情不好？"看见盛微语疑惑的表情，他又接着说道，"你今天脸上的表情比我的还臭。"

"你也知道你平日里脸上的表情臭啊？"盛微语嘟囔了一句，坦白地说道，“我和易言吵架了。”

“哦。”周霖霖冷漠地回了一声。

末了，又问道：“分手了？”

“你就这么盼着我们分手？”盛微语一脸怨气地看着他，“一般人不都先问发生了什么事，再好心安慰吗？”

周霖霖依旧面无表情：“你想说什么就直说。”

盛微语骂了易言好几句，说他冷血无情，碎碎念完，她还是说道：“他和我谈恋爱，就像是在走程序一样，他什么都提前安排好了。他不该把我想得那么脆弱，什么事都一个人面对，就比如之前网上曝光我身世的事，他就一直瞒着我，这反而让我更没有安全感。”

“就因为这个？”周霖霖似乎很是不能理解这些情爱纠纷。

“就？”盛微语有些不满，“难道你也觉得，我想的这些也是没有必要的？”

周霖霖没承认也没否认，而是说起另一件事：“网络暴力那次，我原本是要在第一时间通知你的，让你有个心理准备，但被易言阻止了。”

易言阻止他的时候，他还挺生气。

然而那时，易言说道：“你知道她当初为什么宁愿以身犯险也要阻止盛强把这件事曝光出来？不只是因为她对自己的身世敏感，更是因为，她不想因为这件事，影响盛夏和周氏的前途。”

“她就是这么一个傻子，即使被伤害得那么深，也甘愿默不作声地去维护抛弃过她的父母。这样一个傻子，如果知道最终还是因为这件事，影响了盛夏和周氏，她会怎么做？”

说这话时，男人的目光都不觉柔和了几分，又带着几分无奈。

周霖霖那时候觉得，他和盛微语相处的这十年，他对她的了解远不及易言跟她在一起的这几个月对她的了解多。有多么在意一个人，用了多少心思，才能把她的脾气摸得如此透彻，帮她尽可能地避开伤害？

周霖霖把易言当时的说法复述给盛微语听，然后他又接着说道：“易言猜得没错，你果然用了一个牺牲自己名声的法子，把舆论扭转了过来。”

盛微语沉默了许久：“那他之后为什么都不跟我解释？”

“你以为网上那些舆论是你用个访谈就能完全消停的？”周霖霖鄙夷地瞥了她一眼，“这段时间，我为了把热搜压下来，花了多少钱？易言专门找来黑客，把那些有关你信息的帖子黑掉，又配合你编的假身世，贴上假线索，让那些八卦的人去猜测。他的逻辑倒是挺强，留下的那些线索都能以假乱真了，够那些人推几个不同版本的说法出来。”

“还有散布你私人信息的人和把你身世曝光出来的盛家那边，他都一一帮你给解决了。听说他白天还要上课，真不知道他哪儿来的这些精力……”

周霖霖说着说着，忽然停住。

他皱着眉琢磨了几秒钟，看向盛微语：“我是不是把他说得太好了？”

没等盛微语回答，他又自顾自地说道：“算了，你当我什么都没说，你想和他分手就分……你打我做什么？！”

周霖霖话都还没说完，就被盛微语弹了一下脑门。

“分你个大头鬼！你就这么盼着我不跟他好？”

盛微语弹完他就头也不回地离开。

周霖霖捂着脑袋，站在原地发愣。

盛微语回到自己房间，也不收拾了，盯着堆在角落的塑料箱发呆。

那是她装各种瓶瓶罐罐的箱子，看着它，她忽然想起整理东西搬家时，易言听了她的话后，刻意放慢动作，笨拙又小心地收拾东西的模样。

盛微语忍不住笑出了声，笑完又绷着脸，倒在床上，脑子里一片混乱。

她仰躺在床上，盯着天花板发了一会儿呆，又摸出手机，停留在联系人页面。

停了许久，她最终没按下去。

鬼使神差的，她登上了B大的校园论坛。

“‘魔王’今天又宠幸了谁”的帖子依旧飘红，她点了进去，直接跳到最近半个月的记录。

令她意外的是，帖子里没有记录被点名的同学名字，取而代之的，是大家火热的讨论。

1325L：“太感人了！‘魔王’今天没有点名！”

1326L：“‘魔王’竟然说以后都不点名了！什么情况？！”

……

1589L：“‘魔王’不点名的第二天，竟然没有一个人缺席！”

……

2286L：“‘魔王’不点名的第五天，还是没有人缺席，大家都很自觉啊！”

2287L：“不是自觉，是不敢。”

2288L：“先抑后扬，‘魔王’这招很奸诈啊！”

2289L：“‘魔王’到底为什么不点名了？难道他真谈恋爱了，心情大好，大赦天下？”

2290L：“你见‘魔王’那张脸的脸色，是谈恋爱的脸色？”

2291L：“是被女人甩了的脸色。”

……

3346L：“‘魔王’不点名的第十四天……大家到课率很奇妙，全勤666。”

3347L：“难道只有我一个人觉得‘魔王’最近憔悴了不少？”

3348L：“+1，感觉很累。”

3349L：“是病了吧？”

3350L：“‘魔王’也会生病？”

3351L：“举手，我室友男朋友的室友，昨天好像在中心医院见到了‘魔王’。”

……

看到这儿，盛微语没再看下去，帖子里说在医院见到易言的楼层日期就是昨天，也就是说，易言前天去了医院。

刚刚见到他，他似乎很疲惫，周霖霖也说他之前为了处理她的事，忙了很久。

盛微语从床上坐起来，手机又回到了联系人页面。

她盯着屏幕许久，纠结着要不要打电话过去。

还没等她做出决定，房门就被人敲响了。

盛微语抬头一看，是白露。

白露站在门口，手里还拿着平板电脑：“微语，阿姨找了几个你没去过的国家，你选个想去的，咱们一起去看看？”

一向温婉大方的女人难得露出不好意思的表情：“这是你第一次和阿姨出去旅行，阿姨想给你最好的。”

盛微语不忍扫了她的兴致，只得暂时放下手机，应了声“好”。

可她低估了女人对享受这件事的精致程度，白露拉着她，一商量就是一个下午，在几个看中的国家里挑来挑去，最后做出决定——小孩子才做选择，大人全部都要。

盛微语哭笑不得，看到外面天色都暗了，更觉无奈。

回到房间，她拿起手机，却发现手机里多了好几个未接电话。

全是易言打来的。

盛微语愣了愣，心里忽然有种被彩票砸中的惊喜。

这一次，她没有丝毫的犹豫，把电话回拨过去。

对方很快就接听了电话，只是语气很是不确定："微语？"

盛微语咬了咬唇，好像跟他几十年没有联系过一样，忽然不知道说什么。

过了好一会儿，她才说道："你……打电话给我做什么？"

"现在没什么事了。"易言声音淡淡地说道，"只是下午出车祸的时候，第一个想到了你，想给你打电话。"

"你出车祸了？！"

他波澜不惊地扔下一枚炸弹，把盛微语炸得心都颤了几颤。

盛微语起身就往外走，赶紧问道："你现在怎么样？有没有伤到哪里？是不是在医院？把你的病房号告诉我，我就过去！"

"微语，"易言的声音听起来似乎在忍耐着笑意，"你别着急。"

"你都出车祸了，我怎么能不急！我看你学生说你最近很累，周霖霖也说你因为我的事，一直都没好好休息，你是不是疲劳驾驶才出的车祸？"

盛微语都快急哭了，上了车后又忽然反应过来："易言，你老实说你是不是骗我？"

如果是骗她，她真的会很生气。可她宁愿易言是在骗她。

易言没正面回答，而是说道："我没什么大碍，只是腿受了一点儿伤，现在在家。"

盛微语一听不是在骗她，丢下一句"我马上来"，就把手机往副驾驶座上一丢，油门一踩，飙着车赶过去。

【49】

在盛微语往易言家赶的时候，易言又给易意打了个电话，告知她自己在路上出了点儿意外，人没事，但这阵子都不能再去医院了。

知道他确实没事后，易意也没再多问，她知道，这场意外来得正是时候。

易意打完电话，回到病房："易言在回家的路上出了车祸。"

秦馨月惊讶地问道："言言哥哥有没有事？严不严重？"

易意安慰她："别激动，易言只是折了一条腿，没什么大碍。"

"言言哥哥是不是在医院？他在哪间病房，我要去看他。"

秦馨月说着就想起身，却被易意按住。

易意说道："你这副模样怎么去？再说，他打了石膏就回去了，你去了也看不到他。"她又补充道，"易言说这段时间他行动不便，暂时不会来医院了。"

秦馨月沉默了好半天，又冷不丁地说道："你们骗我的吧？"

易意不可思议地看着她："什么？"

秦馨月冷笑着说道："出车祸是骗人的，伤了腿是骗人的，行动不便是骗人的，不想来医院看我才是真的。"

易意看着眼前的秦馨月，印象中那个笑容甜美，想要什么东西会撒娇卖萌的小女孩，忽然变得有些陌生。然而，人哪里是会这么轻易就性情大变的？不过是之前隐藏得很深，现在暴露得彻底罢了。

易意抿起嘴角，有些不愿面对隐藏得过深的秦馨月。

再次开口时，一贯温和的语气也变了，她冷淡地说道："易言出车祸是真的，腿受伤也是真的，你要是不相信，我可以现在去把他撞坏的车拍给你看。"

秦馨月似乎有点儿动摇了，可嘴上还是问道："那他为什么这么急着回家？为什么不住院？"

"他不愿意住院的原因，难道你真的不知道？"

易意冷着脸看着秦馨月，她的五官本就生得凌厉，只是平日里总是嬉皮笑脸的，才给人一种亲近感。现在一冷下脸来，竟是跟总嫌弃她的易言一样，不怒自威，给人一种无端的压迫感。她意外地发现，原来易意也不是那么容易亲近的。

秦馨月忽然有些说不出话。

易意说得没错，易言为什么不愿意住院，她应该是最清楚原因的人。

因为十二年前的绑架事件，易言受了多少折磨，对医院有多少不美好的回忆，她怎么会忘？怎么能忘？

易意又接着说道："馨月，你是那件事的受害者，易言又何尝不是？你父亲当初把易言害成那样，易言从未把你父亲的罪责归咎于你，这些年，我们易家待你也视如己出。可是，这个世界并不是只围着你转的，难道你还觉得不够，还想重蹈你父亲的覆辙？”

秦馨月低下头，哽咽地说道：“可是我喜欢他，我喜欢他……我喜欢他！”

“你对易言的感情，不是喜欢，只是由依赖滋生的占有欲。”易意无情地用言语戳破这层掩饰的窗户纸，“真正的喜欢，不是用疾病、自杀等各种理由把他绑在自己身边，而是相互温暖，相互治愈。”

她叹了一口气，软下语气：“你以为易言和盛微语就真的只是认识了这几个月，就开始交往？”

秦馨月抬起头，盛满泪水的眼里充满疑惑。

易意看着病房里的飘窗，似乎陷入了回忆。

“他们十年前就认识了，在易言最孤僻的时候，是盛微语走进了他的内心。没有盛微语，他或许永远会是一个陷入自责恐慌的孤僻患者，会一直被那些不美好的记忆折磨。”

这个世界上有很多巧合，当年易言在国外接受治疗时，易意无意中撞见他反复练习一个名字的发音的场面，从磕磕绊绊直练到流畅自然。

后来，易言的治疗顺利结束，留在国外念书，碰上易意失恋。易意那一段时间完全是泡在酒里，整天醉生梦死，易言收到了易院长的命令去把易意的酒瓶子全收了，却反被易意灌了一杯酒。

易言不胜酒力，喝一点儿酒就连酒杯都拿不稳，砸碎在地上。

易意当时第一反应是笑他：“小侄子，你这样不行啊，这要是哪个女人想上你，给你灌杯酒就得手了。”

易言没有理她，他靠在沙发靠背上，似乎是在缓酒。不知过了多久，他摸出手机，动作很慢很慢，双手却努力地保持着平稳，重复地拨打一个号码。

尽管这个号码从来没打通过，他依旧不懈地输入这个手机号，拨出去，反反复复。

易意以为他是醉酒犯傻了，笑了他几句就没再搭理他。直到他不知道打了多少个没有拨通的电话，他垂着头，手里的手机屏幕上，多出一颗砸开的泪渍。

他嗓音沙哑，带着从未有过的哽咽，说道：“接电话，盛微语……”

一贯冷漠淡然的男孩儿整个人脆弱得像一层薄如蝉翼的水晶，一碰就碎：“我现在不结巴了……”

易意从未见过他这副模样，竟比她这个结束五年恋爱的人，还要落寞几分。

再后来，易意回国接手咨询所，唐教授将盛微语引荐过来，她那时已经忘了易言当初反复念叨的名字，并没有多在意。只是有次她在朋友圈发了一张咨询所聚餐的照片，从不在朋友圈点赞和评论的易言，破天荒地在那张照片下评论了一句，问照片里的人是不是都是咨询所的员工，她如实答了。

三个月之后，易言辞职回国。

易意发出一声叹息："旁观者清，易言对盛微语的感情，比你、我能想象的，要深刻得多。"

病床上的秦馨月已经停止了啜泣，低垂着的眼里，原本灵动的眸光渐渐黯然。

病房之外，黎萱想要敲门的手悬在空中很久，最终收回身侧。

## 第十九章

## 还是喜欢他

【50】

没多久，盛微语就开车赶到易言家。

太担心易言，她连门铃都顾不得按，直接输入密码开锁进了他家。

一进门，金花就在门口蹲着，向她吐舌头，摇尾巴。

彼时易言正坐在沙发上，手里拿着空水杯，似乎是要去倒水，见到盛微语，他扶着沙发站起来。

站起来的时候，他微微蹙眉，抿着唇，似乎有些吃力和不适。

盛微语见他没什么大碍，悬了一路的心终于放下来，又注意到他右腿沉重的石膏和站起来时隐忍的表情，快步朝他走过去，把他按回到沙发上，心疼地说道："行了，你都这样了，就不要乱动了。"

易言仰头看着她，眉心舒展开来："我没事。"说着，他还活动了两下双臂，"你看，没什么大碍。"

盛微语不悦地看了他一眼，不客气地说道："你觉得自己出了车祸能没事，还挺骄傲？"

尽管嘴上是这么说，还是从他手里拿过杯子，去倒了杯水过来，放到易言面前。

见易言只是双手端着那杯水，并没有要喝的意思，她双臂环胸居高临下地睨着他："怎么，怕我在水里下毒？"

易言轻轻地摇了摇头，说道："你倒的水。"

"我不……"

"有点儿舍不得喝。"

盛微语正要说她不会下毒或吐口水，却因为易言的这句话愣在了原地。

男人垂眼望着那杯水，长睫在他脸上投下两片落寞的阴影。

须臾，他抬眸望过来，嘴角含着笑，说道："好久没见了，微语。"

这笑让盛微语的心神晃了晃。真是奇怪，平时那么冷淡又厉害的一个人，这会儿看上去竟然莫名有些可怜……

有什么好可怜？

之前吵架的时候可一点儿都不可怜。

盛微语从怜悯的泥沼中挣出来："不就是一杯水吗？有什么舍不得的？爱喝不喝。"

反正渴死了也不关她的事。

闻言，易言似乎迟疑了几秒，最终端起水杯，一口气将水饮尽。

盛微语看在眼里，埋汰在心里。

看吧，男人的话就是信不得，刚才还说什么舍不得喝，现在还不是因为口渴就把水喝了个精光？男人的嘴，骗人的鬼。

她这样想着，易言将空水杯递到了她面前："可以再帮我倒一杯吗？"

盛微语没好气地问道："干吗？"

刚刚不喝，现在一杯还不够了？

易言没被她不耐烦的态度影响，慢条斯理地解释道："刚刚那杯水，我不喝好像会惹你不开心，但是喝完了就没了，所以想重新留一杯。"

言外之意是，真的舍不得喝那杯水，但为了不让她不开心，即使舍不得，他也要把水喝完。

总归，不单是珍惜这杯水，而是更珍惜倒来这杯水的人。

易言幅度很小地摇了摇空水杯，将因为他那句话而愣在原地的盛微语拉回现实。

盛微语抬眼就撞上男人的目光，那目光难得温和，更难得能从中看出几分小心翼翼。

那双好看的眸子弯了弯，说道："劳驾。"

"不就是一杯水吗？有必要吗？"盛微语嘟囔着，从易言手中接过杯子，转身去倒水，尽管嘴里嫌弃，嘴角却往上弯了一个弧度。

当然，倒完水回来时，嘴角的弧度已经被她刻意抹平了。

不轻不重地将水杯搁到易言面前，盛微语问道："你真的不用去医院？

和撞你的那个人协商好了？”

易言闻言一愣，见她低头盯着自己打着石膏的腿，一下子明白了。她果然是下意识地将这场因为他疲劳驾驶开车撞上树的事故，定义成他被车撞了，也难怪她来时的表情那么担忧。

事实上，如他所言，这只是场有惊无险的小事故，他也只是右腿受了点儿皮外伤。至于这点儿皮外伤为什么会被易墨夸张地打上石膏，那就不得而知了。

自然，易言是不会将这些告诉盛微语的。

“不用去医院了，易墨也说了没什么大碍。”

他搬出做医生的易墨，让她安心，也不解释，就这么模棱两可地回答，一点儿也不心虚地让这误会继续下去。

盛微语听到不用去医院是易墨的意思，果然安心了，只是脸还绷着：“既然你没事，那我也不留在这儿了。”

说着，她转身就要走。

“微语。”

易言下意识地站起来去抓住她的手想拉住她，却一时大意，忘了自己腿上还打着厚重的石膏，手是抓住了，人却没站稳，重重跌回沙发上，连带着盛微语也重心不稳地扑到了他身上。

没有缓冲的手肘直接撞在易言的胸口上，犹如磕碰到坚硬的桌角，又硌又疼。

易言吃痛地闷哼了一声，双眉蹙起。

这反应落到盛微语眼里，却被她以为是压住了他受伤的右腿。

盛微语连忙从他身上爬起来，手忙脚乱地查看他的伤势，却又因为打了石膏，无从下手：“你没事吧？碰到你的伤口了吗？很疼吗？要不要去医院看看？”

她想去检查他的伤处，却又怕再弄疼他而不敢下手，正当她手足无措时，易言伸出手，将她的手抓住。

“微语。”男人的嗓音微微上扬，似乎心情很好，“我没事。”

盛微语下意识地望过去，抬眼便撞进对方含笑的眼眸中。

盛微语一愣，似乎反应了过来，顿时脸色一沉：“你骗我？”

说着就要把手抽回，却不料被对方紧紧握住。

“你……”

“没骗你。”

盛微语正想没好气地让他松手时，易言说了这么一句。

“对不起。”沉默的间隙，易言冷不丁地开口道歉。

“没骗我，你道什么歉？”盛微语冷淡地反问。

易言抬头望着她：“道歉的区间，是月初到今天。”

这是道歉的姿势？

盛微语偏过脸，故意偏移重点：“什么区间？我物理不好，不懂你说什么。”

“区间是数学概念。”易教授实诚地纠正某人对学科知识的混淆，又实诚地补充道，“高一的知识。”

在盛微语无语凝噎只想给他实诚的一拳时，易言又开口道：“一个月前，我不该瞒着你那些事。”

“两周前，我不该跟你吵架，不该对你说，那些都没必要。”

“今天，也不该让你担心。”

看着易言一件事一件事地徐徐道来，有条不紊地分别道歉，明明这道歉的方式就和他的人一样死板又无趣，可他偏偏还这么认真，活像考试做题的学生，慎重又小心，盛微语不觉有些想笑，但又不想这么快就接受他的道歉，便绷住嘴角，冷淡地说道：“你是在道歉，还是在考试？”

易言认真地想了想，严肃地说道：“准确来说，是在做纠错集。”

……谁来救救这个一本正经讲冷笑话的易教授？

为了掩饰自己想笑的欲望，她很用力地咳了几声，故作云淡风轻地说道：“行，你继续做你的纠错集。”

说完，她坐在一旁，双手环胸，好整以暇地看着他。

易言沉默了两秒，似乎没料到她会这么“不懂眼色”，完全不给他台阶下，表情略有纠结。

正在这时，旁边一直乖巧的金花忽然“汪”了一声，贴着盛微语的腿团团转，好像是在帮它这个靠不住的铲屎官解围。

盛微语早前在易言家住了几天，基本摸清了金花的小习惯，她习惯性地看了一下墙上的挂钟，果然是到了金花吃饭的时间。

盛微语低下头，就见金花可怜兮兮地望着自己。她怜爱地摸了摸它的狗头："小金花是饿了吧？"

她看向易言，刚想说她去给金花拿点儿狗粮，然而还没来得及开口征求他这个主人的同意，对方好像知道她要说什么一样，先开口道："我和金花都麻烦你了。"

"什么？"

盛微语一时不明所以，却见男人从容地把手放在腹部，默默地注视着自己，眼神与方才的金花无异。

盛微语眼角一抽，没应他，站起身去宠物屋给金花拿狗粮。似乎知道她起身的含义，金花也连忙起身跟在她身后，尾巴一晃一晃，心情极好的样子，完全把自家铲屎官抛在脑后。

易言坐在沙发上，看着一人一狗进屋的身影，有些怨念。或许连他自己都不相信，他堂堂一个大学教授，今天竟然对一条狗生出怨念。

倔强的易大教授用他最后的倔强，把这不爽的心情称之为怨念，而不是醋意。

盛微语回到客厅看到的就是这么一张写满了怨念的脸，终于是没扛住，如了男人的愿，进了厨房。

她不知道的是，男人在她转身进厨房的时候，绷紧的心里也舒了一口气。

哪怕神色只缓和一丁点儿，只要她不再像之前那么冷漠，他就还有挽救的机会。

易言看着在冰箱面前驻足苦恼的盛微语，嘴角扬了扬。

盛微语扫了一圈冰箱，蔫了的青菜、瘪掉的西红柿、各种食材罐头连摆放的位置都和半个月前一模一样，足以见得这个家半个月没有开过火。她转身看向易言："易教授，请问你这半个月是吊着仙气喝露水活着的？"

易言才上扬没多久的嘴角一僵，这才想起他这段时间又忙又累，也根本没心情在家里做饭，冰箱更是开都没有开过，可以想象里面是有多狼藉。

他尴尬地扯了一下嘴角，正想开口解释些什么，盛微语却已经转过了身，手脚麻利地把冰箱里已经坏掉的蔬果拿出来扔掉，又拿出她之前买的面条，和一盒没那么容易坏的生鸡蛋："算了，今晚就下面吃吧。"

盛微语的厨艺属于无功无过的类型，比不上大厨，但养得活自己，胜在她做什么事都不拖泥带水，没一会儿就把面条煮好端上了餐桌。

易言正想起身去帮她拿副碗筷过来，盛微语赶紧走过来扶住他："你腿还伤着呢，别乱动。”

她一边说着一边扫了客厅一周，也没见着轮椅和拐杖之类的东西，不禁问道：“怎么，你从医院回来没有配一根拐杖？”

易言闻言身体一僵，真折了腿的人当然需要拐杖。他是被易墨强行打上石膏的，别说拐杖了，就连易墨推他回家用的轮椅，都是从医院借的，易墨离开的时候顺道把轮椅也带回去还了。

好在易言短暂的沉默并没有引起盛微语的怀疑，盛微语只当他是忘了，或是还没来得及去买，并没有深究其中的原因。她搀着易言坐到餐桌前，正当易言想让她也坐下来一起吃的时候，却见盛微语转身往玄关处走，这是要离开的架势。

易言叫住她：“微语。”

盛微语在门口停住脚步：“金花喂好了，晚餐也解决了，你也没什么事，我就先走……”

“留下来吧。”

“走”字的尾音刚从盛微语舌尖打个转儿，易言就出声挽留。

盛微语看着他，客厅里光影交叠，恍惚之间，像是回到了十年前那个夏天。

她得知易言要出国的消息后，再去他家里补习时，不再似往常那样活跃了，在易言察觉出她的不对劲儿时，始终沉默不语的她忽然望向易言，像久居黑暗的乞讨者渴望抓住唯一的光一样，眼神哀切，语气卑微：“易言，留下来吧。”

留下来，不要出国。

命运像是一个完美的置换装置，玩笑似的将他们两个人的位置调换过来。

客厅一片沉寂，画面仿若静止。

盛微语看着客厅里的男人，身侧微微蜷曲的手缓缓握成拳。

“祝你好梦。”

撂下这句话，女人便开门离开，几乎是没有一点儿留恋地关上了门。

易言看着合上的门，一秒，两秒，三秒，门外已无动静，终于，他垂下眼，嘴角抿得笔直，连一个自嘲的弧度都扬不上来。

就在他垂头失落之时，玄关处忽然响起了动静。

“咔嚓”一声，门被人从外面打开。

盛微语站在门口，脸上闪过对自己恨铁不成钢的唾弃。

她努力让自己表现得很淡定一点，语气里却还是不可避免地藏着一丝不自在："你别误会，我是看你连根拐杖也没有，走路都不方便，先照顾你一晚，明天早上我就走。"

易言望着她说着违心话的别扭模样，嘴角像是牵着氢气球，高高扬起："嗯，我不误会。"

【51】

楼层高的公寓远离街道的喧嚣，客厅里只剩下从电视里传来的笑闹声。

易言坐在沙发上，余光看见旁边的盛微语寻了个舒服的坐姿，目不转睛地盯着电视看，神情专注得像是在看严肃的纪录片，而不是休闲娱乐的综艺节目，让人不忍去打扰。

易言瞥了她不下五次，始终没能开口去打断她看电视的雅兴。

连他自己都不禁在心里自嘲了一番，学生时期不曾体验过的那种因为考试而产生的紧张感，感情暧昧期不曾感受过的两人独处时的拘谨感，他今晚"有幸"一一体验了一回。

他不知道的是，在他体验这种感受时，旁边的盛微语也是一样的心情。

盛微语目不转睛地盯着电视屏幕，眼神却异常空洞，像是临近饭点的课堂上，伪装在认真听课的学渣，看上去是求知欲极强地盯着黑板，脑子里却在思考人生问题，进而进行满汉全席的点餐服务。

电视里放了什么，盛微语一点儿都没看进去，她现在满脑子想的都是……

易言动了一下。

易言侧头看她了。

易言又侧过头不看她了。

易言是不是有什么话想要跟她说？是不是想解释他半个月都没来找她的原因？

易言要是求和的话，她该给什么反应？软下态度原谅他，还是继续高冷？

虽然她好像不怎么生气了，但是她想多看一会儿易言为了求和的模样。

可是她装高冷的时候，易言又讲他那南极冷笑话怎么办？虽然笑话好冷，但是她还是好想笑啊，笑场又丢脸……装高冷这么累吗？易言以前是怎么坚持不笑场的？

屋子里的气氛好尴尬，易言怎么还不说话？再不说话她就要睡着了……

"微语。"

在盛微语脑内念经一般叨叨的时候，易言终于出声了。

“做什么？”

像是听到了发令枪声的短跑选手，盛微语立马把头转了过去，反应快得把易言都吓了一下。

不过她也很快就意识到自己的反应有点儿强烈，又故意像是不舒服一样清了清嗓子，重新说道：“干吗？”

这次刻意放慢了语速，显得随意多了。

她这不自然的转变别扭极了，明眼人一眼就能看出来这是装的。可惜的是，向来洞察力惊人的易教授，此时正因为从未感受过的拘谨情绪，全身的感官都封闭了一半。

他斟酌着说道：“等我的伤好了，可以陪我去一个地方吗？”

闻言，盛微语皱了皱眉，神情有些惊讶，也有些不满。

开口说的第一句话，竟然不是解释他这段时间一直不来找她的原因？虽然周霖霖告诉过她，他这半个月一直在收拾那些烂摊子，但她更希望易言能亲口将这些告诉她。

她问道：“什么地方？”

“我朋友过一段时间会在A市举办婚礼，我想和你一起去。”

易言静静地看着盛微语，等着她的答复。

他没有告诉她，他在A市发生过的那些事。他想带她去，不仅是想向他的朋友介绍她，更想带她去那个带给他痛苦回忆的地方，也是他们缘分的起点。

他想在那里，将他所有的秘密，同他的下半生，一齐交付于她。

问出这句话之前，易言就已经将一切都打算好了，可惜的是，他的打算都是以盛微语答应他为前提。

更可惜的是，跟前的人不会读心术，盛微语并不知道他此时的想法。

盛微语此刻正介怀于他沉默了这么久说出的第一句话，竟然是和这段时间发生的事没有一丝关联的“口头婚礼请柬”。她是不是该庆幸这婚礼的男主人公不是他本人？

“再说吧。”盛微语给了他一个模棱两可的答复，像是在给他希望，却又偏偏在末尾补充了一句，“我答应了阿姨过几天陪她去旅行。”

“去旅行？”

易言心里凉凉的，出去旅行是不是意味着又要很久见不上面？

盛微语点头，旅行这事儿，是因为白露见她这阵子都闷闷不乐，提出要陪她出国散散心，不过在易言面前，她很“自然”地将主宾互换：“我陪周阿姨去国外散散心，可能要一两个月，也有可能要小半年吧。”

“小半年”这个词让易言的心凉了半截。

易言抿了抿唇，不肯放弃：“那你这几天有时间吗？”

其实也不一定非要等到他朋友婚礼那天，将日程提前，他是完全没有意见的。

易言如是想。

盛微语这次看出了他的想法：“你问这个干什么？你想让我明天陪你去A市吗？”

易言刚点完头，盛微语就笑着说道：“你不是想让我跟你去A市参加你朋友的婚礼吗？我们明天去，人家婚礼场地都还没定好吧？”

盛微语觉得易言可能需要做个脑部检查。

易言正想解释，盛微语又接着说道：“再说，你现在算半个残疾人士，你是想让我推着你去A市吗？”

易言想要解释的话噎在喉咙里，参不参加婚礼的事他可以解释，可是他“折了的右腿”不可能一朝之间痊愈，他的规划里也没有从轮椅上走下来单膝跪地这一个画面。

易言沉默了。

刚才还在心里感激易墨给他想出苦肉计，强行给他没受伤的右腿打石膏，瞬间又反转了——想医闹，想家暴。

盛微语自觉他不会再说什么其他的事了，她略微有些失望，但还是掩下这些情绪，起身道：“今晚你就不要淋浴了，我去给你放水，洗洗睡吧。”

说完就去了主卧。

易言盯着那条打上石膏的腿，微不可察地叹了一口气。

长夜漫漫，孤枕难眠。

主卧和侧卧的两个人心思各异，不约而同地想着，自己所想的事情，似乎毫无进展。

失眠的后果是，第二天早上眼皮像裹上了石膏一样沉重。

盛微语在床上缓了一会儿，理性思维慢慢回笼，打跑了泛滥的困意。

她从床上起身，揉了揉惺忪的睡眼，就出了房门，准备去阳台拿自己的衣服换上。

之前把换洗的衣服都拿走了，她昨晚穿的是易言的卫衣当睡衣，宽大的卫衣套在身上，就像近来流行的男友风卫衣裙，还挺好看的。

侧卧和主卧相对，去客厅前，盛微语轻轻地敲了敲主卧的门，意料之中的没有得到回应——易言向来起得早。

盛微语一边往客厅走，一边叫易言：“易言，我待会儿出门帮你带根拐杖回来，顺便买个早餐，你想吃……”

盛微语的声音在看到客厅里的易妈妈时戛然而止。

像是脚底生了根，盛微语呆愣在原地：“易、易伯母……”

# 第二十章
## 陪你一起拥抱世界

【52】

盛微语走到客厅的时候，黎萱正端着刚做好的早餐准备摆上桌，瞧见盛微语，竟也没觉得惊讶，反而淡定地应了一声，然后跟她打招呼：“早。”

盛微语咽下惊愕，很快就看到坐在沙发上的易言，用目光无声质问：“你怎么都不事先通知我，你妈会来？”

易言轻轻地摇了一下头，似乎也没料到会有这么一出。

两人暗暗地进行眼神交流之时，黎萱已经把早餐都摆上了桌，她说道：“知道你俩感情好，但大清早的，别在那儿挤眉弄眼了，过来吃饭。”

盛微语和易言都很尴尬。

盛微语赶忙去阳台取下自己的衣服，回房火速换上，一边心乱如麻地进行洗漱，一边后悔自己昨晚一心软就在这儿留宿了，现在正撞到易言母亲的枪口上。

上次被黎萱句句针对的场景还历历在目，尽管她理解一个母亲的护子心切，但她的肚量还没大到能大大方方地让别人给她第二次伤害。

她和易言之间的问题还没处理好，又来了新的问题……

盛微语叹了一口气，可能“有缘无分”这个词说的就是她和易言吧。

好在她心理素质好，再次回到客厅时，她已经收起了慌张和惊讶，从容不迫地走向了餐桌。

黎萱和易言已经在吃了，不知两人刚刚谈到了什么，易言微皱着眉，说道：“不需要，我自己能解决。”

语气略显冷硬，似乎有些不满。

黎萱却像是没发现一般，正想反问他“你自己能解决就是靠装残把别人强留在家磨磨叽叽吗”，余光瞥见盛微语，到嘴边的话又咽了回去。

她看向盛微语，问道：“盛小姐，你今天有时间吗？”

盛微语闻言，心里已经条件反射性地联想出这个问句的一系列衍生含义：“你今天很闲吗？”“你怎么还赖在我儿子家？你很闲吗？”“你可以……

“有时间的话，可以陪我一起去采购吗？”

盛微语的思绪里忽然生硬地插进这么一句，脑子还没从“本该怀有敌意的人忽然微笑示意，还给了个大馅饼”的混乱中反应过来，嘴已经应下了黎萱的请求。

等她反应过来时，她已经没机会去细究对方给的究竟是陷阱还是馅饼了。

好在这时候易言还算厚道，向她伸出援手，对黎萱道：“妈，买东西的事您就不用费心了，我和微语一起去。”

盛微语和黎萱同时看向易言，前者投以感激的目光，然而这感激的心思很快被后者一句话打回：“你要怎么和她去？让她搀着你去还是背着你去？”

黎萱的话，丝毫没给儿子一点儿面子：“我和盛小姐去给你买辆轮椅，至于你，腿都打上石膏了，还是老老实实在家休息，别让这轮椅白买了。”

她话里有话，暗暗提醒易言，要装就装到底，别一两天就露了馅，浪费她买轮椅的钱。

说罢还若无其事地瞥了一眼易言打着石膏的右腿成功地让易言闭上了嘴。

易言也听出来了，黎萱语气里的，一丝丝对他靠装受伤来留住盛微语的这行为的鄙夷，尽管这个法子是她大儿子易墨想出来的，尽管他对易墨转头就把这种丢脸的隐私泄露给其他人的行为更鄙夷，但此刻，他只能沉默，沉默地接受来自亲妈的鄙夷。

超市里，盛微语推着购物车，同黎萱并肩走在一起。

如果心情能用实体字表现在脸上的话，盛微语的脸上肯定写满了尴尬与疑惑。黎萱今天对她的态度虽说不上亲切热情，却远比上次要客气得多，她着实想不通这其中的原因。

不过她能肯定的是，黎萱拉她出来，不是采购这么简单。

正当她半是逛超市半是神游之时，黎萱停住脚步，问道：“你吃牛肉吗？”

盛微语没想到她买东西还会先问自己的意见，愣了一会儿才点了点头。

这段简单的对话打破了两人之间尴尬的沉默，黎萱拿了两盒包装好的牛肉放进购物车，十分自然地提起其他事："盛小姐现在找到新工作了？"

"还没。"

盛微语如实回答，前阵子因为那些风波影响到了咨询所，她自愿辞职了，导师也理解她。这段时间她待业在家，周远松问过她打算，周霖霖干脆想给她投资一个心理咨询所，但都被她拒绝了，她另有自己的打算。

黎萱又说道："易意和我提起过你。"

在黎萱还不知道盛微语和易言的关系，以及盛微语的身世之前，易意曾在她面前提起过几次盛微语——咨询所的靠谱新人。

虽然有导师推荐，但进咨询所，要求还是非常严格的，尤其是面试。易意作为一个甩手掌柜，也就对这一点格外重视，自然也是她亲自面试的盛微语。

易意和黎萱聊天时，偶尔也会透露一点儿咨询所的事，不免会提到几句员工。

黎萱继续说道："她那个人，不轻易夸人，对你却赞不绝口，她说你很优秀。"

"谢谢。"

盛微语除了客气这一句，并不多说，心里却在暗自感激自己那个不靠谱的前老板还算厚道。

黎萱继续说道："易意当初学心理学的时候，抱怨挺多，不然也不会半路转行当老板。这一行很考验耐力，容易失去热情，盛小姐当初为什么会选择这一行？"

盛微语压根儿没想到她会突然问这些，愣怔了好一会儿。

她略有些迟疑和防备地看向黎萱，眼前的中年女人也同样看着她，表情谈不上亲和，却与那日的趾高气扬完全不同，目光平静，没有任何的高姿态，更像是把她当作一个地位平等的人来对待。

盛微语渐渐收起防备，放松地轻笑了一声，十分认真地回答道："想让内心已经受伤的人，心里的冬天短暂一点儿，暖和一点儿。"

我们没有那么强大，能保护所有的人都不受伤害，也没有那么厉害，去治愈所有的伤口，但每一份绵薄之力，在饱受苦难的人眼里，都可能成为温暖的阳光，闪耀的希望。哪怕只有一丁点儿，绵绵不断地积攒汇聚，也能让被摧残的心灵渐渐回暖。

就像十年前的那个少年，不管他最后离开与否，至少他来过，给她带来了温暖的阳光，成为她的希望，每一次想要放弃但依旧咬牙坚持的希望。

黎萱看着盛微语，眼前的年轻女人收起了锋芒，却更加明亮闪耀。她忽然明白了易意那天在病房里对秦馨月说的话。

【53】

黎萱看着眼前的盛微语，说道：“易意说得对，你才是易言的良药。”

她像是陷入了过往的思绪，长长地叹息了一声：“如果当初我没有强制送易言出国治疗，我们的关系或许不会闹得这么僵。”

易言是个孝顺的人，却也是个冷漠的人，如同抽丝剥茧一般渐渐地把他自己从这个家里剥离出去，循规蹈矩地对待家人，没有丝毫怠慢，客气却疏离至极。

盛微语闻言，惊讶道：“出国治疗？”

易言出国是为了治病？

见她似乎是第一次听说易言出国的原因，黎萱也有些惊讶，也隐约明白了易言瞒着她的原因。

盛微语努力回想着易言出国前的事情，却没有一个画面能告诉她，易言出国是为了治病。她甚至从未发觉易言有过什么疾病，除了……

“易言的口吃，不是天生，是因为心理障碍。”黎萱适时出声，解开了盛微语的困惑，“因为一场绑架。”

易言十五岁那年，和秦馨月一同被绑架，而绑架他们的人，是秦馨月的生父，一个染上毒瘾的疯子。

秦父和黎萱是生意上的伙伴，两家往来不断，易言和秦馨月情同兄妹，黎萱待早早失去母亲的秦馨月，也视如己出。

直到那年，秦父性格越来越古怪，秦家的生意也一直亏损。其间，尽管黎萱三番五次出资帮助，却依旧是无用功。后来经媒体爆出，她才知道，昔日的好友染上了毒瘾。这种事对一家企业来说，无疑是致命打击，秦氏产业一朝之间跌落谷底，秦家就此一蹶不振。

在秦父再找黎萱借钱重振公司时，黎萱拒绝了，劝他先去戒毒所戒毒，却被对方大骂不念旧情。

之后秦父丢下亲生女儿秦馨月，消失了大半年。再回来时，他诱拐了秦馨月，掳走了易言，向黎萱勒索一千万元。

谁都体会不到黎萱当时的心情。被昔日好友背叛并勒索，震惊、愤怒、悲伤……所有的情绪在看到浑身是伤的易言时，都变成了没有边际的心疼和歉疚。

一个十五岁的少年，一个九岁的女孩儿，一个伤痕累累，闭口不言，一个失去了记忆。谁都不知道，他们被绑架的那三天里，究竟发生了什么事。

易言从昏迷中醒来后，得知那个救他的警察因此而牺牲，病情越发恶化。他抵制心理治疗，性格变得孤僻冷漠，对任何事都不闻不问。

黎萱想过将那个牺牲的警察的儿女接过来抚养，或许能帮助易言走出来，却被那边拒绝了。

后来，易言父亲不顾黎萱的反对，同意了易言独自生活的提议，让易言从家里搬了出去，转学到了一所新高中。

再后来，他遇到了盛微语。

盛微语听着易言的过往，心里像是被灌了铅一样，堵得生疼。

她想起来了，她以前问易言为什么会口吃的时候，易言的神情是类似于悲伤的落寞。

她只身犯险对付染上毒瘾的盛强，被易言责骂，质问她知不知道吸毒的人有多危险，是因为他亲身经历过，才会如此失控。

她以前对自己的身世闭口不言，是因为她觉得不堪，对此十分自卑，心中始终蒙着阴影。

而易言不对她提起那些过往，是它们过于痛苦，揭开伤疤的时候，无论是受伤的人，还是看到伤痕的人，都会觉得疼。所以他才绝口不提，他宁愿一个人忍受，这才是他口中常提的“没必要”的真正含义。

他不是要求完美，他只是比她更小心翼翼地对待这段感情。

而她，还一次又一次地往他的伤口上撞，一点儿都不自知地想去撕开他的伤疤。

她就是一个自以为是的傻子。

盛微语回到易言公寓的时候，已经哭成了泪人。

十年来，头一次，眼泪这么汹涌。

如果周霖霖在这儿，肯定会毒舌地“恭喜”她终于修好了泪腺。

庆幸的是，黎萱在半小时前忽然接到电话，有急事先离开了，没陪她一起回来，看不见她这副狼狈模样。

她站在门口，平复了好久的情绪。她不希望易言看见自己这副狼狈的模样。

而门的另一边，易言刚从宠物屋出来。

趁家里没人，他直接拖着石膏腿去宠物屋把东西放好，用零食连哄带骗地训练了金花好久，才终于让它能听懂他的指挥。

他才走到厨房去洗了手，还没来得及回到客厅的沙发上，入户门就被人从外面打开了。

看到门口的盛微语，易言愣在原地。

快速地估算了一下沙发到他的距离，他确定自己就算会瞬移也来不及回到沙发边——因为盛微语已经朝他看过来了。

如果B大的学子们有幸在场，一定会欢呼一句“苍天饶过谁”，因为让他们瑟瑟发抖的易教授，此刻的神情跟他们被点名的时候一模一样。

“微语，你听我解……”

话说到一半，便戛然而止。

易言微一眯眼，就看见了盛微语还没完全褪去的红眼圈。

他顾不上还打着石膏的腿，也将“骨折”这事儿抛到了脑后，大步走到盛微语跟前，问道：“你哭了？”

没看到黎萱的身影，他像是想到了什么，略一皱眉，表情瞬间变得严肃起来，对盛微语说话的语气却刻意放柔了许多，像是怕又弄哭她：“是不是她又对你说什么了？”

盛微语抬头望着他，才止住的眼泪又涌了出来，她上前抱住他的腰，埋入他怀里。

“伯母说……”盛微语埋在易言胸口，闷声开口道，“小结巴是个大傻子。”

易言身体一僵，像是明白了什么。

他低低地笑着说道：“还好负负得正，我俩的傻影响不到遗传基因。”

他一边这样说着，一边伸出手回拥她，一点儿一点儿地将胳膊收紧。

女人的心，说变就变。

上一秒还在为你感动，下一秒又因为欺骗了她而赌气。

得知易言的腿伤是假的后，盛微语差点儿当场找来一把锤子，把他的石膏腿敲骨折。

自然，易言也不是真的傻到会把所有的责任都往自己身上揽。

面对盛微语的愤怒，他从容地带着盛微语重新过了一遍昨晚的对话，的的确确，自始至终，他都没有承认自己是真的折了腿，反而一直都在强调他没受什么伤。

这顿辩解可以说是相当有理有据，盛微语又好气又好笑，却是一点儿法子都没有。

伤势是假的，请的假自然也要销掉了，于是两天后，易言又回到了B大上课。

这对B大学子们的打击无疑是巨大的，这种感觉，就如同严厉的老父亲才说要出一段时间的远门，才看到自由的曙光，老父亲第二天就回家了，曙光又被强行隐没在海平面以下。

所以当易言出现在阶梯教室门口的时候，教室里传出了一片哀号声。

与此同时，盛微语也收到了表妹充斥着不甘和愤怒的短信：“为什么？！为什么易教授才休两天假就回来了？！不是说好要请两个月的假？为什么缩水成了两天？！易教授究竟是什么神仙身体，为什么这么快就康复了？！为什么你没有榨干易教授？！为什么！！！”

盛微语的嘴角止不住地抽动，甚至想发消息给易言，让他多“关照”这位爱问“十万个为什么”的许同学。

“盛微语，你是不是没在听我讲话？”

冷硬的男声打断了盛微语的思绪。

盛微语下意识地否认：“没有。”

周霖霖面无表情地看着她，明显是不相信她说的话。

盛微语心虚地咳嗽了一声，回想起刚刚他反复提了一个关键词，装出很认真地听完之后虚心提问的模样，问道：“所以那条项链你打算怎么办？”

关键词加“怎么办”，这几乎是个万能问句。

周霖霖相信她还是听进去了的，缓和了一下脸色。

他毫不犹豫地说道：“重新买回来。”

对他来说，那条项链的意义大于价值。他原本只是单纯地觉得，那是周家的东西，落在外人手里，他心里多少有点儿不舒服。

然而当他知道那条项链好巧不巧被那个女人买了的时候，他心里何止是不舒服，简直不平坦到可以开过山车了！

周霖霖继续说道："我已经和买主取得了联系，要买回项链出价三百万元。"

"三、三百万元？"

盛微语震惊不已，她当初卖出去时也才卖了三十万元！

"你已经把项链买回来了？"

"没有。"

盛微语松了一口气："还好。"她劝说道，"要不，算了吧？已经亏了两百多万元，别再贴钱进去了。"

"不行，"周霖霖十分严肃地说道，"我一定要买回来。"

"为什么？"

周霖霖义正词严："不然心里不舒服。"

盛微语很是无奈。

所以花三百万元就是图个心里舒服？

如果不是她先败了两百七十万元的话，这么败家的行为，她真想好好教育周大少爷一顿。

默默念了几遍自己败的那两百七十万元，盛微语好声好气地劝说道："你想想，心情不好可以去旅行散散心，给自己买辆跑车，花三百万元重新买回那条项链，多不值啊。"

"脑子里是有多大的坑啊！"盛微语默默在心里想。

周霖霖看了她一眼，显然没将她的话听进去："现在的问题是，那个人不卖。"

盛微语讶然："三百万元也不卖？"

她忽然觉得那个人脑子也有大坑。

盛微语又觉得不对劲儿："为什么？"

周霖霖的表情竟然有那么一点儿憋屈："我和那女人有仇。"

盛微语还是头一次见周霖霖露出这种表情，觉得甚是奇妙，她盯着周霖霖看了好一会儿，注意到他对项链买家的称呼，长长地"哦"了一声，意味深长地说道："你加油。"

周霖霖不理解她这意味深长的语气。

盛微语又故作夸张地开口道："以后在感情方面有什么困惑尽管来问我，姐姐也算是过来人。"

周霖霖：“滚。”

跟周霖霖“友好”交流完后，盛微语去了B大，她现在是无业游民，也不急着找新工作，总之清闲得很。

晃荡到B大的时候，离易言下课还有一段时间，她百无聊赖，便买了杯奶茶，一手捧着奶茶，一手握着手机，倚在阶梯教室外一边听歌，一边玩手机。

自从上次牧星跟她闹出的绯闻之后，牧星似乎受了什么刺激一样，总做一些出人意料的事，隔三岔五上一次热搜。

这次是忽然贴出一张剃成寸头的图片，刚到不行的新形象与以前大相径庭。粉丝们一边怀疑图是P的一边舔颜时，牧星又神不知鬼不觉地参加了国内某著名导演新电影的开机仪式，即将和某影帝同台飙戏，没有一点儿预兆，让众人猝不及防。

据那个影帝透露，当时牧星碰巧在公司，去洗手间的时候碰巧路过试镜地点，当评审人的影帝碰巧刚从洗手间出来，两人碰巧遇见，影帝碰巧看过牧星在上部电影里出演一个名不见经传小角色时的表现，便拉着他进去试了试，又碰巧成了。

低头看着网上对影帝和牧星的调侃，盛微语忍不住想笑，刚给牧星新发出来的寸头照点了个赞，头顶忽然传来熟悉的低沉男声：“什么时候来的？”

盛微语被惊了一下，抬头便看见易言站在自己跟前。她问道：“就下课了？”

她把音乐音量调得挺高，又一心看着手机，没有注意到下课铃声。

易言抬手替她摘下耳机：“音量调太高损害听力。”

注意到她手上冒着水滴的大杯奶茶，易言微微皱眉：“又喝冰的？”

每次例假都痛得快没人样了，每次点饮料还是雷打不动地加冰。

盛微语知道他又要说自己了，连忙把奶茶举到他嘴边，说道：“下次喝热的。”

她知道易言不喜欢甜的，对奶茶更是碰都不会碰，也不会跟别人共用餐具，所以肆无忌惮地做出听话的模样。

然而男人一点儿也没如她的愿，低头咬住吸管，一口气将冰奶茶喝光，看得盛微语目瞪口呆，又极其生气。

这个人，怎么一点儿都不按常理出牌啊！

见到盛微语敢怒不敢言的愤愤模样，易言不着痕迹地弯了弯嘴角。

然而下一秒，余光扫到她手机屏幕上的照片，易言嘴角的弧度一顿，有意无意地瞥了盛微语一眼，意有所指地说道："沉迷网络不利于身心健康。"

盛微语被他逗笑，知道他是醋意上来了，故意说道："其实你想说的是，沉迷男色不利于身心健康吧？"

易言看了她一眼："他这样的，还算不上男色。"

盛微语又故意问道："那什么样的算男色？"她凑到易言面前，朝他眨了眨眼睛，"易教授这样的算吗？"

易言轻咳了一声："这是在学校，别胡闹。"

他这么一说，盛微语也注意到了周围不断向他们投以目光的学生们，也发现了，这些学生看她的眼神，好像充满了狂热的……敬佩？

盛微语脸上一热，赶紧挽上易言的手，半拽着易言离开。

回到公寓，吃完饭，遛完狗，做晚间运动时，易言忽然贴在盛微语耳边，压低声音说道："你觉得，我这样的算吗？"

盛微语红着脸不说话。

折腾了大半夜的后果是，盛微语第二天早上又没能及时起来。

她醒来的时候，易言已经去了学校。

打开手机想看时间，却意外发现一条陌生短信。

盛微语皱眉，因为短信最后的署名，是秦馨月。秦馨月约她见面。

对方直接报了时间和地点，似乎就算她不去，也会在那儿等着。

盛微语思考再三，做个了结也好，便决定赴约。

然而当她看见秦馨月的时候，她忽然生出一个预感，今天来做了结的人，不只是她。

和第一次见面的时候不一样，女孩儿坐在咖啡厅的窗边，阳光下的她，身形单薄，脸色苍白，恬静的表情完全看不出一丁点儿当初的跋扈。

盛微语走过去，心里暗暗为她的大转变感到疑惑。

秦馨月没有跟她打招呼，甚至在她坐下的时候，侧过头看向了窗外，又或许是盯着玻璃上的自己。

"我从九岁，就开始喜欢易言了。"

她出声便是这么一句，明明对当事人的女朋友算不上礼貌，但盛微语并没有听出她语气里有什么挑衅或宣布主权的意思，因此盛微语也没有出声去打断她，而是沉默地等着她的下一句。

“九岁那年，我和易言被我生父绑架，我眼睁睁地看着他被那个男人殴打。我对那三天的唯一记忆是，他无论怎样被折磨，都始终捂住我的眼睛，把我护在怀里。从那开始，我就知道，没有他，我活不下去。”

“所有人都知道我对他的心意，在国外的时候，他对所有的女人态度冷漠，唯有对我，耐心纵容，所以我笃定，在他眼里，我一定是不一样的，直到我看见了你。”

秦馨月转过头，看向盛微语：“看见你，我才知道，我所笃定的，都大错特错。他对我耐心纵容，却始终留有明确的底线，对你，他没有原则。”

她凄惨地笑着说道：“我真的很羡慕你……”

盛微语看着秦馨月，说道：“你错了。”

秦馨月一顿，迷茫地看着她。

“你不是真的爱易言，你眼里的他，永远是沉稳的，让你有安全感，你喜欢的，只是这样的他。你对他的爱，还停留在他拼命保护你时的安心和依赖，而这种爱，也是我当初对他的感觉。”

“可是，当他彻底从我的生活中抽离，我再也依赖不了他的时候，我发现，我还是喜欢他。我脱离了对他的依赖，却一遍又一遍地在脑子里重复演绎他对我冷淡、生气及出糗的各种画面，甚至在与他失联的那十年里，时不时地想起他。即使我不能再依赖他，我也依旧爱他。”

在没有与易言重逢的时候，她一直以为，自己或许就这样和别人终老，但从她再遇见易言的那一刻起，她终于笃定，除了易言，这辈子她再也接纳不了别人了。

那个给她带来光的少年，从来没有从她心里离开过。

盛微语把想说的都说了，会了结的自然会了结，她起身准备离开，刚站起来，便听秦馨月说道：“我要出国了。”

盛微语动作一顿，看向她。

秦馨月朝她笑了笑，说道：“别告诉易言，我知道，就算他知道了，他也不会来送别。”

她已经触碰到易言的底线了，也知道那条底线后面的易言，是她不再喜欢的冷漠的易言。

所以，就让她最后欺骗自己一次，就当易言是因为不知道，才不来送别，让她对易言最后的印象，停留在她喜欢的那个模样。

盛微语回到公寓的时候，易言已经从学校回来了。临近期末结课，易教授这几天的课时格外少，但需要抽时间出考题。

她走到书房，坐在正在出考题的易言身边，靠在他肩上，盯着电脑上繁杂的物理题目一言不发。

许久，她才说道："我刚刚去见了秦馨月。"她遵循秦馨月的意愿，省去了秦馨月要出国的那部分。

易言敲键盘的手一顿，却没有问什么。

盛微语伸手环住易言肩膀，说道："怎么办？和她聊完之后，我好像更爱你了。"

"有多爱？"易言问道。

盛微语想了想，说道："比大侠爱金花，多一点点儿。"

闻言，易言低笑出声。

笑完之后，他开口道："金花有礼物要送给你。"

盛微语疑惑道："什么礼物？"

易言笑而不语，唤来金花，在盛微语好奇的目光下，做了一个手势，金花立马朝盛微语摇起了尾巴，扯了一下她的裙角，似乎是要带她去哪里。

盛微语只觉得奇妙，满心期待地跟着金花走到了宠物屋。金花一个立身，前腿搭在了一个矮柜上。

盛微语顺着它的动作看过去，便看见那柜子上的一张被裱在小相框里的照片。那张照片她很熟悉，她当初在金花的窝里看到过。照片里的女孩，正是为救易言而牺牲的警察的女儿。

但这和礼物好像没什么关系。

盛微语疑惑之时，金花汪汪叫了两声，好像在提醒她什么。

鬼使神差的，盛微语走上前，将那个相框拿起。

看到相框后面的方形小盒的瞬间，盛微语整个人都愣住了，拿着相框的手却有点儿发抖。

"微语。"

男人的声音从门口传来，盛微语转身望过去，看着他一步一步朝自己走来。

易言将盒子打开，将戒指戴在她的无名指上，环上她的腰，在她耳边低声呓语：“我爱你。”

盛微语流着泪笑问道：“有多爱？”

易言俯首，轻轻吻去她的眼泪，吻上她的唇：“比你所想的，多一点儿。”

——正文完——

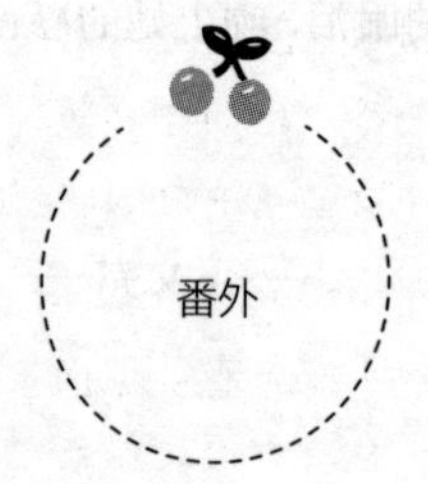


【1】

周霖霖最讨厌两件事，一是做生意亏钱，二是被死缠烂打。而这两样，林雨都占全了。

如果说有人能让少年老成，成年之后更是稳重如老狗的周霖霖气急败坏得跳脚爆粗口，那么这位“能人”，非林雨莫属了。

用林雨本人的话来说，周霖霖于她，就如月亮和星星。林雨这一辈子，都是在围着周霖霖打转，她就像是为了周霖霖才出生的一样，就连姓名，都刻在他的名字里。

但对周霖霖来说，“林雨”这个名字是和牛皮糖挂钩的，又黏又腻。

十五岁时，他考进了 B 市极难进的私立高中，成绩垫底的“牛皮糖”找她爸给学校捐了一栋楼，把她塞进了他的学校。

十八岁时，他收到了美国某大学的录取通知书，将出国读书，英语从来没及过格的“牛皮糖”找她爸把所有事都搞定，跟着他出国留学。

二十二岁时，他回国管理公司，毫无意外的，“牛皮糖”也回国了，还捡漏买下了他送给盛微语的项链。

三百万元买回来的项链，被盛微语三十万元大甩卖卖出去，最忌讳做生意亏本的周霖霖自然是被气个半死，但更气的是，用三十万元买下这项链的，偏偏是他最讨厌的“牛皮糖”，林雨。

前前后后，周霖霖跟林雨交涉了不下三次，想要买回项链。如他所料，林雨不肯撒手，甚至把价格抬到了五百万元。

极其有生意头脑的周霖霖怎么可能会允许自己做这种赔本生意？自然是不会答应。

但林雨又提出了第二个条件——只要周霖霖跟她交往，她就把项链拱手相让。

听到这个条件的时候，周霖霖差点儿掏出银行卡直接给她刷五百万元。

周霖霖自认也不是苛刻的人，但对于林雨，他是一刻也忍受不了，因为她过于吵闹，过于疯癫，而他这辈子出过的所有糗事，都和她有关。

周霖霖六岁生日宴上，林雨当着所有人的面给他送了一条裙子，于是周霖霖有了这辈子最屈辱的生日照——穿着裙子的大佬照。

周霖霖十四岁的时候，还是一个循规蹈矩沉迷学习的初中生，自律到苛刻，却因为林雨，第一次逃了课，第一次打架，第一次鼻青脸肿地回了家，真是丢脸丢到姥姥家了。

周霖霖十八岁的时候，刚到国外读书，原本以为自己终于迎来了没有“牛皮糖”的美好生活，不料第二个月，林雨就来了，还当着新同学的面抱着他哭，问他怎么一声不吭就跑到国外了。于是周霖霖又当了一次“负心汉”，还是个被糊了一身鼻涕和眼泪的负心汉。

再比如现在，周霖霖在和家里介绍的人相亲，却又被林雨给碰上了。

女孩儿穿着白色短T，一条做旧的牛仔裤，将头发随意地绑成马尾，素面朝天，一身打扮清爽得像个高中生。她很远就看见周霖霖了，跑过来朝他打招呼：“霖霖！”

相亲对象是向氏的千金，性格温婉，举止优雅，标准的大家闺秀，见林雨朝这边跑过来，问周霖霖：“小周总，她是？”

周霖霖向来波澜不惊的脸上，难得闪过嫌弃的表情：“一个疯丫头罢了。”

林雨跑过来，刚好听到这一句，不满地反驳道：“哎哎哎，谁是疯丫头啊？”

她自来熟地朝向雪伸出一只手，打招呼：“你好，你好，我是林雨，周霖霖的忠实追求者。”

周霖霖听到这句话的时候，闭了闭眼睛，仿佛听过无数次这句话一样，既不耐烦，又很无奈。

向雪脸上的表情尴尬地僵住了，没有去跟她握手。

林雨丝毫也不觉得尴尬，顺其自然地把手收回来，打着哈哈，侧过头问周霖霖：“哎，你们在干吗呢？”

周霖霖面无表情地说道：“约会。”

林雨愣了一下，看了看向雪，又看向周霖霖，转头又看看向雪，问道：“我是不是听错了？”

向雪也有些不悦了，但碍于形象，还是压着脾气，跟她解释道：“我跟小周总在相亲，刚刚吃完饭，现在正准备去商业街那边逛逛。”

林雨这下淡定不了了，低声地说道：“不是，你们约会……”

她看一眼周霖霖，又看一眼向雪，最后看向周霖霖说道：“不是，你怎么会来相亲啊？你相亲怎么不告诉我啊？”

周霖霖反问道：“我相亲为什么要告诉你？”

虽然他以前不屑用联姻来促进企业发展，也鄙视将家族企业和子女婚姻捆绑的长辈。就比如前一段时间，路家因为这事儿闹得天翻地覆，又是逃婚闹失踪，又是断绝关系，被圈内人看了好大一出笑话。

但他不一样，他对感情向来看得很淡，在金钱面前，感情卑微得不值一提，更何况他还没对谁有过什么感情，所以结婚于他而言，也就是找一个称心如意的合作伙伴，联姻对他有利无弊，又何乐而不为呢？而寻求合作伙伴的最佳途径，自然就是相亲。

林雨和周霖霖的想法却截然不同，生活在这个圈子里，不是谁都像她那么幸运，有一对开明又宠她的父母，从来不逼她做任何事，从小到大，她见识过太多被逼迫着联姻的哥哥姐姐了，只是没想到，周霖霖也会成为这其中的一员。

林雨一脸悲悯地看向周霖霖，问道：“你是不是被周伯伯强迫来的？”她又为他愤愤不平，“你不是把公司管理得很好吗？为什么周伯伯还要逼你相亲？你别怕，我这就去……”

“没有人逼我。”周霖霖冷冷地打断了她的话，也打破了她的想象，“是我自愿的。”

林雨呆滞地看着他，反应过来后，急得直跺脚：“可是，可是……你怎么能相亲呢！”

周霖霖有些不耐烦：“我为什么不能相亲？”

“你相亲了，我还怎么追你！”此刻的林雨就像热锅上的蚂蚁，又委屈又急切，“你跟别人相亲了，我再追你，那我不就变了身份了？可是，可是明明就是我先追你的，为什么要调换我的身份？这对我不公平啊！”

周霖霖和向雪在旁边听得情绪低落，虽然她说的是歪理，但不得不说，她这歪理，歪得还挺正直，挺有逻辑。

向雪清咳了一声，提高自己的存在感，温和地说道：“林雨妹妹，以小周总的性格，没人能逼他做什么的。”

她用余光瞥见周霖霖不耐烦的神色，又估量了一下对面这个女孩儿一点就燃的性子，不易察觉地弯了弯嘴角，继续温柔地说道：“而且，如果小周总喜欢你的话，他也不会来跟我相亲了。”

言外之意，相亲这件事自始至终都是周霖霖自愿的，她林雨没资格插手，也干涉不了。从头至尾，不过是她林雨的一厢情愿，自作多情。

这句话乍一听起来，是句劝导人的好言语，格外有道理，但对林雨而言，这更像是一根刺，生生地扎在了她的痛处。

“谁说周霖霖不喜欢我了？”

虽然林雨被周霖霖拒绝过的次数她自己都数不清，但被周霖霖拒绝和被别人否定是两回事，她知道自己是一厢情愿，可这跟别人有什么关系？

林雨本来就是个暴脾气，现在就像只被人踩了尾巴的猫，声音也提高了不少：“我跟他都认识二十年了，他不喜欢我，难道还喜欢你这个只认识了不到一天的陌生人？”

向雪像是被她吓了一跳似的，往周霖霖身后缩了缩，趁机挽上了他的胳膊，委屈地说道：“林雨妹妹，对不起，你别生气，我只是随口说了一句自己的想法，你就当我没说吧。”

“你想说就说，想当没说就没说，你的话就当真什么都不是？”

林雨可从不顾及什么形象、面子，想说什么就说什么。

“林雨！”周霖霖喝止她，“不要胡闹了，赶紧回家去。”

林雨不敢置信地望着他，说道：“你帮着外人不帮我？”

虽然每次都是她的热脸贴着他的冷屁股，但周霖霖也没给过别的女人好脸，这让她心里平衡了不少，继续屁颠屁颠地追着他跑。可是这次，他竟然帮别的女人说话？还帮着别的女人怼她？

三个穿着光鲜，外表靓丽的年轻男女对峙的场面太显眼，周围已经有不少人把目光投向了他们，周霖霖最烦的就是别人看好戏看到自己身上，他不耐烦地说道：“还嫌不够丢脸吗？”

林雨不服气，咬牙换了个策略：“你不想从我这里拿走项链了？”

项链是周霖霖送给他姐姐盛微语的，用他挣的第一笔钱买的。盛微语刚住进周家时，周霖霖对她百般刁难，后来得知了盛微语的可怜身世，周霖霖就一直对盛微语心存愧疚。

林雨知道周霖霖很在意这条项链，不然也不会三番五次为了这条项链来找她。这条项链，是她好不容易才得到的“杀手锏”。

周霖霖却出乎她意料地说道：“项链你想留着就留着吧。”

林雨愣住了，她讪讪地问道：“为、为什么啊？你不是很喜欢这条项链吗？”

周霖霖面无表情地看着她，说道：“有意思吗，林雨？拿着项链威胁我这么久，很好玩，是吗？你知道我为什么这么想拿回这条项链吗？是因为它是我用自己挣来的第一笔钱买的，这里面有我的辛苦付出，而不是像你一样，轻松刷个卡就能得到，然后把它当成一个用来威胁我的可有可无的玩物。我知道你是你家的小公主，你想要什么，就能有什么，三十万元连你一个月的生活费都不够，五百万元对你而言，也就是一个随口说说的数字。上次说要五百万元，下次是不是还要加到五千万元、五个亿？”

没有想到他会这么说，林雨完完全全地愣住了，表情呆滞。

“是，我是很喜欢这条项链，”周霖霖看了她一眼，收回冷淡的眼神，“但是现在不喜欢了。”

林雨不知道现在的自己是一副什么样的表情，也不知道她该摆出什么表情，脸上的肌肉好像脱离了大脑的控制，她一点儿都掌控不了。就好像，她现在明明有很多话想说，可是到了嘴边，所有的话都消失了。一句话都说不出来。

她如同一个跌进深海的人，冰凉的海水将她整个人淹没，冷意刺入她的骨髓，冻僵了她所有的神经，让她连求生的本能都丧失了。她本该愤怒，却没有愤怒，她本该难过，却没有难过，这一瞬间，她丧失了发泄情绪的本能。

周霖霖说完又有些后悔了，他看着林雨，女孩儿直愣愣地望着他，那双漂亮灵动的眼睛，此刻变得有些呆滞，慢慢地失去光芒。

不知怎的，周霖霖的心抽痛了一下，但也只是那么一下，又恢复了原样。

他怕林雨会像以前一样，被他打击后会聒噪地哭闹。于是他转身离开，走了两步，却没发现林雨追上来闹。

周霖霖顿了顿脚步，微微侧身，用余光瞥了她一眼。林雨还站在那里，低头看着地面，也不知道在看什么，一动不动，前所未有地安静。

这一瞬间，周霖霖心里有种说不上来的感觉，头一次迟疑自己的话是不是说得太过分了。

但他并没有回头。林雨的性格他太了解了，比打不死的小强还坚强，给一点儿阳光就灿烂，他如果现在回去，那刚刚他说的狠话是不是就白说了？

这么想着，周霖霖就真这么走了，没走多远，发现自己的手肘上多了一只手，侧头一看，原来向雪还挽着自己。

被林雨这么一闹，他也没心情继续约会了，他抽回自己的手，说道："向小姐，抱歉，今天可能要失陪了。"

向雪大概也猜到了，他是被林雨影响了心情，温柔大方地说道："没关系，小周总，我们可以改天再约。"

周霖霖对向雪印象不错，家世好、性格好还有头脑，起码是个不错的合作伙伴，他觉得能进一步发展，正要应"好"，却又听向雪说道："被那样的人死缠烂打，确实很影响心情。不过小周总你今天这么明确地拒绝她了，希望她以后不会再缠着你。"

周霖霖到嘴边的"好"又咽了回去，他自己都没意识到，自己此刻的脸色有多难看："她那样的人是哪样的人？"

向雪看着他骤变的脸色愣了愣："小周总，你说什么？"

周霖霖冷冷地看着她，眼神骇人："你想说林雨是哪样的人？"

向雪没有吭声，虽然她很想在周霖霖面前说点儿林雨的坏话，但这点儿眼力见她还是有的。她敢保证，只要她现在开口说一句林雨的不好，别说今天的相亲黄了，周氏跟向氏的合作都有可能会黄。

看着周霖霖冷漠的神色，向雪知道自己错了。

或许，周霖霖并没有他看起来的那么讨厌林雨……

周霖霖也有点儿意外自己的过度反应，但还是警告向雪："林雨再惹人讨厌，也是和我一起长大的玩伴，是我父亲好友的女儿，不是你一个外人能说三道四的。"这一句话，也不知道是警告向雪，还是说服他自己。

说完，他就头也不回地走了。

【2】

林雨从小就是个急性子的人，用林妈妈的话来说，她是天生的学渣，因为做什么事都三天打鱼，两天晒网。

唯独一件事，林雨坚持了二十年。

那就是喜欢周霖霖。

说实话，她也不知道自己是怎么喜欢上周霖霖的。第一次见到周霖霖的时候，她才两岁。两岁的孩子喜欢上一个事物实在太轻易，对那时的她来说，她对周霖霖是喜欢，对她睡觉时抱的娃娃也是喜欢，只不过周霖霖是能跑能说话的“娃娃”。

五岁的时候，她对周霖霖的喜欢，和对她堂哥的喜欢是一样的，但不一样的是，堂哥是温柔的哥哥，周霖霖是不温柔的哥哥。

尽管如此，她仍旧喜欢周霖霖，什么东西都愿意与他分享。妈妈给她买了一条特别好看的小裙子，她喜欢得不得了，喜欢到每天早晚都要打开衣柜看一眼，怎样都舍不得穿，但周霖霖过生日的时候，她没有丝毫犹豫就把小裙子送给了他。她愿意把最珍贵的东西送给他。

她就这么追随着周霖霖长大，一看见周霖霖，笑和开心就成了她的本能。

她没心没肺、开开心心地长大，周霖霖却不一样，周霖霖经常不开心。特别是在他十四岁那年，一个据说是周伯伯女儿的女孩儿住进了他家，他的不开心，从“经常”变成了“一直”。

只要周霖霖不开心，林雨也开心不起来。她想尽一切办法逗他笑，绞尽脑汁地想，自己想不到，又去找她爸爸帮着一起想，绞尽她爸爸的脑汁，终于想出了一个好办法。

她爸爸说，周霖霖这个年龄的男孩子，需要寻求一点儿刺激。林雨问她爸爸怎么样去寻求刺激，她爸爸又说，他初中的时候最喜欢逃课上网，特别是逃班主任上的课，每次从网吧回家，都神清气爽。

林雨一听完就跑回房，打电话给路栩和汤煜——向她的狐朋狗友们取经，计划怎么让周霖霖享受到这种刺激。

但可惜的是，老林家的人都是上课走神的学渣，从来没听进去过语文课上老师强调了一遍又一遍的孔夫子因材施教的观念。

等她明白了这个道理的时候，周霖霖已经被她骗出了学校，已经把欺负她的小混混们打进了医院，已经被周伯伯训了一顿，已经在生她的气，不理她了。

周霖霖生她的气，林雨非常难过。

她第一次在描述心情的时候，用到“难过”这个词，她也不知道是为什么，就像是心里打翻了一锅熬了很久的药，味道苦涩，令人作呕。

她非常难过，但还是吃了很多，结果把肚子给吃坏了，因食物中毒进了抢救室，闹得连路栩和汤煜这两个比她更没心没肺的浑小子都来看她了。

藏不住事的林雨，把事情全交代了一遍。她用自己遇到了危险为理由，骗周霖霖逃课跟她一起到网吧打游戏，周霖霖赶到网吧后发现被她骗了，很生气。结果，她真被小混混们拦住调戏，周霖霖把小混混们揍了一顿，更生她的气了。

所以她很难过，难过得都生病了，却不知道为什么会这样。

汤煜没心没肺地笑她活该，气得她差点儿从床上爬起来去揍他。

路栩却问她："你是不是喜欢周霖霖？"

她当时答得特别干脆，像是出自身体的本能反应："当然喜欢。"

路栩又问道："是哪种喜欢？"

林雨答不出来了。对她来说，这个问题就像是问她数字"1"是属于正数、整数还是质数一样，不就是一个数字？哪儿来的这么多种分类？不就是喜欢？哪还能分几种喜欢？

林雨第一次知道，"喜欢"可以有很多种含义，但她自己也不知道，她对周霖霖的喜欢算是哪一种含义。

第一次，她无比迷茫。

直到，一个月没见的周霖霖出现在她的病房。

少年如同一束光，出现在她面前时，困扰了她很久的迷雾瞬间驱散。

林雨开始懂了，为什么喜欢可以有这么多含义，而她对周霖霖的喜欢，又是哪一种含义。

少女情窦初开，"喜欢"这个词开始变了味。

林雨一如既往地追随着周霖霖的脚步，他考进国际重点高中，她对她爸爸一把鼻涕一把眼泪地"忏悔"初中的咸鱼史，谎话连篇地说要洗心革面好好做人，要咸鱼翻身当学霸，终于说服她爸把她也塞进了那个学校。他出国留学，她对她爸爸撒娇撒泼，软磨硬泡，端茶送水，当了一个月的小棉袄，才终于让她爸同意她也出国留学。

她对周霖霖的喜欢，早已刻在了骨子里。就像她自创的那句"至理名言"，她和周霖霖，就像是星星和月亮。周霖霖从小就受欢迎，在女孩儿堆里如众星拱月，而这众多繁星之中，她虽然不是最耀眼的，却是陪他最久的。连她的名字，都像和周霖霖配一脸。

林雨最喜欢看周霖霖和陌生人交谈，陌生人问他叫什么名字，问他“lin”是哪个字，林雨每次都会特别开心地抢着回答，是“林雨”的“霖”。

林雨就这么喜欢了周霖霖二十年，连她自己都觉得，下一个二十年，下下个二十年，她仍旧会这么喜欢下去，越来越喜欢。

可是现在，好像等不到下一个二十年了。

林雨是红着眼睛回家的，回到家的时候，家里正在准备晚饭。

看到她回来，林爸爸就走过去迎接她：“宝宝回来啦？店面看得怎么样啊？看上了没有呀？”

林雨这次去商业街是去看店面的，她准备开一家甜品店。这可把林爸爸高兴坏了，直呼他的宝贝女儿长大了，撸起袖子准备给女儿买下她最喜欢的店面，装修成她最喜欢的模样，女儿怎么喜欢怎么来！

林爸爸特意走到宝贝女儿面前：“宝宝有喜欢……宝宝啊，你怎么了？”

话说到一半，他忽然发现一直低着头的林雨似乎有点儿不对劲儿。

他低下头想去看她的表情，却被她撇开脸躲了过去。她像是经历了一场需要声嘶力竭的吆喝一样，嗓子沙哑着说道：“没事，我回房间了。”

说完就越过林爸爸，上楼回房。

林爸爸看着她落寞的背影，觉得不放心，偷偷摸摸跟上去，扒在她房门上听动静，被走过来的林妈妈拍了一下：“你干什么呢？”

林爸爸连忙竖起手指“嘘”了一声，压低声音说道：“宝宝好像哭了。”

林妈妈闻言，也扒在房门上听了听，没听到里面有什么动静，放心了一些，压低声音说道：“没吵没闹，应该没事。”

林爸爸也点点头：“我觉得也是。”

他们对女儿的性子太了解了，别的小姑娘受了委屈都是抽抽噎噎地哭，哭得又漂亮又可怜，他家女儿笑起来的时候倒是很漂亮，但只要一哭，就让人头大，从小到大都只会号啕大哭，呜呜哇哇越伤心哭声越大，他一边哄还得一边备点儿润喉片给她哭完含着。

现在并没有听到房间里有什么动静，他们也就放心了。

林爸爸直起身，拍了拍还扒在房门上听里面动静的妻子的手，小声说道：“我们先去吃饭。”

林妈妈点了点头，正要离开时，却忽然听到一声压抑的抽泣。

她顿了顿，本想让林爸爸过来，却又转念一想，还是跟林爸爸先下去吃饭了。等吃完晚饭林爸爸出去遛狗后，她才回到林雨的房间前，抬手敲门："宝宝，是妈妈，妈妈今天帮你把你那些甜品设计的书整理了一下，但是好像把一张项链的设计图纸夹在里面了，可以帮妈妈找找吗？"

彼时，林雨正对着那条从盛微语那儿买过来的项链伤心。这条项链是周霖霖辛苦工作的证明，也同样包含了她辛勤的劳动。

周霖霖说错了，她从来没有把这条项链当成玩物。这条项链的设计者，就是她的妈妈。她知道这是周霖霖给盛微语定制的，因为之前他对盛微语有误会，对她百般刁难，后来误会解除，他一直觉得对不起盛微语，所以总想补偿她。

当林雨知道周霖霖要送一条这么珍贵的项链给盛微语的时候，她可羡慕盛微语了，要知道，周霖霖从来没给她送过生日礼物，但对她来说，周霖霖每年能来她的生日宴会，就是难能可贵的礼物。

不管他是要送给谁，他要的东西，一定得是最好的。于是她主动去给她妈妈打下手，为了能给他制作出一条最完美的项链，熬夜从来不过凌晨三点的她，那个月熬了好几个通宵。

项链完工的时候，她开心得像个孩子，心想要是周霖霖也能送一条这样的项链给她，该多好。那时的她，永远也想不到，后来她真的得到了这条项链，却再也体会不到那时那么纯粹的、开心的感觉了。

忽然听到敲门的声音，林雨有些惊慌，胡乱地抹了把脸，赶紧帮她妈妈找设计图纸，但翻遍了书架都没找到。她站在门口，努力让自己的声音听起来没有哭腔："妈妈，我没有找到。"

林妈妈在门外说道："妈妈今晚急着要呢，可以让妈妈进来找找吗？"

林雨知道自己现在这副模样旁人一看就知道是哭过了，她本来不想让家里人看到她哭，所以一回家就躲回房间里，但现在没有办法，她只能开了门，披散着头发站在门口，垂着头，让头发遮住她的表情。

林妈妈进到房间，从书架上拿了一张图纸，却没有急着离开，她像是才发现林雨的异样一样，故意惊讶地问道："宝宝，你怎么了？"

林雨没有抬头，张了张嘴想说"没事"，可不知道为什么，她妈妈这一句问话好像有魔力一样，把她原本平复了一点儿的情绪又搅乱了，所有的委屈又朝她汹涌而来。她努力压抑着自己的情绪，逼自己从口中挤出一句"没事”，可是话一出口就是颤抖的哭腔，眼泪也源源不断地从眼里溢出来。

“妈妈，”林雨扑进母亲的怀里，颤抖着声音抽泣道，“我再也不要喜欢他了。”

她从不奢求周霖霖会像她喜欢他一样喜欢她，也知道周霖霖一直嫌弃她。

这二十年，她被周霖霖拒绝了无数次。小时候她穿着新裙子问周霖霖，她好不好看，周霖霖毫不犹豫地说“丑”；她拿着好不容易及格的英语试卷去给周霖霖报喜，周霖霖满脸嫌弃地说“蠢货”；她一次又一次地问周霖霖“我喜欢你，你喜不喜欢我”，周霖霖也一次次直白地回答“不喜欢，你别做梦了”。

最最伤心的一次，是周霖霖又一次拒绝她的告白的时候说：“我一点儿都不喜欢你，就像我不喜欢我名字中的叠字一样。我早晚有一天要改名，去掉一个‘霖’字，也早晚有一天一定会让你不再烦我。”那时候，她难过得几天吃不下饭。

可是没有哪一次像现在这样，让她不知所措。

她从来没想过，她喜欢的那个男孩儿，会这么讨厌她，这么……厌恶她。

太累了，喜欢周霖霖这件事，真是太累了。

趴在母亲怀里哭了好一会儿，林雨的情绪稍稍平复了一些，她吸了吸鼻子，说道：“妈妈，可不可以不要问我怎么回事，也不要把这件事告诉爸爸？”

林妈妈心知她是不想说太多，不想让她爸爸知道后去找周霖霖的麻烦。有多喜欢那个男孩儿，才会在放弃他的时候，还在为他着想？

林妈妈看向门外已经站了很久的丈夫，对方无声地长叹了一口气，点了点头，悄无声息地离开了。

她轻轻地拍着女儿的背，说道：“妈妈答应你，你做什么妈妈都支持，只要你开心。”

【3】

向雪的话一语成谶，自那天之后，林雨果真没再找过周霖霖。

第一周，没有林雨的打扰，周霖霖觉得耳根子都清净了。

第二周，没有林雨的吵闹，周霖霖莫名觉得少了点儿什么。

一个月过去了，周霖霖一次都没有见过林雨，某一天猛然发觉这件事，忽然有点儿不适应。他本以为她出国回学校了，但转念一想，林雨跟他同级，自然也毕业了，哪需要再回学校？于是周霖霖去翻了翻林雨的微信朋友圈，却见对方把朋友圈都给关了。

周霖霖又仔细一想，觉得不对劲儿。林雨以前屁大点儿事都喜欢发朋友圈乐呵，还特别喜欢单独提醒他看，他嫌麻烦，一度屏蔽了她，还总被她抱怨。总之，这么活跃的人，这么多天，怎么会连一条动态都不发？

周霖霖有了一个对他而言挺离谱的猜想，于是借了盛微语的手机，从盛微语的微信上看到林雨这一个月来依旧“沙雕”的朋友圈，证实了这个离谱的猜想——林雨真的屏蔽了他。

周霖霖觉得林雨实在是幼稚。

林雨赌气屏蔽他也不是一次、两次了，只不过这次时间稍微长了那么一点儿，是以前的……十倍。好吧，算她这次有点儿骨气，竟然能坚持屏蔽他一个月。

周霖霖最不缺的就是林雨的动态，他下载了微博，登上了注册后几乎没用过的微博号。他不玩微博，这个微博还是之前林雨软磨硬泡求着他和她互关才注册的，注册完就卸载了，连默认的微博名都没改。一登上去，周霖霖就吓了一跳，明明自己从来没用过，却被提到了上千次。他点进去，无一不是林雨在一些搞笑的微博内容里提到他，尽管他从未回应过，她却始终一次又一次地提到他，几年如一日。最近的一次提到，停留在一个月之前。

周霖霖点进提到他的林雨的微博，却跳出“用户不存在”的页面，他疑惑不解，再点，还是“用户不存在”。

周霖霖退出提到他的页面，又看到自己的关注数不知什么时候从数字“1”变成了“0”，点进关注自己的人里，也没有看到林雨的微博，全是一些僵尸号。

好家伙，“牛皮糖”终于长骨气了，连微博都把他给删了。

周霖霖笑了，不知怎的，他的好胜心莫名其妙地就被激起来了。他再去点进下一个社交软件。

三十分钟后，周霖霖笑不出来了，林雨所有的社交平台账号都把他给屏蔽或删除了，连淘宝和支付宝都把他给删除了。

周霖霖重新点开微信，“牛皮糖”这个名字还躺在他的联系人列表里，他点开两人的聊天页面，消息依旧停留在一个月前。林雨的消息框里每句话都不少于十个字，还有各种生动的表情包，而他的消息框里，最长的一句话也不过五个字，语气是肉眼可见的冷淡。

可是现在，周霖霖连给她发一个字都迟疑了——潜意识里，他不想看到那句消息被拒收的提示语。

你不敢？

周霖霖脑海里忽然冒出一个这样的声音，如同恶魔的低语，紧接着，他就不爽了，不服气了。不敢？笑话，他周霖霖还有不敢做的事？不过是发一条消息，有什么不敢的？

这么想着，周霖霖给林雨发了一条极为简单却又显得格外多余的废话消息："在？"

一秒，两秒，消息竟然顺利发了出去，没有弹出消息被拒收的提示语。

莫名的，周霖霖心里有些庆幸和欣喜。

而下一秒，他更欣喜了。

因为林雨一如既往，很快就回了他的消息："有事？"

周霖霖对林雨回复他消息的速度很满意，嘴角止不住地往上扬，回复早已准备好的措辞："哦，没事，手滑，发错人了。"

消息发出去之后，周霖霖守着手机等了一会儿，林雨却没有再回复他。

周霖霖心里又有点儿不爽了。他以前真的有过不小心发错消息给林雨的情况，林雨还很开心地说他竟然主动发消息给她，他解释完发错人之后，林雨选择性忽略他的解释，直接跳过这个话题，特别跳跃地找其他各种话题硬拉着他聊天。但是今天，他说完发错人之后，林雨却不吭声了。

整整半个小时，林雨连个句号都没再发给他。

周霖霖完全没意识到自己等林雨的消息已经等了半个小时，他按捺不住了，想再给林雨发一条消息，却又不知道要发什么。

手滑两次也太假了，但是他又从来没主动找过话题，绞尽脑汁想了十几分钟，终于想起他们之间还有项链的事没解决，周霖霖组织了一下语言，再给林雨发了一条消息："那条项链，五百万元还卖吗？"

系统提示：××× 开启了好友验证，你还不是他（她）朋友。请先发送朋友验证请求，对方验证通过后，才能聊天。

周霖霖蒙了。

林雨彻底从周霖霖的世界消失了。

不，准确来说，是周霖霖彻底从林雨的世界消失了，那个声称连名字都属于周霖霖的林雨，在一点儿一点儿地，亲手把周霖霖从她的世界清除出去。

周霖霖头一次觉得自己给林雨起的"牛皮糖"这个外号，是多么地讽刺，也是第一次意识到，林雨这个人狠起来的时候有多决绝。

所有人都说林雨是个倔脾气，小时候认定了周霖霖，就一直追着他跑，就这样追着他跑了二十年。那时候的周霖霖，心里只希望林雨能把她那倔脾气用在和他断交上，那他绝对会开个派对庆祝三天三夜。

而现在，周霖霖“美梦成真”了。

周霖霖却一点儿都开心不起来，他不知道该怎么描述此刻的心情。他心里就像是一锅烧开了很久的水，一直咕噜咕噜地往外冒着泡，可唯一的通气孔却被人给堵起来了，还封得严严实实的。他心里堵得发慌，胀得厉害。

周霖霖甚至想去林家找林雨，问她这次是不是玩真的，但他忍住了。

再过几天，就是盛微语的婚礼了，林家和周家是世交，自然是每个人都要到场的。那时候，他就能见到林雨了。

几天很快就过去，盛微语的婚礼如期而至。

林雨也来了，一个多月不见，她的变化着实有点儿大，周霖霖第一眼看见她的时候，差点儿没认出来。

她把那头留了好几年的长发剪了，齐腰的长发剪到了背部，烫成了水波纹，染成了浅棕色，在阳光下，更衬得她的皮肤格外白皙。她穿着一件淡粉的齐膝小礼服，裸露在外的小腿纤细修长。

林雨同她父母坐在一起，嘻嘻哈哈地和旁边的人说笑打闹。

看着她依旧活泼闹腾的模样，周霖霖不知怎的就松了一口气。他还以为，她会突然性情大变呢。

周霖霖自己都没发觉，整场婚礼，他所有的心思，都放在了林雨身上。他原本还打算在司仪开玩笑问有没有人不同意盛微语结婚的时候，为难一下易言，却因为一直把心思放在林雨身上，错过了这个时机。

在林雨跟着一群女孩儿走到前面去接盛微语的捧花的时候，周霖霖走过去，走到林雨旁边，却忽然又不知道要开口说什么。

说你最近怎么不来找我？好像他在想她一样。说你怎么把我删除了？显得他好像很在意她一样。

他正思索要说什么的时候，林雨意料之外地先开口跟他说道：“周霖霖，你也来抢捧花啊？”

语气平常，似乎把他所有联系方式删除的人不是她一样。

没有料到她会先开口，周霖霖不知所措了两秒，但也只是两秒，做事雷厉风行的小周总不是浪得虚名的，他很快做出了回应：“嗯。”

他暗暗松了一口气，觉得自己的反应速度真是快，然后……

然后就没有然后了。

林雨真就只问了他这么一句，连看都没看他一眼，就准备去接捧花了。

趁着司仪还在耍嘴皮子，盛微语还没扔捧花的工夫，周霖霖终于找了个话题开口道：“林雨，那条项链……”

“项链我已经还给微语姐姐了。”

他还没说完，林雨就抢先打断了他的话，把回复给了他，也让他无话可接。

周霖霖愣住了，想问她什么时候的事，盛微语那边已经在倒计时要扔捧花了。

他看着跃跃欲试要接捧花的林雨，忽然不想问项链的事了，他轻声问道：“你为什么这么想要捧花？”

是有了想结婚的念头了吗？想结婚的对象……又是谁呢？

他问出这句话的时候，盛微语恰好把捧花扔出来，众人皆发出一声惊呼，完完全全盖过了他原本就放轻的声音。

随着众人的惊呼，捧花在空中划过一条好看的弧线，精准地……砸在了周霖霖头上。

众人沉默了。

连空气都瞬间凝固了。

在座的人绝大多数都不敢惹这位性格与无害外表完全不符的周少爷。

还是盛微语先笑出了声，说道：“周霖霖，你怎么站那儿啦？这下好了，你抢了我姐妹们的花，是不是要从里面挑一个女孩儿结婚啊？”

她适时缓解了尴尬，众人哄笑，气氛重新回暖。

周霖霖没说话，弯腰捡起那束捧花，抬眸望向林雨，对方却闪避了他望过去的视线，没有看他。

周霖霖抿唇，抬腿朝她走过去，这时候，却见她忽然紧盯着一个方向，眼里闪过惊喜：“牧星？！”

宾客也骚动了。

周霖霖脚步一顿，顺着她的视线朝骚动的地方望过去，只见一个长相俊朗的男孩儿朝这边走过来。

他虽然不关注娱乐圈，但也认出了男孩儿正是最近大火的牧星。

在所有人的注视下，牧星朝这边快步走过来，却是走到盛微语的面前，很是抱歉地开口道：“不好意思啊姐姐，行程里突然加了个临时通告，我来晚了。”

易言面无表情地插嘴：“你可以不来。”

“说什么呢？”盛微语用手肘轻轻地撞了他一下，嗔怪地看了他一眼，又看向牧星道，“没事，没事，你最近这么忙，还答应给我们唱祝歌，是我们麻烦你了。”

牧星笑了笑，说道：“姐姐你就不要跟我客气了，怪不好意思的。”

易言：“哈。”

盛微语轻轻地掐了易言一下：“快去叫他们准备好台子。”

易言：“哦。”

盛微语接过司仪的话筒，简单地说了一下和牧星的交情，以及牧星今天来唱祝歌的事。在场的很多年轻人都认识牧星，特别是他最近参演的一部新电影刚上映没多久。盛微语说完之后，宾客们发出一阵高过一阵的欢呼，足见他的人气有多高了。

相比之下，易言就没这么兴奋了。

盛微语察觉到她家易教授的小情绪，小声问道：“言言，你不会这时候还在吃牧星的醋吧？”

易言薄唇一抿：“没有。”

盛微语歪头看向他：“那你是觉得牧星抢了你的风头？”

易言没再说话了。

瞧见易教授明明别扭得不得了，却还强装什么事都没有的小表情，盛微语忍不住偷笑，在易言不满地看过来的时候，又连忙收住笑，牵起他的手，笑道：“言言永远是最帅的。”

她将易言的手放在自己小腹上，像悄悄说着小秘密一样压低声音：“在我和小易同学的眼里，你都是最最帅的。”

易言蓦然愣住，侧头直勾勾地看向盛微语，向来波澜不惊的眼里露出惊喜若狂的神色。

相比这边天降惊喜的易言，那边的周霖霖就没这么欢喜了。

周霖霖盯着一直把目光黏在牧星身上的林雨，看见林雨望向牧星时的眼神，心往下一坠，没来由地仓皇。

林雨现在的眼神，他太熟悉了。因为过去二十年里，她就是这样看着他的。

他亲眼看着女孩儿的眼里，一点儿一点儿，氤出一种名为仰慕的感情。

而他的心脏，随着对方眼中的感情逐渐强烈，一寸一寸地往下坠。

牧星唱完祝歌后，被盛微语带到台下，坐在她特意安排的席位上。那席位上都是她和易言的亲近朋友，同龄人之间话题更多，牧星也不会太尴尬。

林雨原本是同父母坐在一起的，但一看牧星坐到那边，她自己的位子也不回了，偷偷跑到盛微语那儿，问她可不可以坐那边。

为方便宾客们带男伴或是女伴，每桌的位子都是双数，牧星没有女伴，那桌刚好就多出了一个空位。

盛微语当她也是牧星的粉丝，自然是不会拂了她的意，带她去问牧星的意愿，知道牧星也不介意后，就让林雨坐在那儿了。

然而一转身，却瞥见周霖霖盯着自己，眼神好像要吃人。

盛微语以为周霖霖又和易言杠上了，下意识地看了一眼身边的易言，却发现易言一脸深沉地盯着她的小腹，根本没注意周霖霖。

盛微语正要朝周霖霖那边走过去，却突然被易言抓住手腕搀扶住，易言严肃地说道："小心，不要摔了。"

盛微语抽了抽嘴角，挽着易言朝着周霖霖那边走过去，确定了周霖霖刚刚仇视的人正是她自己。

"周霖霖，你眼睛抽风了？"

周霖霖没有说话，侧头看向一边，脸色很难看，并且还有更难看的趋势。

盛微语一头雾水，不知道他怎么突然生起自己的气来了，注意到他似乎一直在盯着某处，顺着他看的方向望过去，就看见相谈甚欢的林雨和牧星。

盛微语瞬间就明白了："你在怪我把林雨安排在牧星座位旁边？"

周霖霖没有说话，只是瞥了她一眼，似乎在说她明知故问。

盛微语不是很明白："你不是一直不喜欢林雨黏着你吗？她现在不黏着你了，你不应该开心才对吗？怎么反倒生起气来了？"

周霖霖愣了愣，看向盛微语的眼神难得透露出迷茫："我……在生气？"

看着他这副模样，盛微语什么都明白了。

她挑了挑眉，周霖霖这木鱼脑袋终于也要开窍了。

不过看他这副模样，也只是九窍通了八窍，还有一窍不通。

林雨对周霖霖的执着程度，盛微语也是知道的，但这段时间林雨一次都没来过周家。她虽然不知道这两个人究竟出了什么问题，但她当初也是热脸贴在易言冷屁股后面跑的过来人，猜也猜得到肯定是周霖霖这满脑子只有钱的资本家对林雨做了什么过分的事，伤了人家小姑娘的心，还伤得挺狠。

犯了错就该受罚，所以盛微语今天并不想给周霖霖当助攻，要让他先受点儿罪。

盛微语抿唇一笑："我猜你是在气你的魅力没有牧星的魅力那么大，连你最忠实的追求者都跑到人家面前当粉丝了。"

"笑话！"周霖霖闻言冷笑了一声，不屑道，"我巴不得她离我远一点儿。我还要感谢你那个明星朋友，吸引了她的注意力，总算让我得了清净。"

盛微语故作明白地"哦"了一声，说道："这样啊。"

周霖霖特别高傲地"嗤"了一声，目光无意间又瞥向那边，刚好看见牧星伸出手，笑着给林雨理了一下头顶的一缕头发。而林雨在他收回手后，不好意思地吐了一下舌头，红着脸低下了头，又抬手不自然地把被风吹到脸的头发撩到耳后，举手投足间尽显娇羞，完全没有往日疯癫闹腾的模样，反倒是淑女仪态中透着几分俏皮可爱。

目睹了这一切后，周霖霖二十几年的高傲在一瞬之间碎了一地。

【4】

周霖霖的生活彻底乱了。

他像是着了魔一样，不可自制地去关注林雨的生活。

林雨收集了牧星所有的周边和代言，林雨去现场看牧星的综艺，林雨去追牧星的演唱会……

林雨的消息占据了周霖霖的生活，林雨的生活却被牧星占据，完美地替补了周霖霖在她心里的位置。

至于周霖霖，完完全全地与她的世界隔绝了。

连周远松都发觉了，在某次吃晚饭时无意中提了一嘴："最近怎么没见林家的小姑娘来家里玩了？"

周父是极其喜爱林雨的，小姑娘性子直，没一点儿娇小姐脾气，嘴巴又甜，很是讨人喜欢。

周母也问周霖霖："儿子，小雨不是挺喜欢你的吗？最近怎么都不来找你了？"

她和周父也都知道林雨对自家儿子的感情，更清楚周霖霖对林雨的态度。

虽然他们挺满意林雨这个女孩子，从小就把她当半个女儿看，当然更希望她真能当成周家的女儿。但年轻人的事，他们并不打算掺和。毕竟他们也是过来人，知道长辈插手小辈感情的举动会带来多糟糕的后果。

“是不是你又欺负她了？”周父问道，不等周霖霖回答，就开始责怪他，“你小子，好歹人家女孩儿也追了你这么多年，你再不喜欢，拒绝人家的时候，能不能友好一点儿，温柔一点儿？再不济，你委婉一点儿，给人家女孩儿留点儿面子。”

周霖霖低估了自家父母对林雨的喜爱程度——对林雨就是无脑袒护，对他就是不由分说一顿责怪，似乎林雨才是他们亲生的一样。

但周霖霖现在也没心情去计较这些，他放下筷子，说道：“我吃饱了。”

说完，就起身回了房，留下周父、周母面面相觑。

周母终究是心细一些，察觉到一丝不对劲儿，但碍于小辈的事她不好插手，于是打电话给盛微语，问她知不知道情况。

盛微语在电话那边笑着说道：“阿姨，明天我回趟家，问问周霖霖。”

挂断电话后，盛微语又给林雨打电话，说自己最近很想吃甜食，但是外面买的都吃不惯，所以想自己学，又听说她之前专门学过做甜品，问她能不能教教自己。

林雨自然是欣然答应，但得知盛微语定的地点是周家之后，又迟疑了：“微语姐，可以就在你家吗？周家……有点儿远。”

她停顿了很久，用了一个听起来很牵强的理由。

盛微语早就准备好了措辞：“我刚刚和易言吵了一架，准备回娘家待几天，要是你觉得不方便，那就算……”

“没有，没有，那就定在周家吧。”林雨一听盛微语是和老公吵架了，哪里还有什么迟疑？立马答应她明天就去周家，还在电话里安慰了她好一会儿，让她注意身体，不要太激动，以免影响胎儿。

通话结束后，盛微语舒了一口气，抬高声音朝正在厨房忙活的易言说道：“易教授，我明天要回一趟娘家。”

易言动作一顿，立马放下手里的活儿，走过来问道：“怎么突然要回去？”

盛微语摸了摸肚子，说道：“宝宝说他想外公外婆了。”

“那我陪你一起回去。”

盛微语连忙拒绝：“不行。”

当然不行，他们刚刚才“吵了一架”呢。

易言当然不知道自己被当了一回不体谅孕妇的坏丈夫，不解地问道：“怎么了？”

盛微语正色道：“宝宝说，臭爸爸做的饭一点儿都不好吃，罚你一周不准见我。”

易言被噎住了。

向来身体健康的周霖霖昨晚破天荒着了凉，早上醒来的时候浑身酸痛，嗓子像被火烧了似的灼痛，额头烫得可以烙饼，连呼出的气都是热的。

病来如山倒，饶是他一贯自律，今天也没撑住多睡了一会儿。睡到上午十点，他睡衣都没换下，就顶着一头乱糟糟的头发，一边睡眼惺忪地走下楼，一边哑着嗓子唤家里的保姆阿姨：“于阿姨，有……”

看见在客厅里坐着的人时，“感冒药”三个字硬生生地卡在了喉咙里。

已经两个多月没来找过他的女孩儿此刻坐在客厅里，正抬头看着他，表情有些惊讶，又有几分茫然，莫名地令人觉得可爱。

周霖霖的瞌睡瞬间就醒了，以为自己烧出幻觉了，他闭了闭眼睛，想再确认一下，却忽然听到盛微语熟悉的调侃声。

“啧啧啧，周霖霖，你最近是因为没人追你，所以彻底放飞自我了？”

周霖霖一顿，猛然意识到这一点，脸“唰”地一黑，转身就往楼上走。

他从未这么匆忙又紧张地洗漱、换衣服过，他怕他再晚一点儿，林雨就会离开。

在房间里像开了倍速播放的周霖霖，一走出房门，很快就稳住了身形，又变成了那个从容不迫、波澜不惊的小周总。

他十分淡定地下了楼，不动声色地问盛微语：“你回家怎么不跟我说一声？”

其实他是想问她，林雨来了，怎么也不告知他一声。

盛微语早有准备：“宝宝说想见见舅舅。”

周霖霖一如既往地怼道：“幼稚。”

盛微语“嘁”了一声，假装伤心地对肚子里的宝宝说道：“看见了吧，宝宝？这就是你那个狠心绝情的舅舅。”

周霖霖烧得有些厉害，没力气跟她说笑，他看向林雨，嘴唇动了动，正要说什么，林雨忽然站起来说道：“我去看看蛋糕烤好了没。”

说完就往厨房那边去了，留下周霖霖站在原地，半张着嘴，吊着一口气，一个字都没来得及说。

他抿了抿唇，坐在沙发上，看着林雨在厨房里忙活，想着等她回来再找机会和她聊起来。

盛微语将这一切全看在眼里，看到林雨故意起身离开的时候，就觉得自家弟弟追妻之路漫长。看到周霖霖竟然没有追上去，而是就这么坐下来的时候，她简直气笑了，这哪儿是追妻路漫漫？这条路直接被堵死了好吗？

盛微语无奈地叹了一口气，用手推了推周霖霖：“今天我特意让林雨过来教我做甜点，但是刚刚宝宝踢我踢得厉害，我现在没力气去了。”

周霖霖看了她肚子一眼，面无表情地“哦”了一声。

盛微语深吸了一口气，费尽全身解数去指点这个钢铁直男：“所以周少爷，你能不能帮我去给林雨搭把手，把剩下的部分做完？”

她有种教小学生做数学题的无力感。

“小学生”周霖霖终于听明白了，赶紧站起来，说道：“我去看看。”

周霖霖走进厨房的时候，就见林雨的动作明显停了一下，但一转眼，对方又忙活了起来，似乎根本没注意到他的存在。

他走过去，问道：“盛微语说想休息一会儿，让我来帮你。”

林雨“嗯”了一声，说道：“基本都做完了，就剩最后的装饰了，我自己来就可以。”

周霖霖也没抢着做，他还在感冒，整个人就是一个病原体，不敢去触碰孕妇要吃的东西。

他就站在旁边，看着林雨把水果切成片，镶在蛋糕上，再用巧克力和鲜奶油装饰，手脚麻利，动作熟练。

他不禁出声道：“你很擅长做蛋糕？”

林雨动作一顿，又继续做着手中的事，头也没抬，淡淡地回答道：“以前学过。”

因为一个人的一句话，她特意请了私人糕点师，学了整整两年。可是他从来不知道。

周霖霖“哦”了一声，又说道：“难得见你对一件事这么感兴趣，除了追……”

他骤然住嘴，心里懊悔自己差点儿把那句除了追着他跑说出了口，又暗自庆幸自己反应迅速，及时止住了话。

林雨却在这时候笑了："你是不是想说除了追你？"

没想到对方这么直白地道破他的想法，周霖霖面露尴尬。

林雨却好像不觉得这是个尴尬的话题似的，继续说道："我感兴趣的事多着呢，做甜点、设计珠宝、追星……"

"现在最感兴趣，不，是最最热爱的，当然是追牧星这颗星星。"

说到牧星的时候，她整个人都明媚起来了。

她抬头朝他望过来，笑容灿烂："你看，有这么多感兴趣的事等着我去做，我不会再追着你跑了，所以你现在可以放心啦。"

莫名的，周霖霖觉得愤怒，出奇地愤怒。

他站在那里，浑身滚烫的血液好似一股脑儿全往头顶上蹿，当林雨端着做好的蛋糕越过他往客厅走的时候，他忽然伸出手，抓住她的手腕。

林雨被吓了一跳，也不知道是因为他太过突然的动作，还是因为他掌心过于炙热的温度。

要是以前，被周霖霖抓住了手，林雨一定会开心到飞起，恨不得朝所有人都炫耀一遍："看，周霖霖抓住我的手腕了，四舍五入就是牵手了！"

但是这并不是以前了。

林雨强压下心底的情绪，故作淡定地开口责备道："周霖霖，你差点儿把我的蛋糕打翻了。"

如果有人此时注意听，一定能听出她因为紧张而微微颤抖的声音。

但是在场的另一个人此刻并没有如此细腻的心思，他抬眼望着她，压着声音开口道："对你来说，喜欢这件事，就这么轻易？"

"什么？"

林雨以为自己没有听清，可听到他这句话的时候，她的心脏分明骤然紧缩了一下，像是被人用手紧紧地捏住了一样，难受得喘不过气来。

而那个捏住她心脏的人，一点儿都不心疼她，反而更用力地收紧拳头。

周霖霖抓住她手腕的手越发用力，说出的话也越发刻薄："你不是喜欢我吗？怎么，见在我这儿没戏，转眼就喜欢上别人了？你的喜欢就这么轻贱？"

跟他的话音一起落下的，是蛋糕坠地发出的沉闷声响，和掌心扇在脸颊上发出的清脆巴掌声。

周霖霖被林雨的一巴掌扇得脸都偏向了一侧，脸上迅速浮现出鲜红的五指印，触目惊心。

扇巴掌的人却先落泪了。

林雨的嘴唇都在颤抖，明明没有歇斯底里，带着哭腔的声音听起来却撕心裂肺："周霖霖，你浑蛋！"

"我喜欢你喜欢了二十年，整整二十年。"

"你知道，这二十年里，有多少人嘲笑过我不自量力，又有多少人唾弃过我的坚持？

"可是这些我都不在乎啊，因为那个看上去很冷漠，但是内心善良柔软的周霖霖，值得我喜欢。

"我也始终相信，那个虽然嘴上说着讨厌我，但总能在别人欺负我的时候，帮我出头的周霖霖，或许对我也有那么一点儿喜欢。

"哪怕是一点儿，哪怕只有一丁点儿，我也能看到继续去喜欢你的希望，我能继续喜欢你二十年，下一个二十年。

"可是周霖霖，你让我觉得，我过去看到的那些希望，都是我自己的臆想。"

周霖霖缓缓侧过头，望着她。

这是他第一次见到她哭得这么安静，她就站在那里，流着眼泪一句一句地诉说，没有大吵大闹，没有歇斯底里，却比以往每一次哭泣，更令他感到不安。

因为她眼里，是彻底的绝望。

盛微语听到厨房里传来的动静，本来想过去看看，但又犹豫了一下，觉得自己贸然插入他们之间不太好，却很快就看见林雨哭着走出了厨房，哽咽着跟她说了一句"对不起"就离开了。

盛微语心知不妙，但她大着肚子，又不方便去追，于是赶紧走到厨房，想质问周霖霖是不是又对林雨说了什么过分的话，却见厨房一片狼藉，蛋糕打翻在地，周霖霖垂头站在旁边，失魂落魄。

她走过去，拍了拍他的胳膊，叫道："霖霖？"

周霖霖抬头望向她，第一次在人前红了眼圈。

“微语，我就是个浑蛋。”

明明已经深陷其中，却迟迟感知不到自己的心意。

还愚昧地用最刻薄的话语，去伤害最在意他的人，一次又一次，一次又一次。

他当了二十年的浑蛋。

【5】

林雨越发安静了，再也不像以前那样，像个假小子般随时随地都能跟别人嬉笑打闹，随便一点儿好玩的小事，都能逗得她哈哈大笑。一夕之间，她彻底变成了一个所有人都曾经希望她变成的大家闺秀，沉稳恬静。

以前林家父母总是觉得自己家这个女儿可能生错了性别，浑身上下没见一点儿女孩子的矜持和安静，从小就跟调皮的男孩儿打成一片，爬树下河，男孩儿做的事情她都做。他们每天都嫌她太闹腾，每天都盼着她能懂事一点儿，淑女一点儿。

可如今，她真的懂事了，沉稳了，安静了，林家父母却开始心疼了。

如果没有受到挫折和伤害，谁能真的懂事呢？哪个父母真的会因为自己的孩子变得越发隐忍而高兴呢？

看着在外面忙完回家的林雨安安静静地吃完饭就上了楼，林爸爸瞬间就没了胃口，他放下筷子，十分委屈地说道：“宝宝最近都不跟我开玩笑了。”

以前即使远在国外，林雨也能一天一个跨国电话往家里打，跟他说白天发生的有趣的事。在家吃饭的时候，每次父女俩都会在餐桌上分享自己遇到的趣事，闹腾到林妈妈每次都想收掉他们的碗筷，不让他们吃饭。

但是现在，林雨回家之后都很少说话，也不说自己在外面发生了什么事。林爸爸故意说一些好笑的事，想让她像以前那样接话，她也只是笑笑不说话。闹腾了二十多年的餐桌，这个月安静得不像样。

林妈妈也叹了一口气，说道：“之前从外面哭着回来，就算一直心情不好，几天之后也还是活泼起来了。自从上次从周家回来之后，就一直这样闷闷不乐。”

“从周家回来？”林爸爸不知道林雨去周家的事，“她什么时候又去了周家？”

林妈妈这才反应过来自己说漏了嘴。林雨上次去周家的事，林爸爸还不知道，刚开始是怕他知道后不让林雨去，后来林雨从周家回来的时候眼睛都哭红了，又怕林爸爸知道之后会跑去周家大闹，所以干脆一直瞒着没告诉他。

现在说漏嘴了，林妈妈也瞒不下去了，只能老实交代，但也只说了林雨去周家教盛微语做蛋糕的事，具体发生了什么事，她自己也不清楚。

但不用细说，谁都清楚，让林雨变成这样的人是谁。

林爸爸的脖子都气红了："这还用说？肯定是周家那浑小子又做了什么对不起我们家林雨的事！"

他愤愤地起身："我这就去周家揍……"

"你去有什么用！"林妈妈拦住他，怕惊动楼上的林雨，她又压低了声音说道，"年轻人的事，就让他们年轻人自己解决，你瞎掺和又有什么用？"

林爸爸不服气："难道就让周家那浑小子一次又一次糟蹋我们宝贝女儿的心意？他不心疼，我心疼！"

"你女儿喜欢的是他，你心疼有什么用？"林妈妈冷静地在林爸爸的心口上扎了一刀，又补了一刀，"这么多年了，你之前又不是没搅和过，有用吗？林雨还不是喜欢他？"

林爸爸被她噎得死死的，一时说不出反驳的话。

林妈妈又安慰道："这样也好，周家那小子一直不接受小雨，像现在这样多伤她几回，她知道痛了，她就会对周家那小子死心了，但是——"她忽然话锋一转，看向林爸爸，警告道，"你不准去周家闹，别瞎掺和。"

林爸爸心里很是不服气，但也只能委屈应下："不去就不去。"

话音刚落，门铃忽然响起。

"这么晚了，谁会来？"林爸爸疑惑地皱眉，但还是让李妈去开了门。

看到进来的人，他几乎暴跳如雷："你来干什么？"

周霖霖朝他颔首："林叔叔，林阿姨。"末了又不卑不亢地说明自己的来意，"我来找林雨。"

林爸爸没好气地说道："她不在！我们家不欢迎你，你赶紧走！"

不用"滚"这个字，是对他最后的客气。

周霖霖却没动，站在那里，低垂着头，像是做错了事情，等待着被训斥的学生："对不起。"

"现在说对不起有什么用？你早干吗去了？"林爸爸一点儿都不接受他的道歉，"以前我们家林雨那么黏你，没见你对她有好脸色，现在她不黏着你了，你倒记起她的好了？你以为你是谁？我们林家捧在手心里疼的宝贝在你那儿就成了卫生纸？想起来要用的时候就到处找，不要的时候就扔掉？”

林爸爸越说越气，越气声音就越大。

他们家宝贝了二十多年的女儿，被他们保护得这么好，即使是生活在这个纸醉金迷的圈子里，也不让她接触一点儿丑陋的事，就是希望她能一直活泼可爱，无忧无虑下去，却因为周家这个浑小子，不知道偷偷哭了多少次。

可是周家这浑小子呢，现在才来找她，究竟是有多不在意她，才会拖到现在才来？

林爸爸的眼睛都气红了，就要赶周霖霖出去，却被林妈妈拦住。

他气愤地看向妻子，以为她是想帮周霖霖，却见对方摇了摇头，示意他去看楼梯的方向。

林爸爸一愣，下意识地往楼梯的方向看过去，就见林雨站在那里。

林雨居高临下地望着楼下的周霖霖，脸上没有任何表情。

一个月未见，他似乎消瘦了不少，脸上被她扇出的手指印已经消退，脸色却发白，眉心透着疲惫。

周霖霖也看见了她，上前走了半步，却又停下了脚步，就这样站在那儿望着她，眼里有欣喜，更多的是她从未见过的忐忑。

可是，为什么会忐忑呢？

林雨不明白。

她下了楼，拉着周霖霖出了门，一直走到离家门口百十米远的树下，才松开手，却在收回手的瞬间被他反握住。

她想挣脱，他却抓得更紧。

林雨索性放弃，不再挣扎了，任他抓住自己，冷漠地说道：“你来我家，不会就只是为了占我便宜吧？”

以前的林雨也说过类似的话，只是以前和现在，是截然相反的心情、截然相反的语气。

周霖霖并没有因为她的讽刺而松手，他嗓子有点儿哑：“林雨，对不起。”

“你做错了什么？”林雨讽刺地笑了笑，说道，“你没有什么对不起我的，相反，我还要感谢你，谢谢你把我彻底骂醒，让我终于知道自己这些年有多死皮赖脸，有多犯贱。”

“林雨。”周霖霖制止她继续自嘲下去，“你一点儿也不轻贱，是我……”

“是你气过头了，把话说得太过分了？”

林雨打断了他的话，把他要说的话说了出来。

周霖霖有些惊讶，正要点头说“是”的时候，林雨忽然笑了：“周霖霖，你真恶心。”

如同一桶凉水从头顶浇下，周霖霖彻底愣住，眼睛微微睁大，望着眼前的林雨。

从小一看见他就笑得两眼弯弯，不管什么时候，看着他的眼里永远是仰慕多于其他情绪的女孩儿，此刻正冷漠地凝视着他，那双好看的月牙儿眼里，盛满了对他毫不掩饰的厌恶。

她云淡风轻地笑着，平常得像是在说她不喜欢吃胡萝卜只是因为胡萝卜味道很奇怪一样，说着极恶毒的话语。

“扇了我这么多巴掌，现在想起来要给我送一颗甜枣，让我对你的感情死灰复燃，再让你践踏？周霖霖，你不觉得你这样很恶心？”

在周霖霖发愣而松了手上力度的时候，林雨强硬地抽回了手，头也不回地离开了。

周霖霖颓然地站在原地，望着她决然的背影，胸口一阵一阵地抽痛。

原来是这样啊……

被喜欢的人讨厌，在身后看着那个人毅然离开的背影，原来是这种感觉。

只是这一次，他就这么难过，过去二十年，林雨又难过了多少次呢？她又是有多大的勇气，才能在一次一次被拒绝后依旧对他笑得那么开怀？

周霖霖闭上眼睛，过往他拒绝、打击林雨的画面如走马灯一般，一幕幕在他脑海中浮现，他紧抿的唇止不住地颤抖。

那一天，林雨最后那个心灰意冷的绝望眼神，她脸颊滑落的泪水，仿佛穿越到了今日，此刻正顺着周霖霖的脸颊滑落。

林爸爸最近被气到不行，自从周家那浑小子来找过他女儿一次后，那浑蛋小子竟然还敢天天来。

不给他开门，他就站在门外；扯着嗓子骂他，他就一言不发地听着；拿着高尔夫球杆要揍他，他躲也不躲，球杆落在身上也一声不吭，还惹来了林妈妈，把林爸爸骂了一顿。

本来林爸爸也没想真打他，以为他会躲，谁知道这浑小子还挺倔，站在原地一动不动。夏天穿着短袖，没有衣服遮挡，球杆抽得他胳膊上出现几条红印子，他连疼都不喊一声。

在林妈妈说林爸爸太暴力，不讲道理的时候，一直一言不发的周霖霖忽然出声道：“林阿姨，我没事。”

林爸爸对林妈妈说道：“你看，你看，他都说没事了。”

林妈妈瞪了他一眼，让他马上消音，又看向周霖霖，看到他胳膊上触目惊心的红印子，赶紧说道：“怎么会没事呢？你快进来，阿姨给你上点儿药。”

周霖霖也没有拒绝，道了声谢，就跟着她进屋了。

路过林爸爸时，林爸爸冷哼了一声，说道：“苦肉计。”

周霖霖进了屋，并没有见到林雨，林妈妈也没有隐瞒：“小雨在楼上做蛋糕，她说想在甜品店开业之前多研究出几个新品。对了，你还不知道小雨要开店的事吧？”

林妈妈对他似乎并没有那么大的偏见，还愿意把林雨的事告诉他：“你有段时间不是喜欢吃各种甜点吗？小雨在国外读书的时候去学了西点，回国之前就一直跟我们说，想回国开一家甜品店，说你把你爸爸的公司管理得这么好，她不能拖你的后腿，也要努力挣钱养我们。”

林妈妈说这些的时候，眼里不自觉地浮现出欣慰和自豪——没有哪个父母不为儿女主动学着独立而自豪。

周霖霖却垂下了眼睛。他不知道林雨要开甜品店的事，他甚至不知道林雨是为了他才去学甜品的。

他知道的是，林雨有一段时间总是能拿出各种各样的甜品给他吃，第一次尝了味道觉得难吃之后，他就再也没吃过。

在林雨以他为榜样，努力学着独立的时候，他却讥讽她是被家里宠坏了的小公主。

上完药，林妈妈把药箱收了起来，说道：“你走吧，小雨的脾气我最清楚，她狠心的时候，谁劝都没用，你天天站在门外也见不到她的。”

周霖霖站起身，说道：“阿姨，我知道我以前做过很多过分的事，我不奢求她原谅我，只是想切身感受一下她这些年在我这里受过的委屈。”

他看向林妈妈，嘴角扯出一个苦涩的弧度，声音哽咽道：“可我越体会到这种委屈，就越心疼她。”

林妈妈看着他，一时说不出话来。

周霖霖的高傲，她是有所耳闻的，或者说，周家人骨子里都有种说不清的高傲，受再大的罪，也难得见他们委屈。周霖霖的高傲，青出于蓝而胜于蓝。

而这么高傲的一个人，现在在她家低姿态地哽咽着道歉，她有一种无以言表的心情。

其实她早就听说了，林雨从周家回来的那天下午，周霖霖原先在美国投资的一个项目出了些问题，他连夜飞回美国处理，虽然得到了补救，把损失降到了最低，但这个本可以避免的工作失误，对他的打击不小。听他姐姐盛微语说，周霖霖那天还在发着高烧，却不顾所有人的劝阻，坚持要亲自去处理，又在美国没日没夜地工作，没几天就病倒了，在那边大病了一场，上周才回的国。而他回国的那天，就是他第一次来找林雨的那天。

因为私心，这件事情，她自始至终都没跟林爸爸提过，更别说林雨。林雨是她哄着长大的宝贝，被他这么伤害，说不生气是不可能的。她恨不得也不顾长辈的姿态，像林爸爸一样把周霖霖赶出门。可作为一个看着周霖霖长大的长辈，见他如此，她也难免心疼。作为一位母亲，她又怎么会看不出自家女儿真正的心结？

在周霖霖要离开的时候，林妈妈忽然开口道："你明天不用来这儿了。"

周霖霖以为她是想劝自己放弃，正要说什么，却又听她说道："小雨明天不在家，我们给她安排了相亲，在星光餐厅。"

周霖霖脚步一顿，看着她，郑重地道了一声谢。

其实相亲这件事，并不是林家父母主动安排的，而是林雨自己要求的，说到了谈恋爱的年纪，但身边认识的男孩儿实在太少，所以想通过相亲来扩展交际圈。

她不是内向的人，也不缺男孩子的追求，但过去一直围着周霖霖转，哪里有机会去注意其他的男孩儿？连出国前一直跟她在一起玩的路栩和汤煜，都因为各自不同的轨迹而渐渐少了交集。

上次盛微语结婚，她倒是见到了路栩，还和他坐在同一桌，似乎他的未婚妻和新郎是熟人，他是作为男伴出席的。

想起这件事，林雨就心里难受——小时候的好友一个个都有了另一半，连路栩这个"混世魔王"都有了未婚妻，她却单身到现在。

相亲对象是林爸爸高中同学的儿子，姓吴，比她大五岁，是一名外科医生。他们约在星光餐厅见面，在B市著名的商业区，方便吃完饭去看电影。

去之前，他们已经互相看过照片，本人和照片相差都不大，所以林雨走过去，互相就认出来了。

“吴先生，”林雨走过去，客气地笑着说道，“不好意思，我来晚了。”

“林小姐客气了，是我来得太早了。”吴龄站起身，绅士地替她拉开椅子。

林雨笑了笑，没有回话。

可能是第一次相亲的关系，林雨表现得有点儿呆愣。无论是声音、外貌，还是性格、举动，对方和周霖霖仿佛是电池的正负两极，都截然相反。看着对方温柔体贴的举动，她总是不受控制地想，在同样情况下，周霖霖会对她怎么样。

她在心里警告了自己好几次，但下一次又不由自主地去想周霖霖，好在吴龄对付这种情况游刃有余，总能在她发呆走神的时候，把她飘远的思绪拉回来，而且也不会让她尴尬。

忽然，吴龄出声道：“别动。”

说完，就俯身过来，伸出手，用拇指轻轻地蹭了一下她的嘴角。

林雨整个人都愣住了，浑身上下都叫嚣着不自在。虽然知道他很绅士，很体贴，但这举动对她而言，过于亲密了。她呆滞地扯了扯嘴角，说道：“我脸上沾了什么东西？”

“不，你吃相很好，什么都没沾。”

吴龄的回答让她很意外。

林雨疑惑地看着他，他笑了笑，说道：“你有没有发现，自你进来坐下后不久，我就如坐针毡？”

他抬了抬触摸过她嘴角的手，半开玩笑地补充道：“如果目光可以变成刀，那我这只手早就被砍下来了。”

林雨愣了愣，转过身往身后扫视了一圈，果然看到一个熟悉的面孔。

对方似乎是没料到她会忽然回过头，都没来得及收回冷冷地盯着吴龄的目光，猛然撞见她望过去的目光，他整个人都愣住了，像是被当场抓获的小贼，朝她扯出一抹尴尬的笑。

林雨面无表情地转过头：“我不认识他。”

这句话也不知道是对吴龄说的，还是在对她自己进行催眠。

吴龄倒也没多问，只是低低地笑着询问道：“林小姐有兴趣去看一场电影吗？”

林雨没有拒绝，起身要跟他一起离开。她一站起来，周霖霖也跟着站了起来，时刻观察着她的动态。

林雨将唇抿成一条直线，努力让自己忽视他的存在，身体却像是着了魔一样，故意朝吴龄这边靠近，主动挽上了他的手。

吴龄有一秒的惊讶，不过很快就反应过来，他挑了一下眉，说道："这姿势太庄重。"

林雨以为他介意自己的行为，连忙说了一声"抱歉"，正要收回手，却被对方一把抓住。

吴龄侧头看向她，将她的手牵住，放在身侧，笑道："这才是旁人看起来亲密自然的姿势。"

听出他话里那句"旁人看起来"的言外之意，林雨的手抖了一下，小心思被识破，惭愧又尴尬地低下头，说道："抱歉。"

"走吧。"

吴龄没有多说什么，牵着她往电影院走去。

两人就像一对刚确认关系的平常情侣，手牵着手的动作稍显僵硬，却更好地阐释了两人心底的羞涩。

当然，以上都是周霖霖的个人解读。

周霖霖绷着脸看着两人离去的背影，垂在身侧的手不可抑制地微微颤抖着，仿佛在压抑着极大的情绪。

时长两小时的电影，对周霖霖来说，就像是过了两年一样，漫长而煎熬。

他知道林雨不想看见自己，所以没有跟着他们进电影院，只是独自站在距电影院出口不远的路灯下，看着进进出出的人群，等着他们出来，时不时压抑地咳嗽两声。

他之前的重感冒发展成肺炎，住了好些天的院，如果不是他强行要出院回国，不知道还要在美国待多久。他庆幸自己那么做了，不然连林雨相亲这件事他都不会知道。

可是，好像知道了也没什么用，他只能远远地看着林雨牵着陌生男人的手，对着陌生的男人笑。

而他，像个跟踪狂……

周霖霖自嘲地笑了笑，又引起喉咙一阵痛痒，压抑地咳嗽出声。

忽然，他目光一顿，看见一道熟悉的身影从电影院出来。

是和林雨相亲的那个男人。

周霖霖眯了眯眼，却并没有见到林雨的身影。直到男人独自离开，林雨也没有走出电影院。

周霖霖心口一紧，猜测是不是出事了，连忙跑向电影院，才跑进去，却见林雨就站在电梯旁边，像是早料到他会来一样，平静地看着他，只是眼眶有点儿发红。

见到她，周霖霖愣了一会儿，心里的石头终于放下，可看到她微红的眼眶，又顾不上其他了，径直走到她面前问道："你怎么了？是不是那个男人欺负你了？我……"

"周霖霖。"林雨打断了他的话，语气中带着些许的疲惫。

周霖霖还在担心她，几乎是条件反射性地应道："我在。"

林雨闭了闭眼睛，脑海里不住地回响起吴龄说的话。

"为什么明明看的是喜剧片，你却一直含着眼泪？"

"喜欢这件事，比人体还高深莫测，就像你刚刚在餐厅里，嘴上说你不认识那个男孩儿，眼睛却在告诉我，他对你很重要。"

"有些东西，就像是考试内容，都说考试过后就会忘得一干二净，但其实它们早已刻在了你的身体里，即使大脑想忘记，肌肉也会记起来，就像你对他的关注，这是你控制不了的。"

林雨哑着嗓子开口道："放过我吧。"

你的一举一动，我都忍不住去关注，求你放过我，不要再出现在我面前，也让我放过我自己，不再关注你，不再想念你，不再喜欢你。

周霖霖愣在了原地。这一刻，他什么反应也做不出来，他甚至连一个简单的音符都发不出来，像是有一团厚实的棉花，堵在了他的喉咙里，只有窒息感，才如此清晰而深刻。以至于林雨从他身侧擦身而过的时候，他都没有伸出手去抓住她。

林雨没有直接回家。今天出来相亲，她爸妈都很高兴，为她终于放下了过往而高兴，她不想再让他们看到她这种颓废的状态。

不过是一段感情而已，不管怎样都要继续好好生活。

林雨在街上漫无目的地散着步，独自往前走着，这一次，她再也没有往回看。

天色渐晚，街道两侧霓虹灯闪烁，路上的行人也逐渐多了起来。

前面忽然传来吵嚷的声音，一个醉酒的男子趔趄着朝她走了过来。

林雨皱了皱眉，下意识地往街道里侧靠，给他让出一条路。

却不知对方是有意还是无意，偏偏走着斜线，眼看着就要撞到她身上。

林雨吓了一跳，高跟鞋一崴，一个趔趄就要往地上倒下去，说时迟那时快，忽然她的胳膊被人从身后扶住，而朝她撞过来的醉酒男人也被一只手抓住。

林雨抬起头，便看见周霖霖的脸。

既意外，又不意外。

周霖霖没有看她，而是冷着脸盯着醉酒男人，沉声警告道："请你自重。"

他刚刚看得真切，这个男人是故意往林雨身上撞的。

"自什么重？"醉酒男人故意装听不懂，还凑过来哈了周霖霖一脸酒气，"你是谁啊你？我做什么跟你有关系吗？"

说完，他用力甩开了被周霖霖抓住的手，笑眯眯地朝林雨说道："美女，有兴趣认识一下不？"

林雨被他浑身的酒气熏得想吐，别开脸冷硬地拒绝道："没兴趣。"

"别这样啊！"男人醉醺醺地笑了一声，伸出手来抓住林雨的手，"我们……"

他的话还未说完，周霖霖就一拳揍了过去。

林雨上一秒还在因为他对自己突然的触碰而惊恐不已，下一秒又因周霖霖突然对醉汉发狠而惊慌不已。

像是被解开了枷锁的猛兽，周霖霖一只手揪住醉酒男人的衣领，另一只手往他脸上狠狠地揍了几拳。

林雨惊呼道："周霖霖！"

周霖霖这次没有应她，他把醉酒的男人摁在地上，死死地抓住男人刚刚触碰过林雨的那只手，像是要把它从男人肩膀上生生拽下来一样，眼神阴鸷得骇人："她的手也是你能碰的？"

本想过去拉开周霖霖的林雨，听到这句话后，呆愣在了原地。

周霖霖此刻愤怒的侧脸，与八年前那个在网吧情绪失控的少年渐渐相交、重叠。

只是一瞬间的事，少年忽然爆发，将摸了她的脸，调戏她的小混混打倒在地上。从来没有打过架的少年，那一刻，发狠地跟欺负她的人厮打。

最后，鼻青脸肿的他，踩着那人脱臼的右手，对那人冷笑道：“她的脸也是你能碰的？”

那时候的林雨，从来都没想到，向来冷漠的少年会这么护着她。

那个时候起，她心里一直留存着小小的希望，那个少年也同样在意着她的小小希望。

时光流转，林雨望着眼前的周霖霖，一时有些恍惚。

打架的动静有点儿大，招来了附近的巡警，将三人一并带回了派出所。两人这才知道，这个醉酒男人是个惯犯，以前因为喝酒闹事被抓过好几回，也曾借喝醉的名义对女性进行性骚扰，并因此被别人打过。

但这次周霖霖实在是下手太狠，把他的一只手直接拽脱臼，免不了一顿批评教育。

做完笔录后，一个年轻的女警察悄悄地问林雨：“你男朋友一定很心疼你吧？”

林雨正想否认两人之间的关系，却又听女警察说道：“刚刚在做笔录的时候，他全程都很冷静，也很有礼貌，这么有教养的一个小伙子，肯定是很在乎你，才会对那醉鬼下手这么狠。”

林雨想说的话被堵在了喉咙里，最终还是没说出口。

从派出所出来的时候，已经是深夜。

林爸爸打来好几个电话问她怎么还没回家，林雨怕他们担心，撒谎说相亲完后遇到了高中同学，想和同学小聚一下，晚一点儿回去。

挂完电话，就看到旁边的周霖霖一直在看她。

她别开脸，不知怎的自己就解释道：“你本来就是我高中同学，所以我这不算撒谎。”

“嗯。”周霖霖应道，嘴角含着浅浅的笑意。

林雨看了他一眼，他也挨了那个男人的一拳，嘴角都裂开了，伤口泛青，看起来有些吓人。

“喂，”林雨叫他，“你要不要去医院？”

周霖霖蓦然停住，侧身看向她，语气有点儿不爽，但眼里始终含着笑：“你现在连我的名字都不愿意叫了？”

“不去就算了。”林雨的嘴一撇，当没听到他说的话一样，兀自往前走。

周霖霖也不恼，三步并作两步赶上她，与她并肩而行。

“今天的电影好看吗？”他忽然问道。

林雨瞎说道：“好看啊。”

其实她一点儿都没看进去。

周霖霖继续问道：“讲的是什么故事？”

林雨沉默。

她知道才怪呢。

好在周霖霖并没有追着问，他自言自语般地开口道：“我今天也看了一场电影。”

林雨偏头看向他，想问他看了什么电影，但又倔强地不说话。

不需要她问，周霖霖自己先说道：“讲的是猎人和小兽的故事。”

“从前，有一只落单的小兽，被猎人捡回了家，它以为猎人是想驯服它，于是拼命反抗，一次又一次地威吓猎人，甚至去伤害猎人，试图冲出猎人的小屋。

“然而不管它做什么，猎人都会原谅它，依旧对它笑，给它投喂最好的食物。但它从来不接受猎人的好意，因为它觉得，猎人所做的一切都是为了驯服它，让它臣服。

“后来，它突然发现小屋的门打开了，它惊喜地跑出去，头也不回地离开。但是它渐渐地发现，它出来之后并不快乐，它竟然有点儿开始想念猎人。

“一开始它不愿意承认，但它越来越想念猎人。终于，它忍不住了，时常偷偷地回去，在小屋附近徘徊，远远地看着猎人。有一天，它忽然看到猎人在小屋里照顾另一只小兽，那只小兽比它听话得多，会逗猎人开心，让猎人大笑，它觉得猎人好像已经忘记它了。

“第一次，它主动进了小屋，走向猎人。猎人也看到了它，但猎人这一次没有对它笑。猎人问它，你不是一直很讨厌我，一直想逃离小屋吗？为什么又回来了？小兽说……”

故事讲到这里，周霖霖忽然停住了，看向林雨。

不知道什么时候，他们都没再往前走，而是站在原地，看着对方。

他看着林雨，直勾勾地与她对视：“你不好奇，小兽要说什么吗？”

林雨不知道自己此刻是什么样的心情，她仿佛处在一个旋涡的中心，整个世界都在飞速旋转，周遭都是伸手不见五指的迷雾，而她站在旋涡中心，不知所措。她不知道，踏出去的那一步，会不会踩空，让她狠狠地摔上一跤，让她粉身碎骨。

理智在犹豫，身体却已经帮她做出了的选择。她朝着周霖霖迈了一步，用发颤的声音问道："它要说什么？"

周霖霖望着她，许久许久，声音发涩地回答道："因为我早就喜欢上你了。"

在她迈出那一步的时候，忽然出现一个人，将她拉进了怀抱。

而她要做的，只能是紧紧回抱住那个人。

"周霖霖，你这个笨蛋。"

五岁的林雨，把自己最喜欢的小裙子送给了周霖霖，却被周霖霖扔进了垃圾桶。

二十五岁的周霖霖，单膝跪在林雨身前，还给了她一件婚纱。

这场延续二十多年的电影，终于落下了帷幕。

HEERMENG